J. de le Roi

Stephan Schultz

ein Beitrag zum Verständnis der Juden und ihrer Bedeutung für das Leben der

Völker von J. de Le Roi

J. de le Roi

Stephan Schultz
ein Beitrag zum Verständnis der Juden und ihrer Bedeutung für das Leben der Völker von J. de Le Roi

ISBN/EAN: 9783743319172

Hergestellt in Europa, USA, Kanada, Australien, Japan

Cover: Foto ©Andreas Hilbeck / pixelio.de

Manufactured and distributed by brebook publishing software (www.brebook.com)

J. de le Roi

Stephan Schultz

Stephan Schultz.

##

Ein Beitrag

zum

Verständniß der Juden und ihrer Bedeutung für das Leben der Völker.

Von

J. de le Roi,

Pastor.—

Vorwort.

Die Juden haben stets ihre besondere Bedeutung für die Völker gehabt, unter welche sie sich zerstreuen mußten. Ganz besonders macht sich dies in der Gegenwart geltend; und hier tritt es wiederum am Deutlichsten unter dem neuen Lebensaufbau hervor, in dem die leitenden Nationen derselben begriffen sind. Wie diese Bedeutung der Juden aber aufzufassen sei, darüber ist viel hin und her gestritten worden, und leider zumeist in einer wenig gerechten Weise. Das in dem vorliegenden Büchlein dargestellte Lebensbild eines Mannes, welcher die Juden in drei Welttheilen aufgesucht hat, will einen kleinen Beitrag für die rechte Beantwortung der allerdings immer wichtiger werdenden Frage geben. Möge es an seinem Theile eine ernste und eingehende Erwägung der Sache fördern helfen.

Das über die Ebzardsche Stiftung (S. 18 u. 19) Gesagte bedarf einer Berichtigung. Stiftsprediger Gleiß in Hamburg hat eine Schrift über Ebzard erscheinen lassen, welche die Gewißheit gibt, daß meine aus anderen Quellen geschöpften Nachrichten über eine falsche Verwendung jener Stiftung lediglich auf Irrthum beruhen.

Im Juli 1871.

Der Verfasser.

Inhalt.

I.

Die früheren Jugendjahre, Gymnasium und Universität.

(1714—1736.)

~~~~~~

Dem evangelischen Obermeister der Schuhmacherinnung Erdmann Schulz in Flatow, einer damals polnischen Stadt des heutigen Westpreußens, wurde von seiner zweiten Frau am 6. Februar 1714 ein Sohn geboren, welcher in der Taufe den Namen „Stephan" empfing. Die Eltern waren zur Zeit der Geburt dieses Kindes wohlhabende Leute, da sie neben der Profession recht erfolgreich die Bierbrauerei und einen Handel mit Leder, Flachs und Hanf betrieben. Sie besaßen also wohl die Mittel, um ihren Kindern eine bessere Erziehung zu geben. Den neugeschenkten Sohn insbesondere hatte ein Gelübde der Mutter für den geistlichen Stand bestimmt; aber freilich nicht, um ihn in einer geehrten Lebensstellung zu sehen, sondern, was eben sein Name aussprechen sollte, „damit er das thue, was einst Stephanus (Apg. Kap. 6 u. 7) gethan, und wenn er auch die Leiden Stephani übernehmen sollte". Und allerdings, es war kein bloß sentimentaler Gedanke, der mit dem Amt eines evangelischen Predigers in den Ländern polnischer Herrschaft die Möglichkeit des Martyriums verband. Denn die evangelische

Kirche war daselbst je mehr und mehr eine unterdrückte, ver=
folgte Kirche geworden, und die Geistlichkeit derselben mußte
stets gewärtig sein, im Dienst ihres Bekenntnisses das
Schlimmste zu erleiden. Aber gerade der Druck hatte sehr oft
in den Evangelischen eine lebendige Liebe zu ihrer Kirche
erweckt, und eben diese Liebe war es, welche auch einer so ein=
fachen Frau es als das Schönste erscheinen ließ, ihren Sohn
künftighin unter die leidende Gemeinde als einen Zeugen ihres
Evangeliums treten sehen zu dürfen.

Die dienende und im Dienen Alles zu dulden bereite Liebe
ist hernach der eigenthümlichste Zug in dem Leben von Stephan
Schultz geworden; er wurde in seiner Eigenart ein Erbe der
Mutter; der Vater, schon durch seinen Beruf vielfach aus dem
Hause geführt, hat einen geringeren Einfluß auf die Entwickelung
des Sohnes gehabt.

Im Dulden und Entsagen mußte Stephan Schultz fast auf
jedem Schritt seiner Lebensbahn sich üben: er durfte nicht vor=
wärts gehen, ohne überall an harte Steine zu stoßen. Es ist,
als ob der Name „Stephan", wie Schultz selbst bemerkt, für
ihn hätte zur Vorbedeutung werden sollen. Das kaum drei
Monate alte Kind ließ ein Brauknecht aus Unvorsichtigkeit in
eine zwar leere, aber doch tiefe Braukufe fallen: und die Folge
war eine tödtliche Krankheit, in welcher sein Leben ein ganzes
halbes Jahr hindurch nur an einem Faden hing. Noch vor
dem Ende seines ersten Lebensjahres litten sodann die beiden
Häuser seiner Eltern am Meisten bei einem Brande, der einen
großen Theil der Stadt heimsuchte. Bei einer neuen Feuers=
brunst, welche zwei Jahre später, während der Vater auf einer
Handelsreise abwesend war, ausbrach, rettete die Mutter nur ihr
Liebstes, ihre drei Kinder: das jüngste, kaum ein viertel Jahr
alt, in der Schürze davon tragend. Als der Vater zurück=
kehrte, fand er seine doch erst vor Kurzem wieder aufgebauten
Häuser in Asche, und seine Frau mit den zarten Kindern am
Ufer des nahen Sees in einer Hütte, die man eiligst aus
Aesten und Laub hergerichtet hatte. Es war gerade die Zeit
des jüdischen Laubhüttenfestes, und die christliche Familie war

also genöthigt mit den Juden ihres Ortes gemeinsam Laub=
hütten zu halten. Die Eltern bezogen alsdann wohl noch vor
Anbruch des Winters ein neues Häuschen, aber ihr Wohlstand
war sehr gemindert, und selbst das Uebriggebliebene verzehrte
der bald darauf ausbrechende schwedische Krieg.

Als der Knabe drei Jahre alt geworden war, schickte ihn
seine Mutter einmal mit dem älteren Bruder Johann in die
Kirche. Der Kleine sollte dem Gottesdienste in dem Stuhle
des Vaters beiwohnen; der Aeltere jedoch forderte ihn auf, mit
ihm das Schülerchor zu besuchen; Stephan verstand das Treppen=
steigen noch nicht, versuchte aber möglichst gut dem Bruder
nachzuklettern: eine Zeitlang ging es recht schön, hernach aber
verfehlte er eine Stufe, fiel zurück und wurde todtkrank nach
Hause gebracht. Diesmal mußte das Leben lange mit dem
Tode ringen. Selbst die einquartierten schwedischen Soldaten
hatten Mitleid mit dem kleinen Kranken, der schmerzlich
stöhnend in einer Wiege lag, und waren gern behilflich, ihm
einige Linderung zu verschaffen. Auch eine Jüdin sah und hörte
die Noth und das Klagen des Kindes; sie rieth Bäder in
Camillenwasser, und dieselben erwiesen sich von so guter Wir=
kung, daß der Kleine nach längerer Zeit einige Schritte vor
der Thüre des elterlichen Hauses zu gehen im Stande war.
Freilich war es ein jammervoller Anblick, die hinkende, schwan=
kende und abgezehrte Kindesgestalt anzusehen, und eine Nach=
barin rieth der Mutter ihrem Söhnchen zwei Krücken zu geben,
da es doch nie wieder recht würde gehen lernen: „ aber ", so
sagt Stephan Schultz selbst, „ die Frau, welche das Herz meiner
Mutter beschwert hat, war eine schlechte Wahrsagerin; denn
nach einem Vierteljahr war ich völlig wiederhergestellt, und habe
hernach meine Füße über mehr als sechshundert Meilen auf
Bergen und in Thälern ohne Krücke gebrauchen können, und
bin Gottlob nun, in dem 58. Jahre, noch nicht müde ".

Der kleine Stephan war ein merkwürdiges Kind. Wenn
ihn hungerte oder dürstete, forderte er nichts, sondern stellte
sich an den Tisch und betete: „ Fürchte Sott (Gott), liebes Tind
(Kind), Sott weiß alle Dint (Ding). Amen." Dann setzte er

1*

sich ruhig unter den Tisch, und wenn die Eltern ihn frugen, was ihm fehle, so antwortete er: „ich bin hungrig" Der Prediger des Ortes sah den Kleinen bei einer solchen Gelegenheit; die ganze Art desselben ergriff ihn, und er äußerte gegen die Mutter: „Frau Schultzen, das Kind muß studiren, denn es verläßt sich auf die Fürsorge Gottes von früh an." Der Geistliche wußte nichts von dem Plane und dem Gelübde der Mutter, um so ernster wurde dieselbe von seinen Worten berührt. Sie seufzte freilich tief auf, denn die äußeren Verhältnisse sprachen gar zu sehr gegen die Erfüllung ihres Wunsches, aber ihr Glaube antwortete dennoch: „bei Gott ist kein Ding unmöglich". Und diese Erwiederung war für sie keine leere Redensart, sondern in der That das Bekenntniß eines Glaubens, der mitten unter dem augenblicklichen Seufzen eine stärkere Macht kennt, auf die er hinblickt und deren Kommen er nur ersehnt. Wie traurig und dunkel daher auch ihre Lage sich noch ferner gestaltete, ihre Losung blieb nach den schwersten Seelenkämpfen immer: „bei Gott ist kein Ding unmöglich". Und von der Mutter hat es der Sohn gelernt, ein lebendiges, gewisses Vertrauen, unbeirrt von dem, was ihn umgab, zu bewahren. Stilles, unverzagtes Ausharren im Leide und Festhalten des einmal aufgestellten heiligen Zieles charakterisiren die Mutter und den Sohn.

Krieg und Brand vertrieben die Eltern endlich aus Flatow; sie zogen nun nach Wirzisk und später nach Stolpe.

In Wirzisk genoß der Knabe mit seinem Bruder den ersten Unterricht im Deutschlesen und Schreiben bei der eigenen Mutter, im Polnischlesen und Schreiben bei einem katholischen Schulmeister. Während der Freizeit hielt sich nun der Fünfjährige am Liebsten in der Schule des Rabbiners auf. Der Mutter wurde das bedenklich; sie frug ihn, er würde doch wohl kein Jude werden? Der Kleine antwortete: „o nein, ich werde kein Jude werden, sondern werde studiren, den Talmud lernen und die Juden bekehren". Die Mutter antwortete unter Thränen: „mein Sohn, das war wohl mein Wille, aber wir sind zu arm". Der Kleine jedoch entgegnete ganz getrost:

„kümmt Tyde, kümmt Rade" (kommt Zeit, kommt Rath), ging an seine Bücher, lernte und fuhr fleißig fort mit Juden= kindern umzugehen. Dadurch wurde die jüdische Sprache seine dritte Muttersprache neben dem Deutschen und Polnischen. Nach zurückgelegtem elften Jahre wurde der Knabe confirmirt. Das heilige Abendmahl, welches er jetzt zum ersten Mal empfing, erfüllte ihn „mit besonderer Ehrfurcht gegen seinen Heiland", und der Genuß desselben erweckte ihn zu einem Ernst, welcher in diesen frühen Jahren nicht gewöhnlich ist. So wichtig war ihm dasselbe geworden, daß er sich seitdem nicht entschließen konnte, sich an aufregenden Knabenspielen zu betheiligen. Er verurtheilt nicht etwa solche Spiele, nennt sie im Gegentheil durchaus erlaubte, aber ihm selbst blieb nach dem ersten Abendmahl der Gedanke, ein Tischgenosse Jesu gewesen zu sein, so lebendig gegenwärtig, daß er eben an jenen Vergnügungen keinen Geschmack fand.

Bis zum vierzehnten Jahre half er dann dem Vater im Schuhmacherhandwerk, aber unter dieser Arbeit erwachte in ihm immer stärker der Trieb zum Studiren. Er vertraute sein Herzensanliegen der Mutter; doch, so oft er die Sache berührte, fing dieselbe bitterlich zu weinen an, da ihre Armuth die Er= füllung des Gelübdes, welches sie an der Wiege des Kindes gethan hatte, unmöglich machen zu wollen schien. Trotzdem gab sie die Hoffnung für die Zukunft nicht auf, sondern tröstete sich selbst und den Sohn immer von Neuem: „bei Gott ist kein Ding unmöglich". Sie erzählte kurz darauf ihrem Pastor Pfeffer die ganze Sache; dem ging sie zu Herzen und er erbot sich Stephan zu sich zu nehmen, damit dieser ihm Handreichung thäte und zugleich die Schule besuchte — und der erste Schritt zur Verwirklichung des theuren Planes schien zu geschehen. Aber alsbald trat demselben ein Hinderniß entgegen. Ein Fieber, das den Knaben sechs Jahre hindurch heimgesucht hatte und nun schon lange ausgeblieben war, stellte sich fast im Mo= ment der Abreise wieder ein, und erst nach mehreren Monaten konnte der Vater seinen Sohn an den neuen Bestimmungsort bringen. Doch jetzt trafen beide den Geistlichen schwer erkrankt:

sie waren aufs Aeußerste bestürzt und wollten umkehren; Gott
schien ja nicht sein Amen zu dem eben begonnenen Werke sprechen
zu wollen. Aber der treue Geistliche rief dem Ankommenden
von seinem Bette aus entgegen: „Mein Sohn, weine nicht,
mein und dein Gott ist nicht krank, bleibe du hier. So lange
ich lebe, will ich für dich sorgen; wenn ich aber sterbe, will ich
dich meines Herrn Jesu Fürsorge im Gebet befehlen."

Schultz blieb, die Krankheit seines Wohlthäters jedoch nahm
zu. Da ließ derselbe seinen Bruder, einen Arzt und Apotheker
aus Bütow, zu sich kommen und übergab ihm seinen Pflegling;
bald darauf starb er. In dem Hause des Apothekers nun lernte
Schultz Mancherlei aus der Botanik und von der Kunst seines
Principals, was ihm auf seinen späteren Reisen recht zu Statten
kam; aber die Schule freilich wurde arg vernachlässigt. Der
Rektor derselben stellte dies dem Knaben vor und erbot sich
ihn als Famulus anzunehmen, um ihn so in seinem Vorhaben
zu fördern. Der Apotheker seinerseits war bereit, ihn Apo=
theker werden zu lassen, wenn er bei ihm bliebe. Schultz hatte
es sonst recht gut in dem Hause desselben gehabt, aber das
junge Herz war noch nicht müde geworden im Glauben; um
eine bequeme Zukunft war es ihm nicht zu thun, sondern er
war sich trotz seiner Jugend dessen gewiß bewußt, daß ihm von
Gott der Beruf eines Predigers zugewiesen sei. — Deßhalb
entschied er sich für die Schule und nahm dankbaren Abschied
von seinem bisherigen Patron, der ihn herzlich und freundlich
entließ.

Aber die neuen Wege des Jünglings sollten ihn fürs Erste
nur weiter vom Ziele abführen zu müssen scheinen. Die Weis=
heit Gottes, welche ihn für ein Amt, das unzählbare Schwie=
rigkeiten in sich birgt, vorbereiten wollte, hat sein Leben so
wunderlich geführt, damit es hernach im Glauben und Dulden,
aber auch im unerschrockenen Vorwärtsdringen tüchtig geübt
wäre; denn jeder Schritt vorwärts mußte seine besondere Noth
mit sich bringen, aber so gerade die Kraft und das Vertrauen
auf immer neue Weise gestärkt werden.

Der Rektor war nicht bloß Schulmann, sondern er brannte

zugleich) Branntwein, braute Bier, handelte mit beidem und außerdem mit Pfeffer und Heringen. Die Schule sah Stephan selten, „dafür aber wurde ich bei dem Rektor ein Malzmacher, ein Branntweinbrenner, ein Pfeffer = und ein Heringskrämer". Früh um fünf Uhr stand der Jüngling auf, um in den Laden zu gehen; dann in das Malzhaus, wo das Aufschütten des Korns, das Heruntertragen desselben in den Trog, das Einweichen des in dem Trog Ausgebreiteten mit achtzig Eimern Wasser, das Ausschlagen des Geweichten, das Aufschlagen auf die Darre, das Feuererhalten bei derselben und das Hinauftragen des getrockneten Malzes auf den Boden seine tägliche Arbeit war. Der Abend fand ihn bei der Destillirblase sitzen. Wenn aber das Feuer in der Darre gehörig brannte, legte er sich zwischen den Darröfen unter die Flacken hin, auf denen das Malz ausgebreitet wurde. Auf dem Leibe liegend, denn der Rauch verhinderte das Geradesitzen, studirte er allerlei Bücher, besonders eine lateinische Grammatik; und ein Talglicht, dem ein Häufchen Malz als Leuchter diente, verbreitete seinen armseligen Schein über die theuren litterarischen Schätze. Alle die wenigen Stunden, in denen ihm von seiner schweren körperlichen Arbeit Ruhe gegönnt war, fanden den Jüngling studirend oder mit Gott im Gebet ringend, daß er ihn bald aus seiner gegenwärtigen Lage erlösen wolle.

Nach einer Abendmahlsfeier in der Zeit zwischen Ostern und Pfingsten 1731, welche ihn innerlich sehr ergriffen hatte, ging er des Abends wie gewöhnlich in das Malzhaus. Dreistündige Arbeit ermattete ihn diesmal so, daß er sich hinsetzte, ein wenig auszuruhen und darüber einschlief. Ein Traum beschäftigte seine Seele: er sieht die Sonne in das Malzhaus scheinen, erschrickt, denn er denkt, er habe bis an den folgenden Morgen geschlafen, wacht darüber auf, aber in demselben Augenblick hört er eine Stimme, die ihm wie aus dem Munde eines Jünglings die Worte zuruft: „Fahre fort in deinem Vorhaben, es wird dir gelingen."

„Sonst", wie er selbst sagt, „nicht geneigt, dem Fanati cismus oder Enthusiasmus mich zu ergeben, fand ich doch in

diesem Traume oder Erscheinung, wie man es nun nennen
will, eine Ermunterung ernstlicher an mein Studium zu denken."
Er faßte sich ein Herz und erinnerte denselben Abend den Rektor
an sein gegebenes Versprechen. Derselbe wand sich hin und
her, erbot sich aber schließlich, Schultz einen Kammmacher werden
zu lassen. „Vorher Apotheker, jetzt Kammmacher!" der Jüng=
ling seufzte tief auf — er hatte nur eine Antwort: „so wird
Gott helfen" und ging in seine Schlafkammer.

Jetzt war Schultz entschlossen, einen anderen Weg einzu=
schlagen, und seine Zuversicht zu Gott nicht im Geringsten er=
schüttert. Er hatte den Rektor von einer Armenschule in Stolpe
erzählen hören. In der Meinung, dieselbe sei eine dem halli=
schen Waisenhause ähnliche Anstalt, entschloß er sich nach Stolpe
zu reisen. Der Pastor in Bütow, dem er seine Absicht an=
vertraute, erbot sich an den Rektor jener Schule zu schreiben
und hieß Schultz die Antwort desselben abwarten. Indeß kamen
Stolpe'sche Kaufleute durch Bütow. Schultz wandte sich an
dieselben, ob sie nicht ihn selbst und seine Habe: „ein Stücklein
Bett sammt einer Kiste mit einiger weniger Wäsche" mitnehmen
wollten. Sie sagten es zu, forderten aber acht gute Groschen.
Er besaß nur neun Dreier: die bot er dem Fuhrmann an,
und derselbe ließ sich an diesen wenigen Pfennigen genügen.
Dann meldete Schultz sein Abkommen dem Pastor. Der war
bestürzt, daß die Antwort aus Stolpe nicht abgewartet worden
war, gab sich aber bald zufrieden, schenkte seinem Schützling
einen blauen Mantel und entließ ihn dann, dem Scheidenden
zuvor noch segnende Hände auf das Haupt legend.

Nun verließ der Jüngling Bütow; seine Sachen nahm der
Wagen auf, er selbst ging mit dem Fuhrmann neben demselben
her. Der Mann sah, daß sein Begleiter nichts zu essen hatte —
der letzte Pfennig war ja ausgegeben — sein Mitleid erwachte,
er theilte ihm von seinem Käse und Brote mit und ließ ihn
neben sich auf der Streu schlafen.

Und von hier an, es ist merkwürdig, ebnet sich Alles eben
so leicht für Schultz, als ihm vorher die Wege verzäunt worden
waren. Gott ist mit ihm; denn wahrhaftig nicht im Leichtsinn,

sondern in einem Glauben, der schon so früh von einer Berufung in die Arbeit Gottes wußte, hatte sich der junge Mensch zu dieser Reise entschlossen.

Am nächsten Tage fand sich auch der Besitzer des Wagens bei demselben ein. Er hörte von dem Fuhrmann, daß sein junger Begleiter die Schule in Stolpe besuchen wolle und frug darum diesen, ob er denn Freunde in der Stadt habe? Schultz antwortete: „ja, einen nahen Blutsfreund". Der Wagenbesitzer erbat sich den Namen dieses Verwandten. Schultz entgegnete: „er heißt Jesus Christus, der sich nicht schämt die armen Sünder seine Brüder zu nennen". Diese Worte gefielen dem Manne wohl; doch fuhr er fort: „den Er genannt hat, kenne ich auch, und weil Er ihn für seinen besten Freund hält, so kann es Ihm nicht fehlen, ob ich wohl merke, daß Er sehr arm sein muß, denn ich habe gesehen, daß Er von meinem Fuhrmann auf Käse und Brot zu Tische geladen wurde. Aber sonst von Menschen hat Er wohl keinen Bekannten?" „Nein, Sie selbst ausgenommen, da ich soeben mit Ihnen bekannt werde", lautete die originelle Antwort, und dieselbe gewann das Herz des Mannes; er ließ den Sitz auf dem Frachtwagen etwas erweitern, daß er für den Jüngling Platz bot, und „das Fußwandern hatte nun ein Ende".

In Stolpe angekommen, nahm der Kaufmann seinen Reisegefährten sogleich an den eigenen Tisch; dann gab er ihm ein Billet an den Rektor. Als Schultz mit seinem Empfehlungsbriefchen bei dem Schulmann eintrat, war derselbe sehr bestürzt. Der Brief des Pastors aus Bütow war wohl angekommen, aber die Antwort noch nicht erfolgt; und nun stand der Petent selbst vor seinen Augen. Die Einleitung in dem jetzt sich entwickelnden Zwiegespräch war auf Seiten des Rektors natürlich voll von allerlei „Aber". Dieses Aber existirte jedoch in der Seele des Jünglings nicht, und seine Antworten waren eben deßhalb höchst offene und ehrliche. So bekannte er dem Rektor auch unumwunden, daß er die Absicht habe, Theologie zu studiren. Das machte denselben ärgerlich; er glaubte einen anspruchsvollen Burschen vor sich zu sehen und erwiederte: „Er will wahrscheinlich commode Tage suchen, daß Er allerlei niedliche Speise und übrigens alle Ehre genießen könnte." Schultz antwortete ganz ruhig: „Der Zweck meines Studirens ist, daß ich den Weg zum Himmel selbst möge recht kennen und betreten lernen, und daß ich ihn hernach auch Andere lehre, sie mögen Juden, Heiden oder Christen sein." Dem Rektor genügte diese Antwort noch nicht, sondern er hielt ihm vor, daß zum Studiren jährlich hundert bis dreihundert Thaler nöthig seien, und eben deßhalb müsse er ihn fragen, ob seine Eltern dies würden ausführen können? Aber wiewohl der Jüngling nun erklärte, daß ihm seine Eltern nicht das Geringste zu geben im Stande seien, ließ sich doch keine Verlegenheit an ihm wahrnehmen. Der Rektor wollte seinerseits allem Leichtsinn den Boden unter den Füßen hinwegziehen und forderte ganz ernstlich hinreichende Auskunft auf die Frage, wie er es also machen werde, um sein Ziel zu erreichen? Da streckte Schultz seine Hände zum Himmel aus und sagte: „Der Gott, der Himmel und Erde gemacht hat, wird noch ein Paar Pfennige für mich übrig haben, mich studiren zu lassen." Und der Lehrer war entwaffnet; an einem solchen Gottvertrauen waren seine Waffen stumpf geworden. Er hatte in dem ganzen Verlauf des Gespräches erkannt, daß er es wirklich mit einem Menschen zu thun habe, welcher sich nicht selbst sandte oder hervordrängte, sondern von Klein an auf die Stimme Gottes geachtet hatte, und nun mit ruhiger Zuversicht es ihm überließ, wie er alles Einzelne auf seinen Wegen ordnen werde. Deßhalb fühlte der Rektor jetzt in sich selbst die Forderung, dem die Hand zu bieten, welcher in einem höheren Namen zu ihm gekommen war. Er bestellte ihn zum Examen um sechs Uhr; nach demselben behielt er ihn bei sich zu Tisch. Als Schultz dann zu dem Kaufmann, welcher ihn nach Stolpe gebracht hatte, zurückkehrte, fand er statt seines armseligen Bettes ein anderes zubereitet, und für den Winkel, den er sich zum Schlafen ausgebeten hatte, ein nettes Stübchen. Am nächsten Tage führte ihn der Rektor in die Tertia ein. Um zehn Uhr frug ihn der Cantor, ob er heute schon einen Tisch habe; da es nicht der Fall war, lud er ihn zu sich ein.

Um vier Uhr wurde er zu dem Schloßprediger gesandt; der nahm ihn väterlich auf und gab ihm die Wohnung in seinem eigenen Hause. Am Abend wurde ihm der ständige Freitags=tisch in der Familie des Cantors angeboten; am Sonnabend Morgen, da er nicht wußte, wo er an diesem Tage essen würde, erhielt er die Aufforderung des Schloßgeistlichen, stets am Sonn=abend der Gast desselben zu sein. Aus der Predigt des Sonn=tags kommend, wird er auf der Straße angesprochen, ob er schon für diesen Tag vergeben sei, und, da es nicht der Fall ist, eingeladen, die Sonntagsmahlzeit immer mit einer Wittwe zu theilen. Für den Montag war auch schon am Abend des Sonntags gesorgt; am Montag Abend fand er auf seinem Zimmer einen vollständigen Anzug, „sogar keine Stecknadel war versehen an der ganzen Kleidung", und hiermit zugleich die Anweisung für den Dienstagstisch. Der Abend des Dienstags brachte ihm einen Wochentagsrock, und am Mittwoch bot ihm ein Schmidt auf der Straße die Mahlzeit für den Donnerstag an. Dieser Tisch war ihm besonders lieb, denn er war das Opfer eines Dürftigen. Als ihm daher ein Senator statt desselben den seinen antrug, schlug er ihn aus, und erst, als der Handwerker auf freundliches Bitten dem Senator seinen Gast abtrat, folgte der Letztere der neuen Einladung. Freier Unterricht und Bücher wurden ihm gleichfalls gewährt; es war für Alles nun gesorgt. „Was wollte ich mehr?" ruft er aus; o wie gut ist es, sich auf den Herrn zu verlassen!"

Nun ging der bereits siebenzehnjährige Tertianer frisch und fröhlich ans Lernen. Bei vortrefflichen Gaben und großem Fleiße machte er außerordentlich schnelle Fortschritte. Das Lehrercollegium war mit ihm so zufrieden, daß es ihn be=reits nach einigen Monaten den Eltern zum Unterricht bei jüngeren Schülern empfahl. Die zuerst einem Knaben ertheilten Stunden hatten einen sehr guten Erfolg, und bald versammelte sich eine Schaar von zwölfen um ihn. Ihm selbst waren diese Lektionen eine besondere Freude; „durch Lehren lernen wir", das erfuhr auch er. Nach „dem Salarium" zu fragen, hatte ihn sein Gottvertrauen verhindert; denn er war der Ueber=

zeugung, daß ihm werde gegeben werden, was ihm noth und gut sei. Er wurde auch keineswegs dabei zu Schanden. Hier fand er einen Dukaten, dort einen Thaler, ein ander Mal neue Wäsche, dann wiederum Kleider oder was er sonst nöthig hatte; und was er empfing, sah er nicht als Lohn, sondern als freundliche Wohlthat an. Als die Quelle jeder selbsterfahrenen Wohlthat erkannte er dann wieder die göttliche Barmherzigkeit, und die göttliche Barmherzigkeit wurde ihm nun eine Mahnung, auch selbst Barmherzigkeit zu üben. Er sah eines Tages auf der Straße eine arme Frau mit einem elenden Kinde, da gab er ihr seinen letzten Dreier. Als er hinwegeilte, hörte er noch die Worte: „Gott vergelte es hundertmal" sich nachrufen. Sogleich darauf trat er bei dem Schloßprediger ein und erhielt von diesem einen Thaler als Geschenk. Mit Dank nahm er denselben an, aber beim Herausgehen sagte er zu sich selbst: „der Dreier ist mir mehr als hundertmal vergolten, der Ueberschuß gehört also nicht mir, sondern jener Frau", suchte dieselbe augenblicklich auf und händigte ihr ein, was nach seiner Ueberzeugung der= selben zukam.

Der junge Gymnasiast empfand es tief, daß die Gnade Gottes seine Wege leitete; und wenn er im Wissen vorwärts kam, so war dies doch nicht seine hauptsächlichste Freude, son= dern am Meisten rühmte er, was ihm die Zeit des Gymnasiums für sein Leben mit und in Gott bot.

Er selbst bekennt, sein reicher Gott habe ihn in Stolpe an geistlichen Gütern reich machen wollen. Der Unterricht, die Predigten, die Erbauungsstunden waren eine wahrhafte Nahrung für seine Seele; „sie vermehrten in mir den Hunger und Durst nach den himmlischen Gaben, und am Sonntag versäumte ich von des Morgens um fünf bis Nachmittags fünf Uhr so leicht, außer in Krankheitszeiten, keinen Vortrag des göttlichen Wortes".

Seine Frömmigkeit zog ihm vielfachen Spott der Mitschüler zu; er achtete dessen nicht, sondern klagte nur über das Eine, daß er zwei Jahre hindurch mit solchen Gedanken geplagt war, als ob kein Gott im Himmel wäre. Er kämpfte aber den Kampf des Gebetes, hielt um so fester an Gottes Wort und suchte desto eifriger das Abendmahl; Wort und Sacrament waren seine Stützen, und er siegte. Er hatte nur eine Sorge, und diese bewegte sich in den Jahren, welche sonst die Jahre des Leichtsinns oder der idealen Schwärmerei zu sein pflegen, um das Allerhöchste, was überhaupt einen Menschen bewegen kann. Aber dieselbe war überdem von einer Glaubensenergie getragen, welche auch bei den gereiftesten Männern eine seltene Erscheinung ist, und gerade darum ein Beweis, daß hier kein gewöhnlicher Geist und kein gewöhnlicher Mensch seine ersten Schritte in das Leben that.

Ueberhaupt ist es die religiöse Durchbildung, welche schon früh seinem ganzen Wesen ein sehr bestimmtes und eigenthümliches Gepräge gibt. Aber dieselbe tritt nicht etwa als eine religiös gefärbte Ueberspannung des Gefühlslebens, oder als ein pietistisches Allesbesserwissenwollen hervor, sondern als ein außergewöhnlich lebendiges Durchdrungensein von der Gegenwart Gottes, von seiner Heiligkeit, seiner Kraft und seiner väterlichen Treue. Sein seltsam bewegtes Leben von Kindheit an hatte ihn eindringlicher als die Allermeisten seiner Altersgenossen das Alles erfahren lassen. Daß er aber wiederum von den fortwährenden Kämpfen und scheinbar harten Schicksalsschlägen seiner ganzen Jugendzeit sich nicht niederdrücken ließ; daß er dabei weder stumpfsinnig noch schroff und abstoßend oder finster und einseitig wurde, sondern im Gegentheil als ein durchaus fröhliches Gemüth erscheint; daß er trotz seiner geringen Verhältnisse ein höheres Ziel beständig vor Augen hielt und doch wieder, wenn er nun etwas erreichte, nicht in Stolz auf seine Tüchtigkeit verfiel, sondern seine Stellung eine gegen Gott und Menschen gleich dankbare blieb, ist ein Beweis von wirklich gesunder und mit hohem Geistesadel gepaarter Frömmigkeit, — ein Beweis zugleich, welche Macht das Christenthum besitzt, den Menschen von früh auf innerlich zu bestimmen, zu reinigen, zu stärken und für Viele fruchtbar zu machen.

1732 bekam er ein hitziges Fieber; er empfing das Abendmahl, und die Umstehenden glaubten ihn verscheiden zu sehen. In großer Ermattung sank er nach dem Sacrament auf sein

Lager zurück und in einen tiefen Schlaf. Im Traume sah er Jesum, in seinen Armen ein weißes, mit Gold durchwirktes Kleid. Der Kranke streckte die Arme nach dem Gewande aus, aber es wurde vor ihm wieder in die Höhe gezogen. Nach einer Weile wachte er auf und verlangte stammelnd auf Stroh gelegt zu werden. Man that ihm den Willen. Die Freunde schlugen ihm dann, wie sie meinten, als ein letztes Gotteswort für die Heimfahrt einen Spruch aus Bogatzky's Schatzkästchen auf. Derselbe lautete:

„Es ist genug, so nimm nun, Herr, meine Seele",
und dazu die göttliche Antwort:

„Meine Stunde ist noch nicht gekommen",
unter diesen Worten aber der Liedervers:

„Fliegende Gedanken reißen deinen Sinn
Aus den sichern Schranken der Verleugnung hin.
Du sollst mein erwarten in dem Kreuzesgarten;
Genug, daß ich doch stets in, mit und bei dir bin.
Du mußt noch zu Zeiten ein wenig arbeiten;
Noch ferner hingehn; wird, was dir vertrauet,
Durch dich sein gebauet, so sollst du mich sehn.
Drum eil' und vollende, wozu ich dich sende,
Dann komm ich behende, dann soll es geschehen!"

Und der Kranke genas; aber allerdings er hatte die Ueber=schrift über seinem weiteren Leben gelesen.

Kurz darauf besuchte ihn sein Vater, um ihn nach Züllichau auf das Waisenhaus zu bringen. Als er den Sohn jedoch so wohl versorgt sah, stand er davon ab und nahm ihn nur zu einem kurzen Besuch der Mutter mit sich in die Heimath. Diesmal waren es Freudenthränen, welche die Letztere beim An-blick ihres Sohnes vergoß; jetzt sah sie es mit eigenen Augen, daß bei Gott kein Ding unmöglich ist. Es beschämte sie fast, daß ihr der dankbare Sohn fünf Dukaten, die er von seiner bisherigen „Information" erübrigt hatte, mitbrachte. Als sie aber hörte, daß ihm der Sonntag in Stolpe drei Predigten böte, rief sie unter bitteren Thränen aus: „wie glücklich bist du, mein Sohn; du hast eine so schöne Weide, und ich muß hier in der Dürre leben!"

Im Städtchen strömte Alles zusammen, den Gymnasiasten zu sehen. Man bestürmte ihn, eine Predigt zu halten; er gab den Bitten nach. Die Kirche war das väterliche Haus; Stube, Saal und Kammern gedrängt voll von Zuhörern. Die Gemeinde sang: „Es ist das Heil uns kommen her"; eine halbe Stunde wurde gesungen; von sieben und ein halb bis elf Uhr predigte dann der Jüngling über 2 Cor. 5, 21: „Gott hat den, der von keiner Sünde wußte, für uns zur Sünde gemacht, daß wir würden in ihm die Gerechtigkeit, welche vor Gott gilt"; das Thema, welches er später fort und fort behandelte. Dann wurde gesungen: „Erhalt uns, Herr, bei deinem Wort": als aber hierauf die Versammlung auseinandergehen sollte, baten die Zuhörer unter Thränen um Wiederholung der Predigt, und erst um drei Uhr endigte dieser Gottesdienst. „Eine feste Burg ist unser Gott" war das Amen, mit welchem die Herzen das Wort bekräftigten.

„Das war meine erste Predigt in ecclesia pressa (in der unterdrückten Kirche)", sagt Schultz. Das Verlangen nach Gottes Wort war bei den Leuten so gewaltig, weil die katholische Kirche in jenen polnischen Ländern die evangelischen Geistlichen sich einfach auszurotten bemühte. In Flatow z. B. vertrieben die Katholiken während der ersten Lebensjahre von Stephan Schultz den evangelischen Geistlichen und Lehrer, und fünfzig Jahre durfte die Stadt keinen neuen verlangen. Plündern, Rauben, Todtschlagen in den evangelischen Pfarrhäusern oder Kirchen war für die Katholiken eine Lieblingsbeschäftigung, und an ihnen lag es gewiß nicht, daß überhaupt auch nur kleine Häuflein der Evangelischen übrig blieben. Mit Lebensgefahr suchten treue Geistliche oder in der Erkenntniß tüchtige Laien ihre evangelischen Glaubensgenossen auf und versammelten sie zu gemeinsamen Gottesdiensten. Aber Schläge, Gefängniß oder gar der Tod war der Lohn, den diese „Prädikanten" empfingen, wenn man ihrer habhaft wurde.

Daß Schultz in dem Hause seiner Eltern gepredigt hatte, wurde bald den Katholiken bekannt; sie lauerten auf ihn, um ihn der Strafe der Prädikanten zu überliefern; er mußte schnell abreisen, entging den Nachstellungen und kam nach drei Wochen glücklich in Stolpe wieder an.

Als Schultz zurückgekehrt war und erzählte, wie schmerzlich seine Mutter das Fehlen eines evangelischen Gottesdienstes ver=mißte, bot man ihm das freie Bürgerrecht in Stolpe für seine Eltern an. Mit welchem Dank die Letzteren das annahmen, läßt sich wohl ermessen. Aber sie sollten noch mehr überrascht werden. Denn als sie in Stolpe einzogen, fanden sie von den Wohlthätern ihres Sohnes ein Häuschen sich eingeräumt, das im Voraus mit „allerlei Nahrung und Nothdurft des Lebens zu ihrem Besten versehen worden war". Und „bei Gott ist kein Ding unmöglich", das war das Dankopfer der treuen Mutter.

1733, also mit neunzehn Jahren und nach nur etwas über zweijährigem Besuch des Gymnasiums, wurde Schultz für reif befunden, die Universität zu beziehen. Er wählte Königsberg. Die Reise dorthin sollte er auf einem Ostseeschiffe machen. Seine Freunde versorgten ihn aufs Neue reichlich mit allem Nöthigen und gaben ihm dann noch das Geleit bis an das Ufer des Meeres. Am Strande knieeten Alle mit ihm nieder, segneten ihn dann und ließen ihn nach seinem neuen Bestim=mungsorte ziehen.

In Königsberg fand er nicht minder freundliche Aufnahme. Besonders richtete bald der Doktor und Professor der Theologie Stalthenius auf ihn sein Augenmerk. Derselbe gewährte ihm vollständig freie Station und forderte dafür von ihm nur zwei Stunden hebräischen Unterricht am Kniphof'schen Gymnasium. Seine Kenntniß des Hebräischen und Griechischen erwies sich als so vortrefflich, daß man es ihm erließ, in diesen Sprachen Vorlesungen zu hören; im Gegentheil durfte er einigen Stu=denten ein hebräisches Collegium privatissime lesen. Schon als Gymnasiast hatte er nämlich das Hebräische tüchtig ge=trieben und ein Verfahren in der Erlernung dieser Sprache innegehalten, das eben so sehr von seinem Verstande als von seinem Eifer und Fleiß Zeugniß gibt. Vor sich legte er nämlich die hebräische Bibel, zur Rechten Luthers Uebersetzung,

zur Linken Buxtorfs Lexikon und neben sich Michaelis' Gram=
matik, die er mit zwei anderen vorher verglichen hatte. Dann
las er das erste Capitel des ersten Buches Mosis Wort für
Wort durch, suchte im Lexikon die Wurzel und alle abgeleiteten
Wörter, so lange bis er zu dem seines Textes kam. Auf diese
Weise brachte er vierzehn Tage je eine Stunde mit dem Lesen
dieses Capitels zu. Die Wörter schrieb er auf einen Zettel
und memorirte dieselben auf seinen Spaziergängen oder in
Nebenstunden; die Hauptsprüche schrieb er über die Thüre, las
sie beim Ein= und Ausgehen laut her und beendigte auf diese
Weise in einem Jahre das ganze Alte Testament.

Die hebräischen Kenntnisse des Studenten überraschten den
Professor Stalthenius im hohen Grade; noch mehr aber seine
Bekanntschaft mit dem Rabbinischen. Schultz hatte in der Biblio=
thek dieses seines Lehrers die Schriften des Rabbi Salomon
und des David Kimchi getroffen und auf dieselben alsbald sein
Studium gerichtet. Der Doktor erfuhr dies; er sah, daß die
Begabung und das wissenschaftliche Streben des Studenten ihn
für das akademische Lehramt tauglich machten, und ermahnte
ihn deßhalb, auf dieses Ziel hin seine Studien einzurichten. Schultz
gedachte auch diesem Rathe zu folgen. Aber kurze Zeit darauf
las er einen Bericht des Callenbergischen Institutes von der
Arbeit unter den Juden. Derselbe machte auf ihn einen solchen
Eindruck, daß er sich vornahm, Magister auf der Universität zu
werden und durch Collegienlesen so viel zu verdienen, daß er
Missionsreisen unter den Juden machen könnte. Zum ersten
Mal trat ihm der Gedanke näher, dessen Ausführung er her=
nachmals hauptsächlich sein Leben widmete.

• — —

Blick auf die evangelischen Judenmissions-Bestrebungen bis zu Stephan Schultz.

Vereinzelten Bemühungen, die Juden für die christliche Wahr=
heit zu gewinnen, begegnet man im Schoße der evangelischen
Kirche schon seit den Tagen der Reformation. Das fürstliche
Oberbischofsamt besonders hatte in mehreren seiner Träger den
Gedanken erweckt, daß sie auch gegen ihre jüdischen Unterthanen
eine geistliche Pflicht hätten. Die Landgrafen von Cassel und
Darmstadt beauftragten einige Prediger hier und da, den Juden
Predigten über das Christenthum zu halten, und die Juden
wurden geradeswegs genöthigt, dieselben anzuhören. Richtiger
war das Unternehmen eines reichen Hamburger Bürgers, Es=
dras Edzard (1629—1708), der mit hebräischer und tal=
mudischer Gelehrsamkeit ausgerüstet alle anderen Stellungen,
z. B. mehrere Universitätsprofessuren ausschlug, um sich ganz
der Bekehrung der Juden zu widmen. Ihm wurde es auch
gegeben, eine große Zahl derselben der evangelischen Kirche zu=
zuführen. Eine bedeutende Stiftung desselben, für das Werk
der Judenmission ausgesetzt, wurde treu ihrem Zwecke gemäß
von seinen Söhnen Georg und Sebastian verwandt; ist aber
nach dem Ableben derselben unter die Verwaltung des Ham=

burger Senates gestellt worden, der sie leider heutiges Tages
völlig ihrem Stiftungszwecke entfremdet hat und durchaus nur
nach Willkühr über dieselbe schaltet. Vielleicht erwacht noch
einmal das Gewissen einiger Hamburger, so daß diese Gelder
nicht länger ein Raub in den Händen der reichen Stadt
bleiben.

Sodann haben Zinzendorf und die Brüdergemeinde über=
haupt schon früh ihr Augenmerk auf die Bekehrung der Juden
gerichtet; wie man denn auch heute nirgends so sehr von der
bleibenden Bedeutung Israels für die Kirche überzeugt ist, als
gerade in weiten Kreisen dieser Gemeinde. Leonhard Dober, der
unter den Seinen die erste Anregung für eine Arbeit unter
Israel gab, und Samuel Lieberkühn in Amsterdam, von den
Juden als Rabbi Samuel verehrt, haben in der eigenthümlich
schönen Weise der Brüdergemeinde, d. h. durch die That eines
Lebens in der Liebe ebensosehr als durch Predigen gar manchem
jüdischen Herzen nahe zu kommen gewußt.

Ein Zeugniß ihrer Art mag der folgende Brief sein, welchen
Graf Zinzendorf an die Juden der Wetterau, die ihm sehr
viel zu verdanken hatten und ihm außerordentlich zugethan waren,
richtete:

„Ihr lieben Juden in dieser Gegend!
Ich wollt' euch gern sehr loben wegen eurer bisherigen
und nun so viel hundertjährigen Pünktlichkeit in eurem Gesetz;
ich wollte mich mit euch über unsers Königs und Gottes
erstaunliche Härte wundern, der euch nach euren großen und
himmelschreienden Götzendiensten, Vergehungen und Gräueln
nie über 70 Jahr hat zappeln lassen, nun aber bald 1700
Jahre in der äußersten Verlegenheit ohne Tempel und Opfer
läßt, da ihr gar nichts gethan habt, und nur eifriger in eurer
Religion gewesen seid, als vor und nach eurer Verstörung:
wenn euch nicht euer eigenes Herz sagte — so viel Euer
vor Nahrungssorgen, vor Blindheit oder Widrigkeit gegen
die sogenannten, euch mit allem Recht abominabeln Christen
zum Nachdenken fähig sind —, daß eure jetzige hartnäckige
Andacht die Ursache seines Grimmes über euch sei.

Denn weil es der eigentliche Charakter der Juden ist, allemal zu widerstreben — das Zeugniß geben euch eure eigenen Propheten, Moses nennt euch schon ein halsstarriges Volk —, so habt ihr immer, wenn ihr einen Gott habt anbeten sollen, etliche haben wollen; wenn ihr hörtet, er wäre unsichtbar, so wolltet ihr ihn sehen. Seitdem ihr hört, er habe sich dreifach geoffenbart, so dringt ihr auf die Einigkeit seiner Natur; und seitdem man euch sagt, er habe sich unter den Menschen sehen lassen, so dringt ihr darauf, daß ihn Niemand sehen könne. Als er euch in den Tempel wies, so liefet ihr auf alle Berge hinaus; nun er euch Freiheit gibt allenthalben zu beten, so hättet ihr gern einen besonderen Ort.

Da er euch seine Gebote und Rechte lehrte, so sagten eure Väter zu Mose: ‚wir wollen‘, und es war nicht ihr Ernst; zu Jeremia: ‚wir wollen nicht‘, und was sie auch thaten, das hieß Läst, unerträgliche Last. Seitdem er euch versprochen hat, er wolle euch nicht mehr zwingen, sondern einen Bund mit euch machen, der ganz anders sein soll als der vorige, euer Herz solle willig und heilig werden: so wollt ihr lieber 600 Gesetze halten, als das selige Herz annehmen, das ihr haben könnt, und die Freiheit, die euch gegönnt ist.

Ihr wollt lieber Israel, das doch eine Creatur ist, vergöttern und ihm Namen beilegen (Jesaia 53), die Niemand als Gott zukommen, als daß ihr einen Messias ansehen wollt, wo er ist, und erkennen, daß er zuerst in einer armen Gestalt und darnach erst herrlich erscheinen wird.

Das ist die Ursache, warum ich euch bisher noch nichts von meinem Lamme gesagt, das ich doch in so vielen Gegenden der Welt predige und predigen lasse, und das mir doch nie aus Herz und Mund kommt. Das ist die Ursache, warum ich meinem Nunez d'Acosta — (einem von ihm mit außerordentlichen Wohlthaten bedachten Juden) — so wenig als euch davon vorsage, ob er gleich in meinem Hause und Brote ist, und mich gewiß als seine Seele liebt.

Ihr müßt erst euren Sinn ändern, ihr müßt erst Kinder werden, ihr müßt erst eure Selbstgerechtigkeit fahren lassen und glauben, daß ihr verlorene Sünder seid, die Jemand brauchen, der sich ihrer erbarme zeitlich und ewig.

Alsdann, meine um der Väter willen geehrte Väter, und um meines auch um euch geschlachteten Lammes willen, innig geliebte Freunde! will ich euch mit Freuden= und Liebes= thränen von dem vorsagen, ohne den ich weder leben noch selig werden will, und mit dem ich lieber in der Hölle, als ohne ihn im Himmel sein wollte. Ihr wißt wohl, wen ich meine.

Ludwig von Zinzendorf."

Vor Allem aber hat die Spener=Franke'sche Bewegung in weiteren Kreisen der evangelischen Kirche den Gedanken an die lange vergessene Mission unter den Juden wieder lebendig ge= macht. Nicht allein die Heidenmission, sondern auch die unter Israel hat evangelischerseits hier ihren hauptsächlichen Ur= sprung.

In der vorevangelischen Zeit finden sich wohl vereinzelte und vorübergehende Anstrengungen, welche Juden für das Christenthum zu gewinnen suchen, aber kein wirkliches und nachhaltiges Missionswerk. Und auch die evangelische Kirche fühlt sich, wie gesagt, erst seit dem Anfange des vorigen Jahrhunderts ernstlicher getrieben, den Juden eine Stätte in dem Heilig= thume Jesu Christi zu bereiten. Daß es nicht früher geschehen ist, darf übrigens dem Protestantismus nicht so sehr zur Last gelegt werden. Die reformatorische Zeit war von ihren eigenen Aufgaben vollkommen in Anspruch genommen. Dem alsdann eintretenden ruhigeren Aufbau und Ausbau folgten die Stürme und Nachwehen des dreißigjährigen Krieges; aber als dieselben überwunden waren, erwachte auch bald mit dem Kampfe gegen allen Tod in der evangelischen Kirche der Missionsgeist. Die nähere Veranlassung für die Inangriffnahme der Judenmission speciell war die folgende:

A. H. Franke traf auf einer Reise durch Süddeutschland mit

dem greisen Prälaten Hochstetter in Bebenhausen bei Tü-
bingen zusammen. Im Gespräch äußerte der Letztere, daß er
stets einen dreifachen Wunsch Gott im Gebet vorgetragen
habe:

> zuerst um eine neue Ausgießung des heiligen Geistes über die
> deutsche Christenheit;

> sodann, daß er Arbeiter in das weite Feld der Heiden senden
> wolle;

> und endlich, daß auch erbarmende Herzen an den Weinberg
> Israel denken möchten.

Die beiden ersten Gebete seien erhört, aber sein letzter
Wunsch harre noch der Erfüllung.

Diese Worte konnte Franke nicht wieder vergessen; er theilte
sie in seinen erbaulichen Ansprachen den Studirenden der Universität Halle mit. Von einigen Zuhörern waren diese Ansprachen niedergeschrieben worden. Die Nachschriften ließ dann
Franke von mehreren Studenten so weit ordnen, daß sie dem
Druck übergeben werden konnten. Die Ansprache, welche die
oben erwähnten Worte enthielt, hatte der damalige Studiosus
und nachherige Professor v. Callenberg für die Presse her-
zustellen. Er selbst hatte sie mündlich nicht gehört, konnte aber
den Inhalt der gelesenen nicht vergessen, sondern beschloß von
da ab die Sache der Bekehrung Israels ernstlich im Herzen zu
behalten. Um diese Zeit nun hatte der Pastor Johann Müller
in Gotha durch vielfachen Verkehr mit Juden sich bewogen ge-
fühlt, ein Schriftchen über die Erlösung durch Jesum Christum
zu schreiben, welches er auf eigene Kosten drucken ließ und
vielfach unter die Juden vertheilte. Die günstige Aufnahme
desselben veranlaßte ihn, ein anderes und ausführlicheres Buch
mit dem Titel: „Licht am Abend‟ zu verfassen. Er stellte
demselben seinen Namen in hebräischer Uebersetzung: „Jochanan
Kimchi‟ voran, und schon der eine Umstand trug für seine späterhin
sehr große Verbreitung in jüdischen Kreisen viel bei. Zuerst
jedoch verzögerte sich der Druck dieser Schrift; denn ein Ver-
leger wollte sich nicht finden lassen, und die eigenen Mittel
Müllers reichten nach allen früheren zu der neuen Ausgabe

nicht hin. Callenberg besuchte gerade in dieser Zeit den ihm bereits bekannten Freund Israels; er nahm das Manuscript nach Halle und versprach für den Druck desselben zu sorgen. Bald hatte Callenberg so viele Beiträge gesammelt, daß er sich an die Ausführung seines Versprechens wagen durfte. Ein Freund jedoch, der Proselyt Doktor Frommann, rieth ihm, für das empfangene Geld vielmehr hebräische Lettern zu kaufen, um auf diese Weise selbst die Mittel in den Händen zu haben, eine ganze Missionslitteratur zu schaffen. Callenberg folgte dem Rath, aber nun fehlte es an Druckern und Setzern. Frommann half der Noth schnell ab; er lernte in allerkürzester Zeit das Schriftsetzen und wurde selbst der Drucker. Auf diese Weise hatte man sehr bald das „Licht am Abend" hergestellt, bei dem, um doch auch das Seine daran gethan zu haben, Callenberg die Correktur übernahm. Mit dem fertig gewordenen Buch eilte er alsbald nach Gotha. Müller aber lag auf dem Sterbebett. Man gestattete dem Professor auf sein dringendes Bitten den Zutritt; er rief dem fast Bewußtlosen zu, daß er gekommen sei, das „Licht am Abend" ihm gedruckt zu zeigen! Die Worte erweckten noch einmal seinen Geist; er hob seine schwachen Hände zum Himmel und sprach mit matter Stimme: „Nun ist das Büchlein gedruckt, ich hoffe, der Herr wird dem Hause Israel Heil geben." Darauf legte er sich zurück und entschlief mit friedevollem Lächeln. Die Weihe eines frommen Sterbenden hat in der That auf dem Buche geruht, und es sind wohl wenige von gleicher Bedeutung für die Sache des Christenthums unter den Juden geworden. Gegenwärtig soll es in einer für unsere Zeit angemessenen Gestalt aufs Neue heraus= gegeben werden.

Das „Licht am Abend" war der erste Stein in dem neu unternommenen Bau. Auf diesem Grundstein erhob sich 1728 das jüdische Institut Callenbergs. Der Plan desselben war ein dreifacher:

1) Bibeln und Missionsschriften zur Bekehrung der Juden in jüdisch=deutscher, hebräischer, arabischer und türkischer Sprache drucken zu lassen;

2) Missionare unter die Juden zu senden;

3) fortlaufende Berichte über alle Angelegenheiten des In=
stituts erscheinen zu lassen.

Callenberg war bereit, den Unterricht derjenigen zu über=
nehmen, welche hernach als Missionare ausgesandt werden sollten,
und einem Rathe Wagenseils folgend, beabsichtigte er insbesondere,
seine Sendboten mit der jüdisch=deutschen Sprache bekannt zu
machen, um ihnen dadurch einen leichteren Eingang unter den
Juden zu verschaffen. Er stand als Direktor an der Spitze
des ganzen Werks.

Die Mittel zur Bestreitung aller der Kosten, welche zu er=
warten waren, wenn ein in diesem Umfange projektirtes Unter=
nehmen ausgeführt werden sollte, flossen zwar nicht reichlich zu, aber
sie waren immerhin groß genug, um einen bescheidenen Anfang zu
machen. Die bald ausgegebenen „Berichte des Callenbergischen
Instituts", nüchtern, einfach und wahr abgefaßt, vergrößerten aber
nach und nach das Interesse der christlichen Kreise, und so wurde es
denn auch möglich, an eine Ausdehnung des Unternehmens zu
denken. Besonders gern wurden die in den Berichten mitgetheilten
Gespräche zwischen den Juden und Missionaren gelesen, und von
den Christen selbst Sorge getragen, daß diese Zeitschrift in
jüdische Hände kam. Sie war aber so vorsichtig in ihren Er=
zählungen, daß man sie auch ohne Bedenken den Juden über=
geben konnte. Denn in derselben wurden weder die Namen
der Missionare, noch der Personen, mit welchen Unterredungen
stattgefunden hatten, noch der Ortschaften, welche in Frage
kamen, angeführt, um nicht durch Unvorsichtigkeit der Sache
selbst zu schaden. Und die Juden schätzten ihrerseits dieses
Zartgefühl. Unter einem großen Kreise derselben in dem würtem=
bergischen Ludwigsburg hörte Schulz die Aeußerung, daß man
die Callenbergischen Berichte wohl lese und dem Professor es
zugestehen müsse: er habe in seiner Art die Sache sehr geschickt
angefangen; denn seine Zeugnisse aus dem Leben heraus machten
Eindruck, und das um so mehr, weil sie für ein neugieriges
Fragen nach den näheren Umständen keinen Raum ließen. Gewiß
ist ein solches Bekenntniß aus jüdischem Munde selbst wohl be=
achtenswerth.

Von diesen Berichten angeregt, fand sich im Jahre 1730 der Magister Widmann aus Würtemberg, welcher bereits zwei Jahre auf eigene Kosten Missionsreisen unter den Juden gemacht hatte, bei Professor v. Callenberg ein und erbot sich dem Institut zu weiterer Arbeit. Er wurde gern angenommen. Mit Schriften versehen begab er sich nunmehr im Auftrage der hallischen Mission auf neue Reisen. Ihm schloß sich der Candidat Manitius an, den gleichfalls eine besondere Liebe für die Juden zu diesem Schritte bewog. Beide besuchten nun dieselben in einem großen Theile Deutschlands, Polens und Böhmens. Ihre Tüchtigkeit war es wohl auch, welche in dem schwedischen Minister v. Degenfeld den Wunsch nach einer Erweiterung des frisch ausgeführten Werkes erweckte. Derselbe übersandte im Jahre 1735 dem Professor v. Callenberg fünfzig Thaler und fügte dieser Summe das Versprechen eines jährlichen Beitrages in der gleichen Höhe bis an sein Lebensende hinzu, wenn neben den vorhandenen zwei Arbeitern, sobald es anginge, ein dritter angestellt würde.

Einen solchen zu suchen wurde nun den beiden oben genannten Missionaren aufgegeben. Auf ihren Reisen kamen dieselben aber auch nach Königsberg. Sie erkundigten sich bei den Professoren der dortigen Universität, ob nicht ein Theolog willens sei, in ihre Arbeit einzutreten. Professor Stalthenius dachte an Schultz, fürchtete aber, daß derselbe bei seiner schwächlichen Gesundheit die Beschwerden der Missionsreisen nicht würde ertragen können. Er rief ihn jedoch in seine Studirstube herunter, und es entspann sich nun folgendes Gespräch zwischen den beiden:

,,,Wie steht es um Ihre Gesundheit?'

,Das wissen der Herr Doktor ja wohl selber.'

,Wie, wenn Sie eine Reise zur Motion über sich nähmen?'

,Das wäre wohl gut, aber ich habe nicht Zeit, Motionsreisen anzustellen.'

,Ich meine, eine Reise, die das Reich Christi angeht.'

Ich dachte bei mir selbst: eine Reise zur Motion und

doch auch zur Beförderung des Reiches Christi! Unter die Malabaren Indiens kann das wohl nicht sein, überlegte ich still und frug dann laut:

‚Vielleicht unter die Juden?'

‚Ja, aber es ist eine Sache, da Sie Ihr Leben nicht theuer achten müssen.'

‚Die Sache ist wichtig, ich will sie Gott vortragen.' "

Schultz erhielt einige Tage Zeit; eine ganze Nacht hindurch überlegte und betete er, dann war er entschieden — und die Judenmission hatte ihren tüchtigsten Arbeiter gefunden.

Sofort rüstete er sich auch zum Aufbruch. Die Freunde nahmen von ihm Abschied, wie sie glaubten, auf Nimmer= wiedersehn; der äußere Anschein machte ihre Furcht nur zu erklärlich.

Schultz hatte je länger je mehr auf der Universität als Zweck seines Studirens es angesehen, nicht bloß zur Arbeit an den Christen, sondern auch zu Unterredungen mit den Juden über die christliche Wahrheit tüchtig zu werden. Des Tages über jedoch hörte er Collegien oder unterrichtete an dem **Collegium Fridericianum.** Deßhalb blieb allein ihm die Nacht für die talmudischen Studien übrig; und diese Nacht= arbeit, welche vor Allem in fortwährender Lektüre der außerordentlich fein gedruckten rabbinischen Schriften bestand, hatte seine Gesundheit aufs Aeußerste geschwächt. Zwei Jahre lang schlief er die Nacht über höchstens drei Stunden; aber er konnte das freilich nur durch einen gewaltsamen Kampf gegen die Natur erreichen. Sich wach zu erhalten, befestigte er einen Bindfaden an einem Topfe, der mit Kieselsteinen gefüllt war, und setzte denselben in ein kup= fernes Gefäß, das andere Ende des Bindfadens aber schnürte er um seine Hand. Schlief er ein, und gerieth dabei die Hand in eine andere Lage, so fiel der Topf um, und der Lärm, welchen die an das Kupfer anschlagenden Steine ver= ursachten, erweckte ihn. Aber die Natur gewöhnte sich an dieses Geräusch. Deßhalb legte er sich auf eine Bank, die so schmal war, daß er bei der geringsten Bewegung herunter=

fiel, und erreichte damit allerdings seinen Zweck; aber freilich er muß selbst gestehen: „ich würde wohl dieses Verfahren vielleicht in Kurzem mit dem Grabe beschlossen haben, wenn nicht Gott nach seiner Güte die Missionsreise veranstaltet hätte".

In dieser Verfassung begann Schultz das neue Werk.

III.

Die Probereise und der völlige Eintritt in den Missionsberuf.

(1736—1739.)

Es sollte zuerst nur eine Probereise sein, welche der nun=
mehr zweiundzwanzigjährige junge Mann am 29. Mai 1736
mit Widmann und Manitius antrat. Ein Wanderbündel auf
dem Rücken, Wäsche, eine Anzahl jüdischer Bücher und ein
Schreibzeug enthaltend, im Ganzen siebenzig Pfund am Gewicht,
so zog er mit den Gefährten dahin. Vorher fast eingeschlossen in
die Königsberger Studirstube und so elend, daß seine ganze Er=
scheinung die eines Menschen war, welcher in jedem Augenblicke
zusammenbrechen konnte, mußte er nun Wochen lang dahin=
wandern, und doch werden die Beschwerden nur nebenbei er=
wähnt.

In Polangen, an der russischen Grenze, hatte Schulz seine
erste Begegnung mit Juden. Hier mußte er seine „erste Helden=
that" beweisen. Die Reisenden waren in einem Wirthshause
eingekehrt, das dem Landrabbiner gehörte. Einige gerade an=
wesende Juden ließen sich mit den beiden älteren Missionaren
in ein Gespräch über das Verderben des jüdischen Volks ein.
Zwei Stunden hatte dasselbe bereits gedauert, ein junger Bocher

(Student der jüdischen Theologie) aber zu wiederholten Malen sich Unterbrechungen mit leichtfertigen Redensarten erlaubt. Bei den schnöden Worten des Jünglings erwachte endlich in Schultz — so sagt er selbst — „der Feuergeist des Elias". Er trat an den Bocher heran und sagte zu ihm: „Ihr seid jung und ich bin auch jung, und Ihr seid noch jünger als ich; Ihr wollt so alte Leute wie den Landrabbiner und meine Gefährten aus= lachen? Weißt du nicht das Gebot: vor einem alten Manne sollst du dich bücken, und du schämst dich nicht, ihrer zu spotten?" Das wirkte. Der Lärmende wurde still, und nun durfte Schultz die Geschichte des Sündenfalls und der ersten Ver= heißung achtsamen Hörern verkündigen. Die Juden luden ihn und seine Gefährten zum Abendessen ein, dieselben nahmen es an; dann sprach man noch bis Mitternacht mit einander über reli= giöse Dinge, und ein Nachtlager auf Tischen und Bänken beschloß den Tag der ersten Arbeit.

Am anderen Morgen ging es weiter. Fußreisen in den russischen Ostseeprovinzen waren damals mit mancherlei Be= schwerlichkeiten verbunden. Eines Abends stehen die Drei vor einem Wasser; jenseits desselben liegt das Wirthshaus, in welchem sie übernachten wollen. Sie befinden sich auf dem rechten Wege; das Wasser, welches sie am Weiterwandern zu verhindern sucht, rührt von einer Ueberschwemmung her. Zurück wollen sie nicht, sie hoffen überdem die Schwierigkeiten eines Sees, der nur eine kurze Zeit Bestand hat, leicht zu überwinden und waten ruhig in das Wasser hinein. Aber dasselbe wird tiefer und tiefer; es bleibt ihnen bald nichts übrig, als zurückzukehren oder sich zu entkleiden und vorwärts zu dringen. Der Entschluß ist schnell gefaßt: die Sachen werden zusammengebunden und auf den Kopf als Bündel gelegt. So steuern sie weiter, aber schließlich fehlt auch der Grund unter den Füßen. Zum Glück sind alle gute Schwimmer. Da fassen sie mit der einen Hand ihre Habseligkeiten, mit der an= deren rudern sie; die Nacht ist angebrochen, der Mond auf= gegangen, sein helles Licht zeigt ihnen die Richtung. Still gleiten die wunderlichen Reisenden die Wasserbahn dahin, endlich fühlen sie wieder Boden unter sich; um ein Uhr landen sie auf trockener Erde, und das ersehnte Haus ist erreicht. Aber dieser 8. Juli hat sich dem Gedächtniß des jungen Missionars bleibend eingeprägt.

Der Beschwerden fanden sich gar viel mehr als der Annehmlichkeiten. Das Land war damals wenig wirthlich; Speise und Trank oft recht dürftig; Brot, wie aus purer Spreu gebacken und in warme Milch gebrockt, die Hauptnahrung; selten fanden die Missionare ein wenig gedörrtes Fleisch. Aber die Freudigkeit ihrer Arbeit litt darunter nicht; sie haben reichlich und mit Dank gegen Gott das Evangelium verkündigt.

Diesmal jedoch wollten sie in Curland sich nicht lange aufhalten; sie traten deßhalb die Rückreise an, theils zu Fuß, theils auch benutzten sie das Schiff. Schultz übte bei dieser Gelegenheit zum ersten Male das Amt eines Schiffpredigers, das er hernach oft genug versehen hat. Den Juden und Christen, welche sich in dem Fahrzeuge befanden, predigte er die Güte und die Gerechtigkeit Gottes. Einige Christen benahmen sich sehr unfläthig. Schultz, der es eine Weile mit angesehen, trat zu dem Schiffscapitain und redete ihn an: „Herr, wir werden Sturm haben." Der Capitain antwortete: „Ich sehe ja keine Meerschweine (Delphine)." Schultz entgegnete: „Es sind Schweine genug in diesem Schiff". Der Capitain schalt ihn einen Fanatiker. Schultz aber verkündigte ihm, er werde es erfahren, daß Gott gerecht sei. Bald darauf brach ein heftiger Sturm aus. Alle, den Capitain nicht ausgenommen, befiel die Seekrankheit; nur Schultz und ein Jude, welcher dem Zeugniß des Missionars von der Versöhnung durch Christum andächtig zugehört hatte, blieben verschont. Der Sturm wollte sich gar nicht legen, und das körperliche Uebelbefinden der Schiffsleute hielt fortdauernd an. Schließlich wandten dieselben sich an Schultz, er solle Gott anrufen, daß der Sturm sich lege. Der Missionar antwortete ihnen: „O daß der unruhige Geist in euch sich legen und ihr Kinder des Friedens werden möchtet, so würde Gott nicht nöthig haben, mit euch harte Wege zu gehen." Sie versprachen Besserung. Da betete Schultz vor ihnen ernstlich um Gnade, und Gott erhörte ihn; das Wüthen des Sturmes legte sich schnell, und die Fahrt wurde ruhig vollendet. So er= zählt Schultz selbst, aber fast ängstlich fügt er hinzu, „daß man nur ja nicht glauben solle, er sei ein anderer Mensch als die übrigen; sondern derartige Fälle erzähle er nur, damit man sehe, wie der Herr seine Bekenner nicht im Stiche läßt".

So viel von dieser ersten Reise; sie zeigt den Charakter von Schultz und die Art seines Wirkens in kleinem, wenn auch unausgeführtem Bilde. Es lebte in diesem jungen Manne eine Unerschrockenheit, ein Zeugenmuth, eine Bekenntnißfreudigkeit, eine rasche Entschiedenheit, eine Glaubenszuversicht, eine Gebets= kraft und dabei ein so demüthiger, kindlicher Sinn, der nichts von sich selbst weiß, der alles Lob von sich selbst abwehrt und nur die Ehre seines Gottes sucht, daß er durch alles Das eine wirklich anziehende Erscheinung wird.

Das war nun der erste Versuch seiner Missionsarbeit. Schultz war nicht als Phantast ausgezogen; er hatte keine raschen Erfolge gefordert; seine Erwartungen wurden daher auch nicht betrogen. Was er zu finden gehofft, das hatte er gefunden: vielfältige Gelegenheit, den Juden das anzupreisen, was sein Leben glücklich machte. Sein Entschluß war gefaßt: dieser Mission fortan noch völliger anzugehören. So kehrte er nach Königsberg zurück, bereit, dem ersten Wink zu folgen, der ihn in das neue Arbeitsfeld rufen würde. Bis das geschah, wirkte er indeß von 1737—1739 als Lehrer am Fridericianum, erhielt das Seniorat am polnischen Seminar und die Prediger= stelle am Zuchthause. 1739 wurde er zu neuen Reisen im Interesse des jüdischen Instituts berufen.

Die Gesundheit des jungen Geistlichen war nunmehr ge= kräftigt. Von verschiedenen Seiten in und um Königsberg bot man ihm damals Pfarrämter an; sein Herz jedoch war bei der Judenmission, und er wollte sich deßhalb an kein Amt binden, welches ihm unmöglich machte, einem Rufe in dieses Arbeitsfeld schnell zu folgen. Im November 1739 kam die Berufung aus Halle. Aber gerade jetzt schien sich Alles zu vereinigen, um es ihm zweifelhaft zu machen, ob er wirklich

dorthin gehen solle. (Gerade nachdem der Brief aus Halle an=
gelangt war, wurde dem erst fünfundzwanzigjährigen jungen
Manne die bedeutende und einträgliche Superintendentur in
Stallupönen überwiesen. Man hielt ihm vor, daß er die Pflicht
habe, es wohl zu erwägen, ob er diese wichtige Stelle aus=
schlagen dürfe. Darauf antwortete er, daß er die Entscheidung
nicht selbst geben wolle und in der That bereit sei, das an=
getragene Amt anzunehmen, wenn er genügende Antwort auf
seine Bedenken erhielte. Er bat die theologische Fakultät, ihm
auf folgende fünf Punkte einen hinreichenden Bescheid zu geben:
„Wenn Gott an jenem Tage mich fragen möchte:

1) Habe ich dir nicht von Kindesbeinen an einen Trieb ge=
geben, den Juden den Weg des Heils zu zeigen? so würde
ich antworten müssen: ‚Ja, Herr!‘

2) Habe ich dir nicht auf der Probereise vor drei Jahren
gezeigt, daß ich dir Tüchtigkeit geben könnte zu arbeiten?
so würde ich antworten: ‚Ja, Herr!‘

3) Habe ich dir nicht zu erkennen gegeben, daß die Ernte
der Juden groß und der Arbeiter wenige seien, so würde
ich wieder antworten müssen: ‚Ja Herr!‘

4) Habe ich dir nicht gezeigt, daß du auf der Probereise
manchen guten Eingang unter den Juden hattest, und daß
du bei ferneren Reisen und größerer Uebung hättest wei=
teren Eingang haben können? Ich würde wiederum ant=
worten: ‚O ja, Herr!‘ Und wenn endlich

5) dann der Herr mich fragen würde: warum bist du dem er=
gangenen Rufe nicht gefolgt? so werde ich die hochwürdige
theologische Facultät antworten lassen.

Darauf sagten Alle: ‚Nein, das wollen wir nicht ver=
antworten, gehe Er in Gottes Namen‘, segneten mich und
ließen mich ziehen.“

So brach denn Schultz nach Halle auf. Seine Reise führte
ihn durch Stolpe, die jetzige Heimath seiner Eltern. Der
Vater war bereits gestorben, die Mutter noch am Leben. Die=
selbe war Anfangs betrübt über des Sohnes Entschluß; sie hatte
wohl gehofft, durch seinen Mund auch den Juden das Zeugniß

von Christo entgegengebracht zu sehen, aber an einen direkten
Missionsberuf nicht gedacht. Als sie jedoch ihn selbst von der
Wichtigkeit der Sache reden hörte, sagte sie: „Ich habe dich
im Mutterleibe dem Herrn gewidmet und deßhalb dich Stephanus
genannt; ich habe zwar nicht gemeint, daß du hingehen und
den Juden predigen solltest, aber da Gott dich gerufen, so
wünsche ich dir Stephani Geist und Freudigkeit, und will nur
Gott bitten, daß er, wenn es ihm gefällt, die Steine der
Juden von dir abwenden möge." Unter ihrem Gebet und
Segen reiste er weiter. In Berlin besuchte er den Pastor
Woltersdorf an der Gertraudenkirche. Er frug die Kinder des=
selben, ob sie auch wohl Lust zum Reisen hätten? Der neun=
jährige Albrecht Friedrich antwortete: „Warum nicht, wenn es
Gottes Wille ist!" Zehn Jahre später folgte derselbe ihm nach
Palästina als ein jugendlicher Mitarbeiter in demselben Werke.

Ende 1739 traf Schultz in Halle bei Professor v. Callen=
berg ein und erhielt die Aufforderung, sich zu einer baldigen
Missionsreise fertig zu halten.

Anfang 1740 verließ er dann Halle in seinem neuen Beruf;
diesmal mit Manitius, dem er als Mitarbeiter beigegeben wurde.

Es ist nicht die Absicht dieses Büchleins, nunmehr dem Mis=
sionar auf Schritt und Tritt zu folgen oder von seinen Reisen
der Reihe nach zu berichten, sondern es soll vielmehr nur ein
Bild seiner Thätigkeit gegeben werden. Deßhalb wird eine
kürzere Zusammenfassung des reichen Stoffes stattfinden und,
ohne daß überall auf die Zeitfolge des Einzelnen Rücksicht ge=
nommen würde, die weitere Darstellung lediglich nach bestimmten
leitenden Gesichtspunkten geschehen. Bei einer anderen Art und
Weise würden häufige Wiederholungen nicht vermieden werden
können.

Vorbereitungen zu umfassendster Arbeit.

Den Juden in der ganzen Welt, das war nun sein Plan, wollte er die Sache des Christenthums nahe bringen. So viel an ihm lag, sollte geschehen, damit womöglich Jedem aus Israel einmal die Frage persönlich nahe träte: „Was dünket dich um Christum?"

Und in der That, er ließ es an Keinem fehlen, um die Arbeit in dem angegebenen Umfange mit Nutzen ausführen zu können. So erlernte er die bedeutendsten Sprachen der Länder, in welchen er die Juden zu besuchen sich anschickte. Er sprach neben dem Deutschen, Polnischen, Lateinischen, Altgriechischen, Talmudischen und Hebräischen auch das Englische, Französische, Holländische, Italienische, Illyrische, Neugriechische, Türkische, Arabische, Persische, Syrische, Armenische, Coptische und die lingua franca des Morgenlandes.

Diese Sprachen erlernte er theils in der Zeit der kurzen Zwischenräume, welche zwischen den einzelnen Reisen lagen, theils aber auch noch unterwegs. Eifer und Sprachengabe verbanden sich dabei auf merkwürdige Weise; drei bis vier Monate reichten für ihn hin, das Türkische zu erlernen. Oft sah die Nacht den Ermüdeten die Sprache des Landes, in welches er eingetreten war, oder einer Nation, welche er demnächst zu

erreichen hoffte, studiren, nachdem der Tag der eigentlichen
Missionsthätigkeit gewidmet war. In Cairo liest er eine ara=
bische Grammatik in einigen Tagen durch und schreibt sich in
den Nächten ein arabisch=italienisches Vokabularium ab. Ita=
lienisch legt er einer Versammlung bei dem englischen Consul
Usgate in Aleppo das Sonntagsevangelium Mark. 7, 31 aus,
und den Eingeborenen, welche sich im Consulatsgarten um ihn
versammelt hatten, zeigt er darauf in arabischer Sprache, wie
in einem Garten die Sünde angefangen, im Garten Christus
seinen Todeskampf gekämpft habe und im Garten endlich be=
graben und auferstanden sei.

Oder in welchem Grade er diese seine Sprachengabe für
sein Werk zu benutzen verstand, dafür gibt ein Vorfall aus
dem Bayerschen ein ansprechendes Beispiel. Er trifft dort in
einer Gesellschaft mehrerer Juden, welche sich mit ihm in reli=
giöse Gespräche eingelassen hatten, einen polnischen Rabbi. Dem
Manne war das Zeugniß von der Buße und dem Glauben
aus christlichem Munde unangenehm, und er stellte sich an, als
ob er von der ganzen Unterhaltung nichts verstünde. Mit einem
Male redete Schulz auch ihn an. Der Rabbi hatte genugsam
bemerkt, in welche Bedrängniß seine Glaubensgenossen dem
Missionar gegenüber gerathen waren, und er wollte sich nicht
selbst der gleichen Verlegenheit aussetzen. Deßhalb entschuldigte
er sich bei den deutschen Worten von Schulz mit seiner pol=
nischen Sprache. Der Letztere ging sogleich zum Polnischen
über, und bald sah sich der Rabbi in solcher Noth, daß er zum
Rabbinischen seine Zuflucht nahm: es nutzte ihm nichts, der
Missionar antwortete rabbinisch und ließ den Faden des Ge=
sprächs nicht fallen. In größter Verlegenheit wechselte darauf
der Rabbi fortwährend zwischen den drei Sprachen; der Un=
erbittliche aber hielt Schritt. Endlich mußte der Jude die
Waffen strecken, er nahm aus den Händen seines Widersachers
bereitwillig Bücher, und im Frieden schieden sie von einander.

Der Vorbereitung für die ferneren Reisen waren, wie
gesagt, ganz besonders die Zeiten der Ruhe und zumal, wenn
es anging, die Wintermonate gewidmet, welche Schulz als=

dann in Halle zubrachte. Uebrigens waren es die Sprach=
studien nicht allein, welche ihn während dieser Zeit beschäftigten.
Die Geist und Leib in hohem Grade anspannende Missions=
thätigkeit forderte, damit das Werk nicht Schaden erlitte, Unter=
brechungen, in denen sich Gelegenheit für ein ruhiges Sich=
sammeln und innere Einkehr bot. Schultz beschäftigte sich daher
während dieser Pausen eingehend mit theologischen Studien,
in denen er ernstlich fortarbeitete. Aber er war freilich eine
so gern mittheilende Natur, daß es ihn drängte, alles Ge=
wonnene auch bald Anderen darzubieten. Diese seine Eigen=
thümlichkeit und der Wunsch der theologischen Facultät in Halle
veranlaßten ihn während der Zeiten des dortigen Aufenthalts
Collegien auf der Universität zu halten, die einen ziemlichen
Zuhörerkreis versammelten. Vorlesungen über die arabische
Grammatik oder über einen arabischen Traktat des Hadrianus
Relandus „von der muhamedanischen Religion“, über rabbinische
und griechische Sprache, über den Propheten Maleachi, ein
syrisches über das Evangelium Matthäi, ein exegetisches über
Timotheus und andere biblische Bücher sind ein Beweis, daß
er eine wissenschaftliche Tüchtigkeit zu seinem Werke mitbrachte,
welche hinter seiner Frömmigkeit nicht zurückstand. Er ist zuerst
in Königsberg und hernachmals auch anderweitig angegangen
worden, eine Universitätsprofessur für orientalische Sprachen an=
zunehmen.

Neben dem mündlichen Wort war es sodann das geschriebene,
welches ihm in seinem Werke dienstbar werden sollte. Gewöhn=
lich sandte er im Voraus an die Hauptorte, welche er zu be=
suchen gedachte, Missionsschriften, die er dann bei seinem Ein=
treffen sogleich benutzen konnte, besonders: das Licht am Abend,
den Judenkatechismus von Calvör, hebräische und jüdisch=deutsche
Uebersetzungen des Neuen Testamentes oder einzelner Theile des=
selben, Arnd's Wahres Christenthum und andere Schriften ähn=
lichen Inhalts. Empfänglichen Juden hinterließ er auch nach
Unterredungen derartige Bücher und Büchlein, und diese stillen
Prediger haben in der That ihr Werk gethan. In Teschen
kehrte er in ein Wirthshaus ein, das einem Proselyten ge=

hörte. Derselbe war durch ein hebräisches Evangelium Lukas
zur Erkenntniß gekommen. Die hallischen Missionare hatten
jene Gegend besucht, waren aber eingekerkert und ihre Bücher
confiscirt worden. Im schlesischen Kriege fanden die preußischen
Soldaten diese Bücher im Polizeigewahrsam vor und vertheilten
sie. Eine dieser Schriften aber war es gewesen, welche den
eben erwähnten Proselyten zu Christo geführt hatte. Der Mann
wußte gar nicht, wie er seine Dankbarkeit gegen die Männer
genug beweisen sollte, die, ohne es bis zu dieser Stunde geahnt zu haben, sein Leben auf die neue Bahn geführt hatten.
Stundenlang hörte er den Missionaren zu; auf seine übrigen
Gäste wandte er nur die unumgänglich nothwendige Zeit und
Aufmerksamkeit, kehrte aber stets höchst eilig zurück, und bald
unter Thränen, bald vor Freude in die Hände schlagend, bat
er um immer neue Belehrung über sein Christenthum. Welche Ermuthigung dieser Vorfall den Missionaren gab, läßt sich denken.

Diese Bücher oder Schriften waren also recht wichtige Mitarbeiter; sie haben oft ein bleibendes Fragen hinterlassen, dem
hernach Dieser oder Jener die durchschlagende Antwort geben
durfte. Und so wenig Schultz dieselben blindlings verschleu-
derte, so hohen Werth legte er auf ihre richtige Verwendung.

V.

Reisegefährten.

~~~~~~~~

Eine treue Hilfe waren für Schultz ferner seine Reise=
gefährten, denn die hallischen Missionare wurden immer zu je
Zweien ausgesandt. Der Bedeutendste unter den Begleitern von
Schultz war jener Candidat der Theologie Albrecht Friedrich
Woltersdorf, dessen schon früher Erwähnung geschehen ist. Der
Eindruck, welchen der Knabe von seiner ersten Begegnung mit
Schultz empfangen hatte, war ihm unvergeßlich geblieben. Er
meldete sich 1749 bei dem verehrten Manne zum Missions=
dienste, und durfte ihn von da ab bis 1755 auf verschiedenen
Reisen begleiten. Mit diesem Gefährten besuchte Schultz be=
sonders auch Italien und das Morgenland. In Aegypten jedoch
erlitt Woltersdorf bei Besteigung der Pyramiden einen Schaden
am Bein, der nicht ordentlich geheilt wurde. Trotzdem wollte
er nicht zurückbleiben und verschlimmerte allerdings durch die
Anstrengungen in dem heißen Klima das Uebel, das sich endlich
noch durch die ungeschickte Behandlung der orientalischen Aerzte
aufs Höchste steigerte. Bis Aleppo schleppte er sich fort; da
konnte er nicht weiter. Der englische Consul Usgate gewährte
ihm freundliche Aufnahme in seinem Hause; die Gattin desselben,
eine treue Proselytin, erwies ihm wahrhafte Samariterdienste;
aber die Krankheit war schon zu weit fortgeschritten, als daß an

eine Besserung ernstlich gedacht werden konnte. Sehr heftige Schmerzen stellten sich ein, Eiterung über Eiterung erfolgte, der Körper wurde so matt und geschwächt, daß er recht häu= figen Ohnmachten ausgesetzt war. Aber still und geduldig trug der Kranke alle Leiden, die ihn drei Jahre lang, von 1753 bis 1755, in der Fremde an das Bett fesselten. Nur selten war es ihm während dieser Zeit vergönnt, in seinem Zimmer einige Worte aus Gesetz, Propheten und Evangelium an die ihn besuchenden Juden zu richten; aber wenn es ihm dann einmal seine Schwäche gestattete, so hörte man ihn hernach in seiner Kammer das Herz in Loben und Danken ausschütten, daß Gott ihn gewürdigt habe, in seinem Berufe etwas zu thun. An die eigenen Leiden dachte Woltersdorf wenig, um so viel mehr an die Mühe, die er seinem lieben Freunde und Anderen bereitete; wenn aber Schultz seinen Schmerz über die großen Prüfungen des treuen Gefährten ausspricht, dann tröstet Jener ihn selbst; und wie der Aeltere dem Jüngern mit männlich treuer Liebe ergeben war, so hing dieser hinwiederum an dem Anderen mit der zartesten Innigkeit.

In den größten leiblichen Anfechtungen blieb der Glaube Woltersdorfs stark. Er wußte, daß er jetzt seinem Herrn durch Leiden zu dienen berufen sei; und sein Abscheiden galt ihm als der Eingang in die Wohnungen, welche es ihm gestatten würden, daselbst das Werk des Herrn vollkommener zu verkündigen. Kurz vor seinem Tode wachte er aus einem Schlummer auf. Er hatte sich mit einigen seiner Brüder zum Gastmahl geladen er= blickt; nun rief er die Anderen. Dann legte er sich wieder zum Schlummer nieder; sein Mund aber wiederholte leise einige Sprüche der Bibel: „Ich werde nicht sterben, sondern leben und des Herrn Werk verkündigen", und „Ich lebe und ihr sollt auch leben". Darauf rief er mehrmals mit schwacher Stimme die arabischen Worte: „Anna Abdack" (ich bin dein Knecht), und war entschlafen. Es war am 12. August 1755. Da seine Seele heimwärts ging, wurden gerade die Muhamedaner von den Minarets herab zum Gebet gerufen. Der griechische Weih= bischof von Aleppo mit etlichen Diakonen begleitete die Leiche zu Grabe. Schulz segnete sie ein, las am Sarge den 90. Psalm und Joh. 5, 28. 29, und betete vor der ganzen Versammlung ein Gebet in griechischer Sprache. Alle anwesenden europäischen Nationen waren durch etliche ihrer Mitglieder vertreten, und die Schiffe im Hafen hatten die Trauerflagge gezogen.

Woltersdorfs Kranken= und Sterbelager war eine wahr= haftige Predigt für Viele gewesen; insbesondere für den ara= bischen Diener, welcher ihn zuletzt gepflegt hatte, und welcher die Frage nach dem Seligwerden nun ernstlich in seinem Herzen bewegte. Christen, Muhamedaner und Juden hatten den Kranken oft besucht. Matt und todesblaß lag er vor ihnen da, aber wenn er dann einmal sein Zeugniß von dem Knechte Gottes (nach Jesaia 53), der für die Sünden Aller durch seinen Tod eine Erlösung gefunden hat, ihnen entgegenhielt, glühte er auf, seine Wangen rötheten sich, und, ergriffen von der Macht seines Wortes, das die abgezehrte Leidensgestalt tief eindringlich machte, konnten Viele diesen Anblick nicht ertragen, sondern gingen hinaus mit den Worten: „Hada Essabur elmaleak, das ist die Geduld eines Engels".

Woltersdorf hat nur kurze Zeit der Mission gedient, aber er hat mehr gearbeitet als tausend Andere. Denn wer so leiden und sterben kann, der thut eine Blutarbeit und wirkt für das Evangelium durch einen Opferdienst, in dem er unwiderleglich zeigt, daß eben dieses Evangelium eine Kraft Gottes ist selig zu machen nicht bloß Diesen oder Jenen, sondern Alle, die daran glauben.

Ein überaus freundliches Verhältniß hat nun auch Schulz mit diesem Genossen seines Werkes, aber nicht mit diesem allein, sondern auch mit den Anderen verbunden. Es fand ein Zu= sammenwirken in diesem kleinen Kreise Statt, das eben so ge= deihlich für das Werk der Mission war, als erfreulich für Jeden, der ihr Thun beobachtete. Schulz hatte es verstanden, seinen Gefährten überall das gemeinsame Ziel vor Augen zu halten. Nie ist von einer Differenz zwischen ihnen die Rede. Auf der einen Seite erkannte man die größere Reife und Erfahrung von Schulz an, auf der anderen Seite aber fand auch kein

Imponirenwollen, kein Herrschen und keine Rechthaberei Statt.
Die Anderen übernahmen zumeist nach einiger Zeit Pfarrämter.
Begegnet ihnen dann Schultz auf seinen Reisen, so wissen sie
gar nicht, auf welche Weise sie genug ihre Liebe und Ver=
ehrung gegen den früheren Gefährten beweisen sollen. Schultz
scheute freilich auch keine Mühe, wo es galt, seinen Mitarbeitern
behilflich zu sein. Er war viele Monate lang der Kranken
wärter von Woltersdorf, verband seine Wunden, wusch seine
Eiterbeulen und verrichtete die ekelhaftesten Arbeiten, zu denen
sich die gewöhnlichsten Leute nicht einmal verstehen wollten —
und das Alles nicht seufzend über das Drückende der Verhält
nisse, sondern mit herzlichem Dank gegen Gott, der es ihm
verlieh, dem Freunde einige Hilfe und Liebe erweisen zu dürfen.
Schultz erlag fast selbst den Anstrengungen dieser Pflege, so
daß er schließlich genöthigt werden mußte, eine kurze Pause zu
machen und für seine zusammenbrechende Gesundheit eine Er=
holung im Libanon zu suchen.

Die übrigen Gefährten von Schultz waren treue, demüthige
und opferwillige junge Männer; Woltersdorf aber überragte sie
Alle. Woltersdorf und Schultz, der Eine selig im Dulden
und Sterben für die Mission, der Andere im Wirken unter den
schwierigsten Verhältnissen und unter großen Entsagungen un=
ermüdlich, waren beide geeignet, rechte Vorbilder für die Ar=
beiter dieses Werkes zu werden. Bei ihnen war es auch nicht
Vermessenheit, wenn sie die Mission unter den Juden im aller=
weitesten Umfange zu unternehmen gedachten. Woltersdorf
durfte freilich nur eine kurze Zeit arbeiten, Schultz war es
länger vergönnt. Dem Letzteren wendet sich nun das Folgende
wieder ausschließlicher zu.

VI

Das Judenthum in der Mitte des achtzehnten Jahrhunderts.

Hatte Schultz seine Vorbereitungen für eine Missionsthätig=
keit im allerweitesten Umfange getroffen, so war es aber we=
nigstens nach einer Beziehung zu jener Zeit allerdings auch
leichter, an die Möglichkeit der Ausführung eines so groß an=
gelegten Planes zu denken.

Die Physiognomie des Judenthums trug nämlich um die
Mitte des vorigen Jahrhunderts so ziemlich in der ganzen Welt
dasselbe Gepräge. Die politischen und socialen Verhältnisse der
Völker schlossen die Juden fast ausnahmlos von ihrem Leben
aus. Es kam den Nationen eigentlich gar nicht in den Sinn,
daß es möglich wäre, „diesen Fremden" Rechte zu geben,
welche die Neuzeit ihnen an so vielen Orten eingeräumt hat.
Sie galten im Gegentheil zumeist als eine geringere Kaste,
denen die bürgerliche und religiöse Ehre, welche für das Mittel=
alter fast zusammenfiel, mangelte; hatten sie doch beispielsweise
beim Betreten der Städte oder der Brücken mit den Thieren
einen Eingangszoll zu ertragen; so daß Schultz einmal als
vermeintlicher Jude von einem Schiffer, der ihn in seinem Kahne
über die Donau setzte, zum Zollhause zurückgebracht werden

sollte, damit der Einnehmer um die gebührende Abgabe nicht betrogen würde.

Die Gesetzgebung hatte ihrerseits nur um der inneren Stellung willen, welche die Völker gegen die Juden einnahmen, unübersteigliche Scheidewände zwischen den Gliedern der Nationen und den Juden gezogen. Herrschende und Regierte betrachteten gleichmäßig die Letzteren als Fremdlinge, und nicht als Bürger des Landes. Der jedesmaligen Entscheidung der Staats- oder Stadtobrigkeit fiel es anheim, ob der jüdische Ankömmling aufzunehmen sei oder nicht. Nützlichkeitsgründe konnten dafür entscheiden; war er doch lange Zeit fast der alleinige Verleiher von Capitalien, da überhaupt das Geld seltener war und andererseits dem Christen lange Zeit hindurch das Nehmen von Zinsen durch das Gesetz untersagt blieb. Jeder Angehörige des Volkes galt nämlich als Bruder, und das Zinsennehmen von ihm erschien unbrüderlich. Von dem jüdischen Fremdlinge verlangte man nicht diesen Brudersinn; aber indem man ihm ein Recht gestattete, das für Andere aus Moralitätsgründen nicht bestand, trug das nicht zur sittlichen Achtung des Juden bei. Und wandelten sich diese Verhältnisse auch allmählig, so blieb doch das Verleihgeschäft ganz besonders in jüdischen Händen; Gefühl und Sitte ließen Christen zu demselben viel seltener greifen, nachdem es Jahrhunderte hindurch als ein Fluch mit bitterem Zorn von Unzähligen betrachtet worden war.

Als ein nothwendiges Uebel, das unter den Wechselfällen des Handels und Wandels, der Noth und des Unglücks nicht ganz zu beseitigen wäre, galten also in früheren Zeiten für gewöhnlich die Juden, welche man hier und da, je nach der Lage der Dinge, aufnahm. Gewissermaßen unter dem Druck der Verhältnisse gestattete man ihnen in manchen Orten und Ländern die Niederlassung; oder man that es wohl auch, wenn man die Absicht hatte, die commercielle Bewegung lebendiger zu gestalten. Doch war für jeden Juden, der an einer Stelle seßhaft werden wollte, stets eine besondere Erlaubniß hierzu nöthig; und man betrachtete diese Erlaubniß als eine wider-

44

rütliche. Praktische Erwägungen konnten über Kommen und Bleiben und Wiederfortgehen entscheiden. Denn man war sich bewußt, ein möglicherweise höchst gefährliches Experiment mit der Aufnahme von Juden gemacht zu haben. Die Voraussetzung war ja sogleich gewesen, daß man sittlich niedriger stehende Menschen, verschmitzte Handelsleute und eine Klasse, die sich kein Gewissen daraus mache, im Verkehr auf alle Weise zu übervortheilen, in den eigenen Kreis hineingezogen habe. Das tiefste Mißtrauen also beherrschte jedes Verhältniß mit den Juden. Man betrachtete auch Reibungen als ganz unvermeidlich und traf deßhalb von vorn herein alle möglichen Maßregeln, um den Schaden, welcher durch das Zusammenstoßen der beiden feindseligen Elemente geschehen würde, möglichst zu repariren. Zwar hatte man wenigstens insofern einige Billigkeit, als man auch an die Sicherung der Juden dachte; aber man ließ sie es allerdings schmerzlich genug fühlen, daß man ihnen gegenüber stets gewisse Bürgschaften in den Händen haben wolle. Der deutsche Kaiser, als Nachfolger der römischen Cäsaren, welche die Juden zu ihren Knechten gemacht hatten, erklärte sie für seine Kammerknechte und verlieh ihnen unter diesem Titel seinen Schutz; aber sie hatten für denselben auch einen jährlichen Tribut zu zahlen; und jede Landes- oder Stadtobrigkeit, welche sie in ihrem Gebiete aufnahm, legte ihnen für eben diese Erlaubniß eine Jahressteuer auf, um auf solche Weise im Voraus, wenigstens bis zu einem gewissen Grade, gegen die unvermeidlichen Uebervortheilungen im Verkehr entschädigt zu sein. Die ganze Stellung der Eingesessenen und der Juden zu einander beruhte mithin auf einem Verhältniß, das ungemein wenig sittliche Grundlagen aufzeigte, sondern im Gegentheil vielmehr die Art eines mit Widerwillen eingegangenen Contraktes an sich trug.

Die Juden hatten ihrerseits nicht wenig dazu beigetragen, daß sich das Verhältniß mit ihnen fast überall gerade so gestaltete. Sie traten in die fremden Länder nicht bloß als Bekenner einer anderen Religion ein, sondern sie wollten auch selbst ein anderes Volk unter den übrigen sein und bleiben.

Die Juden wollten sich nicht etwa bloß ihre besondere Religion, sondern in demselben Maße auch ihr besonderes Geschlecht oder ihre besondere Nationalität überall bewahren. Wo sie wohnten oder sich niederließen, sollten also eine andere Volksart, ein anderer Volkssinn, ein anderes Volksziel, als die, welche alle Uebrigen beherrschten, für ihre Gemeinschaft gelten. So wollten sie sich selbst vor der Auflösung in die Uebrigen bewahren, so wollten sie mitten unter den Nationen stets das jüdische Volk bleiben. „Die Fremde" war ihnen jedes Land, das sie seit der Verbannung bewohnten, selbst Palästina nicht ausgenommen, weil auch dieses sich in der Macht anderer Gewalthaber befand. Also nicht einseitig, aus einem schroffen Nationalitätsgefühl des Mittelalters heraus, sind die Juden von den übrigen Völkern als Fremdlinge betrachtet worden, sondern weil sie selbst gerade diese Stellung allen Anderen gegenüber und zwar mit der schneidigsten Schärfe einnahmen. Mochte die Art, wie nun den Juden ihr Fremdlingscharakter zu fühlen gegeben ward, eine noch so verkehrte sein, jedesfalls fordert die Gerechtigkeit, das anzuerkennen, daß die Juden selbst den Nationen nichts anderes übrig ließen, als ihnen nach der Art von Fremdlingen zu begegnen. Gerade hieraus ist dann auch die ganze Verbitterung in dem gegenseitigen Verhältniß erwachsen.

Es war der feste Entschluß der Juden, nirgends heimisch zu werden, bis sie die alte Heimath zurückempfangen würden; enthielten, und enthalten zum Theil noch jetzt, ihre öffentlichen Gebete doch die Bitte um Rückkehr noch „in diesem Jahre nach Zion". Deßhalb wollten sie keine innere Verbindung mit den Völkern eingehen, wollten in keiner inneren Gemeinschaft mit ihnen stehen, wollten ein Geschlecht für sich bleiben und ihre Interessen nicht mit den fremden verflechten.

Unsere politischen und socialen Bestrebungen, unsere Künste und viele unserer Wissenschaften waren für sie ein an sich profanes Gebiet, mit dem sie nur so viel zu thun haben wollten, als gerade in ihrem eigenen Interesse stand; denn mit dem fremden Interesse an sich hatten sie nichts zu schaffen, dasselbe lag außerhalb ihres Berufes. Wahrhafte Bedeutung hatte für

sie nur, was mit ihrem eigenen Leben, dem Leben des aus=
erwählten Gottesvolkes, das auf seine Rückkehr nach Canaan
wartete, zusammenhing. Auf diesen Kreis wußten sie sich durch
den Willen des Gottes Israels gewiesen und beschränkt. In
der Zwischenzeit ihrer Verbannung sollten sie freilich auf dem
fremden Gebiete arbeiten und das Beste desselben suchen, damit
sie auf solche Weise ein erträgliches Dasein fänden; aber das
Gasthaus sollte ihnen Gasthaus bleiben und sollte niemals die
Herzen oder das Interesse von der Heimath abziehen. Inner=
liche Lebensbeziehungen zu dem fremden Volke und Lande existirten
also nicht und sollten auch nicht existiren; denn sobald diese
Platz griffen, mußte der besondere und eigenartige Beruf Israels,
welcher ihm seine Stelle außerhalb aller Anderen weist,
untergehen.

Als daher Mendelssohn es wagte, die Juden in das un=
heilige Gebiet eines anderen National= und Geisteslebens ein=
zuführen und irgend welches eigene geistige Interesse für das=
selbe von ihnen zu beanspruchen; als er durch sein Beispiel
sie aufforderte, sich an der Geistesarbeit der Nationen zu be=
theiligen; als er den Anfang machte, sich wie ein Deutscher
unter den Deutschen geberden zu wollen, da brach ein gewal=
tiger Sturm über diesen Abtrünnigen unter seinen Volksgenossen
aus. Mendelssohn hob hervor, daß er ein Jude sei und Jude
bleiben wolle, und daß er nur die engen mittelalterlichen Grenzen
und Formen des Judenthums beseitigt sehen möchte — er
konnte in der That auch, trotz der allerorthodoxesten heutigen
Juden in unseren Ländern, auf seine Beobachtung der herkömm=
lichen jüdischen Gebräuche und Ceremonien hinweisen —; man
hielt ihm mit Recht entgegen, daß er die Stellung Israels
in ihrem eigentlichen Fundamente erschüttert habe. Jene Gegner
Mendelssohns sahen allerdings die Tragweite der Bestrebungen
desselben klar ein. Sie erkannten ganz richtig, daß er die Be=
sonderheit Israels zu vernichten begann, auch wenn ihm selbst
diese Folge seines Unternehmens nicht zum Bewußtsein ge=
kommen war. Mit scharf sehendem Blicke hatten sie den Punkt
gefunden, um den es sich bei einem Nachgeben gegen Mendels=

john handelte. Folgte man ihm, so mußte die schützende Scheidewand, hinter welcher sich doch die Juden so viele Jahrhunderte hindurch mitten unter den Fremden unversehrt als ein Volk, als die Gemeinde Gottes erhalten hatten, stückweise niedergerissen werden; es mußte dahin kommen, daß sich die Bekenner des wahrhaftigen Gottes und die Goim oder Götzendiener, zu welchen der Talmud auch die Christen zählt, nicht wesentlich mehr von einander unterschieden. Und wenn dann die Mauer der Sitten und Gesetze und Gebote, welche nach jüdischer Vorstellung der heilige Geist zwischen Juden und Nichtjuden gezogen hatte, gefallen war, dann ging Israel in der großen Heidenmasse unter; ja Israel selbst, Gottes auserwählte, heilige Gemeinde bot so durch Betheiligung an dem Leben der Völker ihnen die Hand zu ihren unheiligen Werken, betheiligte sich an ihren Greueln und Freveln und wurde daher der Mitschuldige an dem Verderben der Welt, dem es doch gerade steuern, aus dem es dieselbe herausführen sollte.

So stand die Sache in den Augen der Gegner Mendelssohns; sie hatten vollkommen Recht auf dem Standpunkte des Judenthums, welches sich im Gegensatz zum Christenthum gebildet hatte. Denn in der That hat Mendelssohn nach jüdischer Vorstellung die recht eigentliche Todsünde begangen. Indem er für Israels Leben ein fremdes Maß aufstellte, indem er nicht mehr bloß nothgedrungene Concessionen gegen Andere gestattete, sondern geradeswegs aufforderte, mit denselben Hand in Hand zu gehen, vernichtete er die Erhabenheit Israels in ihrem tiefsten Grunde. Die Fremde wurde durch ihn so zu behandeln angefangen, als wäre sie die Heimath, und der jüdische Geist oder das jüdische Herz wurden in fremde Dienste gestellt; sie wurden auf unheilige Gebiete hingelenkt und dadurch dem Herzen und dem Geiste aller Heiden gleich. Damit trat Mendelssohn nach jüdischer Vorstellung in die Reihe jener Verführer von Alters her, welche Israel mit den Canaanitern oder den Griechen und den Römern vereinigen wollten; und aus dieser Anschauung heraus geschah es mit vollkommenem Recht, daß man sein Bild in einer Synagoge verbrannte.

Man muß es den stimmführenden Juden der damaligen Zeit einräumen, daß sie den ersten Schritt auf der Bahn, welche heut die jüdischen Orthodoxen nicht minder als die Reformer in unseren Culturländern so ziemlich ausnahmslos dahingehen, als den eigentlich verhängnißvollen erkannten und mit gewaltiger Energie gegen denselben als den Träger eines neuen revolutionairen Princips ankämpften. Sie sahen die so lange aufrecht erhaltene Sache Israels für verloren an, wenn auch nur der leiseste Anfang gemacht wurde, der Fremde ihren Fremdlingscharakter zu nehmen; und es war durchaus der Trieb der Selbsterhaltung, welcher sie die Bestrebungen Mendelssohns als Bestrebungen des fluchwürdigsten Apostaten, der nach altem Rechte den Tod verdiente, bekämpfen hieß.

Als Stephan Schultz sein Werk begann, sollte erst die Auflösung des Judenthums aus seiner eigenen Mitte her ihren Anfang nehmen; bisher dagegen hatte es ein Band gegeben, welches die über die ganze Erde zerstreuten Glieder des Volkes in der That zusammenschloß. Dieses Band war der Talmud. Der Talmud ist ein Buch, welches eine Sammlung der traditionellen Auslegungen der mosaischen Gesetze, welche in dem ersten Jahrhunderte der christlichen Zeitrechnung unter den Juden bekannt waren, enthält. Er gilt als das mündliche Gesetz neben dem schriftlichen, das in den Büchern Mosis gefunden wird. Wie das Gesetz Mosis selbst ist dieses mündliche Gesetz nach jüdischer Lehre durch Eingebung des heiligen Geistes entstanden. Der heilige Geist hat sowohl dafür gesorgt, daß von Geschlecht zu Geschlecht in ununterbrochener Reihenfolge die richtige Auslegung des Gesetzes von Sinai erhalten blieb, als er auch seine Organe, die Rabbinen, befähigte, noch nicht aufgeworfene Fragen über einzelne Bestimmungen richtig zu erledigen. Diese Satzungen annehmen, heißt daher dem heiligen Geiste gehorchen; sie verwerfen, heißt ihm widerstreben. Und zwar sind alle durch Auslegung festgesetzten Bestimmungen, deren Zahl unermeßlich ist, gleich wichtige; weil sie alle von Gott stammen, gibt es unter ihnen keinen Unterschied zwischen Kleinem und Großem. Wer beispielsweise das Händewaschen unterläßt, kann eben so

wohl verdammt werden, als wer auf Gott flucht und das laster=
haftefte Leben führt.

Der Talmud beherrschte nun das ganze Leben der Juden.
Der Israelit konnte nicht gehen, nicht stehen, nicht arbeiten, -
nicht essen, nicht trinken, nicht wachen, nicht schlafen, nicht
leben, nicht sterben außer in seinen Geboten. Aber dabei ist
es seine Eigenthümlichkeit, daß er das Leben des einzelnen
jüdischen Individuums zum Gegenstande seiner Bestimmungen
und Regeln macht. Der Talmud schlägt nämlich einen dem
mosaischen Gesetz gerade entgegengesetzten Weg ein. Das
mosaische Gesetz geht von dem Volke als Ganzem aus, und
der Einzelne kommt ihm eben nur als Glied dieses Ganzen in
Betracht; er soll die Gesundheit desselben nicht stören, sondern
auch an seinem Theile erhalten und auf diese Weise mit=
genießen. Nachdem aber das jüdische Volk als Ganzes nicht
mehr existirte, sondern seine Trümmer die ganze Erde bedeckten,
gedenkt der Talmud, diesen zerstreuten Trümmern den Cha=
rakter des heiligen Volkes zu bewahren, und macht deßhalb
den einzelnen Juden zum Repräsentanten der ganzen Volks=
gemeinde. Daher beschreibt er nun die Pflichten, welche jedes
einzelne jüdische Individuum an allen Orten der Welt erfüllen soll
und erfüllen kann. Wenn dann der Israelit nach denselben lebt,
ist er überall zu Hause. Mosaische Grundbestimmung ist es, daß
es nur ein jüdisches Gottesvolk im Lande Canaan gibt; der nach=
christliche Israelit hält diese Grundbestimmung in der Einbildung
für erfüllt, wenn er irgendwo sein neues geistiges Canaan, den
Talmud, aufrichtet. Steht er also auf dem Boden desselben,
dann steht er auf heiligem Lande; überschreitet er denselben,
dann betritt er unheiliges Gebiet. Alles rings um ihn wird
göttlich, sobald es vom Talmud berührt wird; es bleibt profan,
sobald derselbe mit ihm nicht in Verbindung tritt.

Der Talmud ersetzt mithin, freilich allein aus eigener Macht=
vollkommenheit, den aus Canaan vertriebenen Juden Alles,
was ihnen einst das mosaische Gesetz verliehen hat; er ersetzt
ihnen die Gebote jener sinaitischen Verfassung, das Land Palä=
stina, den Tempel, die Opfer, die Priesterschaft und alle an=

deren Institutionen des Alten Testamentes. Mag die That=
sache noch so schreiend bestehen, daß ihnen ja das Erbe, welches
ihnen Gott verliehen hat, von demselben wieder geraubt ist,
mag die nach den Bestimmungen des mosaischen Gesetzes für
den Bestand des Gottesvolkes unerläßliche Verbindung mit ganz
bestimmten Orten und Einrichtungen noch so handgreiflich zer=
rissen sein, der Talmud hilft ihnen über das Alles hinweg,
indem er ihnen in ihrem äußeren Leben ein Bild vorspiegelt,
das viele ähnliche Züge mit jenem früheren zeigen muß. Und
so hat er Jahrhunderte lang die Juden glauben gemacht, daß
kein einziger aller Vorzüge Israels demselben verloren gehe, so
lange der Talmud „das mündliche Gesetz der Tradition" noch
einige gehorsame Juden finde.

Das ist also die Bedeutung, welche der Talmud für die
unter die Völker zerstreuten Juden besaß; und er ist in der
That das Mittel geworden, um die Juden von Geschlecht zu
Geschlecht mitten in der übrigen Welt als einen besonderen
Stamm zusammenzuhalten. — Das Mittel in den Händen
Gottes, sagen wir, die an keinen geschichtlichen Zufall glauben.

Die Juden blieben unter dem Talmud nach ihrer uner=
schütterlichen Ueberzeugung das Gottesvolk, auf welchem der
Bestand der Welt beruhte. Und eben dies war der positive
Gedanke des Judenthums. Die übrige Menschheit mochte mit
großartigen Leistungen menschlicher Kraft und Kunst gleißen,
oder sie mochte sich an dem Geringeren ergötzen, da ihr doch
das Höhere versagt war; sie mochte augenblicklich auch noch zur
Läuterung und Vollendung Israels die Herrschaft auf Erden
besitzen, schließlich war sie doch bestimmt, sich den Juden zu
unterwerfen, und dann entweder dieselben aus freiem Triebe
mit ihren Gaben zu schmücken, oder im Fall des Widerstrebens,
wie die früheren Bewohner Canaans, das Loos der Ausrottung
zu erfahren.

Je düsterer sich Alles oft von draußen her für die Juden
gestaltete, je mehr die fortwährenden Bedrückungen und Ver=
folgungen ihr Leben immer wieder zu einem Leben voll bitteren
Wehes machten, je niedriger und verachteter ihre ganze Er=

scheinung unter fast allen Völkern war, desto energischer hielten ihre Herzen daran fest, daß sie sich unter solchem Widerspruch ihrer Umgebung durch den Talmud eine Schöne erhielten, welche allen Glanz der Erde weit überstrahlte. Um desselben willen galten sie sich als die heilige Menschheit in der Mensch= heit; ihr Theil war das Wohlgefallen Gottes und eine himm= lische Größe; sahen das die Augen der übrigen Welt nicht, so war das eben der Beweis für ihre Blindheit. Doch auch ihre Finsterniß sollte noch einmal von dem Lichtglanz der Sonne Israel durchbrochen werden und dieselbe dann so hell in ihre Augen scheinen, daß ihnen zu der Zeit, wie es ein moderner Jude auszudrücken beliebt hat, „der Staar würde gestochen werden". Dann würden die Völker sich die Juden zu ihren Führern erwählen, sie würden von ihnen die himmlische Weis= heit lernen, und den heiligen Märtyrer Israel, den sie so lange verkannt hätten, in der Weise preisen, wie es Jesaia Cap. 53 schon gelehrt hätte.

Einen solchen Schluß der Geschichte schuldete Gott den Juden für ihre Treue gegen den Talmud; das war ihr Grund= dogma. Von unverdienter Gnade Gottes gegen sie konnte also nicht, konnte überhaupt niemals in ihrer Geschichte die Rede sein; die Gnade Gottes bestand vielmehr darin, daß er der übrigen Menschheit wider alles Verdienst und Würdigkeit der= selben die Juden schenkte. Ihnen dagegen hätte der gerechte Gott ihre bevorzugte Stellung in der Welt für die Vortreff= lichkeit ihrer Väter verliehen. Der Ausgangspunkt alles ihres Denkens blieb ihnen die eigene Herrlichkeit, eine Herrlichkeit, die Gott auch nur pflichtgemäß vor der übrigen Welt anerkannte.

Und das ist auch heute das Fundament, auf welchem sich alle jüdischen Anschauungen bewegen. Der Unterschied zwischen der früheren Zeit und der Gegenwart ist nur der:

früher kannten die Juden für ihre Erhabenheit noch eine Be= dingung, nämlich den Gehorsam gegen den Talmud;

heute wird zumeist auch diese Bedingung erlassen, und die jüdische Person selbst tritt mehr und mehr allein an die Stelle, welche vorher noch jenes Gesetz miteingenommen hatte; es genügt, eine jüdische Person zu sein und zu bleiben, um von vorn herein und selbstverständlich auf der höchsten Stufe der Menschheit zu stehen. Wird doch selbst ein Heine trotz der unaussprechlichen sittlichen Unflätherei in seinen Schriften von orthodoxen und nichtorthodoxen Federn der heutigen Juden mit fast nicht zu überbietenden Superlativen gepriesen.

So blieben sich nun die Juden selbst seit ihrer Verwerfung Christi das Höchste und Größte in der Welt; es wurde ihnen Alles an ihnen selbst ein Gegenstand ihres Ruhmes; ihr eigenes Bild erfüllte sie derartig, daß alles Andere dagegen erbleichen müßte. Indem sie aber nach ihrer Selbstschätzung eine so erhabene Höhe einnahmen, fanden sie gerade darin die Kraft, den feindseligsten Verhältnissen ungebeugt Trotz zu bieten. Und daß Jahrhundert um Jahrhundert sie nicht überwinden konnte, erfüllte sie eines Theils mit unbeschreiblicher Verachtung gegen alle Uebrigen, wurde ihnen andererseits aber auch die Bürgschaft und der Beweis, daß die übrige Welt noch einmal zu ihren Füßen liegen würde.

Freilich dachte die übrige Menschheit über die Juden ganz anders als diese selbst. Heiden, Muhamedaner und Christen wollten gleich wenig von Idealität an denselben erkennen; aber daran trug nach jüdischem Urtheil allein das fleischliche Wesen der Uebrigen Schuld. Unter einander mochten sie sich auf das Heftigste befehden und beschimpfen; sobald ein Anderer gegen sie auch nur einen Tadel richtete, waren sie wider ihn vereint, und er galt mit dem Wagniß, daß er sie berührt hatte, sogleich als ganz von selbst gerichtet; es wiederholte sich stets dasselbe Verhältniß, welches sie ihren eigenen Propheten, Christo und seinen Aposteln gegenüber eingenommen hatten. Und so übte nun der Widerspruch der übrigen Welt seinen bedeutenden Ein= fluß auf die Juden aus; er trug unendlich viel dazu bei, die jüdische Eigenthümlichkeit so zu gestalten, wie dieselbe nun als ein geschichtliches Ergebniß uns recht auffällig in die Augen tritt. Weil man in den Juden die Leute nicht sehen und finden konnte, für welche sie sich selbst hielten, darum wandten sie

gegen ihre Umgebung die Waffe der Verneinung und des
Widerspruchs; Gewalt konnten sie nicht üben, und so schritten
sie vielmehr zu einer allmählichen Auflösung oder Zersetzung des
Anderen durch solche Mittel, welche in ihrer Macht lagen.
Dieser Geist der Verneinung kennzeichnet ihre Stellung in=
mitten der Völker. In ihrer Position konnten sie sich nur da=
durch behaupten, daß sie das Nichtjüdische vor ihrem Herzen
und Gewissen herabsetzten, in den Staub zogen, oder als im tiefsten
Grunde unberechtigt zerstörten; und erst von dem Zeitpunkte an,
wo sie ein Nichtjüdisches selbst zu gebrauchen anfingen, ließen sie es
auch gelten; vorher traf es zumeist ihr richtendes Urtheil. Man
lese ihre Ansichten über die ganze Völkergeschichte bis zum Beginn
der Judenemancipation und wird das Gesagte bestätigt finden.

So wurde ihnen denn das Heiligste des Anderen ganz leicht
ein Gegenstand des tiefsten Hohnes und Spottes; die herzlichste
und gewinnendste Sprache der Christen, welche sie zur An=
erkennung der gemeinsamen Wahrheit in Christo führen wollten,
wurde sehr oft nicht anders als die Thaten der schlimmsten
Gewalt beantwortet; die Lebensstellung des Anderen, sein Ruf,
seine Tüchtigkeit, seine Leistungen, sein Charakter, selbst die
nächsten Blutsbande fanden keine Rücksicht oder Schonung, so=
bald an der Hauptsache gerüttelt wurde, daß auf jüdischer Seite
unfehlbar das Recht stehen müsse.

Die überschwängliche Selbstschätzung des Jüdischen und die
Herabsetzung dessen, was aus irgend einem Grunde ihnen fern
geblieben ist, sind ja auch heute die zwei eigenthümlichsten Merk=
male der Juden. Wie sehr sich ihre Geistesart dadurch über=
haupt nach zwei extremen Richtungen hin ausgebildet hat, dafür
gibt ihre Sprache, auch bei ihnen wie bei anderen Menschen
das Spiegelbild ihres Wesens, den deutlichsten Beweis. Jeder=
mann fühlt der jüdischen Sprache, ganz abgesehen selbst von
den rein physikalischen Ton= und Lautverhältnissen derselben,
eine besondere Eigenart ab; und der Zorn eben so wohl als
der Witz haben dieses Gebiet in der mannigfaltigsten Weise aus=
gebeutet. Was aber die Sprache und Rede der Juden überall
charakterisirt, sie mögen nun das deutsche oder englische oder

rabbinische oder ein anderes Idiom gebrauchen, ist ein Zwie=
faches: Auf der einen Seite ein gewaltiger Schwung; ein hohes
Pathos im guten wie im schlechten Sinne; eine merkwürdige
Erregtheit, ein zum Superlativ und zum Uebertreiben geneigter
Ausdruck; überhaupt eine eminent oratorisch pathetische Art.
Auf der anderen Seite eine scharfe Dialektik, eine streng
juristische Verstandesbeweisführung; eine Kälte, welche in
schneidendem Gegensatz zu den starken Gefühlsäußerungen steht;
eine Principienreiterei in ihren Ausführungen, welche weder zur
Rechten noch zur Linken sieht, sondern leicht wie ein mathe=
matisches Rechenexempel auftritt. Der Zweck beherrscht in
hervorragender Weise ihre Rede, ein warmer seelischer Hauch
begleitet sie nur in sehr geringem Maße. Dagegen fällt uns,
mit jener Zweckmäßigkeit Hand in Hand gehend, eine große
Behendigkeit ihrer Diktion auf; dieselbe verbreitet gern glänzende
Schlaglichter über ihren Gegenstand und ist scharf pointirt. Oft
verräth sie dann wieder eine eilige Hast, ein rasches Fortspringen
im Gedanken, welches, ohne auf den Anderen Rücksicht zu
nehmen, unzählige Male die Mittelglieder ausläßt. Eben dahin
gehört auch der sprühende Witz; der die Gleichheiten und Aehn=
lichkeiten im schnellen Erfassen findet; der rasche, blendende und
betäubende Wechsel in den Wendungen ihrer Rede, wobei dann
bald der Andere mit stürmischer Gewalt zur Seite geschoben
wird, bald die überraschendste Schlauheit das Ziel fast plötzlich
erreicht — im Allgemeinen die lebendigste Beweglichkeit und
noch mehr eine fast nervöse Unruhe, Mangel an Maßhalten,
Verbindung unvermittelter Gegensätze, und am Auffälligsten
das Fehlen eines stillen, ruhigen Sichversenkens des Gemüthes.

Schultz nun hatte für die Eigenart der Juden ein feines
Verständniß. Er sah es, wie sie den Anderen gegenüber im
Allgemeinen durchaus nicht zuerst das Herz, welches so gern
die innere Verbindung sucht, bestimmen ließen; er bemerkte es
deutlich genug, daß für sie in ihrem Verhältniß zu den Nicht=
juden keineswegs das Gemeinsame und Vereinigende, sondern
hauptsächlich ihr eigenes Interesse entscheidend war. Die furcht=
bare Härte und Rücksichtslosigkeit der Juden, welche es ihnen

so oft möglich macht, Wohl und Wehe des Anderen sich gar
nicht einmal zu einer Frage werden zu lassen oder es bei eigenem
Vortheil selbst ganz direkt auf das Spiel zu setzen, sah er gerade
hieraus erwachsen. Er wußte wohl, daß ihre angeborene Gut=
müthigkeit und ihr bereitwilliges Wohlthun völlig nutzlos bleiben
mußten, weil sie sich nun doch in ihrem ganzen Verkehr mit
den Nichtjuden vor Allem und zuerst mit dem kalten, selbst=
süchtigen Verstande für ihr Thun und Wirken beriethen. Denn
allerdings ist es der Verstand, welcher dem Juden in der
Regel sein Verhältniß zu den Uebrigen anweist. Der Verstand
aber geht eben nicht von dem Gemeinsamen aus, sondern von
dem Eigenen; er stellt auf die eine Seite das eigene Ich und
diesem gegenüber die verschiedenartig gestaltete übrige Menge, und
regelt dann die gegenseitige Stellung, wie die von Zahlenpro=
portionen; er bleibt bei dem Draußen der Menschen und der
Dinge stehen und dringt nicht in ihr Inneres ein; mag er auch
schließen müssen, daß ein Inneres vorhanden ist, ihn selbst be=
schäftigt es nur so weit, als er es selbst draußen für sein
Wissen, oder sonstwie verwerthen kann, und der eigene Werth
des Inwendigen ist ihm eine gleichgültige Sache. Sobald er
deßhalb die Herrschaft übernimmt, statt der Diener des Herzens
zu bleiben, bildet er lediglich den Egoismus aus.

Den scharfen, kritischen und zersetzenden Verstand der Juden,
ihr schnelles Erspähen der Schwächen des Gegners, ihr rasches
Durchschauen des Momentes und ihr ebenso geschicktes Eingreifen
durch ein Handeln, wie es eben die Umstände des Augenblicks
anrathen, bemerkte Schultz wohl. Er wies darauf hin, wie
die Juden nicht bloß im Geschäftsleben, sondern eben so sehr
auf geistigem und religiösem Gebiete bei den Fehlern des An=
deren rasch einsetzten, um auf diese Weise eine Position desselben
nach der anderen zu erobern. Er sprach es aus, daß sie
überall unter den Nationen, in deren Leben sie einzugreifen
Gelegenheit finden sollten, stets darnach streben würden, die
Führung derselben in die Hand zu bekommen, oder die Herr=
schaft unter ihnen auszuüben; denn nicht in der ruhigen Weise
als Glieder eines Leibes, der seine angeborene Art behalten

muß, würden sie mitleben wollen, sondern um ihrer anderen Art willen auch die Gesammtheit nach dem zu gestalten suchen, wie es ihnen ihr jeweiliges Interesse eingeben würde.

Daß aber das Verhältniß zwischen Juden und Nichtjuden, wenn die Ersteren an dem Orte der Anderen sich Geltung zu verschaffen strebten, gerade diese Art annehmen mußte, ist fast eine Nothwendigkeit zu nennen. Die Geschichte des Landes, welches der Jude seit der Vertreibung aus Canaan bewohnt, ist nicht die Geschichte seines Vaterlandes; er hat sie nicht mit seinem Herzen durchgelebt; er hat bis in die jüngste Zeit nicht an ihr gearbeitet; er hat so lange wohl unter ihr, aber nicht für sie gelitten. Vor Allem ist er ja von einem anderen in sich streng abgeschlossenen Stamme. Viele durch geschichtliche Fügung auf ein gemeinsames Gebiet des Wohnens hingewiesenen Völkerschaften oder Stämme sind zu einer Nation zusammengeschmolzen; durch gegenseitige Verschwägerung, also durch Bande des Blutes, sind sie zu einem einheitlichen Volke zusammengewachsen. Lebten verschiedene Nationalitäten in einem Reiche getrennt neben einander fort, ohne in die innere Verbindung, welche die Vereinigung des Blutes für das geistige und für das äußere Leben bewirkt, einzutreten, dann hat die Geschichte als letztes Ergebniß immer nur ein „Entweder = Oder" aufgezeigt: entweder wurden die übrigen Bestandtheile widernatürlich und gewaltthätig von einem derselben verschlungen, oder das Ganze zerfiel in lauter verschiedene Bruchstücke. Zwar die Deutschen mit ihrer kosmopolitischen Art, mit ihrer Neigung das Fremde zu suchen und nachzuäffen, sind leicht bereit unter den anderen Nationen ihre Eigenart auszuziehen und zu verleugnen; sie werden in der Fremde in der That schnell selbst Fremde und gehen dort früher als jeder Andere als besonderes Element unter. Aber obwohl dies der Fall ist, obwohl sie in Frankreich ganz Franzosen werden und in Amerika Amerikaner, heißen sie dort, sobald sie ihr Geschlecht erhalten und demzufolge ihre Eigenart sich nur irgend regt, dumme deutsche Querköpfe, und in Amerika macht sich ihnen gegenüber das Knownothingthum stets von Neuem geltend. Nur eine wahrhaft fest begründete

gemeinſame Eigenart, nur das gemeinſame Fleiſch und Blut
und der gemeinſame Geiſt erhalten eine Volksgemeinſchaft; kein
Königthum, kein Kaiſerthum, keine republikaniſche Staatsform,
keine Verfaſſung, ſie heiße, wie ſie wolle, kein Geſetz und keine
noch ſo durchgreifend alle Unterſchiede ausſchließende Geſetzgebung
können ein Volk zur Einheit führen, wenn die innere und die
Bluts-Verwandtſchaft fehlen, aus denen jene Ordnungen oder
Geſtaltungen für das gemeinſame Leben vielmehr erſt heraus=
wachſen müſſen. Man kommt ſonſt niemals aus dem Außen=
werk heraus, und der innere Zuſammenhang, das innerlich ver=
bindende Band, der lebendige Kitt, fehlen.

Hieraus ergibt ſich ganz von ſelbſt, wie die Sache zwiſchen
den Juden und den Völkern, mit denen jene dieſelben Wohn=
ſitze theilen, ſteht. Es exiſtirt zwiſchen ihnen keine Blutsver=
wandtſchaft und ſomit auch nicht das erſte Fundament für eine
wirkliche Gemeinſchaft, trotz deſſelben Ortes, den beide ein=
nehmen. Daraus folgt aber für beide eine völlig auseinander=
gehende Tradition im Familien=, im Geiſtes=, im Gemeinde=,
im Staatsleben. Und weil beide doch auf demſelben Grunde
und Boden neben einander beſtehen, ſo wird natürlich aus
dieſem zertrennten Nebeneinander ein Gegeneinander. Die
Sitte des Einen wird für die Anderen zur Gegenſitte, die
Anſchauung des Einen für den Anderen zur Gegenanſchauung;
das Sinnen und Denken Beider nimmt von vorn herein einen
anderen Charakter an, im innerſten Entſtehen ſchlägt es ſogleich
eine andere Richtung ein.

Daher konnten auch die Juden für das Leben der Nationen,
in deren Mitte ſie als ein fremdes Element ſich erhielten, kein
wahrhaftiges Verſtändniß beſitzen oder auch nur gewinnen;
und eben deßhalb konnten ſie daſſelbe an ihrem Theile nicht
nach ſeiner eigenthümlichen Art pflegen helfen; die Aufgaben
der Völker ſind ihnen ja fremde, denn dieſelben wurzeln in
der Eigenart jener Nationen.

Und nun iſt die geſchichtliche Thatſache doch nicht wegzu=
leugnen, daß die Aufgaben der hauptſächlichſten Nationen, die
auch eine jüdiſche Bevölkerung beſitzen, durchaus von ihrem

Christengewordensein und Christensein bestimmt worden ist. Das Christenthum hat ja ihre ganze Art und Sitte und Bedeu= tung in einer Jahrhunderte umspannenden Entwickelung heran= und herausgebildet. So viele Perioden auch der Organismus derselben durchlebt hat, so sehr er die Stadien der Kindheit, der Jugendzeit und des Mannesalters — von den bereits ab= gestorbenen haben wir an dieser Stelle nicht zu sprechen — durchlaufen mußte, das Christenthum eben hat an den Säften und Kräften, dem Fleisch und Blut und Geist dieses Orga= nismus seine gewaltige und bildende Kraft geübt. Das ist darum auch so sehr in das gemeinsame Bewußtsein dieser Völker übergegangen, daß oft die am Diametralsten einander gegenüber= stehenden Parteien derselben sich darüber am Heftigsten befehden, welche derselben die rechte christliche Art des Volkslebens erstrebe, welche von ihnen das wahre Christenthum aufzurichten gedenke.

Was hat aber der Jude mit dem Christenthume zu thun? Es fehlt ihm schon für sein Verständniß völlig an dem in= neren Anknüpfungspunkte, um die entscheidende Bedeutung des Christenthums für ein Volksleben auch nur begreifen zu können. Höchstens kann er dasselbe als eine niedere Stufe für die früheren Perioden eines Volkslebens gelten lassen; aber jede irgendwie rege Entwickelung muß nach seiner Ueberzeugung alsdann über das Christenthum hinausführen. Und das Erscheinen der Juden an irgend einer Stelle bedeutet nach jüdischer Auffassung gerade den Eintritt der höheren Geistesmacht in die Welt des Anderen. Wie sollte der Jude also dort, wo er hinkommt, fortan das Christenthum noch in besonderer Weise würdigen oder berück= sichtigen! Wo ihm das Christenthum mit seinem auf die Durch= dringung des Volkslebens Anspruch machenden Einfluß entgegen= tritt, wird er in keiner Weise ein Recht dieser Geistesmacht erkennen können, er wird sich darum auch gar nicht für ver= pflichtet halten, dasselbe zu schonen, und wird im Gegentheil, wenn dasselbe für solche seine Geltung ernst eintritt oder den Kampf aufnimmt, allein der Willkühr oder der Blindheit oder dem Fanatismus zu begegnen meinen, dem entgegenzuwirken er nur als Verdienst ansehen kann.

Also nicht allein Fleisch und Blut, sondern auch die reli=
giöse Geistes= und Lebensanschauung haben sich zwischen die
christlichen Nationen und ihre jüdischen Haus= oder Landesge=
nossen gestellt. Ja, die jüdische Religion bildete in der christ=
lichen Zeit ihre Eigenart im ganz bewußten Gegensatz und
Widerspruch gegen die christliche aus. Es steht mit ihr nicht
so, wie etwa mit vielen heidnischen Religionen, die, ohne die
Einwirkung des Christenthums erfahren zu haben, entstanden
sind, sondern sie hat mit dem Muhamedanismus ein ganz be=
stimmtes und feindseliges Nein gegen das Fundament des Christen=
thums in sich aufgenommen. Die christliche Religion hat ihren
Namen von Jesu Christo gewählt, weil sie in ihm den einge=
borenen Sohn Gottes erkennt, der Mensch geworden ist, da
nur er allein als solcher, nach seinem eigenen Worte, das
Heil der Menschen in Zeit und Ewigkeit schaffen konnte. Gerade
für diesen Anspruch Christi aber hat das Judenthum aller
Zeiten seit Kaiphas stets das eine Urtheil: „er hat Gott ge=
lästert". Was dem Christenthum der eigentliche und alleinige
Grund für die Gewißheit ist, ein Leben in der Gemein=
schaft Gottes, d. h. also ein ewig bleibendes, göttlich reines
und göttlich seliges Leben statt des angeborenen unreinen und
dahinsterbenden erlangen zu können, das ist für dieses Juden=
thum eine Gotteslästerung. Wenn das Christenthum, indem
es sein A ausspricht, anbetet, muß das nachchristliche Juden=
thum von Götzendienst reden; das fundamentale Heilige des
Einen ist für das Andere ein Frevel gegen Gott.

So tief greifen die Differenzen zwischen den Juden und
den christlichen Nationen, in deren Mitte Jene wohnen; und
eben deßhalb fehlen alle Faktoren für ein gegenseitig sich ver=
stehendes Zusammenwirken der Beiden an dem Lebensaufbau
des einen Volkes. Nur wer Beide zu einem Fleisch und zu
einem Geiste zusammenschmölze, könnte es bewirken, daß ihre
gemeinsame Arbeit die Aufgabe im Auge behielte, die jedem
Volke, seiner Eigenart angemessen, besonders zugetheilt ist.

Weil aber diese leibliche und geistige Verbindung zwischen
Christen und Juden nicht stattgefunden hat, darum ist der

Standpunkt des Interesses gegenseitig der bestimmende geworden. Der Standpunkt des Interesses hat, um jetzt nur dies für das Verständniß der Juden anzuführen, über ihr politisches und sociales Thun und Wirken entschieden. Es kommt ihnen darauf an, daß sie selbst in ihrer eigenen Gegenwart und vielleicht auch ihre Nachkommen in der Zukunft ein behagliches Dasein an der Stätte ihres Wohnens finden. Die Vergangenheit eines Landes, seine Geschichte, kann für sie keine sittliche Bedeutung haben und kann sie eben deßhalb auch nach keiner Seite hin verpflichten. Sie sind an ein Land auch nicht mit ihrer eigent= lichen Liebe gekettet; denn diese Liebe bewirkt nur das leibliche und geistige Verwachsensein mit dem Leibe und dem Geiste seines Volkes. Für gewöhnlich wird es ihnen daher nicht schwer, den Ort ihres Wohnens zu verlassen; sie können von Nation zu Nation wandern, können hier oder dort ihren Aufenthalt nehmen, sie durchziehen die ganze Welt, und die Sage schafft daraus das Bild des ewigen Juden; sie können diese oder jene Sprache reden, können diese oder jene Volksart vor= finden: das Herz ist daran wenig betheiligt. Auch nimmt eben Alles, was sie unter den Völkern sich aneignen, ihre besondere Eigenthümlichkeit an, bei welcher sie sofort erkannt werden. Weil die Verbindung nicht im inneren Wesen stattfindet, darum gerade bleibt in der Form und Erscheinung stets genug Unter= scheidendes übrig, und das Aeußere wird somit der Beweis für die innere Verschiedenheit. Wohl klingen bei ihnen unter ihrem Zusammenleben mit den Nationen persönliche, häusliche und Familien = Erinnerungen nach, die in ihnen alsdann auch ein schönes Gefühl der Dankbarkeit gegen ihre Wohlthäter erwecken, so daß sie den einzelnen Personen das Gute mit Gutem ver= gelten; im Uebrigen aber entscheidet der Nutzen über Kommen, Bleiben und Gehen. Der Wechsel und Wandel, welcher die Völker, unter denen sie sich niedergelassen haben, bis in die Tiefen der Seele erschüttert, berührt sie meist nur auf eine mehr äußerliche Weise, nämlich nach der Richtung hin, daß die Ruhe und das Wohlergehen des äußeren Lebens gewaltsam gestört werden. Und eben deßhalb sind so Viele unter ihnen

z. B. wohl im Stande, mitten unter den Stürmen, welche
die Nationen bis in den innersten Grund ihres Lebens erregen,
mit dem stets gleichen Herzensinteresse ihre Gedanken auf Handel
und Wandel zu lenken; innerlich sind sie viel zu wenig in An=
spruch genommen, als daß nicht der kühle Verstand Raum genug
zur allseitigsten Berechnung und Ueberlegung fände, wie die
Zeitverhältnisse zu benutzen seien. Sie erkennen bei jeder
Wandlung der Dinge bald den Punkt, bei welchem sie ein=
setzen wollen, um sich eine möglichst zufriedenstellende Lage zu
schaffen, und schicken sich in alle Veränderungen, welche dem
Volke des Landes selbst das Herzblut kosten, ohne besondere
Schwierigkeit. Dieselben haben für sie mehr oder weniger eben
nur die Bedeutung von Naturereignissen; Lebensbedingungen
werden damit für sie nicht getroffen, wenn ihnen nur die Mög=
lichkeit bleibt, die eigenen Interessen weiter zu verfolgen. Unsere
Freude und unser Leid erfüllen sie in derselben Weise für
gewöhnlich nicht; ein Vaterlandslied oder selbst auch nur ein
Lied, das wirklich im Volke lebte, ist überaus selten ihrem Herzen
entquollen. Die Heimath und das Leben der Heimath fanden
sie bis in die neueste Zeit hinein in ihren Familien, ihren Syna=
gogen und in ihrer Stammesgemeinschaft. Das fängt gegen=
wärtig an anders zu werden; viele Herzen unter ihnen ent=
fremden sich dem bisherigen heimathlichen Boden und gewinnen
doch dafür keinen anderen; sie verlieren vielfach die jüdische Art,
und doch fehlen ihnen die Grundbedingungen für die Art der
Völker, mit denen sie äußerlich eins zu werden sich bemühen.

Diese tief innerliche Verschiedenheit und Geschiedenheit der
Juden und ihrer Umgebung ist nun auch der Grund für die
unaufhörlichen Collisionen geworden, von welchen die Geschichte
zu berichten hat. Wo der Jude sich aufhielt, hatte er das
Gefühl seiner ganz besonderen Stellung unter den Völkern. Er
wollte Anerkennung finden, er fühlte in sich selbst das Recht,
die höchsten Forderungen zu stellen; er klagte stets über die
Ungerechtigkeit, welche man gegen ihn übte; er sah auch nicht
ein, warum er nicht das ihm nach seiner Meinung nun einmal
Gebührende auf allerlei Weise zu nehmen oder zu erlangen

suchen sollte! Aeußerlich und innerlich blieb er dabei ein An=
derer als seine Umgebung. Um so schärfer traten die Con=
traste heraus: beide trugen leiblich und geistig ein handgreiflich
anderes Gepräge, und im tiefsten Gemüth, im innersten Em=
pfinden hatte sich eine gegenseitige Kluft befestigt. Alle Ver=
suche, sich einander zu nähern, sind immer wieder gescheitert;
denn es gab kein die Herzen wahrhaft vereinigendes Band.

Da erwählte man, wie schon vorher berührt worden ist, für
das gegenseitige Verhältniß einzig den überaus bedenklichen
Standpunkt des Nützlichen, und die Folge war: der organisirte
Krieg zweier Mächte. Die Geschichte erzählt uns von unzäh=
ligen Verfolgungen der Juden, bei denen das Blut derselben
in Strömen vergossen wurde. Selten waren es zuerst religiöse
Motive, welche dieselben veranlaßten; sondern gewöhnlich brach
der Hader, welcher sich im alltäglichen Leben von Jahr zu Jahr
fortgeschleppt hatte, in diese blutigen Gewaltthaten aus; der
religiöse Fanatismus schürte alsdann noch den Haß, welcher durch
die Erfahrungen des materiellen Lebens erweckt worden war.

Es ist ein furchtbar tragisches Schauspiel, welches uns fast
in jedem Jahrhundert und in jedem Lande begegnet, daß die
Juden überall, wo sie sich in der Fremde angesiedelt haben,
bald in eine tiefe Fehde mit den alten Bewohnern des Landes
verwickelt sind, die oft durch gewaltsame Austreibung der Juden
zu beendigen versucht wird. Wenn sie aber an solchen Orten
von Neuem Fuß gefaßt haben, beginnt das Frühere sich auch zu
wiederholen; denn die Ursache der Uneinigkeit ist geblieben,
„ein jeder hat seine besondere Art behalten", mag dieselbe auch
in ihrer äußerlichen Erscheinung das Gepräge und den Einfluß
ihrer jeweiligen Zeit zeigen. Der Kampf hat noch heute nicht
aufgehört, sondern nur neue Formen angenommen — und das
tägliche Leben blutet um desselben willen aus tausend Wunden.

Schultz meinte nicht, daß ein Schaden so ernster Art leicht
und ohne Gefahr übersehen werden könnte. Er wünschte eben
so wenig eine oberflächliche Heilung oder einen äußerlichen An=
strich, der die Sache nicht von Innen heraus änderte; er wünschte
gerade deßhalb auch nicht, daß dieses Verhältniß in dem po=

litischen Leben seiner Zeit, welches ja auf ganz anderen Grund=
voraussetzungen ruhte und in religiösen wie in sittlichen Be=
ziehungen eine bedeutend andere Gestalt als das gegenwärtige
zeigte, unberücksichtigt bliebe; er wünschte also zu seiner Zeit
keine staatsbürgerliche Gleichstellung zwischen Christen und
Juden. — Aber er stellte sich die Lebensaufgabe, eben dieses
Verhältniß, welches sich überall als ein Fluch fühlbar machte,
zu einem segensvollen umbilden zu helfen.

Mit dem Fundament sollte darum seine Arbeit beginnen,
und in den Herzen ein neuer Grund gelegt werden.

Er wußte aber, daß es nur einen Grund gibt, auf dem
haltbare Bauten entstehen: „Jesum Christum"; und in diesem
die Herzen der Juden und der Christen zu vereinigen, das war
der Inhalt seiner Arbeit.

VII.

Das Ausstreuen des Samens.

In welchem Umfange Schultz das Werk der Mission zu unternehmen gedachte, ist schon früher erwähnt worden. Er suchte in der That auch die Juden in so vielen Gegenden auf, wie es vor ihm wohl noch von Keinem geschehen ist. Nach der Probereise von 1736 missionirte er im westlichen und süd= lichen Deutschland 1740—1741, sodann 1742 im nordwest= lichen Deutschland, Holstein, Schleswig und Dänemark, 1743 in Preußen und dem ganzen nördlichen Deutschland, 1744 wieder in Süddeutschland und der Schweiz; 1745 bereiste er von Neuem einige Theile Deutschlands, Schweden und Rußland; 1745 wan= derte er in seinem Beruf von Königsberg bis zum Rhein; 1747 ging er nach Polen, Schlesien und Ungarn, 1748 noch einmal nach Dänemark, 1749 nach Holland, England, Süddeutschland und kam bis Venedig, 1750 in Italien bis Rom; auf dem Rückwege besuchte er die Schweiz und Süddeutschland, 1751 den Elsaß und Baden, 1752 Oesterreich, Italien, die Türkei und Kleinasien, 1753 wiederum die Türkei, Kleinasien und Aegypten; 1754 finden wir ihn in Palästina und Aleppo, 1755 im Libanon, in Syrien und den Inseln Kleinasiens; 1756 kehrte er nach Halle zurück.

Der Tod von Woltersdorf beschleunigte die Rückkehr. Denn der Plan dieser letzten Reise war der gewesen, daß die beiden Missionare von Syrien ihren Weg nach Armenien und China, von dort zurück über Ispahan und Bagdad den Euphrat und Tigris hinunter nach Belsora nehmen, von hier die Küste von Madras und Coromandel besuchen und sodann durch das Rothe Meer nach Abessinien gehen sollten. Von Abessinien hatte Schulz die Absicht, den Rückweg über Cairo einzuschlagen, noch einmal Jerusalem zu besuchen, sodann durch Italien und Frankreich zu reisen, und von Spanien aus nach Amerika hinüberzugehen, um alsdann über England nach Halle zurückzukehren.

So weit ist nun Schulz den Juden mit dem Evangelium theils nachgegangen, theils dachte er sie so weit zu erreichen. Er suchte sie in der That auch überall auf. Besonders gern trat er in ihre Mitte, wenn sie in der Synagoge versammelt waren. Wo es irgend anging, lenkte er am Sabbath dahin seine Schritte. Er stellte sich dann unter sie, schlug den Tagesabschnitt aus dem Gesetz (Parasche) und aus den Propheten (Haftara) auf, und bald sah er eine Schaar von Juden um sich, die mit dem ernsten und freundlichen Manne über die göttlichen Dinge redeten, als wäre er ein Rabbi und nicht ein Missionar. Am Sonnabend den 18. October 1745 war eine sehr große Zahl von Juden aus Curland in Mitau versammelt; sie hatten dort, ähnlich wie die christlichen Edelleute der Provinz, ihren Landtag. Vor dieser großen Menge legte er in der Synagoge die Tageslektion aus dem Gesetz 5 Mos. 30, 1—7 aus, und sprach nach Anleitung derselben über den Weg der Buße und des Glaubens. Mit einer Predigt hatte er so, wie er selbst sagt, in das ganze Land hineingearbeitet. In einer Londoner Synagoge hatte er gleichfalls die Augen der Juden auf sich gezogen, als sie ihn die gerade an der Reihe befindliche Parasche 5 Mos. 32 hatten aufschlagen sehn. Ein Vorsteher (Parnaß) frug ihn: „Woher weiß der Herr die Schrift?" Schulz entgegnete: „Woher vergeßt Ihr die Schrift?" Die Antwort hatte man nicht erwartet; sie reizte einige der Anwesenden umsomehr, den Fremdling etwas näher kennen zu lernen; daher baten sie ihn, daß er ihnen auf etliche Fragen hinsichtlich ihres heutigen Textes Antwort geben wolle, und er war bereit. Sie frugen: „Warum ruft der Herr im ersten Verse dieses Abschnittes Himmel und Erde auf?" Schulz antwortete: „Weil Ihr Eure Ohren verstopft, und zwar mit Lumpen oder Kleidern oder Kupfer, Blei, Zinn, Geldwechseln und dergleichen." So ging es nun weiter. Bei Vers 5 zeigte er Israels verkehrten Zustand. Ein alter Rabbi wurde böse. Die Anwesenden spalteten sich in zwei Parteien; die Einen ermunterten ihn fort und fort nach jedem Theile der Lektion in den Pausen, welche der Vorbeter machte, seine Bemerkungen hören zu lassen; die Anderen waren empört. Seine kurzen Erklärungen hatten die Menge in so hohem Maße interessirt, daß sie ihn zuletzt frug: woher er denn die Schrift so wohl verstünde? Schulz antwortete ihnen: „Darum, weil der Messias oder seine Boten die Lehre vom Leben unter die Völker gebracht haben (Jes. 49, 1—6)"; und er durfte darauf, ohne Widerspruch zu erfahren, ihnen das Evangelium von dem Messias Jesus Christus verkündigen.

In den Synagogen zu Venedig, Padua, Rom, Smyrna, Aleppo, Jerusalem, Ptolemais eben so wohl als in den kleinsten Synagogen Deutschlands wurde ihm ein Zeugniß für das christliche Bekenntniß gestattet. Der Parnaß in Rheda gebot geradezu dem Volke Stille und ersuchte dann den Missionar um einen Pschät (öffentliche Rede), in welcher derselbe auch nicht für einen Augenblick unterbrochen wurde, so daß es ihm vergönnt war, den ganzen Rath des göttlichen Heils, wie derselbe von der Schrift für Juden und Heiden dargestellt wird, diesem jüdischen Zuhörerkreise ausführlich darzulegen.

In der Synagoge, nicht minder aber im Hause und auf der Straße, im Kaufmannsladen und im Schiff, im dichten Gewühl des großen Haufens und in einsamen Stunden der Nacht, in der Wüste Syriens und unter den Cedern des

Libanon, auf dem Dache eines Hauses zu Jerusalem und im Gefängniß trat Schultz den Juden mit der Frage entgegen, die sein Herz erfüllte. Es gab keinen Ort, da er es nicht versuchte, ihnen sich zu nähern, und er hat in der That seinen Samen auf tausende von Feldern gestreut.

VIII.

Themata der Gespräche.

Es ward Schultz nicht schwer, den Juden nahe zu kommen, und weil er wußte, daß in der That genug Einigungspunkte vorhanden seien, knüpfte er an diese vor Allem an, überzeugt, daß die bestehende Scheidung wahrhaftig zu besiegen sei. Auf diese Weise bahnte er sich den Weg ohne Bitterkeit und Recht=haberei, ohne Streitsucht und Unbilligkeit, das zu bekämpfen, was die rechte Einigung verhinderte.

Wie vorhin bemerkt, war damals der Talmud die fast un=bestrittene Autorität unter den Juden. Sie lebten aber der gewissen Ueberzeugung, daß der Talmud die nothwendige Frucht des Alten Testamentes sei, und daß beide sich in der innigsten Harmonie mit einander befänden. Das Alte Testament wurde jedoch auch vom Christenthume als die Grundlage aller Offen=barung anerkannt. Hier sah der Missionar also ein Gebiet, welches er der Regel nach gemeinsam mit den Juden betreten konnte; von hier durfte er ausgehen und voraussetzen, daß ihm die Geltung des Alten Testamentes eben so wohl zu Gute kommen würde als dem Juden. Schon ein Spruch des Alten Testamentes in der hebräischen Ursprache aus dem Munde des Christen ver=nommen, übte einen irgendwie versöhnenden Einfluß auf den Juden aus. Sympathisch fühlte sich der Letztere von demselben berührt, und die Person dessen, der ihn ausgesprochen, hatte wenigstens dadurch seinem Herzen sich zu nähern gewußt, daß sie sein Heiliges auch als ihr Heiliges gelten ließ. Darum war er nun schon eher geneigt, ein Wort über religiöse Dinge, das ihn aus dem unheiligen Munde sonst nur abgestoßen hätte, anzuhören. Der Jude hatte ja fast überall hinsichtlich seiner Religion sich verspottet gesehen, und hinwiederum selbst mit der allertiefsten Verachtung auf den unwissenden und götzendienerischen Goi (Nichtjuden) herabgeblickt. Er war von Jugend an in so hohem Grade gewöhnt, den Christen mit dem Heiden auf völlig gleiche Stufe zu stellen, daß es ihn förmlich frappirte, wenn er Einen aus dieser von ihm verabscheuten unreinen Masse sich unter das Wort seines heiligen Buches beugen sah. Und nun fand er nicht bloß ein oberflächliches Hinstreifen über diesen Boden, sondern er hatte Gelegenheit zu bemerken, daß der= selbe von dem Christen überall erforscht, überall durchgraben war. Das war ihm neu, und er ließ sich mit dem Missionar darauf ein, das gemeinsame Feld näher zu betrachten, den In= halt der hebräischen Schrift mit ihm zu untersuchen.

Noch mehr: Plötzlich sah der, welcher das Gebiet der Offen= barung bisher als die ihm allein zustehende Domäne betrachtet hatte, sich veranlaßt, über seinen eigenen Glauben ernstlicher nachzu= denken und fand sich in der ruhigen Gewißheit, daß sein Volk allein in der vieltausendjährigen Wahrheit stünde, ernstlich angegriffen. Das nicht einmal im Gedanken für möglich Gehaltene geschah, daß er an die Vertheidigung seiner Religion mit dem Worte des Alten Testamentes denken mußte, und daß er genöthigt wurde, in der That sein Fundament noch einmal zu prüfen.

Schultz erklärte es auch geradeswegs, wie z. B. dem Grafen Zaluski in Warschau gegenüber, als die erste Aufgabe des Mis= sionars, die Juden vor Allem wieder auf den Boden des Alten Testamentes zurückzuführen. Sie hatten sich ja so sehr gewöhnt, dasselbe im Lichte des Talmud zu betrachten, daß sie nur nach den Anweisungen und Auslegungen desselben über die Schrift dachten. Schultz machte die Heiligkeit des Alten Testamentes in ihrem ganzen Ernst vor ihnen geltend und veranlaßte sie dadurch, denſelben ein viel tiefer eindringendes Nachdenken zu widmen. Sie ſahen bald, daß ein bloßes Pochen auf die Autorität des Talmud ihnen nichts half, ſondern ſie vielmehr gezwungen ſeien, den Grund für dieſe Autorität erſt zu er= weiſen. Daher verließen ſie vor dem Miſſionar dieſe ihre Heimath und bequemten ſich, wohl oder übel, mit ihm die Wege des Alten Teſtamentes zu gehen.

Der Miſſionar ſtellte ſodann aber ſich ſelbſt und ſeine Zu= hörer gleichmäßig unter die Zucht des einen Wortes, ſein Chriſtenthum und ihr Judenthum unter daſſelbe Licht. Da wurden ſie eine Bahn geführt, von welcher ſie, wie er ſelbſt ſagt, „ganz abhanden gekommen ſind‟; und die Frage: „was iſt Wahrheit‟, die nach ihrer Meinung längſt entſchieden war, würde ihnen unmerklich wieder zu einer Frage gemacht. Ob das Alte Teſtament im Talmud oder im Neuen Teſtamente ſein Ziel finde, das müßten ſie ſelbſt überlegen; und wenn als Reſultat ein tiefer Zwieſpalt zwiſchen Altem Teſtamente und Talmud aufgedeckt war, ſo hatte dieſes Ergebniß wenigſtens das Gute, daß ſie die Möglichkeit eines Neuen Teſtamentes irgend wie verſtehen konnten und ihnen die Bahn zum Chriſten= thume hin nicht mehr verſchloſſen, ſondern frei gemacht war.

Von den verſchiedenſten Punkten aus, von dem Alten Teſtamente ganz beſonders, ſelbſt von dem Talmud auch wohl hier und da, von den Bedürfniſſen des Herzens, von der Wahr= haftigkeit, Treue und Gnade Gottes, führte Schulz alsdann ſeine Zuhörer immer zu dem Ergebniß: „Chriſtus allein iſt die Löſung des Alten Bundes und die Löſung aller religiöſen Fragen‟. Das iſt das materielle Reſultat, welches er erreichen will; und hierfür nun wird das Folgende den näheren Nachweis zu führen haben.

Er trift bei einem jüdiſchen Kaufmanne in Cracau ein, um bei demſelben einen ſchwarzen Flor zu kaufen. Ein Geſpräch knüpft ſich an. Daſſelbe berührt den Punkt, wie der Menſch von Gott in der Schöpfung mit erleuchtetem Verſtande und geheiligtem Willen begabt worden ſei. Der Kaufmann ſtimmt dem zu; er leugnet auch das Weitere nicht, daß der Menſch

weder sein Erschaffenwordensein überhaupt, noch sein Erschaffen=
wordensein im göttlichen Ebenbilde sich selbst zu verdanken habe.
Schultz führt ihm darauf zu Gemüthe, daß der Mensch aber
„die Gaben", welche er doch als völlig unverdiente besessen,
„durchgebracht habe", und frägt ihn, was er deßhalb thun
wolle, um Gott das Seine wiederzugeben und wieder so
rein vor den heiligen Augen desselben dazustehen, wie er aus
seinen Händen in der Schöpfung hervorgegangen war? Der
Kaufmann beruft sich auf die von den Juden oft angeführten
Versöhnungsmittel: Beten, Fasten, Almosengeben und der=
gleichen. Schultz antwortet mit dem Zeugniß der Propheten,
welche alle diese Dinge ein Greuel vor Gott nennen, wenn der
Mensch sich mit denselben von der Unreinigkeit seines Herzens
und Lebens loskaufen will. Er fragt aber immer wieder, wie
eben diese Unreinigkeit selbst getilgt und fortgeschafft werden
könne? Da zieht sich der Bedrängte auf die in der Sy=
nagoge gebräuchliche Herlesung des Gesetzes von den Opfern
zurück, und behauptet mit der talmudischen Lehre, daß dieses
Verlesen der fraglichen Gesetzesvorschriften die Opfer ersetze und
ihre sühnende Gültigkeit habe. Schultz antwortet auf diesen
Bescheid nichts, sondern frägt, was der Flor, den er eben ge=
kauft, aber noch nicht bezahlt hatte, koste? Der Preis wird
ihm genannt: fünfzig Kreuzer. Schultz schreibt den Betrag auf
eine Tafel, stellt sich an dieselbe und liest wohl zehnmal die
Worte: „fünfzig Kreuzer kostet der Flor", macht endlich die Thüre
auf und will davongehen. Eiligst ruft ihm der Kaufmann
nach: „Der Flor ist noch nicht bezahlt!" Schultz wendet sich
zu ihm und antwortet ruhig: „Ich habe ihn nicht bezahlt?
ich habe ja die geschriebene Summe mehr als zehnmal her=
gelesen!" Er kehrt sich darauf zur Thür hin und behandelt
die Sache als beendigt. Der Jude aber ließ sich natürlich ein
solches Verfahren nicht gefallen, sondern erklärte ihm, daß er
mit dem Herlesen nicht bezahlt sei. Und Schultz hatte nun
leichte Sache, aus diesem praktischen Beispiele es ihm zu Ge=
müthe zu führen, wie betrüglich die Juden hinsichtlich der Opfer
mit Gott zu handeln versuchten, und wie zufrieden derselbe

wohl mit ihren Opferaufzählungen sein könne! Der Kaufmann war beschämt; er frug nun ernstlich nach dem rechten Mittel, um alle Schuld gegen Gott zu bezahlen, und der Missionar durfte ihn auf den Knecht Gottes Jesaia 53 verweisen, der sein eigen Leben zur Bezahlung als Schuldopfer für das sünd= liche Geschlecht dahingegeben hat.

Oder derselbe Punkt nach einer anderen Beziehung hin. Eine jüdische Familie hatte dem Missionar von dem Tode einer christlichen Dame erzählt, deren Wohlthun keine Grenzen ge= kannt hätte; denn selbst die bittersten Feinde seien von ihrer barmherzigen Hand nicht vergessen worden. Sie sprachen aus Anlaß dessen von der Kraft, welche das göttliche Wort über das Herz des Menschen ausübte. Der jüdische Hausvater stimmte alle dem zu, was der Missionar sagte, fühlte sich aber unan= genehm davon berührt, daß derselbe immer den Namen Christi mit allen seinen Behauptungen in Verbindung brachte. Er bat also, diese Person bei Seite zu lassen, sie stünde ja nicht in nothwendigem Zusammenhange mit dem Inhalt ihres Ge= spräches. Schultz war anderer Meinung. Er entgegnete, daß diese Person allein den Widerspruch löse, in welchem sonst der Mensch verbleibe. Denn das Wissen von den göttlichen Ge= boten sei allerdings schon vor ihm vorhanden und auch ohne ihn möglich; aber unmöglich sei es, wenn Jesus fehle, dieselben so, wie es Gott und sein Wort im Alten Testament forderten, zu halten. Ohne Jesum bleibe ein unlösbarer und unerträg= licher Widerspruch zwischen dem Soll und den Leistungen des Menschen; bei dem Soll aber könne sich Niemand beruhigen, dasselbe raube vielmehr allen Frieden, wenn es nun seine For= derungen stets vergeblich aufstelle. — Und nun warf er dem jüdischen Kaufmanne die Frage auf: wie ihm wohl zu Muthe sein würde, wenn Jemand an sein Krankenlager träte, ihm von dem blauen Himmel, von der scheinenden Sonne und der erquickenden Luft draußen erzählte, und dann die Forderung an ihn stellte, er solle aufstehen, mit ihm gehen und mit ihm genießen? Würde er nicht solche Worte als bitteren Hohn empfinden? und würde er nicht antworten müssen: „Was hilft mir alle die Herrlichkeit, von der du redest? und was hilft mir deine Forderung zu genießen? Gieb mir vielmehr ein Mittel, daß ich gesund werde, dann will ich dir hernach folgen." Aber so mache es nun die jüdische Religion mit ihren Anhängern. Sie erzähle ihnen, welche Herrlichkeit Gott denen darbieten wolle, die seine Befehle hielten; sie habe Gebote über Gebote gehäuft, für deren Beobachtung sie große Belohnungen ausgesetzt habe; aber da nun die Menschen in ihren Sünden todtkrank darniederlägen, raube sie ihnen die Arznei, welche das Alte Testament wohl kenne; sie lasse die Elenden in ihrer Noth umkommen und ziehe sie von dem Arzte hinweg, der allen Schaden zu heilen im Stande sei; sie reiße die Herzen von Jesu Christo, dem Heilande, fort, und einen anderen Helfer vermöge sie nicht anzubieten. Viel fordern, aber nichts bessern könne die jüdische Religion, das sei das größte Verderben. — So ernst sprach Schultz zu jener jüdischen Familie; eine Antwort erhielt er nicht.

Gerade darum bemühete er sich besonders, für das falsche Messiasbild, welches die Juden sich selbst aufgestellt, ihnen das richtige des Alten Testamentes zu bringen! Sie hatten aus demselben nur das Eine festgehalten, daß der Messias in königlicher Pracht und zur Ueberwindung alles Erdenübels erscheinen werde. Die Schuld, das Unheil, das Verderben der Sünde kannten sie damals so wenig als heute; darum verstanden sie es auch nicht, wenn das Alte Testament den Messias vor allem Anderen die böse Knechtsarbeit thun heißt, zuerst die Sünde selbst hinwegzuschaffen, und wenn es ihn hernach erst, nachdem die Ursache abgethan ist, auch die Folge derselben, nämlich das ganze Heer der Uebel, den Tod miteingeschlossen, überwinden läßt. Sie forderten vielmehr damals wie jetzt von vorn herein Lohn und Herrlichkeit, und wollten nur einen Messias gelten lassen, der ihnen das sogleich brächte. Mit sich selbst zufrieden, ihre eigenen Erlöser und Versöhner, verlangten sie nur eins, die Kronen und den Schmuck, die ihnen nach eigener Meinung durchaus zukamen; sie forderten die letzte Erfüllung der Verheißungen, aber von der Bedingung derselben sagten sie sich los. Mit ihren Sünden sollte der Messias nichts zu thun haben, sondern nur mit ihrer Verherrlichung.

Umsomehr erinnert Schultz sie daran, wie selbst im Talmud das Gefühl noch nicht ganz unterdrückt sei, daß Israel einen Heiland, wie den am Kreuze nöthig habe. Er hat in Joppe mit einigen Juden die Sabbathslektion 3 Mos. 14 gemein= schaftlich gelesen. Dieselbe handelt von der Reinigung der Aussätzigen. Der Aussatz aber gilt im Morgenlande als die schwerste Krankheit; ist sie doch ein allmähliges Verwesen des Lebendigen zu nennen. Da erinnert nun Schultz seine Zuhörer, wie auch der Talmud keine höhere Liebe des Messias kennt, als daß er von demselben bezeugt, er werde selbst diese furchtbarste aller Krankheiten für die Sünder auf sich nehmen. Denn der Talmud nennt den Messias einmal Mezora d. i. Aussätziger, und braucht diesen Namen um Jes. 53, 4 willen, weil er die Krankheit aller Krankheiten, unsere Sünde, getragen und unsere Schmerzen auf sich geladen habe. Im Anschluß an diese Zeug= nisse aus ihrer eigenen Mitte fordert Schultz sie auf, dem Heiland der Schmerzen näher zu treten und ihn so anzunehmen, wie es die jüdischen Apostel und so Viele aus allen Völkern gethan haben.

Das Opferleiden Christi war es überhaupt, welches er selbst mit der innersten Bewegung seines Gemüthes fort und fort den Juden vorhielt und welches selten ohne irgend welchen Eindruck auf ihre Herzen blieb. In Basel traf er mit einem Rabbi Aaron, in Aleppo mit einem Juden Abraham Cohen zusammen; die Priesternamen derselben gaben ihm Gelegenheit, die Opfer und das Hohepriesterthum des Alten Testamentes den Opfern und dem Hohepriesterthum Jesu Christi gegenüber= zustellen. Im Alten Bunde: das Blut der Böcke, im Neuen Bunde: das Blut des Allerreinsten; im Alten Testamente: Thierblut, das, für die menschliche Seele selbst wirkungslos, an die Bundeslade gesprengt wurde; im Neuen Testamente: das Blut dessen, der ewig lebt an der Stätte des Thrones Gottes, und von dort her sich an so vielen Tausenden in allen Theilen der Welt seit Jahrhunderten lebendig beweist; im Alten Testa=

mente: der jedes Jahr wiederholte Eingang des Hohenpriesters in das Allerheiligste, welches mit Händen gemacht und von Händen wieder zerstört worden ist; im Neuen Testamente: der einmalige Eingang Jesu Christi in das ewige Heiligthum Gottes, mit welchem er auch eine ewige Erlösung gefunden hat; — das bleibt nun einmal Jedem, der es vergleicht, sagt Schultz, eine ans Herz greifende Sache.

Und eben diesen Mittelpunkt des Christenthums, nämlich die Person des Erlösers selbst, stellt er in der mannigfaltigsten Weise immer neu den Juden als die Erfüllung aller Vorbilder und aller Weissagungen und der ganzen Geschichte des Alten Testamentes dar.

Er hält ihnen vor, wie das Alte Testament einen Knecht Gottes verheiße, welcher die ganze Erde mit der Erkenntniß des Gottes der Offenbarung erfüllen werde, und wie nun einmal diese Erkenntniß den götzendienerischen Völkern durch keinen Anderen zu Theil geworden sei, als durch Jesum Christum. Er hält ihnen vor, wie der Prophet von diesem Knecht Gottes sagt, er werde die Vielen gerecht machen; und wie doch beides: sowohl die Frage nach der Gerechtigkeit vor Gott überhaupt, als die Freude an ihrem Besitz, ganz allein durch den Nazarener anhaltend und ernstlich unter den Nationen erweckt worden sei. Oder wenn die jüdische Auslegung irgend eine einzelne Person aus der Zeit des Alten Testamentes, oder das jüdische Volk selbst oder einen Stand desselben als den Knecht Gottes be= zeichnet, von welchem Jesaia redet, so zeigt er ihnen einfach, wie Niemand unter diesen Allen das Werk ausgeführt habe, von welchem die Schrift redet. Denn auch das Volk Israel selbst, das ja freilich als Knecht Gottes in seinem Dienste habe arbeiten sollen, sei noch nicht der rechte Diener desselben; auch Israel bedürfe dessen, von welchem Jesaia Cap. 53 redet. Israel, das hält er ihnen vor, hat nichts von alle dem geleistet, was Jesus in der That ausgeführt hat. Israel hat seit den Tagen Christi, nur an sich selber denkend, an dem Markte der Mensch= heit gestanden; es hat für die Welt, die unter dem Heidenthume immer tiefer und rettungslos versank, nichts gethan, um ihr wiederaufzuhelfen. Niemand hat an der Menschheit gearbeitet oder arbeitet noch an ihr, daß die Liebe Gottes und die Liebe zu den Menschen unter ihr die Herrschaft erlange, als Jesus Christus allein und seine Evangelisten. Schultz fragt die Juden: „Wenn es nun am Tage liegt, wie viel das Christenthum es sich in dieser Arbeit hat kosten lassen, und wie es von derselben nicht zurückgetreten ist, obwohl ihm doch die ersten Jahrhunderte als Lohn nur das Märtyrium boten, — was haben dagegen wohl die Juden in solcher Arbeit an der Welt auf sich genommen?" Die Menschheit vor Christo und ohne Christum, und die Menschheit seit Christo oder durch ihn, dieses Bild zeigt er oft genug den Juden, — den Segen für die Welt durch Christum, und dagegen, was dieselbe Welt den Juden, welche von Jesu sich abgewandt haben, verdanken könne, stellt er einander gegenüber. Das Alte Testament, welches ja von Anfang an verkündigt, daß es Gott auf das Heil des ganzen Menschengeschlechts abgesehen habe, im Lichte Jesu Christi, und das Alte Testament dagegen, wenn die Juden Recht haben, welche Christum verwerfen, heißt er vergleichen! Er fordert Antwort — und man schweigt!

Schultz schwächte die Vorwürfe nicht ab, welche jüdischerseits gegen die Zerrissenheit der Christenheit in so viele Kirchen und Sekten erhoben werden; aber er stellt dem gegenüber, daß die verschiedenen Confessionen derselben, wenn sie auch um mancher Lehren willen sich gegenseitig aufs Bitterste befeindeten, doch nicht um ein Haar breit in der Hauptsache von einander abwichen: daß in der Person Jesu Christi der Heiland der Welt und ihr Versöhner mit Gott, der Messias des Alten Testamentes, erschienen sei. Es macht allerdings auf die Juden Eindruck, wenn er das apostolische Glaubensbekenntniß als das gemeinsame Fundament der ganzen Christenheit aufweist und ihnen zeigt, wie bei diesem Bekenntniß der ersten drei Jahrhunderte die Namen einer römischen, griechischen, protestantischen Kirche dem Namen der allgemeinen und einen christlichen Kirche wichen.

Der Frage unter den Juden aber: „Kann denn Gott mit sich

selbst in Zwiespalt gerathen? und würde das nicht der Fall sein, wenn er zuerst ein Gesetz aufstellte und hernach dasselbe wieder aufhöbe?" hält er die innere Harmonie des göttlichen Gnadenrathes, welcher Altes und Neues Testament beherrscht und verbindet, entgegen. Er zeigt ihnen also, wie allerdings ein Unterschied, aber kein Widerspruch zwischen beiden Testamenten vorhanden sei. Und der Inhalt seiner Ausführungen ist als=dann ungefähr folgender: Altes und Neues Testament haben gleichermaßen den einen Zweck, den Weg zu beschreiben, welchen Gott eingeschlagen hat, um einen wahrhaftigen Bund zwischen ihm selber und der ganzen Menschheit herbeizuführen. Dieser Weg hat seinen Anfang, seinen Fortgang und sein Ziel. In diesem Zusammenhange findet auch das Gesetz Mosis seine Stelle. Es darf nicht in der Isolirung betrachtet werden, wie es unter den Juden geschieht; es ist eine wichtige Stufe in der Geschichte der Menschheit, deren Entwickelung nach einem bestimmten gött=lichen Plane stattfindet; aber es muß eben in der Verbindung verstanden werden, in welcher es innerhalb des ganzen Alten Testamentes erscheint.

Schultz richtet deßhalb das Augenmerk der Juden darauf, daß die göttliche Wahrheit weder bei Abraham noch bei dem Sinai zum erstenmale unter die Menschen tritt, sondern daß sie viel früher bereits in ihrem Kreise erschienen ist; daß sie weder unter Israel noch selbst bei dem Stammvater desselben ihren Anfang nimmt, sondern bis zu dem Anfange des Menschengeschlechts selbst hinaufreicht. Er führt sie in das Alte Testament hinein, das vor dem Bunde mit Abraham und Israel von einem viel allgemeineren Bunde weiß: das eine Mal von dem Bunde der Verheißung, den die Gnade un=mittelbar nach dem Sündenfall aufrichtet, und auf dem alles Leben der Menschen ruht; und außerdem von dem Bunde mit Noah, dem gemeinsamen Stammvater aller Geschlechter der ganzen Erde nach der Sintfluth. Hernach erwählt der weise Rath Gottes von Abraham an eine Beschränkung des Kreises, in welchem er seine Gnade erweisen will; aber er zielt auch bei dieser Beschränkung sogleich wieder auf den Segen und das

Heil Aller ab; denn von Abraham her sollen eben alle Ge=
schlechter der Erde gesegnet werden. Auch sind sich Moses und
die Propheten dessen wohl bewußt, daß der Bund, den Gott
in ihren Tagen mit Israel geschlossen hat, einem neuen Bunde
weichen muß, welcher den mosaischen ablösen wird, wie der Bund
vom Sinai den Bund mit Noah abgelöst hatte. Ein jeder
derselben hat seine Zeit und ist an seinem Theile dazu bestimmt,
ein Mittel für die Erreichung des heiligen Zweckes Gottes, der
sich aller Menschen erbarmen will, zu werden.

Das lehrt nun Schultz die Juden auch aus der Art und
dem Wesen des mosaischen Gesetzes selbst verstehn. Was er
ihnen über diesen Punkt bringt, faßt sich etwa so zusammen:
Das mosaische Gesetz hat in dem Willen Gottes nichts geändert;
es fordert auch seinerseits nichts Anderes, als was Gott von
den Menschen stets geübt sehen wollte, nämlich einen wahr=
haftigen und vollkommenen Gehorsam gegen ihn selbst aus reiner
Liebe, und ebenso eine reine, wahrhaftige Liebe gegen die
Menschen. Das mosaische Gesetz aber stellt diese allgemeinen
Forderungen Gottes für das Volk Israel in einer besonderen
und eigenthümlichen Weise auf. Israel wird eine specielle Ver=
fassung, ein ihm allein geltendes Volksgesetz gegeben; nach den
Anordnungen dieses Gesetzes sollte es seine Liebe zu Gott und
zu den Nächsten üben; ihm sollte die Form und Weise nicht
überlassen bleiben, sondern nach Art eines staatlichen Gesetzes
vorgeschrieben sein; denn Israel wurde eben berufen, unter
den übrigen Völkern das Volk Gottes zu sein.

Schultz hebt ganz deutlich und klar den politischen oder
nationalen Charakter dieses Gesetzes hervor, welches Gott als
König „in vielen Artikeln" seinem Volke Israel gegeben hat.
Sodann aber betont er den pädagogischen Charakter desselben.
Es sollte in dem Kreise Israels das zum Bewußtsein bringen,
wie Gott sich durchaus nicht an etwas Geringerem genügen
lassen will, als an einer ganz vollkommenen und in Thaten be=
wiesenen Liebe gegen ihn wie gegen die Menschen. Indem
Israel überall von den Bestimmungen desselben sein Leben ein=
gefaßt, geleitet und geregelt sah, sollten ihm damit eben so viele

Zeugnisse entgegenkommen, daß Gott in der That den ganzen Menschen für sich in Anspruch nehme und ihn nirgends frei lassen wolle. Auch die Uebertretung der scheinbar kleinsten Gebote war mit dem Fluche bedroht, und Gott machte also im Wesen keinen Unterschied zwischen Großem und Kleinem in seinen Forderungen. Darum konnte für das Volk nichts geeigneter sein, eine praktische Erfahrung davon zu machen, wie viel auf der einen Seite zu einem Leben mit Gott gehöre, und wie viel auf der anderen Seite ihnen selbst zu einem solchen Leben fehle. Die Weisheit Gottes zeigt sich dadurch als rechte Weisheit, daß sie den Weg eingeschlagen hat, einem ganzen Volke ein gemeinsames und ausgebildetes Gesetz zu geben, dessen Erfüllung gerade die ihm bestimmte Aufgabe sein soll. Auf diese Weise mußte sich als das unwiderlegliche Ergebniß die Erfahrung herausstellen, daß der Mensch durch die Sünde eben außer Stande ist, den heiligen Willen Gottes so zu erfüllen, wie es derselbe fordert: von ganzem Herzen, von ganzer Seele, von ganzem Gemüthe, von allen Kräften. Denn eine vielhundertjährige Geschichte eines nach Millionen zählenden Volkes läßt sich schlechterdings nicht wegleugnen, sondern legt das deutlichste Zeugniß ab, daß dieses Volk an seiner Aufgabe gescheitert ist. Zwar Israel selbst wollte im Gegentheil behaupten, den Willen Gottes so geübt zu haben, wie derselbe ihm geboten war, aber die am Tage liegende Antwort Gottes auf diesen Trotz und diese Unbußfertigkeit ist sein Gericht; und sogleich im Anfange hat Gott durch Mosen angekündigt, daß er im Falle des Ungehorsams das Volk aus Canaan vertreiben und über die ganze Erde zerstreuen würde.

Das Schriftzeugniß der Verbannung und Zerstreuung Israels verwandte Schultz natürlich ganz besonders, um dem Gewissen der Juden den Ernst der Wahrheit nahe zu bringen. 1746 besuchte er die Synagoge in Brandenburg. Die Parasche (Sabbathslektion aus dem mosaischen Gesetz) handelte von der Rotte Korah, Datan und Abiram. Schultz schlug den Text auf und fand in demselben unter anderen die Worte 4 Mos. 17, 13: „Aaron trat mitten zwischen die Todten und Leben=

digen, und der Plage wurde gesteuert." Nicht weit von ihm
stand ein alter Jude Namens Israel; der bemerkte den Christen
und das hebräische Buch in seiner Hand; er erbat sich dasselbe,
blätterte hin und her, und schien offenbar etwas Anderes er=
wartet zu haben als ein gewöhnliches Altes Testament. Schultz
redete ihn endlich an: „Ihr trefft nicht den rechten Punkt.
In der Parasche steht: Aaron trat mit dem Rauchwerk zwischen
Todte und Lebendige, und der Plage wurde gewehrt." Er:
„Was wollt Ihr damit sagen?" Schultz: „Ihr gebt vor,
daß sechsunddreißig Gerechte unter Israel seien. So stehen
die ja siebenzehnhundert Jahre zwischen Todten und Lebendigen;
warum hört denn die Plage nicht auf?" Er: „Golus (die
Verbannung aus Canaan) ist keine Maggepha (Plage)." Schultz:
„Maggepha ist eine Plage oder Strafe Gottes über Israel;
Golus ist eine Strafe Gottes über Israel. Die Strafe Gottes
mag nach Beschaffenheit der Umstände Plage oder Verjagung
heißen, so ist sie eben doch eine Strafe, ein Fluch und nicht
ein Segen." Ein Anderer trat herzu und schrie laut auf:
„Was seid Ihr metamme die Schule mit dem Erel?" (Warum
verunreinigt Ihr die Schule durch eine Unterredung mit dem
Unbeschnittenen?) Der erste Jude entgegnete selbst dem Polterer:
„Wir reden nichts Böses, es ist ja Gottes Wort." Schultz
aber fiel rasch ein: „Der Mann lästert Gott; er sagt, die
Unterredung von dem Gesetz sei eine Verunreinigung der
Schule." Das wirkte, die Störung hatte ein Ende, denn der
Mann entfernte sich. Das Gespräch aber wurde fortgesetzt.
Der alte Jude Israel sagte: „Das Gebet der sechsunddreißig
Gerechten geht nur darauf, daß wir unter so vielen Völkern
Bestand haben und nicht vertilgt werden." Schultz: „Dazu
braucht Ihr keine sechsunddreißig Gerechte, denn auch die Thiere
auf dem Felde haben ihren Bestand." Das hörte ein junger
Mensch von achtzehn Jahren; er wollte dem verlegen gewordenen
Alten zu Hilfe eilen und antwortete, eine rabbinische Lehre
wiederholend: „Wenn wir Juden einen Sabbath recht hielten,
dann würde es bald besser mit uns werden." Schultz ent=
gegnete: „Das läßt sich hören; aber bedenkt, was zur rechten

Sabbathsfeier erfordert wird; ihr könnt den Sabbath in der Fremde gar nicht so halten, wie es doch in dem Gesetz Mosis geboten ist." Der Jüngling, ein aufrichtiges Gemüth, versuchte nicht eine unehrliche Abschwächung dieses Einwandes, sondern gab die Richtigkeit desselben zu. Und Schultz fuhr fort: „So könnt Ihr auch durch dieses Mittel nicht erlöst werden." Die Unterhaltung war so lebhaft geworden, daß noch andere Juden herbeikamen, um zuzuhören. Der Jüngling frug indeß: „Wodurch kann uns denn sonst geholfen werden?" Schultz antwortete: „Moses und die Propheten haben euch den guten Rath gegeben." Er legte also den ihn dicht umstehenden Juden den Rath Mosis 5 Mos. 30, 1—7 aus. Hier ist von der Verbannung Israels als Strafe für seine Sünden die Rede. Es wird ihm aber verheißen, daß, wenn es sich bekehre, der Fluch der Verbannung von ihm genommen und es aus allen Ländern der Welt in die alte Heimath als ein freies Volk werde zurückgeführt werden. Darauf schickte sich Schultz an, seinen Zuhörern auch den Rath der Propheten für die Tage der Verbannung zu geben. Aber jener oben erwähnte polternde Jude kam von Neuem in großem Zorn herbei, stieß Schultz mit den Händen aus seinem Kreise hinweg und wollte ihn auch aus der Thüre hinausdrängen. Dabei nannte er ihn ein Mal über das andere einen Verfluchten. Der Missionar ließ sich nicht einschüchtern, sondern antwortete ihm, daß Er selbst vielmehr ein Verfluchter sei, denn er habe die Gebote und halte sie doch nicht. Das erfüllte den auf seine talmudischen Vorzüge Stolzen mit neuer Wuth und er schrie dem Goi (Götzendiener) entgegen: „Sieh, an meiner Stirne stehen die Gebote Gottes (die sogenannten Thpillin Schel Rosch)." Schultz: „So steht der Fluch an deiner Stirne geschrieben; denn es steht geschrieben: Verflucht ist, der nicht hält alle diese Worte, daß er darnach thue." Wieder griff der Jude zu und stieß Schultz mit aller Macht. Aber derselbe hatte nicht einen Augenblick seinen guten Muth verloren, sondern entgegnete ihm nur: „Und ich thue Dir dennoch nichts, aber ich lasse es mir nicht nehmen, dir zu sagen, wie Du Deine Seele erretten kannst." Das war dem Erregten zu viel; er sah selbst, daß all sein Eifern und Wüthen vergeblich war, darum lief er davon. Schulz aber nahm sein früher begonnenes Gespräch wieder auf. Der zuerst genannte Jude, Israel, hörte das Zeugniß der Propheten und wußte bald dem Missionar nicht mehr zu antworten; schließlich hoffte er denselben mit einem kleinen Spaß zu überwinden. Er sagte: „Wenn ein getaufter Jude stirbt und vor die Himmels= thüre kommt, so sieht Abraham nach der Beschneidung und Petrus nach der Taufe. Beide gerathen in Streit mit einander, wem dieser Ankömmling gehöre; schließlich werden sie eins, den stets bewahrten Frieden nicht um dieses Menschen willen zu stören, und er wird gar nicht in das Paradies eingelassen." Schulz ließ sich auch durch den Spott den Mund nicht verschließen. Er ant= wortete ruhig: „Das ist eine Erdichtung ohne Geruch und Ge= schmack. Ich habe ernster mit Euch zu reden. Wie wollt ihr Juden auskommen an der Himmelsthüre? Den Alten Bund habt ihr zerstört; den Neuen (Jer. 31) verachtet ihr; die Gnaden Davids (Jes. 55, 3) sucht ihr nicht; den Weg des Friedens wißt ihr nicht (Jes. 59); täglich sündigt ihr durch Uebertretung des Gesetzes; ein Versöhnungsmittel habt ihr nicht, und die ihr euch erdichtet, halten im Gerichte Gottes nicht Stich; das Blut der Besprengung fehlt euch; das Wasser der Reinigung verachtet ihr; sagt selbst, wie wollt ihr mit eurer Unreinigkeit vor dem reinen und allerheiligsten Herrn der Heer= schaaren bestehen?" Der Alte zuckte die Achseln und entgegnete: „Wer kann es besser haben, als er es hat?" Schulz: „Und Ihr könnt es wohl besser haben, aber Ihr wollt nicht. Ihr seid schon alt, daher rathe ich Euch, daß Ihr bei Zeiten nach= denkt, ehe es zu spät wird!" Der Jude: „Wie meint Ihr das ‚zu spät‘?" Schulz entgegnete: „Wie der Baum fällt, so bleibt er liegen." (Prediger Sal. 11, 3.) Der Alte: „Glaubt Ihr denn keine Auferstehung der Todten?" Schulz hatte sein Wort ja dem Prediger Salomonis entnommen und entgegnete einfach: „Hat denn Salomon die Auferstehung der Todten ge= läugnet?" Die Antwort war ein Nein. Und der Missionar entgegnete ernstlich mahnend: „So läugne ich sie auch nicht, wenn ich die Worte Salomonis anführe, sondern ich lasse ihn reden und es bezeugen, daß, wer sich nicht bekehrt, nach dem Tode vergeblich auf die Gnade warten wird." Der Jude berief sich auf die Läuterung nach dem Tode (welche die talmudische Lehre, überhaupt in sehr vielen Stücken der römisch-katholischen ähnlich, behauptet). Schultz frug ihn nach der Sicherheit solcher Hoffnung aus den Worten der Schrift. Die konnte der Mann ihm natürlich nicht geben, er verstummte daher. Der Missionar hatte ihm alle seine Stützen entzogen; er bot ihm nunmehr einige seiner Schriften an. Das Gespräch hatte seinen Eindruck hinterlassen; der Alte nahm die dargebotenen Büchlein gern an und versprach, ernstlich in ihnen zu forschen.

In solcher Weise antwortete Schultz den Juden, die sich auf ihre Gerechtigkeit in der Erfüllung der göttlichen Gebote beriefen, ganz einfach mit der Erwiederung, daß ihnen außerhalb Canaans selbst die praktische Möglichkeit fehle, eine Gerechtigkeit vor ihrem Gott besitzen zu können. Denn das mosaische Gesetz bindet sie eben an jenes Land und dessen Verhältnisse, an den Tempel auf dem Morijah und die Opfer in demselben. Da sie aber Verbannte sind, so bleibt nur eins übrig: der Fluch, den Gott für den Fall, daß seine Gebote nicht geübt würden, angedroht hat. Den so viele Jahrhunderte nun schon andauernden Bann und die fehlende Möglichkeit, sich eine Versöhnung zu schaffen, stellt Schultz den Juden unaufhörlich vor Augen. Und wenn sie, um diesem Gerichte Gottes seinen Stachel zu nehmen, behaupten, daß Israel sich wenigstens mit seinen Leiden in der Fremde ein Verdienst erwerbe, dann hält er ihnen die Frage entgegen: ob wohl der Verbrecher noch ein Gewissen zeige, der bei den Strafen, welche für seine Uebelthaten über ihn verhängt seien, von seinem Märtyrium und von dem Verdienst spreche, das er sich mit seinen Leiden erwürbe?

Hat aber Schultz den Juden gezeigt, daß Gott bei der Gesetzgebung an Israel doch an dem Plane festgehalten habe, welcher auf einen allgemeinen Bund zwischen ihm selbst und den Sündern ausging, und hat er ihnen dargestellt, wie unter

6*

dem mosaischen Gesetze nur das Resultat erreicht werden konnte, daß die Ohnmacht des Menschen, mit seinen natürlichen Kräften den Willen Gottes recht zu erfüllen, ganz unwiderleglich heraus= treten mußte, dann eröffnet er ihnen auf diesem Wege auch das Verständniß für den Neuen Bund.

Er lehrt sie die Nothwendigkeit eines Neuen Bundes aus der Eigenthümlichkeit des Alten erkennen. Weil derselbe ein Gesetz war, konnte er nur fordern, aber trug nicht die Macht in sich, das selbst zu wirken, was er gebot. Und Schultz appel= lirte an den Wahrheitssinn seiner Zuhörer, ob sie und ihre Väter nicht in der That die Erfahrung hätten machen müssen, daß sie es den Geboten gegenüber nur so weit gebracht hätten, von denselben verurtheilt zu werden, den Fluch für die Ueber= tretung derselben auf sich herabzurufen? Er suchte ihnen das große Zeugniß der Geschichte und das gegenwärtige Zeugniß ihres eigenen sündlichen Lebens fühlbar zu machen, und eben dadurch sie zu seinem Evangelium hinzuziehen, eben dadurch ihre innerliche Abneigung gegen das Christenthum zu überwinden. Indem er ihnen nahm, was bisher ihre Zuversicht gewesen war, indem er sie sodann vor den Richterstuhl ihres eigenen Ge= setzes stellte und sie die verurtheilende Stimme desselben hören ließ, bereitete er sich ganz von selbst den Weg, sie nunmehr zu Jesu Christo zu führen.

Die Person des Heilandes war in den Gesprächen, die Schultz mit den Juden hatte, stets das letzte Ergebniß, welches allein übrig blieb, wenn er ihnen alles Andere genommen hatte. All sein Verkehr mit ihnen war darauf angelegt, diese Person ihnen nothwendig zu machen, sie nothwendig zu machen dem Herzen, dem Gefühle für Gerechtigkeit und Wahrheit, dem ganzen geistigen und inneren Bedürfniß.

Den Stachel mußten sie überall mitnehmen: in Jesu das Bild vor ihren Augen gesehen zu haben, in dem Alles That und Wahrheit und Leben geworden ist, was Gott den Juden in dem Gesetze zwar geboten, aber an ihnen nicht erreicht, in ihrem Leben nicht gefunden hatte. Dort also die Forderung, hier die Erfüllung. Und das deckte nun Schultz den Juden als den Inhalt des von ihnen gar nicht gekannten oder mit Widerwillen betrachteten Neuen Testamentes auf: dieses Leben Jesu Christi jedem Menschen in der ganzen Welt zum persön= lichen Besitze darzubieten.

Schultz lehrt die Juden, dem Gotte Israels damit in die Tiefen seines Herzens blicken, daß er ihnen zeigt, welche Liebe Gott zu üben im Stande ist, wenn er durch die unvollkom= meneren Gaben des Alten Testamentes zuerst das Vertrauen zu seiner Güte und Gnade wecken, das Bedürfniß nach einer voll= kommeneren Gabe aber zugleich auch entzünden wollte, und wenn er dann endlich, nachdem er das Alles vorher gethan hat, mit seinem wahrhaftigen und vollkommenen Geschenke hervortritt. Da wird es nun klar, daß die Schranken, welche Gott wäh= rend der Tage des Alten Testamentes um einen kleinen Kreis der Menschheit, um das Volk Israel, gezogen hatte, damit er in demselben die Vorbereitungen für sein großes, allgemeines Werk träfe, fallen können, sobald Jesus erscheint. Denn sie haben ihren Zweck erfüllt, und für die Form tritt das Wesen ein. Was Aeußeres war, wird in Jesu Christo zum Inneren; was Wort oder Zeichen gewesen ist, wird Leben; was Regel gewesen ist, in Buchstaben aufgestellt, wird wahrhaftige Leistung. An die Stelle der Beschneidung der Vorhaut tritt die Ent= fernung der Unreinigkeit des Herzens; statt über der Bundes= lade wohnt Gott im innersten Heiligthum der Seele. Die Gebote des Sittengesetzes hat Jesus so gehalten, wie Gott es gefordert, denn er war selbst in den Trieben seines Herzens ganz und vollkommen rein; das levitische Gesetz hat er erfüllt, denn er ist selbst das Opferlamm für die Sünder geworden; der Zaun des politischen Gesetzes kann fallen, denn der Herr selbst ist zugegen, auf welchen die früheren Ordnungen nur hingewiesen haben — und ihm anhangen ist jetzt das Gesetz geworden. Moses hat seinen Dienst gethan, er ist ein Weg= bereiter gewesen; die Propheten gleichfalls, sie haben auf den die Herzen hingerichtet, der kommen sollte; die Verheißung ist Wirklichkeit geworden, und das neue Leben bricht hindurch durch die Schale. Der Anfänger einer neuen Menschheit ist ein=

getreten, ein wirklich neuer Adam, der ganz und gar ein reines Abbild Gottes ist und Gott wohlgefällige Kinder erzeugen kann. Von nun an ruft Gott durch das Evangelium die ganze Welt zu Jesu; er findet auch Gehorsam, Gehorsam zuletzt selbst unter Israel.

Eine besondere Bedeutung Israels für die Zukunft lehrt Schultz nicht. Es war auf der einen Seite noch nicht so sehr die Möglichkeit einer allmähligen Entchristlichung der Kirche, und auf der anderen Seite noch nicht so deutlich wie heute die ernste Gefahr einer Zerbröckelung des Alten eingetreten; er konnte vielmehr nach dem Aufschwunge der evangelischen Kirche in der Spenerschen Bewegung glauben, daß die gegenwärtigen evangelischen Confessionen bleiben und das Werk Gottes zum Siege hinausführen würden. Aber „mit Mose und den Pro= pheten, Christo und den Aposteln" hielt er an einer endlichen und allgemeinen Bekehrung Israels fest. Selbst wollte er gern, auch wenn diese Zeit noch fern läge, in den Tagen der geringen Dinge arbeiten, und freute sich in dem Gedanken, wie doch alle diejenigen, welche der Mission mit Unglauben entgegengetreten waren, dereinst durch die Erfahrung wür= den beschämt werden, wenn es nun offenbar erscheine, daß keine der göttlichen Zusagen und Verheißungen vergeblich ge= schehen sei. „Auf Hoffnung Gefangene" sind ihm die Juden, und sein Mund geht noch fröhlicher als sonst über, wenn er ihnen selbst beschreibt, wie es ihnen einst in den zukünftigen Tagen ergehen werde.

Einem großen Kreise von jüdischen Zuhörern in Polen setzt er auf die Frage des Synagogenvorstehers: ob es mit der Hoff= nung Israels aus sei, ein Dreifaches auseinander: 1) wie es ihnen ergangen sei, 2) wie es ihnen jetzt ergehe, und 3) wie es ihnen noch ergehen werde.

Zuerst stellt er ihnen ihre Vergangenheit vor Augen und führt sie Schritt vor Schritt durch die ganze Geschichte Israels. Er zeigt ihnen die Gnade, Barmherzigkeit und Geduld Gottes mit dem Volke durch eine so lange Reihe von Jahrhunderten; und wie doch Alles ganz vergeblich war, so daß nach immer

wiederholten und warnenden Gerichten auch für die göttliche
Langmuth zuletzt nichts Anderes übrig blieb, als sie aus ihrem
Lande zu vertreiben. „Groß war eure Sünde, da ihr mit
dem Stecken geschlagen wurdet (während der Zeit des Wohnens
in Canaan); größer, da ihr in das Gefängniß gesetzt wurdet
(babylonische Verbannung); jetzt muß eure Sünde noch größer
sein, weil ihr des Landes verwiesen seid, und trotz siebzehn=
hundert Jahren noch nicht habt zurückkehren dürfen, wie es doch
das erste Mal geschah."

Darnach ging Schultz zu dem zweiten Theile über, zu
„ihrem jetzigen Ergehn". Dasselbe beschrieb er lediglich mit
Worten der Propheten: „Israel geschlagen mit dem Banne,
Jacob mit Hohn und Spott belegt, das Land verwüstet u. s. w."
Schweigend hörten die Aeltesten zu. Als er den zweiten Theil
beendigt hatte, sagten sie: „Ja, das ist Alles gekommen."
Der Missionar aber begann nun seinen dritten Theil, und sie
drängten sich eng um ihn zusammen, begierig zu hören, was
er ihnen jetzt verkündigen werde.

Schultz fuhr fort, er wolle ihnen nunmehr vorhalten, was
sie selbst in den zukünftigen Tagen thun würden, und sodann,
was Gott an ihnen thun werde.

Darauf begann er mit den Büchern Mosis, von Mose
ging er zu den Propheten über, und stellte vor sie die Zeugnisse
des Alten Testamentes in kurzer Zusammenfassung hin:
„Wenn über euch die Flüche kommen werden, so werdet ihr
in euer Herz einkehren; und wenn ihr die Ursache des Elendes
sucht, werdet ihr sie finden (5 Mos. 30). Dann werden die
Kinder Israels umkehren, und den Herrn ihren Gott und
David, ihren König suchen, und zu der Güte des Herrn
mit Furcht und Zittern kommen. Ihr werdet anfangen eure
Schmach zu tragen und nicht mehr sagen: ‚wir haben Recht
gehabt‘, sondern mit Weinen und Heulen kommen, und zu dem
Herrn aus dem großen Feuer der Trübsal, wie aus der Tiefe
rufen (Hos. 3. Hes. 39. Jer. 30. Zach. 13). Ihr werdet
auf den sehen, den eure Väter und ihr selbst durchstochen habt
(Zach. 12); Gott aber wird dann über euch den Geist der Gnade

und der Abbitte ergießen; er wird die steinernen Herzen von
euch nehmen und euch ein fleischernes Herz geben (Hes. 26, 27).
Das übrig gebliebene Theil von euch wird er ins Feuer führen
und es läutern wie Silber und prüfen wie Gold (Zach. 13);
und euer unbeschnittenes Herz wird sich demüthigen (3 Mos. 26).
So werdet ihr sehen das Zeichen des Menschensohnes und werdet
euch zu ihm nahen; er aber wird euch, wie er zugesagt, die
Gnade Davids empfahen lassen. Die Todtengebeine werden
leben, und der Davidssohn einen ewigen Bund des Friedens
mit euch aufrichten (Hes. 37)."

Ein stilles, aufmerksames Hören hatte diese Worte bis zum
letzten Augenblicke begleitet; das Zeugniß der Schrift an die
Herzen und Gewissen wurde mit wirklichem Ernst aufgenommen.
Hernach mußte Schultz die ganze christliche Lehre im Kurzen
darlegen, und man dankte ihm durch herzliche Erweisungen der
Gastfreundschaft.

Der Hauptinhalt der Gespräche zwischen Schultz und den
Juden ist in dem Vorherigen niedergelegt; es mögen nun einzelne Scenen aus ihrem gegenseitigen Verkehr dargestellt werden.

IX.

Bilder aus dem Verkehr des Missionars mit den Juden.

~~~~~~

Man denke übrigens nicht, daß Schultz nach einer bestimmten Schablone sein Amt betrieb. Er lieferte den Juden nicht dog=matische Abhandlungen, sondern verfuhr durchaus nach dem concreten Falle.

Bei einem Besuche der Stadt Fürth frug ihn ein Israelit auf der Straße, ob er etwas zu handeln habe? Schultz ant=wortete ihm: „Ja, ein kostbares Schabbeskleid." Der Trödler sah das Reisebündel, das allerdings durch die vielen mit=genommenen Bücher recht ansehnlich war, und führte den Fremden mit sich in sein Haus; andere Juden folgten den beiden. Schultz öffnete sein Gepäck, zog sein Altes Testament hervor und schlug die Stelle Jes. 61 auf, welche von dem Rocke der Gerechtigkeit und den Kleidern des Heils handelt. Der Mann hielt verwundert still; auch seine Glaubensgenossen vernahmen staunend die prophetischen Worte aus solchem Munde; ein längeres Gespräch knüpfte sich daran, und Alle hörten einige Stunden hindurch dem zu, was der Missionar ihnen zu ver=kündigen hatte.

In derselben Stadt besuchte er mit mehreren Juden ihren

Todtenacker. Der Ort gab ja von selbst eine Unterredung über den Tod und die Vorbereitung zu demselben an die Hand. Schultz las die Inschriften auf den Grabdenkmälern; sie waren alle großen Lobes voll; wie denn auch heute noch dieselbe Eigen= thümlichkeit auf jüdischen Grabdenkmälern zu bemerken ist. Da wandte er sich an den Todtengräber: „Weiset mir doch unter allen diesen Leichensteinen einen einzigen, auf dem geschrieben steht: ‚Hier liegt der ungerechte N. N.‘.‟ Der Mann ant= wortete ihm: „Es ist keiner da.‟ Schultz wurde sehr ernst und hielt demselben vor, er hätte nun den großen Brief gefunden, von welchem der Prophet Zacharjah (Kap. 5) redet, in dem alle Diebe gerecht gesprochen werden. „Im Leben sah man Leute, die Wucherer, Hurer, Gewinnsüchtige, Diebe u. s. w. waren; nach dem Tode hat man auf die Leichensteine geschrieben: ‚Hier ruht der oder die gerechte N. N., der oder die heilige N. N.‘‟ Schweigend hörten die Juden dieses Zeugniß an, und Niemand wagte auch nur ein Wort des Tadels über ihn zu äußern.

Auf dem Domplatze zu Halberstadt redete ihn ein Jude an, ob er etwas zu handeln habe? Schultz entgegnete: „Ihr wollt noch handeln, da Ihr doch ganz bankerutt seid?‟ Der Jude war über diese Anrede des Fremden verwundert, frug ihn aber sodann, woher er es denn wisse, daß er bankerutt sei? Schultz antwortete: „Das weiß ich schon lange.‟ Ganz bestürzt ent= gegnete ihm der Andere: „Nun ja, es ist wahr, aber ich kann mir doch noch aufhelfen!‟ Schultz erwiederte ebenso bestimmt: „Doch nur durch Betrügerei an ehrlichen Leuten!‟ Darauf aber gab er dem Gespräche, das, wie er wohl merkte, auf die äußeren Umstände des Mannes sehr wohl paßte, eine andere Wendung. Er bemerkte jetzt selbst, daß er eigentlich einen anderen Bankerutt gemeint habe, und zwar den geistlichen. Denn die Juden hätten das Verkaufen wohl gelernt, aber das Einkaufen umsonst und ohne Geld (Jes. 55, 1. 2) nicht ver= standen. Der Angeredete war von dieser Auffassung seiner Lage noch mehr überrascht; er frug also: „Was haben wir denn ver= kauft?‟ Schultz antwortete: „Der eine Sohn eures Vaters Isaak, nämlich der Esau, verkaufte seine Erstgeburt um ein

Linsengericht. Die Söhne Jacobs verkauften ihren Bruder Joseph an die Midianiter um 20 Silberlinge; hernach verkauften eure Vorfahren den Armen um ein Paar Schuhe (Amos 8, 6). Euer letzter Handel aber, durch den ihr hauptsächlich bankerutt geworden seid, ist die Verkaufung des Messias um dreißig Silberlinge (Zach. 11, 12)." Bis dahin hörte der Jude zu; hier aber wurde er voll Zornes; er rief: „Ihr seid meschuggeh (verrückt)", und eilte davon. Schultz aber ging durch diejenigen Straßen der Stadt, welche besonders von Juden bewohnt waren, und so oft ihn einer derselben anredete, ob er etwas zu handeln habe, antwortete er ihm: „Ihr habt ausgehandelt." Jeder blieb darauf stehen und frug ihn, wie er das meine. Schultz wiederholte dann die oben genannten vier Fälle des Handels in dem Geschlechte Abrahams und Israels, und brachte auf diese Weise eine allgemeine Erregung unter den Juden hervor. — „Er ist verrückt", hörte man aus Vieler Munde; auf Andere aber machten seine Worte doch Eindruck; eine Erwiederung wurde nicht versucht; und gerade aus Halberstadt hat er hernach zu öfteren Malen Juden bei sich einkehren sehen, die ein ernstes Forschen nach der Wahrheit zeigten.

Im Jahre 1745 bereiste Schultz die russischen Ostseeprovinzen. Bei Polangen führte ihn der Weg eine Zeitlang am Strande dahin. Ein Wagen, dicht mit Juden besetzt, kam ihm entgegen. Kaum erblickte er denselben, so verließ er seinen eigenen Wagen und eilte auf den anderen zu. Die Juden sahen ihn herbeikommen und hielten deßwegen still. Er trat heran und frug sie, ob sie nach Jerusalem fahren wollten? Sie antworteten ihm: „Diesmal noch nicht." Er entgegnete: „Ihr hättet auch nicht den rechten Weg." Das frappirte sie und sie frugen ihn, welcher Weg denn der beste nach Jerusalem sei? Schultz zeigte ihnen denselben aus Moses und den Propheten: Zuerst die enge Straße der Buße, und sodann die fröhliche Bahn des Glaubens an den Messias Jesus Christus. Aufmerksam hörten sie ihm zu. Schultz bot ihnen sodann Büchlein an, welche das eben Gesagte ausführlicher und deutlicher darthun würden; sie nahmen dieselben mit Dank an und lasen sogleich in ihnen. Der Missionar aber trennte sich hierauf von diesen Juden; das geschriebene Wort sollte das Werk fortsetzen. Sie waren von ihrem Wagen herabgestiegen, nun setzten sie sich wieder auf denselben; aber nur langsam fuhren sie weiter und Schultz konnte es hören, wie einer aus ihrer Mitte den Anderen laut und deutlich das Evangelium Lucae hebräisch vorlas.

Und nicht bloß die Großen, sondern auch die Kleinen wußte Schultz lebendig anzuregen und anzuziehen. So ging er eines Tags in die Königsberger Synagoge. Kaum war er eingetreten, als ihm einige Knaben entgegenkamen und ihn mit: „Scholem lechem (Friede sei mit Euch)" und „Boruch habbo (Gesegnet sei, der da kommt)" begrüßten. Schultz erwiederte: „B' Schem d' Schem (im Namen des Herrn)!" „Gesegnet sei, der da kommt im Namen des Herrn, so müßt ihr grüßen, meine lieben Kinder", redete sie der Missionar an, „denn erst dann ist euer Gruß vollkommen." — Die Parasche dieses Tages nun hieß: Lech lecha, gehe aus; es ist der Abschnitt, da Gott dem Abraham befiehlt, aus seinem Vaterlande auszugehen. Die Knaben baten ihn, er möge doch eine Kasche (Frage) an sie richten. Schultz frug sie, wie der Anfang der Tagesparasche laute? sie antworteten ihm richtig: „gehe weg". Und nun folgten Frage und Antwort in schnellem Wechsel. Frage: „Wenn gottlose Leute zu euch kommen und wollen euch zum Bösen verführen, oder euch Gottes Wort aus den Händen spielen und an dessen Stelle Menschensatzungen bringen, wie sollt ihr sagen?" Sie antworteten: „Lech lecha". „Wenn aber Jemand mit der heiligen Schrift oder der guten Botschaft vom Messias zu euch kommt, wie werdet ihr da sprechen?" Die Knaben sagten aus einem Munde: „Boruch habbo (Gesegnet sei, der da kommt)". Die Alten hörten es, sie hinderten es diesmal nicht; und der freundliche Missionar redete noch recht eindringlich zu ihren Herzen von dem Kinderfreunde Jesus Christus, der ihr Heiland und Seligmacher geworden und so unter den Kindern von Jerusalem erschienen sei.

Was der Augenblick gerade bot, wurde sehr oft der Aus=

gangspunkt längerer Gespräche. In Praga kam ein Jude, der in Warschau eine Ladung Salz gekauft hatte, in das Quartier des Missionars. Die Bedeutung des Salzes in dem Gesetze Mosis und die Vergleichung des Herzens mit dem scharfen wie mit dem matt gewordenen Salze wurden dem Manne so klar vor Augen gestellt, daß derselbe, von diesem Gespräch angeregt, gegen den Fremden ganz freundlich wurde. Er bat also Schultz, welcher dieselbe Straße wie er einzuschlagen gedachte, seinen Ranzen auf den Wagen, welcher das Salz trug, zu legen und ihm selbst seine Begleitung zu gönnen. So geschah es. Die beiden gingen neben dem Wagen einher. Schultz verkündigte dem Juden das Evangelium und dieser war der bereitwilligste Hörer des vernommenen Wortes. Mit großer Freundlichkeit trennten sie sich zuletzt von einander. Einige Tage später kamen Schultz und der mit ihm reisende andere Missionar ziemlich naß in einer kleinen polnischen Stadt an. Sie waren auf Irrwege gerathen, hatten die Brücke verfehlt und sich zweimal genöthigt gesehen, durch Flüsse zu waden. In dem jüdischen Gasthofe wurden sie deßhalb gefragt, woher es denn komme, daß sie so naß aussähen? Schultz benutzte die Gelegenheit und antwortete, daß es ihnen ganz ebenso ergangen sei, wie den Juden. Nur wären die Juden besser daran gewesen; denn ihnen sei durch Mosen und die Propheten der Weg nach der Stadt der Gerechtigkeit ganz genau beschrieben worden; sie hätten aber trotzdem eine Richtung nach eigenem Gutdünken eingeschlagen, und gingen seitdem natürlich in der Irre umher. Die Brücke hätten sie nun freilich verfehlt, aber unmöglich sei es noch immer nicht, daß sie auch jetzt in die Stadt kämen; doch müßten sie nunmehr allerdings durch ein tiefes Wasser der Trübsal waden; die Fluthen würden ihnen bis an die Seele dringen; wenn das aber geschehe, dann sollten sie um Erbarmung schreien, und wenn sie um Barmherzigkeit flehen würden, dann sollten sie dieselbe auch finden. Die Zeit der Errettung sei schon nahe; das Wort Gottes, das mündliche und geschriebene, werde ihnen entgegengebracht; das wolle ihr Wegweiser werden, und sie sollten dasselbe nur ernstlich hören. Wenn sie das thun würden, werde ihnen auch bald geholfen sein. Aufmerksam hatten die anwesenden Juden zugehört, und als Schulz ihnen nun Schriften anbot, nahmen sie dieselben sehr bereitwillig an.

Oft machte die Schnelligkeit seiner Antworten dieselben um so schlagender. In Cairo redete er mit einem Juden über den Talmud und nannte denselben eine Verdunkelung der Schrift. Der Israelit entgegnete: „Es ist wahr, was Ihr sagt, der Talmud ist eine Kappe über der Laterne; aber diese Kappe haben wir um euretwillen gemacht.‟ „Eben daher‟, erwiederte Schulz schnell, „könnt ihr Juden auch nicht sehen, weil die Kappe darübergezogen ist, und folgten wir euch, so gingen wir auch irre; aber wir haben die Laterne unter der Kappe hinweg= gezogen, deßhalb haben wir das Licht; dagegen haltet ihr die Kappe fort und fort in den Händen und bleibt natürlich in Finsterniß.‟ Der Jude, in seiner eigenen Schlinge gefangen, konnte nichts entgegnen; er half sich damit, daß er den ge= fährlichen Mann schnell verließ.

Oder allerlei bedeutende und unbedeutende Erlebnisse, die im Gespräche erzählt wurden, gaben ihm Anlaß, dieselben so so zu verwenden, daß er den Anderen durch sie die Haupt= sache verständlich machte, welche er ihnen gern nahe bringen wollte. Zu einem Arzte in Cairo, dem Schulz einen Besuch abstattete, kam ein Jude und bat ihn um ein Heilmittel gegen eine gefährliche Augenkrankheit seines Bruders. Er hatte bis dahin Hausmittel angewandt, aber das Uebel war bei dem Ge= brauche derselben nur schlimmer geworden; jetzt mußte er das Aeußerste fürchten. Vergeblich hatte ihn der Arzt schon früher auf den ernsten Charakter des Leidens aufmerksam gemacht; ihm selbst war dasselbe nicht als so bedenklich erschienen, und er hatte die Warnungen des Arztes sehr entschieden abgewiesen, indem er diesem geradezu erklärte, daß er selbst sich auf derlei Sachen wohl verstünde. Nun war er in großer Angst und erbat in den demüthigsten Ausdrücken die Hilfe des Doktors. Woltersdorf, der mit Schulz zugleich dieser Scene beiwohnte, wies den Juden auf das Heilmittel, welches der Prophet

Jesaia auch) für den schlimmsten Schaden genannt hat, aber derselbe schüttelte nur mit dem Kopfe. Da trat Schultz hervor und redete den Mann mit folgenden Worten an: „So macht Ihr es; den guten Rath des Arztes habt Ihr vorher verachtet. Damals habt Ihr es besser gewußt, nun seid Ihr verzweifelt. Das ist aber überhaupt die Art Israels; es meint immer sich selbst helfen zu können, und seine Aerzte rathen ihm vergeblich. Aber ihr Alle werdet es erfahren, daß ihr durch euer Haus= mittel der eigenen Gerechtigkeit euch nur in größere Noth stürzet, und dann werdet ihr Jesum anrufen. ‚Herr Jesu, du Sohn Davids, erbarme dich unser‘, werdet ihr zu der Zeit schreien und keine andere Hilfe kennen. Es wird also geschehen, lasset es nur bald so sein.“ Die Worte hatten in dem bekümmerten Gemüthe doch einen guten Boden gefunden, denn der Jude ging hernach in großer innerer Bewegung hinweg.

In Jerusalem luden ihn mehrere Juden ein, sich mit ihnen auf dem Dache eines Hauses, das einer aus ihrem Kreise besaß, zu besprechen. Er folgte der Einladung und bestieg mit seinen jüdischen Bekannten jenes Dach. Ein ergreifender An= blick trat da dem Missionar entgegen. Vor ihrer Aller Augen lagen jene Ueberbleibsel von den Mauern der Tempelhallen, ganz grau von Alter, und Aller Blicke richteten sich auf diese Trümmer. Schultz schlug sein Altes Testament auf. Er las die Stelle Zacharjah 2, 4 (hebräischer Text), da es heißt, daß man in den Tagen des Messias nicht nach den Mauern fragen werde, weil Jerusalem wie Dörfer d. h. ohne Mauern anzu= sehen sein werde; und als Ursache dessen wird angegeben, daß die Menge der Einwohner zu groß geworden sei, als daß sie sich in Mauern einschließen lasse. „Aber zuerst“, so schreibt der Prophet, „muß Israel freilich ein geringes und ver= achtetes Volk werden. Denn erst dann, wenn es durch das Feuer der Trübsal wirklich geläutert worden ist, wird der Rest seinen König David suchen. Dann wird dieser Rest den David Jesus Christus finden und unter ihm sicher wohnen, weil er selbst Mauer und Wehr für das Volk geworden ist.“ — Unter dem Gespräch nahte sich die Stunde des Sabbaths; die Juden mußten daher zum Gebet gehen. Schultz trennte sich von ihnen, aber beim Abschiede sagte er ihnen noch: „Ihr habt bisher nur um die geringen Mauern dieser Stadt gebetet, und eben darum seid ihr auch nicht erhört worden; ich rathe euch deßhalb Jesum Christum anzurufen, daß er euch in die Stadt ohne Mauern bringe, dann werdet ihr Erhörung finden!" Und mit diesem Worte ließ er sie gehen; sie aber verließen ihn, nachdenklich durch alles das geworden, was er ihnen gesagt hatte.

Verstand er es also, die Gelegenheit zu freundlicher oder eindringlicher Ansprache zu benutzen, so wußte er aber auch zur rechten Zeit ein scharf einschneidendes Wort zu sagen. Hoffart und eine Sicherheit, die sich gar nicht einmal die Mühe gab, ernste Sachen auch ernster aufzunehmen, wurden von ihm oft sehr nachdrücklich beschämt. So suchte ihn ein hessischer Rabbi vor einem größeren Kreise von Juden verächtlich zu machen, weil er es wagte, die heilige Weisheit des Talmud anzutasten. Mit Talmudcitaten wollte er die alttestamentliche Lehre von der Versöhnung zu Schanden machen. Der Missionar ließ sich nicht einschüchtern. Um dem Gespräche schnell ein Ende zu machen, citirte der Rabbi deßhalb einen Satz aus den Pirke Abbos (eine Sammlung von Aussprüchen der alten Rabbinen): „Sind unsere Väter gewesen wie die Engel, so sind wir dagegen wie die Menschen; sind sie gewesen wie die Menschen, so sind wir dagegen wie die Esel"; und er freute sich seines leichten Sieges über den Missionar. Ruhig und einfach entgegnete Schultz: „Die Väter sind eure Väter aus der Zeit des Alten Testamentes, ihr Juden der nachherigen Zeit die Nachkommen derselben; das Alte Testament, das Buch eurer Väter, ist also ein Buch der Engel; die Gemara und der ganze Talmud ist kein Buch der Engel, selbst nicht ein Buch der Menschen, sondern ein Eselsgeschrei; ich will dem nicht widersprechen", — und das Gespräch hatte damit ein wunderliches Ende genommen.

Oder ein anderes Mal, es war in Gelnhausen, tritt ein Jude in den Gasthof, den Schultz besucht hat. Der Mann beklagt sich bitter über eine Magd, welche eine Schuld bei ihm habe und sie durchaus nicht bezahle. Schultz hörte das und

begann mit dem Gläubiger ein Gespräch. Er frug also:
„Wenn nun aber die Magd nichts zu zahlen hat, wie wollt
Ihr zu dem Eurigen kommen?" Der Jude antwortete höchst
verdrießlich: „Wo nichts ist, da kann ich nichts nehmen."
Schultz: „Aber Ihr habt doch Recht und Macht es zu fordern
und die Magd anzuhalten, daß sie ihre Schuld bezahlen möge."
Der Jude: „Die Macht habe ich wohl, aber was hilft es
mir, ich bekomme doch nichts." Schultz: „Wenn aber Jemand
der Magd nicht nur so viel geben könnte, daß sie ihre Schuld
zu tilgen vermöchte, sondern auch noch großen Ueberschuß hätte,
und die Magd weigerte sich es anzunehmen, wäre sie nicht
werth, daß sie für immer in den Schuldthurm gesetzt würde?"
Der Jude war ganz in seine Sache vertieft und merkte die
Absicht des Missionars nicht, sondern schien an dem bisherigen
Gespräch, das ihm ja nicht zu dem Seinen verholfen hatte,
genug zu haben. Schultz aber trat ihm in den Weg und wieder=
holte sein Beispiel, diesmal in jüdischer Sprache. Der Israelit
wurde aufmerksam, hörte zu, und der Missionar machte nun
selbst die Nutzanwendung. Er stellte dem Juden das Bild des
sündlichen Menschen vor Augen. „Gott", das hielt er ihm
entgegen, „hat dem Menschen in der Schöpfung Reinigkeit und
Gerechtigkeit verliehen: wir haben sie nicht mehr; mit Recht
aber fordert er, was sein ist. Wir können es ihm nicht er=
statten. Da hat er aus Gnaden eine Versöhnung gestiftet;
die alte Schuld ist durch dieselbe getilgt, und ein großer Ueber=
schuß noch geblieben: Gerechtigkeit und Heiligkeit für das ganze
menschliche Geschlecht; es kommt nur darauf an, die angebotenen
Gaben anzunehmen." — Der Jude wußte nichts zu entgegnen:
er entschuldigte sich: „Ich bin ein Amorez (kein Gelehrter;
eigentlich, ich gehöre zu dem gewöhnlichen Volke des Landes)."
Schultz antwortete: „Versteht Ihr unter einem Amorez einen
irdisch gesinnten Menschen, so könnt Ihr freilich zu Gott nicht
kommen, wenn Ihr den himmlischen Sinn, der Euch angeboten
wird, nicht annehmet! Versteht Ihr darunter einen unwissenden
Menschen, welcher den Weg zum Himmel nicht weiß, so ist es
auch übel; denn wer kann zu dem Jerusalem droben kommen,

wenn er den Weg nicht weiß! Aber noch schlechter ist es, wenn Ihr ihn nicht wissen wollt, sondern Euch mit eurer Un= wissenheit begnügt." Der Jude versuchte sich damit zu helfen, daß für ihn, als einen gemeinen Mann das Gebet hin= reichend sei. Der Missionar zeigte ihm, daß alle Gebete ohne Versöhnungsmittel nichts nützten. Da wurde der Hartbedrängte abgerufen; aber im Laufe des Tages kam er noch einmal zu Schultz; es war ihm bange um das Herz geworden. Jetzt wurde ihm das Evangelium von Christo deutlich und ausführ= lich verkündigt; er hörte es still an und mit dieser Botschaft ging er von hinnen — wer weiß, ob das Samenkorn nicht seine Frucht getragen hat. —

Das Evangelium eindringlich zu machen; Jedem, der von ihm ging, eine Anweisung mitgegeben zu haben, wie ihm, wenn er wolle, der Weg zu seinem Heile eröffnet sei und er den= selben nur zu betreten habe; Jedem die beiden Hauptpunkte ein= zuschärfen, daß er an Christum sich halten müsse und an das Wort der Schrift, welches überall auf Christum abzielt: darin faßt sich Alles zusammen, was er in seinem Verkehr mit den Juden zu erreichen sucht und stets im Auge behält. Und eben das mögen zuletzt noch zwei Beispiele bezeugen.

Im Juli 1749 befand sich Schultz auf der Reise zwischen Mainz und Frankfurt a. M.; er machte dieselbe gemeinschaftlich mit einigen Juden. Unter ihren Gesprächen wünschte einer derselben seine Tabakspfeife anzuzünden, vermißte aber sein Feuerzeug. Es war um die Mittagszeit. Schultz zog sein Brennglas hervor, und die warmen Sonnenstrahlen erweckten mittelst desselben bald das gewünschte Feuer. Allgemeine Freude und allgemeine Verwunderung. Schultz hielt sein Glas in der Hand; die Juden betrachteten dasselbe. Da fing er an von einer anderen Sonne zu sprechen, von der Sonne der Gerechtig= keit, die über der Erde aufgegangen sei, und Jesus Christus heiße; von dem Worte der Schrift, und wie dasselbe der Brenn= spiegel sei, in welchem sich die Strahlen dieser Sonne sammelten; von dem Herzen des Menschen, auf welches durch den Brenn= spiegel des Schriftwortes die Strahlen des ewigen Lichtes Christi hingeleitet würden, und von dem Feuer der Liebe zu Gott und zu den Menschen, das endlich durch die Gluth dieser Strahlen entzündet würde. — Man wußte nicht, was mehr gezündet hatte: jener Spiegel von Glas, oder dieses Wort. Die Hörer werden es wohl nicht wieder vergessen haben; da sie es vernahmen, hatten sie jedenfalls das Gefühl, daß ihre Herzen getroffen seien.

Und endlich: Im Dessauischen erhielt Schultz nach einer längeren Unterredung mit einer Anzahl von Juden von Einem derselben die Einladung, der Gast bei seiner Sabbathmahlzeit zu sein. Er nahm dieselbe gern an und fand bei seinem Eintritt in die gastliche Familie bereits mehrere einheimische und fremde Juden versammelt. Ein großer Tisch stand gedeckt da und wartete der Anwesenden. Soeben war die Sonne untergegangen, als Schultz sich einfand, und der Sabbath hatte also bereits begonnen. „Gut Schabbes", begrüßte daher der eintretende Fremdling die Versammelten und sie antworteten: „Scholem lechem (Friede sei mit Euch)." Bald darnach wurden die Speisen aufgetragen, und man setzte sich zu Tisch. Die fremden Juden hielten Schultz für einen Glaubensgenossen, sie verrichteten arglos das herkömmliche Gebet, und nahmen, eben weil der zuletzt Erschienene ihnen als Jude galt, keinen Anstoß daran, daß der Hausvater diesen aufforderte, nunmehr die Brocha zu machen d. h. den Segen über die Speisen zu sprechen. Schultz wies diese Aufforderung nicht zurück, sondern betete den üblichen jüdischen Segensspruch über die Gaben, nur im letzten Theile demselben eine christliche Wendung gebend.

Er betete hebräisch, und seine Worte lauteten folgendermaßen: „Gelobet seiest du, Herr, unser Gott, du König des Himmels und der Erde, der du uns heiligst in deinen Geboten und segnest den Erdboden, welchen du um des ersten Adams willen verfluchtest, aber ihn wieder gesegnet hast um des anderen Adams willen. Dieser ist der Messias, Davids Sohn, Jesus von Nazareth, Jehovah, unsere Gerechtigkeit. Gelobt sei sein Name immer und ewiglich. Amen."

Eine unaussprechliche Verwirrung folgte diesem Gebet. Einige wollten vom Tisch aufstehn, denn sie meinten, die Speisen seien durch solche Worte verunreinigt; Andere besänftigten die Empörten und hielten ihnen vor, der Christ habe doch wenigstens die Hauptworte ihres Gebets beibehalten; endlich legte sich der Aufruhr, und bis zur Mitternacht dauerte ein ernstes, tiefes Gespräch des ganzen Kreises. —

Die angeführten Beispiele werden hinreichen zu zeigen, wie leicht und schnell Schultz zündende Funken in die Herzen zu werfen verstand. Diese rasche Art und diese Geistesgegenwart in schlagenden Antworten oder frappirenden Anreden haben etwas Verwandtes mit der jüdischen Eigenthümlichkeit. Schultz denkt und redet stets concret, sehr oft pointirt; er hält das Herz noch einen Augenblick bei dem fest, was es soeben beschäftigt hat; der Moment wird ausgekauft und mitten im raschen, flüchtigen Hineilen genöthigt, einen Ton des Heiligen wiederklingen zu lassen. Eben das ist aber die Weise, welche den beweglichen, schnell denkenden, stark empfindenden und mit Hast weitereilenden Geist des Juden am Leichtesten zu fesseln vermag.

Deßhalb machte auch Schultz auf die Juden überall einen so lebendigen Eindruck. Sein Wort war freilich nach dem Geschmacke unserer Zeit, obwohl durchaus nicht der seinigen, vielfach etwas derb. Oft trat es ganz plötzlich, oft ohne Schmuck und ohne die civilen Formen der Gegenwart an die Juden, die damals der Cultur freilich noch ganz fremd geblieben waren, heran; aber es war dennoch von solcher Art, daß der Angeredete, wenn er nur einigen Sinn für Gerechtigkeit besaß, es dem Sprecher abfühlte, wie derselbe sich an ihn aus dem innersten Interesse für die Wahrheit gewandt habe. Allerdings erregten diese Anreden die Hörer nicht selten auf das Tiefste; sie brachten hier und da im Augenblicke einen wahren Sturm hervor; sie erweckten zu Zeiten auch durch die Sache selbst die heftigste Feindschaft gegen Schultz: — aber die langen und anziehenden Gespräche, welche meistentheils der ersten Erregung folgten, gaben den besten Beweis, daß man den Missionar verstanden, und daß er den rechten Punkt zu treffen gewußt hatte.

Schultz hatte es gelernt den Juden ein Jude zu werden;

er hatte sich in ihre geistige Eigenthümlichkeit eingelebt, und in derselben trat er ihnen entgegen. Es ist die Art des Juden sich für religiöse Dinge zu interessiren, auch wenn das Interesse nicht eine Herzens=, sondern eine Verstandessache ist. Der Jude beschreitet leicht und schnell die Brücke vom Alltäglichen zum Religiösen; er ist daran gewöhnt durch die Art des Alten Testa= mentes sowohl als durch die Art der talmudischen Religions= form. Denn beide geben dem socialen wie dem politischen, d. h. dem gesammten alltäglichen Leben Israels eine ganz bestimmte und ins Einzelne vorgeschriebene Gestalt. Beide machen, wenn auch in verschiedener Weise und in verschiedenem Sinn, die Gottesfurcht von der Beobachtung bestimmter Satzungen und be= stimmter Anordnungen für das natürliche Leben abhängig.

Gerade das aber ist die besondere Gabe von Schultz, daß er mit Allem, es sei Großes oder Kleines, irgend etwas zu verbinden weiß, das in dem Herzen die höchste Frage des Lebens zu wecken im Stande ist — und eben darum ist er, man wird sicherlich nach allem Bisherigen schon diesen Eindruck empfangen haben, mit Recht in seinem Berufe:

— ein Missionar von Gottes Gnaden. —

Gewicht und Gegengewicht im Missionsberuf.

Schultz war unermüdlich in seinem Berufe, der Anforde=
rungen an ihn stellte, die nur dann erfüllt werden konnten,
wenn er bereit war für seine Person auf alle Ansprüche an
das Leben zu verzichten. Er selbst wollte freilich nichts davon
wissen, daß er überhaupt Opfer brächte. Einem Prediger in
dem ostfriesischen Leer, der ihn um der Beschwerlichkeiten seines
Amtes willen bedauerte, entgegnete er, daß die Wagschale der
Annehmlichkeiten in demselben die der Beschwerlichkeiten weit
überwöge. Kämen auf die Letztere immerhin: die Armuth,
welche ihm auferlegt sei; das Wandern zu Fuß durch Dick und
Dünn, über Berg und Thal, über Stock und Stein, oft in
nassen Kleidern und durch grundlose Wege; das schlechte Lager,
das man für ihn, den armselig aussehenden Menschen, nur
übrig haben wolle; der hungrige Magen, wenn das Geld knapp
geworden sei; die rohe Behandlung durch die Polizei, welche
ihn oft für einen Vagabunden ansehe; die Unterredungen bis
in die tiefe Nacht hinein, so daß der müde Leib seinen Dienst
zuletzt völlig versagen wolle; endlich Schmach und Hohn, Spott
und Schläge, Gefahr zu Wasser und zu Lande, unter Mördern
und auch wohl unter falschen Brüdern; der Aufruhr unter den

Juden selbst und das innere Leid, welches sein Beruf mit sich bringe; — so müsse er auf der anderen Seite aber wiederum geltend machen: bei der armen Gestalt und dem wenigen Gelde seien auch weniger Sorgen, und der Eingang sowohl bei Juden als bei Christen leichter; mit den Leiden für Jesum verbinde sich auch der Sieg desselben; — und hielte das Alles schon dem Unangenehmen das Gleichgewicht, so steige die Wagschale der Annehmlichkeiten sofort, wenn er das Vergnügen bedenke, Land und Leute von allerlei Art, die Anderen nur durch Bücher be= kannt seien, persönlich kennen lernen zu dürfen; dazu mit so vielen Tausenden aus allen Kirchen und in allen Theilen der Erde sich eins zu sehn in dem Glauben an denselben Jesus; das Wort Gottes in großen und kleinen Orten, in Kirchen und Schulen bezeugen zu können; und endlich die selige Lust, eine Saat unter den Juden auszusäen, die ihre Ernte an dem großen Tage, der Alles offenbart, auch einmal sichtbar er= weisen werde.

Die soeben angeführten Worte mögen als Ueberschrift für einen großen Theil des Folgenden gelten. Was Schultz in den= selben ausgesprochen hat, soll nun nach seinen einzelnen Punkten und in mehreren besonderen Abschnitten weiter ausgeführt werden.

Zur Charakteristik des Mannes.

Die vorher angeführten eigenen Worte von Schultz kenn=
zeichnen den ganzen Mann.

Da hört man kein Wort von seinen eigenthümlichen Ver=
diensten; da findet man keinen Anspruch darauf, vor Gott oder
vor den Menschen irgend welchen Ruhm oder Geltung oder An=
erkennung erlangen zu wollen. Da tritt der Mann vielmehr
ganz hinter das Werk zurück, für welches er selbst nur Werk=
zeug sein will, und Alles in seinem Thun ist so angelegt, daß
seine eigene Person möglichst im Hintergrunde bleiben muß.
Da ist gerade bei dieser Stellung aber eine außerordentliche
Freudigkeit des Arbeitens und Wirkens zu bemerken, und
keine Spur von kopfhängerischem Wesen oder engherziger Pie=
tisterei. Mögen ihn katholische und griechische Christen wie
einen ihrer Heiligen betrachten; er selbst weiß nichts, als daß
er der Sache seines Gottes und Heilandes dienen darf.

Und die Erde ist für ihn nicht zuerst ein Jammerthal,
sondern zuerst vielmehr der Güte des Herrn voll. Sein Herz
und Sinn sind deßhalb für Alles geöffnet, was die bunte
Mannigfaltigkeit der Natur und der Arbeit der Menschen hin

und her ihm zeigen. So wenig poetische Anlage in ihm her=
vortritt, so sehr ihn vielmehr eine nüchterne Verständigkeit
charakterisirt, so hat er doch ein Gefühl für den Reichthum,
mit welchem die Güte Gottes das Werk ihrer Hände schmückt.
Er tritt aus dem Jablunkapaß. Da überwältigt ihn der An=
blick der erhabenen Pracht des Gebirges so, daß er zuerst
sprachlos dasteht, und alsdann in ein Loblied des Schöpfers
ausbricht. Die Majestät des Meeres; die friedliche Stille
mancher deutschen Landschaft; das Nachtlager in der Wald=
einsamkeit, über dem Haupte die leuchtenden Gestirne; der
Glanz des morgenländischen Himmels; Land und Leute, ihre
Sitten und Gebräuche, ihre Künste und geschichtlichen Denk=
mäler, sie alle sind eine Sprache, die er mit dem lebhaftesten
Interesse zu sich reden hört. Er steht wirklich im Leben, nicht
außerhalb desselben; und er hat einen freien Blick für Alles,
was sich um ihn begiebt. Schon das klare, frische, hinaus=
schauende Auge, das uns in dem von ihm noch vorhandenen
Bilde ansieht, bekundet, daß sein Herr es reichlich gewöhnt hat
sich zu üben und daß es seinen Dienst gern vollbrachte.

Man kommt zu demselben Ergebniß, wenn man auf seine
praktische Art in Dingen des alltäglichen Lebens achtet. So
war er auf seinen Wanderungen sehr oft sein eigener Koch, und
es macht fast einen spaßhaften Eindruck, ihn von seinen culi=
narischen Künsten, die freilich nur eine höchst einfache Tafel zu
versorgen hatten, erzählen zu hören.

Die Frau des Consuls Usgate in Aleppo pflegte aufs
Treueste seinen erkrankten Gefährten Woltersdorf. Er ließ es
sich darum angelegen sein, ihr sich auf alle Weise nützlich zu
erweisen. In ihrer Wohnung stellten sich mancherlei Mängel
heraus; besonders war der Anstrich der Thüren und Fenster
recht schadhaft geworden. Die ortseingesessenen Handwerker ver=
suchten mit ihrer Kunst dem Uebelstande abzuhelfen und ließen
sich auch für ihre Bemühungen zwanzig Thaler bezahlen, lie=
ferten aber um so schlechtere Arbeit. Niemand in der Stadt
verstand es besser. Da machte sich Schultz ans Werk. Er be=
reitete selbst einen Oelfirniß und verwandte denselben zum Be=

streichen der Wohnzimmer, präparirte sodann durch mannigfaltige Mischungen allerlei Farben und malte den Tresorschrank der Frau Usgate höchst kunstvoll, mit himmelblauem Grunde und allerlei Blumen, welche auf demselben hervortreten mußten. Die Decke eines Sommersaales erhielt gleichfalls himmelblauen Grund, aus dem Sonne, Mond und Sterne hervorleuchteten; eine Gallerie wurde braun angestrichen und mit Blumen verziert; und in dem Audienzsaal ein von Schultz selbst verfertigtes Bild des Consuls aufgehängt, umgeben von vierzehn Wappen und eingeschlossen von einem schwarzen und goldenen Rahmen — das Alles Werke desselben Künstlers.

Oder eine Conditorsfrau hatte verstanden, daß Schultz und sein Reisegefährte, welche sich als Candidaten vorgestellt hatten, Conditoren seien. Sie wollte die Gelegenheit benutzen, von den fremden und weit gereisten Handwerksgenossen etwas zu profitiren, und erkundigte sich deßhalb bei dem Aelteren, Schultz, nach verschiedenen Kuchenrecepten, besonders aber nach allerlei Eingemachtem. Derselbe hielt ihr geduldig still. Als ehemaliger Apotheker wußte er manches über die Aufbewahrung von Früchten zu sagen; die Frau war höchst vergnügt über die empfangenen Belehrungen und bedankte sich sehr höflich „für das viele Gute, das sie neu erfahren habe".

Auch als Arzt gewann sich Schultz im Orient einen Ruf. Aus Halle war ihm ein Kästchen mit allerlei Medicamenten der dortigen sehr berühmten Waisenhausapotheke mitgegeben worden; dasselbe kam ihm wohl zu Statten. Dazu besaß er eine angeborene Gabe Krankheiten zu erkennen. Auf der Fahrt an der dalmatinischen Küste heilte er im Schiffe einen armenischen Kaufmann, der schon neun Monate lang vom Fieber heimgesucht war und nirgends hatte Hilfe finden können. Der Fall steht aber nicht vereinzelt da. In Myconium und Damaskus wußte er sich kaum vor Patienten, die seine Hilfe beanspruchten, zu retten; in den Kaffeehäusern wurde er beständig von Solchen umdrängt, die ihn baten, ihren Puls zu fühlen und sie alsdann in seine Behandlung zu nehmen. Er selbst kannte seine Natur so gut, daß er mit wirklich außerordentlichem Erfolge bei eigener

Erkrankung die entsprechenden Mittel wählte, und es oft dem allein zu danken hatte, daß er seine Reisen in der Fremde und sein Werk daselbst fortsetzen konnte.

Tritt schon in diesem Laienarzt der ruhig beobachtende und scharf blickende Mann uns entgegen, so ist es aber überhaupt eine hervorstechende Eigenthümlichkeit seines Wesens, mit nüchterner Klarheit und praktischem Verstande in den verschiedenen Lagen und Verhältnissen des Lebens derselben Herr zu bleiben.

Auf der Reise von Venedig nach Smyrna war das Schiff zum Theil sehr ungünstiger Witterung ausgesetzt; es mußte oft vor Anker gehn. Der Kapitain, darüber ärgerlich, wagte es deßhalb den einen Hafen, den von Zerigo, vor der Zeit zu verlassen, mußte aber bald einen Nothhafen aufsuchen. Derselbe bot nur geringen Schutz, da die schlimme Witterung anhielt. Immer bedenklicher wurde die Lage auf dem Schiffe; der Capitain und die Matrosen verloren zuletzt völlig den Muth und die klare Ueberlegung. Schultz allein behielt seine Ruhe und Freudigkeit, und nun trat er unter die Zagenden. Mitten im Geheul des Sturmes hieß er sie vor Allem einmal auf das Wort Gottes hören und las ihnen zuerst einen Psalm aus dem Alten Testamente, hierauf den Abschnitt über die Fahrt Jesu auf dem Meere im Sturme aus dem Neuen Testamente vor; dann rief er den Seeleuten zu: „Glaubt ihr, daß Jesus im Schiff ist, so werdet ihr nicht verderben"; hielt ihnen jedoch vor, daß ihnen zuerst Buße noth thue, und rief sie eben deßhalb zur Buße. Die Herzen öffneten sich seinem Wort und die ganze Mannschaft bekannte ihm ihre Sünden. Als sie aber weinend um ihn standen, verkündigte er ihnen, weil, wie er selbst sagt, Gott es ihm gegeben hatte, daß, wenn ihre Buße eine rechte wäre, sie der Vergebung ihrer Sünde versichert sein und zum Zeichen dessen wissen sollten, daß der Sturm sich bald legen werde; — eine Stunde darauf fing es an stiller zu werden, und der Abend hatte alle Noth abgewandt.

Ein anderes Mal gerieth er gleichfalls auf einer Fahrt im Mittelländischen Meere in große Gefahr. Man befand sich

auf hoher See. Unter der griechischen und italienischen Schiffs=
mannschaft verlangten Viele Rückkehr zu dem letzt verlassenen
Hafen; dieselbe war unmöglich. Andere wollten den Haupt=
mast abhauen und stürmten schon mit den Aexten herbei.
Schulz sah das Verderben vor Augen, wenn diese Unsinnigen
die Oberhand behielten; aber sie hatten die große Mehrzahl
auf ihrer Seite. Er versuchte es also mit dem Kapitain; eine
Zeitlang hörte derselbe auf den Missionar, zuletzt aber wurde
auch er matt und wollte dem Andrängen seiner Leute nach=
geben. In diesem kritischen Augenblicke trat Schulz mitten
unter die Matrosen: er bat um einen Augenblick ruhigen Ge=
hörs; man gewährte es ihm. Er sprach so frei von aller
Aufregung, daß schon dies die Gemüther in etwas beruhigte;
und indem er nun die Lage der Sache ganz deutlich und klar
vor ihre Augen stellte, sahen sie es selbst ein, daß sie völlig
verkehrte Schritte zu thun beabsichtigten. Kaum aber bemerkte
er, daß seine Worte ernstlicheren Eindruck auf die Erregten
hervorbrachten, so forderte er sie auf, mit ihm stille zu werden
vor ihrem Gott; er bat sie mit ihm zu beten, sprach das
Gebet griechisch zu den Griechen gewandt, italienisch zu den
Italienern; sie beteten ihm nach, der Aufruhr war gedämpft —
und sie wurden erhört.

Es wird wohl auch nicht zu viel werden, noch ein Bei=
spiel ähnlicher und doch wieder besonderer Art anzuführen.
Das Schiff, in welchem Schulz sich befand, steuerte in der
Nähe des Hafens von Furni direkt auf einen Felsen los,
und die Wellen= und Windströmung ließ das Scheitern des=
ielben als fast unvermeidlich erscheinen; aber ein kleines Segel
löste sich, der Wind ergriff es und lenkte das Schiff auf die
Seite. In dem Augenblick sprang Schulz, der wiederum
allein nicht die Besonnenheit in dieser Krisis verloren hatte,
herbei, rief die Matrosen, hieß sie die Anker herablassen und
erhielt das Schiff in dieser Lage, bis sie mit günstigem Winde
von der gefährlichen Stelle hinwegfahren konnten.

Also nicht ein frömmelndes die Hände in den Schooß
Legen, sondern eine klare Benutzung des Gegebenen, vereint

mit einem zuversichtlichen Vertrauen zu dem gegenwärtigen und lebendigen Gott war es, was ihm auch aus den bedenk= lichsten Umständen half. Und wiederum nicht ein phantastischer Wunderglaube, son= dern ein kindliches Sichverlassen auf den in jedem Augenblicke hilfebereiten Gott gab ihm seine Ruhe. Von phantastischem Wesen ist keine Spur in ihm zu finden; vielmehr war sein einfaches Dahinnehmen der Verhältnisse, sein scharfes Durch= schauen des gerade Vorliegenden, sein ruhiges Eintreten in jede Umgebung für ihn von außerordentlichem Nutzen; er besaß in alle dem gegenüber dem heftigen, leidenschaftlichen und leicht von dem Momente ganz dahingenommenen Wesen der Juden und Romanen einen ganz besonderen Vortheil. Wagte er sich doch als ein Ketzer oder Ungläubiger und Unreiner unter Leute von so verschiedenen und damals bei Weitem fana= tischeren Glaubensbekenntnissen, in deren Mitte er jeden Augen= blick heftiger Anfälle gewärtig sein konnte. Oft genug ver= suchte auch das wilde Feuer ihm gegenüber aufzulodern; oft genug begannen die Angriffe, welche bei jenen Naturen so leicht einen gefährlichen Charakter annehmen, drohend zu werden, aber mit einer einzigen Wendung nahm er denselben gewöhnlich ihren Stachel. Ein maronitischer Christ in Ptolemais frug ihn, ob er denn keine Fasten hielte? Er antwortete ihm zuerst, daß er allerdings zuweilen auch faste, nämlich jedes= mal, wenn er nichts zu essen habe, und dieser Eingang war von so augenscheinlicher Richtigkeit, daß der Eiferer für seine Confession sich hernach eine lange Belehrung über das wahre Christenthum gefallen ließ und mit großem Ernst zu= hörte.

Oder ein anderes Mal fuhr er mit dem Erzbischof von Ragusa in einem Schiffe zusammen. Ein furchtbarer Sturm erhob sich, welcher darum höchst gefährlich war, weil sie sich eben an einer der schwierigsten Stellen des Adriatischen Meeres befanden. Der Erzbischof, von Allen im Schiff um Hilfe angerufen, bedrohte den Wind und das Meer mit seinem ge= weihten Kreuze, es wollte nichts helfen; deßhalb wiederholte er dieselbe Ceremonie fortwährend, allein Wind und Meer wurden ihm nicht gehorsam. Schultz hatte das eine ganze Zeit mit angesehn und bemerkte nun, daß Geistliche sowohl als Laien endlich müde geworden waren. Da trat er hervor und schlug ihnen vor, sie möchten nun einmal gemeinsam zu dem Herrn beten, dem wirklich Wind und Meer sich gehorsam erwiesen hatten. Das Wort fand bei den an ihrem eigenen Aberglauben Mattgewordenen eine gute Stätte; der Missionar trat an die Stelle des Erzbischofs, er betete, Allen eindringlich, in italienischer Sprache, und was die Kreuze nicht vermocht, erreichte der evangelische Glaube.

Ebenso einfach und natürlich fand er sich in die Verhältnisse, welche sein Beruf mit sich brachte. Es war ja gar Manches zu überwinden, was ein irgend welchen körperlichen oder geistigen Stimmungen nachgebender Mensch nicht wie Schultz ertragen hätte. Tausend kleinen Unannehmlichkeiten, die einen Menschen ja oft viel mehr als große Dinge Arbeit und Beruf verleiden können, war er ausgesetzt; er trug sie leicht als selbstverständliche Zugabe. Die polnische Reinlichkeit machte ihm beispielsweise viel zu schaffen, er mußte ihr oft seine Nachtruhe zum Opfer bringen; aber er nahm das Alles mit dem liebenswürdigsten Humor hin.

Und überhaupt ergab er sich nicht so leicht bei Schwierigkeiten, welche ihm in den Weg traten, sondern wußte sie oft in höchst einfacher Weise bei Seite zu schieben. Körperliche Hindernisse insbesondere besiegte er bis zu einem hohen Grade durch eine gestählte und geübte Willenskraft. 1749, eben im Aufbruch von Halle nach Holland begriffen, überfiel ihn ein Fieber, welches er in seiner Kindheit fast jährlich gehabt hatte. Er fand, „daß er jetzt diesen Gast nicht brauchen könne und beschloß, ihm ein übles Traktament zu bereiten". Deßhalb gab er ihm, so erzählt er selbst, bei dem stärksten Frost kaltes Wasser und bei der Hitze warmes Bier mit Ingwer vermischt. „Diese Behandlung wollte der Freund sich nicht gefallen lassen und verließ mich deßhalb." „Doch", setzt er selbst hinzu, „wolle er dieses Fiebermittel so wenig für alle Fälle empfehlen als jene Medicin eines Grobschmidts, der gegen dieselbe Krankheit Sauerkraut und Schweinefleisch anwandte." — Humor, Kraft, Ausdauer, Besonnenheit und Geduld waren die Begleiter von Schulz, und er hat mit ihnen drei Erdtheile durchzogen.

XII.

Ein Missionar nach dem Vorbilde des Apostel Paulus.

Freilich aber, menschlich angenehme Eigenschaften reichen nicht aus, um ein Werk Jahre lang sich selbst vergessender und nur den Anderen dienender Liebe auszuführen; sondern dazu muß man aus einem Quell schöpfen, der nie und nirgends versiegt. Das war bei Schultz der Fall. Sein Leben gleicht scheinbar einem stürmisch hin und hergeworfenen Schiffe — und doch ist die Grundstimmung seines Herzens eine in hohem Maße sich gleich bleibend fröhliche; das Schiff lag eben an einem sicheren Anker und wurde von ihm festgehalten, während die Winde und Wetter mit ihm spielten. Der lebendige Glaube gab seinem ganzen Wesen das Gepräge einer Freudigkeit, die ein besonderes Räthsel für die Juden war, welche sich ja sagen mußten, daß sie in dem nicht beruhen konnte, was ihm äußerlich geboten war. Auch war es nicht bloß das angeborene Temperament, das die Art seines Lebens und Webens bestimmte; denn das Temperament ist keine hinreichende Stütze, wenn die Wirklichkeit und die täglichen Erfahrungen so Vieles zu schmecken geben, was von Natur Keinem gefällt; sondern es war in der That der ruhige Sieg, der das Draußen beherrscht, weil er das Herz drinnen stille zu machen gelernt hat, und welcher den Frieden erlebt, der in dem treuen Dienst des gnädigen Gottes gefunden wird.

Die innige Verbindung seines Herzens mit dem Herzen Gottes in einem recht eigentlichen Gebetsleben ist das Ge= heimniß der Stärke von Stephan Schultz, das Geheimniß seiner Ruhe, Besonnenheit, Nüchternheit, Klarheit und unerschütter= lichen Glaubenszuversicht. In der That, das Nahesein Gottes ist es, aus dem solches Alles stammt. Besonders am Anfange eines jeden neuen Monats und Jahres stellt er sich vor das heilige und barmherzige Angesicht seines Herrn; sieht noch einmal zurück und schaut dann nach vorwärts; hält über sich selbst ein ernst gemeintes Gericht und erfleht die Langmuth und Geduld Gottes, die er doch so gar nicht verdient zu haben weiß. Da findet er denn Freudigkeit, getrosten Muth und Hoffnung für alles vor ihm Liegende, für sein Werk und für die Seelen, welche er in der gleichen Noth mit sich selber weiß. Nur Weisheit und Treue erbittet er sich, damit er nicht vorlaufe und nicht zurückbleibe, und die heilsame Kraft des Wortes für sein eigenes Herz, damit er wohl verstehe, wie er dasselbe anderen Herzen nahe bringen soll. — Er hat freilich auch so viele Gebets= erhörungen erfahren, wie Wenige. Weil er nicht das Eigene suchte, sondern die Ehre Gottes und das Heil Anderer; weil er Gott für sein äußerliches Wohlergehn sehr wenig außer dem „unser täglich Brot gib uns heute" vorzutragen hatte, und seine Bitten sich vielmehr zu allermeist auf die Durch= führung des Werkes, in dem er seinen eigenen Gewinn ge= radezu opferte, richteten; weil er so in der Arbeit für einen Anderen und nicht in der Arbeit für sich selbst zu beten gelernt hatte — gerade darum wurde ihm so oft ein göttliches Amen ge= währt, daß der Menschen rohes Urtheil in ihm nicht selten einen Wunderthäter finden wollte. Er wies das Alles von sich und vermahnte sie vielmehr, aus solchen Erfahrungen, welche sie mit ihm gemeinschaftlich gemacht hatten, die Macht Jesu Christi zu erkennen und das Gebet in seinem Namen zu lernen. Und eben dadurch wurde er ein wahrhaftiger Zeuge Jesu, wurde sein Leben,

weil sich in demselben die Gnade des erhöhten Christus offen=
barte, eine mächtige Stimme, daß der Gekreuzigte von dem
Throne Gottes herab regiert.

Sein Gebet aber nährte sich am Schriftwort des Alten und
Neuen Testamentes. Er besaß eine Bibelkenntniß wie wohl
nur wenige Menschen, und war in beiden Theilen derselben
gleicher Maßen heimisch. Was ihm auch entgegentrit, das
Größte wie das Kleinste, erscheint ihm bald in den Beziehungen,
unter denen er es in der Bibel gefunden hat; mag es Gold
oder Silber, mögen es Kleider oder Speise, Cedern oder Gras,
Berge oder Thäler, Thürme oder Häuser, Haupt= oder Eigen=
schafts= oder Binde= oder Zeitwörter oder was sonst immer
sein, es nimmt für ihn bald die Schriftgestalt an, verwebt sich
so in sein Herz, in sein Denken und Reden, und wird ihm
alsdann die Brücke, auf welcher er mit dem Zeugniß der Wahr=
heit zu anderen Herzen hinüberschreitet. — Aus dem Heilig=
thum ins Heiligthum wandert fort und fort seine Seele, tritt
so vor die Anderen und ruft ihnen schnell zu: „Folget mir" —
die Straße haben auch Unzählige mit ihm, wenigstens für
Augenblicke einmal, dahinziehn müssen.

Nach allem Bisherigen schon wird man dem D. Kalkar
(der eine sehr lesenswerthe Geschichte der Judenbekehrungen
durch alle Jahrhunderte der christlichen Kirche in dänischer Sprache
geschrieben hat, die unter dem Titel „Israel und die Kirche"
von Michelsen deutsch übersetzt und in dieser Uebersetzung bei
der Agentur des Rauhen Hauses in Hamburg 1869 erschienen
ist), Recht geben müssen, wenn er sagt, daß keiner unter allen
Judenmissionaren so viele Vergleichungspunkte mit dem Apostel
Paulus darbietet als Stephan Schulz. Um so mehr wird eben
dies heraustreten, wenn man sieht, wie fast Alles, was der
Apostel 2 Kor. 11, 23—33 von sich selbst in seinem Missions=
berufe redet, ohne Uebertreibung auch auf Schulz angewandt
werden kann. In jener Stelle seines Briefes sagt Paulus: „Ich
habe mehr gearbeitet (als die Anderen), ich habe mehr Schläge
erlitten, ich bin öfters gefangen, oft in Todesnöthen gewesen.
Von den Juden habe ich fünfmal empfangen vierzig Streiche

weniger eins. Ich bin dreimal gestäupet, einmal gesteinigt, dreimal habe ich Schiffbruch erlitten, Tag und Nacht habe ich zugebracht in der Tiefe des Meeres. Ich habe oft gereiset, ich bin in Gefahr gewesen zu Wasser, in Gefahr unter den Mördern, in Gefahr unter den Juden, in Gefahr unter den Heiden, in Gefahr in den Städten, in Gefahr in der Wüste, in Gefahr unter den falschen Brüdern; in Mühe und Arbeit, in viel Wachen, in Hunger und Durst, in viel Fasten, in Frost und Blöße. Ohne was sich sonst zuträgt, nämlich, daß ich täglich werde angelaufen und trage Sorge für alle Gemeinden. Wer ist schwach und ich werde nicht schwach? wer wird geärgert und ich brenne nicht? So ich mich je rühmen soll, will ich mich meiner Schwachheit rühmen."

Es ist ganz leicht, an der Hand dieser Worte die Missions= arbeit von Stephan Schultz bei sich vorübergehn zu lassen.

„Gearbeitet" hat er gewiß so viel, daß wohl Wenige nur ein Mehr aufzuweisen haben werden.

„In vieler Mühe" hat er sein Werk getrieben. Gegen Ende November 1740 verirrte er sich unter einem furchtbaren Schneegestöber in der Gegend von Ziegenhain und erst in der Nacht erreichte er ganz erschöpft die Stadt. Die Tour von Weimar bis Frankfurt a. M. machte er in der Zeit vom Ende Mai bis Ende Juni 1749 zu Fuß unter beständigem Regen, so daß er während des ganzen Monats an jedem Abende durch und durch naß in die Herberge einkehrte. Alle Gasthofsbesitzer der Stadt Hof wiesen ihn einmal nach besonders anstrengendem Tagemarsche ab; sie wollten keinen Raum für ihn und seinen Gefährten haben; „und doch", setzt er, hinreichend von diesem Maße zufriedengestellt, hinzu, „hatten wir das Ansehn von honetten Handwerksburschen". Die Ermüdeten mußten also, nachdem sie den ganzen Tag über dem Regen ausgesetzt gewesen waren, weiter wandern. Im nächsten Dorfe fanden sie glück= licherweise Aufnahme, Salz und Brot und ein wenig schlechtes Bier wurde ihnen dann „für gutes Geld" zur Stärkung ge= reicht, und die Wirthsleute rechneten sich das gewiß für einen Akt besonderer Menschenfreundlichkeit gegen die nassen Hand=

werksburschen an. In der großen Gaststube hatte sich eine ganze Anzahl von Dorfbewohnern versammelt. Schulz ließ es keine Ruhe; sein „Geist wurde wieder lebendig"; es drängte ihn zu den Anwesenden vom Reiche Gottes zu reden. Er setzte sich in ihre Mitte. Die Beleuchtung gaben ihm sogenannte Schleifen oder eine Art von Schindeln; der Rauch, welchen dieselben verbreiteten, belästigte ihn freilich und wurde ihm besonders im Sprechen beschwerlich, aber er überwand es, fand aufmerksame Zuhörer, und erst nach Mitternacht gestattete er sich Ruhe, „vergnügt über die Arbeit", die ihm gegönnt worden war.

In einem polnischen Städtchen bei Thorn hatte er nach tüchtigen Strapazen Herberge im elenden Wirthshause gefunden. „Sein Bett war eine Bank, sein Kissen das Reisebündel, sein Schutz aber der gnädige Gott." Eben wollte er einschlafen; da trat ein Jude ein, um gleichfalls in demselben Zimmer zu übernachten. Der Jude sah den Fremdling und sagte: „Auf der Bank läßt es sich hart schlafen, es ist zu Hause besser als in der Fremde draußen." Die Antwort war, daß Schulz sich erhob, sich neben den Juden setzte und ihm erwiederte: „Freilich läßt es sich zu Hause besser schlafen als in der Fremde. Aber nun möchte ich gern wissen, warum doch Israel nicht zu Hause in seinen Hütten wohnt?" Ein langes Gespräch knüpfte sich an dieses Wort; kaum war dasselbe beendet, so wurden Schulz und sein Gefährte an das Weichselschiff gerufen, mit welchem sie einstweilen ihre weitere Reise machen wollten, — die Nacht= ruhe war dahin. Am Abende des nun folgenden Tages lan= dete der Schiffer in der Nähe eines Waldes, und die ganze Reisegesellschaft stieg aus, um am Ufer Nachtruhe zu halten. Das Lager war die bloße Erde, und Einer nach dem Anderen mußte die Wache halten und die Speisen für die Uebrigen be= reiten; denn der Schiffer gestattete kein Feuer in seinem Fahr= zeuge; und so brachte nun die Nacht den Reisenden die Freude abwechselnd für die ganze Gesellschaft die einzige warme Mahl= zeit innerhalb vierundzwanzig Stunden zu besorgen. In solcher Weise wurde die Reise von Thorn bis Warschau fortgesetzt.

Von diesen Nachtquartieren „in den angenehmen Wäldern"
erzählt Schultz höchst ergötzlich. Nachtigallen habe er zwar in
denselben nicht gefunden, auch nicht gerade kostbare Bäume,
weil sie zumeist Kiefern enthielten, aber freilich auch keine
Raubthiere; sondern er habe nur zuweilen das Geschrei einer
Nachteule gehört und die allerdings nicht ganz angenehmen
Mückenstiche reichlich ertragen müssen; aber die Waldeinsamkeit und
das vom Feuer erleuchtete grüne Dach über ihren Mitternachts=
mahlzeiten zusammt den Ausflügen aus der Waldherberge in
die benachbarten Orte, welche einen sehr belebten Verkehr mit
Juden zur Folge hatten, seien ihm doch eine unvergeßliche und
frohe Erinnerung geblieben.

Sehr oft findet man in den Berichten von Schultz die Be=
merkung, daß er nach des Tages Last und Hitze am Abende
Ruhe suchte, aber „nicht müßig sein durfte", weil Juden und
Andere, welche das Wort Gottes zu hören sonst nicht Ge=
legenheit fanden, ihm nahe gekommen waren. Besonders in
Polen hat Schultz unglaublich oft seine Nachtruhe geopfert.
Die Bank im Wirthshause scheint in den Ländern polnischer
Zunge sein Hauptruhebett gewesen zu sein; und der Tag brachte
dann doch eher noch mehr Mühe als anderwärts. So erhebt
er sich z. B. am letzten August 1747 von diesem harten Lager
und sieht sich alsbald von Juden umringt; er spricht mit ihnen
einige Stunden lang und bricht dann auf; seine Zuhörer be=
gleiten ihn — der Weg führt über ausgetrocknete Moräste,
über denselben die Sonnenhitze in ihrer vollen Gluth, jeder
Schritt dabei von der geistigen Arbeit des Erklärens, Rechen=
schaftgebens und Predigens in Anspruch genommen; so wandert
er bis zur nächsten Stadt, aber er ist sehr guten Muthes.
„Viel Arbeit" und „viel Vergnügen" sind für ihn so ziemlich gleich=
bedeutende Begriffe; er vergißt alle Beschwerden und alle soeben
noch wohl empfundenen Mühseligkeiten, wenn sich ihm die Ge=
legenheit bietet, einem jüdischen Herzen die Botschaft des
Friedens mit Gott durch Christum zu bringen. Und was hat
er darüber Alles erduldet!

1747 wandte sich Schultz von Teschen aus nach Ungarn.

An der Grenze wurde er visitirt; die arabischen, türkischen, griechischen und jüdischen Büchlein erschienen als eine gefährliche Waare. So wurde denn ihm und seinem Gefährten einfach Alles genommen und die Contrebande in einen Leinewandsack gesteckt. Ein baumstarker, wilder Mensch sollte sie zur nächsten größeren und mehrere Meilen entfernten Zollstation bringen. Am Abende kehrte derselbe mit seinen Gefangenen in einem Dorfe ein. Berg auf Berg ab war die Wanderung gegangen, mit einem dicken Knüttel hatte der Mensch seine Arrestanten vor sich hergetrieben, und wenn sie erschöpft ausruhen wollten, denselben gegen sie mit den Worten erhoben: „Ich schlage euch todt." Jetzt nun wurden sie in ein niedriges Zimmer einer polnischen Hütte einquartiert. In demselben war kein Ofen oder Kamin, sondern auf dem Boden ein Feuer ange= zündet. Der Rauch stieg wohl zur Decke, aber er füllte nach und nach das ganze Zimmer so sehr, daß sich Alle platt auf die Erde legen mußten, um nicht zu ersticken. Dazu hatten die Gefangenen vierzig Stunden gefastet, und die Sorge lag auf ihnen, was der nächste Tag an neuer Willkühr bringen würde. Aber in demselben Raume befanden sich die Kinder des Hausbesitzers. Schultz gedachte an Luther, der oft in trüben Stunden durch ein einfältiges Gespräch mit Kindern Freude und Muth wieder gewonnen hatte. Er lockte also die Kinder durch Freundlichkeit heran und redete mit ihnen ganz väterlich von der christlichen Lehre. Die Erwachsenen hörten dem zu und wurden allmählig sehr freundlich gegen die vermeintlichen Missethäter; die Wirthin setzte ihnen sogar etwas in Milch gekochte Bastinacke und in Asche gebackenes Brot vor, so daß der Hunger wenigstens gestillt wurde. In der Nacht thaten die Missionare freilich kein Auge zu, aber sie reichten einander öfters die Hand und riefen sich leise zu: „Nur getrost, Gott wird durchhelfen." — Am nächsten Tage mußten die Gefangenen mit Morgenanbruch ihren Weg weiter fortsetzen. Die Sonne ging hell auf, und ihr klares Licht schien so fröhlich in die Herzen hinein, daß alles Trauern der beiden Boten des Evangeliums verschwand.

Auf den Führer hatte indeß das ganze Wesen seiner Arrestanten
doch einen Eindruck gemacht; er wurde immer milder gegen sie.
Sie hielten ihm seine gestrige Härte vor, aber bekannten zu=
gleich, daß sie es ihm von Herzen vergäben, da er in Un=
wissenheit gehandelt. Das rührte den Mann zu Thränen;
schließlich kniecte er nieder und ließ nicht eher ab, als bis die
Beiden ihre Hände auf sein Haupt legten und die Absolution
im Namen des dreieinigen Gottes über ihn sprachen. Darauf
wollte er sie nun aus eigener Entscheidung gehn lassen; aber die
Missionare weigerten sich, diese Freiheit anzunehmen; sie er=
innerten ihn an den Gehorsam, den er seiner Obrigkeit schuldig
sei, und nöthigten ihn, sie zu seinen Vorgesetzten zu führen.
Der Richter, welchem sie darauf vorgestellt wurden, kannte ein
wenig fremde Sprachen und überblickte leicht den Sachverhalt;
„o stulti homines" (o ihr dummen Menschen) rief er ein über
das andere Mal, indem er den Bericht des eifrigen Polizisten
las und entließ sofort die Gefangenen mit herzlichen Segens=
wünschen.

Es traten auch schlimmere Lagen für Schultz ein. Auf
einer Reise nach Preßburg wurde er in Trenczin von der Thor=
wache angehalten. Die Soldaten ließen ihn lange unter strö=
mendem Regen am Thore stehn, so daß er durch und durch
naß wurde. Alle Bitten um Beschleunigung seiner Sache
halfen nichts; es hieß fortwährend: „Du kannst warten."
Schultz drohte endlich mit einer Beschwerde bei dem Stadt=
commandanten. Statt aller Antwort erhielt er mit einem
Stocke einen furchtbaren Schlag auf den Kopf, der ihm ein
tiefe Wunde verursachte und ihn eine Zeitlang ganz betäubt
machte. Darauf wurde ihm der Paß mit dem Bescheide ein=
gehändigt, er könne nun gehn, und das bisher Vorgefallene
behandelt, als wäre nichts geschehn. Das empörte Schultz; er
beklagte sich bei dem Vorgesetzten „über das unbescheidene Ver=
halten der Soldaten und des Thorschreibers." Derselbe lächelte
und sagte: „Daran ist nicht viel gelegen". Schultz antwortete:
„Aber ist das Recht? will Jhre Majestät die Königin Maria
Theresia, daß man den Reisenden auf diese Weise begegnen

soll?" und schlug bei diesen Worten auf den Tisch. Kaum
hatte er das gethan, so ergriffen ihn zwei Soldaten, schlugen,
stießen und schleppten ihn in die Hauptwache. Hier wurde er
in ein finsteres Loch gesperrt; er verlangte Licht. Höhnend rief
man ihm zu: „Du kannst im Finsteren sitzen"; er entgegnete:
„Kinder der Finsterniß mögen im Finsteren sitzen, ich will
Licht haben" — gab einem Soldaten drei Kreuzer und erhielt
das Gewünschte. Kaum war dasselbe erschienen, so schlug er
seine Bibel auf und las den Soldaten Psalm 36, 10 vor:
„Bei dir ist die lebendige Quelle und in deinem Lichte sehn
wir das Licht." Dann setzte er ihnen den Unterschied zwischen
den Kindern des Lichtes und der Finsterniß auseinander, und
die Soldaten wurden still; mit wirklicher „Bewegung" hörten
sie solche Worte; der Wechsel der Scene hatte sie selbst ergriffen. Einer derselben machte sich still auf und begab sich
zu dem Gefährten von Schultz, dem Candidaten Bennewitz, der
während dieser Zeit im Wirthshause geblieben war, weil nur
Schultz zur Erledigung der Paßangelegenheit auf die Wache
gefordert worden war. Bennewitz überredete einen evangelischen
Bürger der Stadt, für den Gefangenen sich zu verwenden, und
die durch diesen Bürger gewonnene Gemahlin jenes oben erwähnten Vorgesetzten bewirkte die Freilassung. Es war aber hohe
Zeit gewesen, daß die Fürsprache gerade in dieser Stunde statt-
fand; denn soeben sollte Schultz nach der Anordnung jenes Befehls-
habers dreißig Hiebe erhalten. So war er denn für diesmal erlöst. Den von heftigen Schmerzen, welche die erlittene Kopfwunde
verursachte, Geplagten finden wir aber unmittelbar nach seiner
Entlassung im lebendigsten Gespräch über religiöse Dinge mit
zwei Jesuiten; er hatte keine Zeit an sich selbst zu denken.

Die Reihe der überstandenen Todesgefahren soll nicht
hergezählt werden, aber groß und mannigfaltig genug ist
dieselbe.

So mußten die Missionare einmal in Galizien ein wildes
Gebirgswasser auf einem ganz schmalen Steige überschreiten.
Der wallende, tobende Gießbach unter seinen Füßen machte
Schultz schwindeln; noch einen Augenblick und er war verloren;

aber sein Gefährte griff rasch hinzu und rettete ihn von dem gewissen Tode.

In Polen wurden Schultz und sein Begleiter von berittenen Räubern angefallen; soeben sollten sie ausgeplündert werden: da kam bei dem anderen Missionar ein Hirschfänger zum Vorschein; die Sonne beleuchtete denselben, und der helle Schein, der weithin blitzte, fiel in die Augen der Räuber. Dieselben erschracken, sie glaubten andere Räuber vor sich zu sehn; denn sie hielten den Schein für ein verabredetes Signal, welches eine ganze Bande aus dem nahe gelegenen Walde herbeirufen sollte, machten sich eiligst auf die Flucht — und die vermeintlichen Räuberbrüder waren gerettet.

Aus einer Mörderhöhle in Lublin entkamen dieselben nur dadurch, daß sie einen Augenblick benutzten, in welchem die Thüre hinter ihnen zu verschließen vergessen worden war. Auf dem Wege zwischen Aleppo und Jerusalem sah der Reisezug, in welchem sich Schultz befand, in einiger Entfernung zwanzig berittene Turkomannen; einer aus dieser Schaar nahte sich den Dahinziehenden, fand aber dieselben zu gut bewaffnet, und so unterließen die Anderen den beabsichtigten Ueberfall; — aber noch an demselben Tage verlor Schultz beim Herabreiten von einer Gebirgshöhe durch den Sturz seines Pferdes fast das Leben. In der Ostsee entrann er nur um ein Haarbreit dem Schiffbruch, und vor dem Ertrinken im Adriatischen Meere wurde er gerade noch im letzten Augenblicke gerettet. Dem holländischen Botschafter zu Constantinopel darf er im Jahre 1752 sagen: „Gott hat mich bisher aus mehr als zwanzig Lebensgefahren errettet und vor noch mehreren bewahrt."

Aber im höheren Grade fühlbar, als selbst diese großen Bedrängnisse des Augenblicks, waren doch die täglichen Entsagungen, welchen er sich selbst freiwillig dadurch unterzog, daß er diesem Missionsberuf sich widmete.

Schon das Maß der Strapazen, die er auf seinen Reisen zu ertragen hatte, und die Mittel, welche ihm zu seinem Lebensunterhalte gewährt wurden, standen in gar keinem Verhältnisse zu einander. Während der zwanzig Jahre seiner Mis-

fionsreifen empfing er in den drei erften derfelben wöchentlich
einen Thaler fechs Grofchen, und das mußte zu Effen, Trinken,
Kleidern und Schuhen hinreichen; die folgenden zwölf Jahre
wöchentlich einen Thaler zwölf Grofchen; die letzten fünf Jahre
zwei Thaler drei Grofchen für die Woche. „Und mit diefem
großen Gehalt ging ich auf die Reife in den Orient; mein
feliger Woltersdorf hatte, als der zweite Mitarbeiter, einen
Thaler achtzehn Grofchen die Woche. Wer aber weiß nicht,
wie koftbar die Reifen in Europa find? die man doch mit den
orientalifchen hinfichtlich der Ausgaben nicht vergleichen kann.
Doch würde mich und meine Reifebegleiter unfer Herr fragen:
‚Habt ihr auch je Mangel gelitten?‘ fo müßten wir antworten:
‚Herr, nie keinen‘, denn bei unferem Gehalt konnten wir
nicht als große Leute herfahren, fondern fchränkten uns nach
dem Sprichworte ein:

Mit Vielem hält man Haus,
Mit Wenigem kommt man aus.

Solcher Geftalt wären wir mit unferem geringen Salair,
ohne Jemand befchwerlich zu fein, doch durchgekommen, wenn
es auch der Herr bei diefem gelaffen hätte; allein er mußte in
Europa, Afien und Afrika Herzen zu erwecken, die uns wohl=
thun und unferen Mangel erfetzen mußten, und das thaten fie
mit Freuden.“

Aber Hunger und Durft waren dennoch auch nicht feltene
Gäfte. Am 2. October 1747 verließ Schultz Krakau, um nach
Oberfchlefien zu gehen; am 4ten erreichte er Biala, und vier
Loth Semmel war das ganze Quantum für die fämmtlichen
Mahlzeiten der beiden fußwandernden Miffionare auf diefer
langen Strecke Weges gewefen; „verwöhnt durch niedliche
Speifen“ wurden fie felten.

Es war aber in der That allein die Liebe zu dem Werke,
welche Schultz daffelbe übernehmen und fo lange fortführen ließ.
Denn während diefer ganzen Zeit wurden ihm zum Oefteren
fehr angenehme Stellungen angeboten, die ihm ein ebenfo
ruhiges, geehrtes und genußreiches Leben verfprachen, als das
feine von dem Allen das gerade Gegentheil war. 1745 fchlug

er eine theologische Professur in Königsberg aus, weil das Callenbergische Institut damals sonst ohne Arbeiter gewesen wäre. Diese Ablehnung des Königsberger Lehrstuhles wurde ihm nicht leicht, denn er sollte Docent der orientalischen Sprachen werden, zu denen er eine besondere Neigung fühlte; sollte ferner die Vormittagspredigt am Collegium Fridericianum halten, und endlich die Inspektion über die Synagoge über- nehmen. Das letztere Amt bestand seit längerer Zeit und hatte den Zweck, die Juden in ihren Gottesdiensten, besonders unter dem sogenannten Gebet Olenu, zu überwachen, damit sie sich nicht eine Beschimpfung Jesu Christi erlauben möchten; für diese Inspektion hatten sie an den betreffenden evangelischen Geist- lichen eine jährliche Abgabe von zweihundert Thalern zu zahlen. Die Gehaltsverhältnisse der Stelle wären sehr günstige für Schulz gewesen, und überdem boten ihm drei Kaufleute tausend Thaler als Geschenk zur erstmaligen Einrichtung an. Er schlug es Alles aus, „denn ich mußte das Institutum gewissenshalber vorziehen".

Ebenso lehnte er die Annahme von Predigerstellen in Nürn- berg, Smyrna und im Haag ab, 1756 eine Professur mit hoher Besoldung an der neu zu errichtenden mecklenburgischen Universität und übernahm vielmehr das geringer dotirte Oberdiakonat von St. Ulrich in Halle, um in recht enger Verbindung mit der Mission zu bleiben.

Kein abenteuerischer Uebermuth veranlaßte ihn dazu. Er fühlte wohl die mancherlei Noth, welche sein Amt mit sich brachte, aber er wußte sich so lange zu dem eigentlichen Mis- sionsberuf verpflichtet, bis Andere an seine Stelle zu treten bereit und fähig wären. Er war kein roher und gemachter Heiliger, der christliche Bravourstücke vollbringen wollte, die im Grunde nichts Anderes sind als Beweise einer gefährlichen Selbstgerechtigkeit, einer stolz auf die eigenen Leistungen blickenden Hoffahrt und eines Trotzes, der seine eigene Kraft geltend machen will. „Wer ist schwach, und ich werde nicht schwach?" das sagt er ebenso wohl von sich selbst als das andere Apostel- wort: „Ich vermag Alles durch den, der mich mächtig macht, Christus."

Auf seinem Angesichte lag er am Meerufer bei Ptolemais, im Gebetskampf ringend um das Leben seines Woltersdorf; er merkte es nicht, daß die Meereswellen, von der Fluth herbei= geführt, ihm naheten; hätten seine Freunde ihn nicht hinweg= gezogen, er wäre das Opfer derselben geworden. Seine Seele war um dieses geliebten Freundes willen so voll Angst und Unruhe geworden, daß er Tage lang keine Kraft gewinnen konnte und wie ein von Gott Verlassener umherirrte. Aber freilich er lernte es, sich in den Gehorsam des Willens Gottes zu ergeben, und so fand er Ruhe. „Der Herr, welcher mich jetzt diese Reise als Einsamen, ohne einen Gefährten thun läßt, wird ja selbst mein Führer sein; er leite mich nach seinem Rath." — Das war sein Schluß.

Und wie er diese großen Proben bestand, so auch die Ver= suchungen des täglichen Wechsels, denen er in seinem Berufe ausgesetzt war. Er hatte die Kunst gelernt, mit Allem zu= frieden zu sein, wie es der Tag brachte. Deßhalb machte ihn auch das fortwährende Hin und Her nicht mißmuthig. Bunt genug sieht freilich oft das Bild einer einzigen Woche, ja eines einziges Tages aus:

Er geht in Rothenburg a. d. Tauber von einem Thore zum anderen; man läßt ihn durch keines derselben ein, weil man nicht Lust hat fremde Bettler aufzunehmen. Endlich öffnet ein Billet, durch die Güte eines Vorübergehenden an den Stadtgeistlichen befördert, den verschlossenen Zugang, und am Mittage sitzt er an einer großen Tafel, welche der Bürger= meister und der Geistliche zu seiner Ehre bestellt hatten.

Aehnliches hat Schultz in Wolfenbüttel erlebt. Man sah ihn und seinen Begleiter als Bettelstudenten an und hieß sie an den Thoren wieder umkehren. Auf dringendes Bitten ge= stattete man ihnen dann den Eingang, aber nur um einige Er= frischungen einzunehmen; unter Polizeiaufsicht durften sie etwas in einem Wirthshause genießen und mußten darauf sofort die Stadt verlassen.

Bei Winterthur überbrachte ihm ein Knabe im Namen seiner Mutter zerbrochene Töpfe und bat dieselben zu repariren;

denn er meinte es mit einem Kesselflicker zu thun zu haben; und ein würtembergischer Oberst in Cannstadt stellte es ihm sehr eindringlich vor, daß es doch besser sei, sich anwerben zu lassen und so sein ordentliches Brot selbst zu verdienen, als ein herumvagabundirender Bettelstudent zu bleiben. Lächelnd ent= gegnete Schultz, daß er und sein Gefährte bereits engagirt seien. Das nahm den Offizier Wunder und er frug: „Ei, bei wem denn?" Schultz antwortete: „Bei dem allerhöchsten Herzoge." Noch erstaunter fuhr der Oberst fort: „Welcher Herzog?" Schultz sagte ihm: „Er heißt der Herzog des Lebens und der König aller Könige." Das Wort hatte dem Sol= datenherzen wohl gefallen; der Oberst ließ sich die Missions= arbeit der beiden Reisenden erklären und verabschiedete sich von ihnen zuletzt mit großer Freundlichkeit und herzlichen Segens= wünschen.

Knaben hetzten auf den Straßen in Konstantinopel die Hunde gegen ihn; aber die holländischen, französischen, schwe= dischen und englischen Gesandten daselbst luden ihn, einer nach dem anderen, zu öfteren Malen bei sich ein, und in der Stadt hatte sich das Gerücht verbreitet, daß Schultz und Wolters= dorf geheime Gesandte Friedrichs des Großen an die Pforte seien.

Schon früher war des Gespräches zwischen Schultz und einer Wirthin in Karlsruhe Erwähnung gethan, welche ihren Gast für einen Conditor hielt. Kaum hatte sie ihre Unter= haltung über eingemachte Früchte mit diesem beendigt, so hörte sie, wie derselbe Mann mit einem Juden, der in das Zimmer getreten war, über den Gewinn des ewigen Lebens zu sprechen begann; und noch war sie damit beschäftigt, über ihr Urtheil hinsichtlich dieses Fremdlings sich klar zu werden, als ein Gym= nasialprofessor eintrat und „den lieben Freund" sich zum Haus= gaste erbat. Sie sah, wie dieser Einladung Folge geleistet wurde, und während die bisherigen Räthsel noch durchaus keine Lösung erfahren hatten, mußte sie bald darauf hören, daß der vermeintliche Conditor mit Geheimräthen und Präsidenten und Hofmarschällen verkehrte und eine Einladung zur Tafel bei dem

regierenden Markgrafen von Baden=Durlach lediglich um der
Kürze der Zeit willen ablehnte.

Oder um unter anderen noch ein letztes Beispiel der Art
zu erwähnen, so war er auch, wie schon früher, im Jahre
1749 von der fürstlichen Familie in Darmstadt mit ganz be=
sonderer Aufmerksamkeit empfangen worden. Ein fürstlicher
Wagen mit vier Pferden bespannt mußte ihn nach der nächsten
Stadt bringen, und es war noch dazu ein Wagen, mit dem
Niemand früher gefahren war. Der Prinz, welcher denselben
für Schultz und seinen Gefährten zur Disposition stellte, hatte
geäußert: „Die Freunde sind es werth, daß sie meinen neuen
Wagen einweihen." Am Thore trat die Wache ins Gewehr,
als der Wagen sich näherte, und präsentirte. Der Offizier aber
war ganz verdutzt, als er, wie er meinte, zwei Handwerks=
burschen im Wagen sitzen sah, und der Thorschreiber höchst be=
stürzt, denn er hatte, als Schultz und sein Begleiter die Stadt
betreten wollten, die Wache gegen die beiden Vagabunden auf=
geboten. Schultz aber setzt bei dieser Stelle hinzu: „Bei über=
flüssigen Wohlthaten nicht hochmüthig und beim Mangel nicht
niederträchtig verzagt zu sein, ist eine Kunst, die allein das
wahre Christenthum lehrt." Er ist in der That beides nicht
geworden; eine außerordentliche Ebenmäßigkeit zeigt sein ganzes
Verhalten auf, und er predigte das wahre Christenthum, wie
ein Paulus, am Allermeisten durch das, was er lebte.

XIII.

Der Lutheraner und die anderen Confessionen.

～～～　～～～

Es war gewiß der sprechendste Beweis für sein Christen=
thum, daß Schulz sich selbst in so hohem Maße zu vergessen
im Stande war. Schon wenn man seine Berichte liest, fällt
es auf, einen wie einfachen Ton dieselben angeschlagen haben.
Hier und da geht wohl auch der Herzschlag höher, aber im
Allgemeinen charakterisirt seine Worte wie sein Thun eine merk=
würdige und nüchterne Ruhe. Anerkennungen, die er selbst findet,
beschäftigen sein Herz so wenig, daß es ihm gar nicht erregt,
wenn ihn unmittelbar darauf Schmähungen und allerlei Wider=
wärtigkeiten treffen. Die üblen Erfahrungen konnten seinen Eifer
nicht dämpfen; freundliche Aufnahme unter Christen aber that ihm
vor Allem darum wohl, weil er darin die Einheit derer, welche
demselben Evangelium glauben, sich bethätigen sah, und weil
er aus diesen Erweisungen der Liebe auch darauf schließen
konnte, wenigstens irgend welches innere Verständniß für das
Werk gefunden zu haben, das er gern eine gemeinsame An=
gelegenheit der ganzen Christenheit werden sehn wollte.

Gerade darum, weil seine ganze Erscheinung das im leben=
digen Bilde darstellte, was geschehen muß, um auch die Fernen
und Fernsten für Christum zu gewinnen, machte er in der
That auf die verschiedensten Parteien der viel gespaltenen christ=

lichen Kirche einen tiefen Eindruck. Die Bekenner der anderen christlichen Confessionen sahen in ihm zumeist nur einen Menschen, mit dem sie wirklich vor Allem ein Gemeinsames verband; es trat ihnen in dieser Person Einer entgegen, den sie, obwohl er durchaus nicht von ihrer Form und vielfältig von ihnen ver= schieden war, als Christen begrüßten; das bei der confessionellen Bestimmtheit ihnen sonst nebelhafte Wort „ein Christ" fand hier eine concrete Gestalt.

Die Gegensätze der verschiedenen christlichen Theilkirchen hatten damals in noch viel geringerem Maße als heute ihre Schärfe verloren. Nicht bloß Katholiken und Griechen und Evangelische oder die kleinen Kirchengemeinschaften des Orients sahen an einander vor Allem die Differenzen, sondern auch die Evangelischen selbst unterschieden sich meistens sehr sorgfältig als Lutherische oder Zwinglianer oder Calvinisten oder Herrn= huter u. s. w. Schultz selbst war ein eifriger Lutheraner; er nennt sein Bekenntniß stehend „die lutherische Religion" und wird sich derselben besonders froh in den romanischen Ländern bewußt. In Rom stieg er mit Woltersdorf fast bis zur höchsten Höhe der Kuppel der Peterskirche hinauf. Als aber die Er= müdeten endlich Halt machten, sangen sie auf der Leiter: „Eine feste Burg ist unser Gott", daß es fröhlich in diesen ersten aller Dome der römischen Christenheit herniederscholl. Und dennoch ist sein Grundsatz: „mit gegenseitigen Religionsparteien unter den Christen muß man nicht mit ketzermacherischen Dis= putationen handeln, sondern mit der Wahrheit, die in Christo ist, und doch braucht man dabei nicht indifferent zu sein", und: „der rechtmäßige Eifer für die wahre Religion, die in dem Worte Gottes allein gegründet ist, kann bis auf das Blut vertheidigt, aber die Liebe gegen die Irrenden und in der Hauptsache, der Versöhnung Christi, Stehenden muß nicht ge= schwächt werden".

Deßhalb verleugnet er nirgends sein lutherisches Bekenntniß; seine Berichte enthalten viele Gespräche über den Unterschied des lutherischen Glaubens von dem Anderer, aber sie sind durchaus in ruhigem und friedlichem Geiste geführt. Seine ein=

sache und klare Weise, die Schrift zu gebrauchen, läßt die An=
deren seine Ueberlegenheit fühlen, und der Fanatismus findet
selten Zeit, sich zu erheben. Freilich mußte er einmal grobe
Mißhandlung durch einen französischen Katholiken erleiden. Er
hatte dem Knechte desselben, mit welchem er in ein Gespräch
gekommen war, ein evangelisches Buch (den sicheren Glaubens=
weg von A. H. Francke) gegeben. Der Herr dieses Knechtes
war darüber höchst aufgebracht, verbrannte das Buch und er=
ging sich gegen Schultz in Schelt= und Schimpfworten. Die
ruhigen Antworten des Angegriffenen erregten ihn nur noch
heftiger; zuletzt packte er Schultz bei der Gurgel, würgte ihn,
stieß ihn an die Ecken eines Tisches und warf ihn endlich über
einige Stühle, daß der Kopf oben und die Füße unten waren.
Schultz wehrte sich nicht, der Gastwirth aber kam ihm zu Hilfe.
Die Bemerkungen, welche er an diesen Vorfall knüpft, ent=
halten nichts von Bitterkeit; er ist freilich „verwundert über
die Graniankeit des Papstthums", aber hebt um so geflissentlicher
hervor, daß er viel schärfere Reden über die wahre Religion
in völlig päpstlichen Ländern habe führen dürfen, ohne irgend
eine Unbill erlitten zu haben. Und die anderen Fälle, in denen
die Angehörigen der übrigen christlichen Confessionen ihm freundlich
begegneten, sind die viel häufigeren.

Der Pater Prior aus dem Kloster Maximin bei Trier
trank mit ihm, nach einem langen Gespräche über die Gerech=
tigkeit durch den Glauben, auf die Hoffnung besserer Zeiten.

Am Weihnachtstage 1749 hörte Schultz in einem Städtchen
Tyrols am Brenner die Predigt eines Paters. Derselbe hatte
von der Anwesenheit zweier Protestanten gehört und polterte
nun gegen „die Herren Lutheraner und Calvinisten". Nachher
aß er an derselben Wirthstafel mit den Ketzern. Schultz hatte
mit den Gästen eine Unterredung über die Geschichte des Weih=
nachtstages angeknüpft und examinirte darauf die Kinder der
Hotelbesitzerin, in Gegenwart ihres Pfarrers, über den christlichen
Glauben. Mitten in diesem Examen verschwand der Geistliche
plötzlich; nach einer halben Stunde aber kehrte er zurück, trat
an Schultz heran und sagte zu ihm: „Mein lieber Herr, Ihr

habt mich heute mit Eurem Unterricht recht vergnügt, und da ich Euch keine Liebe erweisen kann, so will ich Euch dies kleine Andenken mitgeben." Mit diesen Worten überreichte er ihm eine tyrolische Tabackspfeife, aus Holz geschnitzt und theilweise mit Gold im Innern ausgelegt; dann gab er dem Ketzer einen Kuß und verließ ihn mit Thränen in den Augen. Die katholische Gastwirthin aber antwortete auf die Frage nach der Schuld: „Ihr seid mir weiter nichts schuldig, als Gott zu bitten, daß er mir und meinem Hause gnädig sei." Dies eine Erfahrung von Schultz im erzkatholischen Tyrol.

In das Ghetto zu Rom führte ihn ein katholischer Geist=lich er, und derselbe hörte es ruhig an, wie Schultz einer großen Zahl von Christen und Juden auf die Frage eines der letzteren, welcher Unterschied zwischen den Römischen und Evangelischen sei, denselben freimüthig auseinandersetzte. Bei seinen Morgen= und Abendandachten in dem Wirthshause der Stadt aber fanden sich regelmäßig die Mitglieder der Wirthsfamilie und oft noch Andere ein; und als nach einem Aufenthalt von einem und einem halben Monat die beiden Missionare Rom verließen, weinte die ganze Wirthsfamilie bitterlich; „wir haben nie solche Leute gesehn", riefen sie ihnen zum Abschiede zu, „wir haben nicht Menschen, wir haben wohl Engel be=herbergt!" —

Der armenische Patriarch Jacob in Constantinopel hatte durch eine Unterhaltung über die Erziehung der Jugend Preußens in Kirche und Schule, und durch ein erbauliches Gespräch über biblische Gegenstände eine solche Zuneigung zu Schultz und Wol=tersdorf gewonnen, daß er beiden dieselben Ehrenbezeugungen erwies, welche sonst nur Gesandten gegenüber üblich waren, und ihnen schließlich einen Empfehlungsbrief an den Patriarchen von Jerusalem mitgab. Der Abt und die Mönche eines griechischen Klosters in Alexandria aber ließen es sich ganz demüthig ge=fallen, als der Protestant ihnen vorhielt, wie wenig die griechische Kirche und die griechische Geistlichkeit den Vorzug, daß in ihrer Sprache das Neue Testament geschrieben worden sei, sich zu Nutzen gemacht hätten, und nahmen still seine Ermahnung hin, fortan selbst sowohl fleißiger in der Schrift zu lesen, als auch ihre Pflegebefohlenen in derselben zu unterweisen.

Der Patriarch der abessinischen Kirche in Cairo hatte Schultz und seinen Gefährten steif empfangen; aber das Gespräch nahm eine solche Wendung, daß er sich schließlich zu seiner Umgebung mit den Worten wandte: „Höret, höret, das sind wahre Nazarener und unsere Brüder."

Der Archidiakonus der Nestorianer zu Jerusalem, Elias, an welchen Schultz von dem nestorianischen Bischof in Aleppo empfohlen worden war, bat die Missionare, nach seinem Verkehr mit ihnen, es ihm zu versprechen, daß sie gegenseitig für ihr ganzes ferneres Leben im Gebete einander gedenken wollten. Die beiden sagten es von Herzen zu. Alsdann erhob sich Schultz zum Gebet; alle Anwesenden, der Archidiakonus und die ihm untergebene Geistlichkeit, schlossen es mit Amen; mit dem Bruderkuß verabschiedeten sie sich dann von den Missionaren, und am nächsten Tage fanden dieselben noch Geschenke der nestorianischen Freunde in ihrer Herberge.

Aber auch Muhamedaner nahmen oftmals eine besondere Stellung gegen Schultz ein. Auf einer Reise zu Schiff von Smyrna nach Alexandria hörten sie fleißig den evangelischen Andachtsstunden zu, und als ein junger fanatischer Türke dieselben stören wollte, wurde er von seinen übrigen Glaubensgenossen scharf zurechtgewiesen: „Wir haben bisher an der Frömmigkeit dieser Leute unsere Freude gehabt, und du willst sie in ihrer Ruhe stören? fürchtest du dich nicht vor Gott, den Fremdlingen Leides zu thun?" Und als das Gebet des Missionars auf der Seereise von Ptolemais nach Smyrna die augenscheinlichste Erhörung gefunden hatte, nahmen hernach Muhamedaner und Juden mit den Worten von Schultz Abschied: „Du mußt ein frommer Mann sein, weil Gott Dein Gebet so bald erhört hat."

Zu öfteren Malen hat Schultz Türken in ihrer Sprache die Bergpredigt und die Apostelgeschichte vorgelesen, zu öfteren Malen überhaupt Muhamedanern das Evangelium gepredigt. Er hat ihre Länder sicher durchziehn dürfen und fast stets den Dank derer empfangen, denen er sein Evangelium „von Jesu

9*

allein" zugerufen hatte. Darum aber wurde ihm dieses Zeugniß gestattet, weil er selbst, ein Mann von offenbaren Gaben des Geistes und ernster Heiligung des Lebens, durch sein ganzes Wesen eine wahrhaftige Predigt für die Herzen und Gewissen wurde. Die Worte waren nicht das Größte und Schönste an ihm; im Gegentheil, das Gewand, in dem seine Rede Anderen entgegentrat, war ein schmuckloses und oft nicht einmal anziehendes. Aber was so viele und so verschiedene Herzen ihm zuwandte, was auf so Viele einen Eindruck machte, die auch ihn zuerst mit dem Maße ihrer Vorurtheile messen oder ihn in die fertige Schablone pressen wollten, war dies, daß Christus in ihm eine Gestalt gewonnen hatte — und das Gefühl für die Wahrheit oder die Liebe zu dem gemeinsamen Meister und Herrn hieß sie dann seinen Jünger in seinem Namen aufnehmen.

XIV.

Erwachen des Missionsinteresses in weiteren Kreisen.

~~~~~~~~~

Der beständige Kampf, in welchen das tägliche Leben die
Nationen mit den Juden, die sich in ihrer Mitte niedergelassen
hatten, verwickelte, hatte eine tiefe Abneigung gegen die Fremd=
linge erweckt, so daß die Herzen sich gar nicht entschließen
wollten, eine andere Waffe als die der vergeltenden Feindschaft
und der Unterdrückung dieser Verhaßten zu gebrauchen. Die
Thatsache lag vor, daß der verschiedene Glaube die beständige
Scheidewand blieb; und der Glaube der Juden wurde daher
auch für Alles verantwortlich gemacht, was zur Klage gegen
sie Veranlassung gab. Man konnte sich die Religion der Juden
nicht schrecklich genug ausmalen und häufte auf dieselbe Beschul=
digungen über Beschuldigungen. Untergruben sie Glück, Wohlstand
und Leben Unzähliger durch ihren Wucher und häufigen Betrug
im Handel, opferten sie herzlos große Schaaren ihrer Selbstsucht,
ganz unbekümmert um das von ihnen gestiftete Elend, so steigerten
nun aber auch die Christen alles Schlimme der Fremden zur
Teufelei. Sahen sie, daß den Juden Wohl und Wehe derer,
die nicht zu ihnen gehörten, sehr wenig in Frage kam, wenn
sie ihre eigenen Zwecke zu erreichen begehrten, so schlossen die

Christen nun aber, daß Jene der glühende Christushaß zu solchem Verfahren triebe. Was aus dem Gegensatze verschiedener nationaler Elemente, die sich wechselseitig abstießen, aber trotz ihres Widerstrebens gegen einander dieselben Wohnsitze und denselben Wirkungskreis theilten, folgte, das wurde am Liebsten aus religiösen Motiven hergeleitet; und es war so viel bequemer im Fanatismus dreinzuschlagen, oder mit Zaum und Gebiß den Juden wie wilden Thieren entgegenzutreten, als sich zu einer mühseligen Arbeit an den Herzen zu verstehen!

An diesem Punkte hatte nun vor Allem der Missionar den Christen gegenüber einzutreten. Schultz hat den Christen niemals ihre Schuld verschwiegen, und die falschen Mittel der Rechtfertigung, mit welchen das lieblose Verfahren gegen die Juden beschönigt wurde, auch bei ihrem rechten Namen genannt. Oft genug hat er von der Kanzel herab erklärt, daß es nichts als schändliche Fabel sei, welche es den Juden angedichtet habe, daß sie Christenkinder schlachteten, um mit dem Blute derselben ihre Osterkuchen zu backen; und so bewog er beispielsweise einen Grafen Brockdorf, der aus ähnlichem Grunde bis dahin den Juden die Aufnahme in seinem Gebiete verweigert hatte, sein Verbot zurückzunehmen.

Nicht minder trennte Juden und Christen das auf's Nachhaltigste, daß die Letzteren sich gewöhnt hatten, die Anderen nur als Verstockte und Verfluchte zu betrachten. Die Christen legten unter diesem Vorwande die Hände in den Schoß und ersparten sich die Arbeit, welche die jüdischen Apostel in den Heidenländern mit Gefahr ihres Lebens getrieben hatten. Bekanntlich hat besonders Paulus das Wort von der Verstockung Israels gebraucht; aber neben dieses Wort stellt Schultz die Thaten desselben Apostels, der sich an keinem Orte, in welchem Juden wohnten, zuerst an die Heiden, sondern zuerst vielmehr an seine Volksgenossen wandte. Dies und daß Petrus ausdrücklich, im Unterschiede von Paulus, der Apostel der Juden in der Schrift genannt wird, gab er denen zu bedenken, welche sich mit einem aus dem Zusammenhange gerissenen Bibelwort von einer Pflicht gegen die Juden loskaufen wollten.

Aber nicht weniger galt es auch in jener Zeit, der verkehrten Art, die Juden für das Christenthum zu gewinnen, entgegenzutreten. Ganz unberufene Menschen versuchten ihren Religionseifer an den Juden zu beweisen und sie, die zum Theil im Alten Testamente viel bewanderterer waren, mit etlichen Schlagworten zu besiegen. Für den Juden war gleichsam Alles gut genug; man nahm einen so erhabenen Standpunkt ein, daß man gar nicht ahnte, wie der Verstand der Juden und ihre scharfe Dialektik Wege genug ausfindig gemacht hatte, um mit dem Christenthume fertig zu werden. Bei solchen Begegnungen zogen dann unwissende Christen den Kürzeren; oder solche, die eine scharfe Vertheidigung fanden, wurden schnell müde, kehrten vor der Festung zurück und ersparten sich das Geständniß des selbst schlecht geführten Kampfes mit dem Geschrei: „Die sind verstockt!"

Eben deßhalb erhob Schultz seine Stimme, daß es Pflicht der Liebe sei, die Juden in ihrer geistigen Heimath aufzusuchen, um ihnen zu zeigen, wie sie in derselben ohne Frieden geblieben wären, und warum sie auch keine Ruhe eher finden würden, als bis sie Jesum bei sich einkehren ließen. Vor blindem Eifer warnt der Missionar ganz nachdrücklich, weil derselbe unendlich mehr schade als nütze, und dem Juden nur das Gefühl zurücklasse, daß er geistig dem weit überlegen sei, der allein durch die Gunst der Umstände eine äußere Macht über ihn ausübe. Als ein Beispiel, wie man es mit den Juden nicht anzufangen habe, erzählt er die Geschichte von einem Wiener Jesuiten, der eine öffentliche Disputation der Juden mit ihm durch obrigkeitliches Gebot erzwang, und beim Beginn derselben dem Hauptrabbi ein hölzernes Crucifix, das er plötzlich aus dem Busen zog, mit der Frage vorhielt: „Kennst Du diesen Mann?" aber durch die Antwort: „Frage Du ihn, ob er mich kennt, dann will ich Dir sagen, ob ich ihn kenne", so sehr außer Fassung gebracht wurde, daß die Disputation bald abgebrochen werden mußte.

Einen ebenso entschiedenen Protest legte Schultz gegen jede Art von Zwang in der Christianisirung der Juden ein. Wohl

wünſchte er, daß ihnen Gelegenheit geboten würde, die gottesdienſt=
liche Predigt zu hören; denn ſeine Erfahrung hatte ihn gelehrt,
daß auf dieſe Weiſe manches Gute geſtiftet werden könnte.
Aber er warnte vor der Praxis, die er in Rom fand, wo die
Juden genöthigt wurden, von Zeit zu Zeit in einer eigens
dieſem Zweck gewidmeten Kirche die Predigten von Domini=
kanermönchen anzuhören. Er ſelbſt, der vor der Thüre jener
römiſchen Kirche ihnen das Evangelium verkündigte, fand an
einem Tage viel mehr ernſte und willige Zuhörer, als der Prieſter
in Jahren in der zuſammengetriebenen Heerde. Die um ihn
ſich ſchaarenden Juden richteten an ihn viele Fragen und be=
kannten ihm offen ihre Einwendungen gegen das Chriſtenthum,
welches ſie in ſeiner römiſchen Form nur für Götzendienſt hielten;
hörten aber mit großer Aufmerkſamkeit ſeine Auseinanderſetzungen
über die bibliſche oder evangeliſche Religion; und ſo lange er
ſich in Rom aufhielt, fand er die Juden bereit, vom Chriſten=
thume ſich etwas, ihr Gewiſſen Schärfendes, ſagen zu laſſen,
das ſie in den Dominikaner=Predigten ſo gar nicht gefunden
hatten.

Schultz ſelbſt übte eben eine Art der Miſſion, welche den
Herzen ihre innere Lauterkeit zu fühlen gab: eine Miſſion,
welche jeder Art von Rechthaberei ſich entkleidete und nicht mit
den Vorzügen der Chriſten prahlte, ſondern das Allen gemein=
ſame, aber freilich auch alleinige Heil rühmte, dem gegenüber
Chriſten und Juden in völlig gleichem Maße bekennen müſſen,
daß es ihnen auf jeder Stufe aus völlig unverdienter Gnade
des über die elenden Sünder ſich erbarmenden Gottes entgegen=
gebracht werde. Die Chriſten fordert er dann auf, vor den
Juden es einzugeſtehen, daß ſie oft genug ſelbſt ihre Sache
vor Jenen ſchändlich und ärgerlich gemacht hätten. So bittet
er ſie, es denſelben zu zeigen, daß ſie auch für ihr Verhalten
den Juden gegenüber allein auf die Gnade rechneten. Das
würde ihnen dann wieder das Vertrauen der Anderen erwecken
und Jenen beweiſen, wie das Chriſtenthum die Gewiſſen ſchärfe,
und wie es dem Herzen auch für ſeine Verfehlungen an den
Feinden keine Ruhe laſſe; wie es dazu treibe, ſelbſt die am

Längsten erhaltenen und eingewurzelten Gegensätze zu überwinden und an die Stelle derselben ein die Geschiedenen ganz innerlich verbindendes Band treten zu lassen.

Besonders betont er die Pflicht der Christen, nicht ihrer natürlichen Antipathie gegen die Juden zu folgen, weil es dabei doch niemals zu einer Besserung der Sache kommen könne; sondern Jenen vielmehr zuerst die Hand darzureichen, ihnen Freundlichkeit entgegenzubringen und Gutes zu erweisen, aber freilich nicht eine gemachte und verfliegende Freundlichkeit, sondern eine wahrhaftgemeinte, damit Jenen sich das Christenthum als eine Macht über die Herzen beweise.

Es war in der That auch hier und da dieser Sinn unter den Christen rege, oder er ließ sich erwecken. So antwortete z. B. eine Bauersfrau am Rhein dem Missionar auf die Frage, was sie von den Juden hielte: „Ich habe sie lieb um Jesu willen und hoffe, er wird ihnen helfen"; und sie sah es mit Freuden an, als ihre Kinder für arme, frierende Judenkinder die eigenen Schuhe von den Füßen zogen, um diesen Elenden zu helfen. Beispiele der Art standen auch nicht vereinzelt da; sondern der Ruf, welcher besonders in der evangelischen Kirche durch den Mund der Mission erscholl, sich der lange vergessenen Pflicht gegen die Juden endlich wieder bewußt zu werden, begann einen lauten und vielstimmigen Nachhall zu finden; er ist in der That auch nie wieder ganz verstummt, und heute hört man ihn bereits in allen Theilen der Erde, wo Juden und Christen wohnen.

Daß eine allgemeinere Theilnahme für das Wohl der Juden in der evangelischen Kirche erwachte, geschah auch durch die vielen Predigten, welche Schultz in allen Ländern hielt. Während der Jahre von 1739—1751 verzeichnet er selbst hundertundachtundvierzig auf seinen Reisen gehaltene Predigten und fünfundzwanzig Ansprachen an die Jugend. In einer ganzen Zahl von Gymnasien und vor den Cadetten in Petersburg sind ihm paränetische Reden gestattet worden; und er vermahnte die Jugend in denselben zum treuen Halten an dem Worte Gottes, das in ihnen die rechte Liebe zu allen Menschen und

auch) zu den Juden wirken werde. Er hatte es genugsam
erlebt, daß ein besonderes Hinderniß für die schnellere und
wirksamere Veränderung der ganzen Stellung, die man christ=
licherseits gegen die Juden einnahm, an dem von Jugend auf
in die Herzen gepflanzten Widerwillen gegen dieses Volk lag.
Es war eben deßhalb aber auch ein so wichtiger Schritt,
daß er die Jugend bereits für seine Sache zu gewinnen suchte.

Diese Predigten oder Ansprachen, welche wir, beispielsweise,
in Stockholm, Petersburg, Reval, Copenhagen, im Haag,
Preßburg, Constantinopel, Smyrna, außer so vielen deutschen
und anderen Städten geschehn sehn, und dazu der persönliche
Verkehr mit vielen Tausenden aus allen Klassen hatten in der
That ein so vielseitiges Interesse für die Mission hervorgebracht,
wie es seitdem in dem gleichen Umfange nie wieder von einem
Einzelnen erweckt worden ist. Ein Beweis, in welchem Maße die
von Schultz angeregte Sache die Gemüther beschäftigte, ist die
Correspondenz mit ihm, welche in dem gleichen Verhältnisse an=
schwillt, als er neue Gegenden besucht hat. Aus allen Ländern, die
ihn gehört hatten, unterhielt man mit ihm einen brieflichen Ver=
kehr. Taufen von Israeliten, besondere Bewegungen auf dem
jüdischen Gebiete und was sonst für ihn und seine Sache von
Wichtigkeit oder Interesse sein konnte, wurden ihm von den
zahlreichen neuen Freunden des Werkes mitgetheilt; außer
Anderen findet sich Lavater unter denen, welche mit ihm einen
Briefwechsel angeknüpft haben.

Ebenso wurde er von allen Seiten um Rath angegangen,
wie man wohl in diesem oder jenem Falle mit Juden zu han=
deln habe; und allerlei Bestrebungen, welche auf dem neuen
Felde wirksam zu werden versuchten, wurden ihm zur Beurtheilung
vorgelegt. Die Zuversicht, daß diese Missionsarbeit nicht ver=
geblich sein werde, gab sich auch in den Geldbeiträgen kund,
welche fort und fort an Schultz eingesandt wurden. Da es
keine Missionsvereine gab, welche sich die Sammlung derselben
angelegen sein ließen, oder Missionsstunden, welche die Ge=
meinden im Zusammenhange mit der Fortführung des Werkes
erhielten, so waren es die Callenbergischen Berichte und in einer

noch größeren Zahl von Fällen der persönliche Eindruck, welchen Schultz hervorgebracht hatte, die das Bewußtsein der vorhandenen Liebespflicht rege erhielten.

Hier und dort entstanden gewisse Mittelpunkte der Missionsthätigkeit. Besonders gilt das von dem Hofe zu Darmstadt und von dem Hause der Grafen Stolberg in Wernigerode. Letztere hatten zum Beispiel eine Tischcollekte eingeführt, welche sie jedesmal, so oft sie Gäste bei sich sahen, die ein christliches Interesse voraussetzen ließen, veranstalteten, und deren Ertrag sie je nach einem viertel oder halben Jahre einsandten. Ueberdies bekundeten zahlreiche Legate, daß der Ruf, die Hände für die Sache Israels zu erheben, wirklich ein offenes Ohr weithin gefunden hatte. Unter diesen Geldzuweisungen befanden sich auch die Stiftung eines Rittergutsbesitzers v. Ketelhodt und die eines Freiherrn v. Cronstett aus Frankfurt a. M., die Summen überwiesen, deren Zinsen, und zwar im letzteren Falle an dem Tage der Bekehrung der Apostel Paulus, zur Austheilung an Proselyten gelangen sollten. Es ist aber merkwürdig, aus wie verschiedenen Kreisen diese Legate stammen; denn Vornehme und Geringe, Reiche und nicht Wohlhabende sind an denselben gleichmäßig betheiligt.

Noch ernstlicherer Art waren die Bemühungen des Hofpredigers Fresenius in Darmstadt. Derselbe hatte den Plan gefaßt, eine Proselyten-Anstalt zu stiften, deren Zweck sein sollte, Juden und Katholiken, welche sich für die evangelische Kirche gewinnen lassen wollten, eine Stätte zu bieten, in welcher sie bis zur Taufe, beziehungsweise bis zur Confirmation, Unterricht und den nöthigen Unterhalt empfangen könnten. Jedoch sollten die Zöglinge dieses Hauses gehalten sein, zu ihrem Lebenserwerbe etwas beizutragen, indem sie allerlei Arbeiten, welche ihnen die Anstalt gewähren würde, verrichten müßten. Diese Anstalt trat auch wirklich in's Leben. Der Landesherr steuerte zu ihrer erstmaligen Einrichtung fünfzehntausend Gulden zu; im Uebrigen aber wurde sie von milden Beiträgen erhalten. Fresenius selbst und zwei Katecheten waren mit dem Unterricht der Aufgenommenen beschäftigt, und die

Zahl derselben eine nicht ganz geringe; im Jahre 1740 fand Schultz z. B. in derselben vierundzwanzig Zöglinge.

Den Bemühungen von Schultz war es ferner zu danken, daß mancher Regent deutscher Kleinstaaten ein wärmeres Interesse für seine jüdischen Unterthanen gewann und der gewöhnlichen Willkühr gegen dieselben in seinem Gebiete steuerte. Hand in Hand damit ging auch wohl, wenigstens in einem Falle, daß die markgräfliche Familie von Baden-Durlach einen jungen Prediger auf die Universität Halle schickte, damit derselbe sich unter Schultz zum Missionsberuf unter den Juden, für's Erste jenes Markgrafenthums, vorbereitete. Mehrere Pastoren sandten ihre Söhne, unter Anderen ein sächsischer Pfarrer seinen einzigen Sohn, zu Schultz, um sie während der Zeit ihrer theologischen Universitätsstudien speciell für den Missionsberuf heranzubilden. Ueberhaupt aber hatte Schultz seit 1756 die Vertretung der Judenmission an der Hochschule übernommen, um auf diese Weise einerseits den künftigen Geistlichen dieselbe nahe zu bringen, und andererseits unter den Studirenden die Frage zu erwecken, ob nicht der Eine oder der Andere aus ihrer Zahl für dieses Amt berufen sei. Der Erfolg war, daß gerade Halle die meisten Judenmissionare stellte, und unter ihnen Männer, die hernach auch in anderen Aemtern sich bewährten, z. B. den späteren Professor der Theologie Tychsen.

Gebetsvereine organisirten sich, welche die Bekehrung Israels zum besonderen Gegenstande ihrer Fürbitte machten. Eine ganze Anzahl von Pastoren ließ es sich angelegen sein, den Israeliten in ihrer Gemeinde mit dem Worte Gottes nahe zu kommen; und Andere richteten in ihren Häusern Erbauungsstunden ein, welche auch der Judenmission gedachten. Hatten diese Andachten nicht den speciellen Zweck der heutigen Missionsstunden, so wirkten sie doch das Nämliche, indem sie das Bewußtsein erweckten, daß die gemeinsame Erbauung zugleich derer gedenken müsse, welche noch ferne stehen.

Es waren in der That die Anfänge eines recht bewegten Mitarbeitens hervorgetreten, aber der Eiswind des Ratio= nalismus, welcher bald darauf sich erhob, hat das keimende Werk sehr zurückgehalten. England hat darnach zuerst in unserm Jahrhundert die Arbeit wieder aufgenommen.

XV

Die inneren Bedingungen für jedes Wirken unter den Juden.

Von mancherlei Bemühungen in evangelischen Kreisen, die Juden für Jesum zu gewinnen, ist die Rede gewesen. Dieselben wollten aber freilich nicht darauf ausgehn, auf geschickte Weise möglichst viele Seelen zu erhaschen, wobei es dann etwa nicht so viel ausmachte, ob sie äußerlich oder innerlich zum Christenthum gezogen würden. Sie sollten weder direkt durch Geld noch indirekt durch tendentiöses Wohlthun gekauft werden. Man hatte es von Seiten der hallischen Mission nicht darauf abgesehn, dem christlichen Publikum mit großen oder kleinen Zahlen entgegenzutreten, oder mit der Schilderung von Erfolgen das Interesse desselben zu reizen; alle diese Gesichtspunkte existirten einfach nicht, wie ein Blick auf die ganze Art der Arbeit eines Schultz oder ein Blick in die Callenbergischen Berichte es zeigt. Man denkt dort gar nicht daran, was wird Dieser oder Jener sagen? oder was werden wir den Leuten zu erzählen haben, das ihre Theilnahme nicht einschlafen läßt? — sondern man fühlt vor Allem und sehr tief die so lange vergessene Pflicht zur Arbeit und hat daran seine Freude, daß gearbeitet, daß wirklich mit Ernst gearbeitet wird. — Man hat in den späteren Zeiten unter anderen Gesellschaften nicht immer die gleiche Keuschheit sich genug erhalten.

Wenn es im Uebrigen unter den Juden eine alte Mode ist, das Gewissen Christo gegenüber durch die Macht des Geldes zu beschwichtigen: wenn sie dem Judas für seinen Verrath dreißig Silberlinge gegeben und von den Aposteln gesagt haben, sie hätten die Kriegsknechte bestochen, damit dieselben ihnen den Diebstahl des Leichnams Jesu gestatteten, und dadurch die Lüge von der Auferstehung des Herrn ermöglicht würde, so ist es nur eine neue Wendung desselben Verfahrens, wenn sie heute die Parole ausgegeben haben, die Proselyten verließen ihr Judenthum aus äußeren Rücksichten, und besonders für das von den Missionaren ihnen gebotene Geld. Andererseits aber fand man damals und findet man heute auch viele Christen, welche gleichfalls der Meinung leben, für den Juden sei Alles nur vom Geldstandpunkte aus verständlich. So geschah es wohl, daß der englische Botschafter in Constantinopel gegen Schultz äußerte: „Wenn ihr Missionare mit Goldzechinen kommt, werdet ihr die Juden bekehren, sonst nicht.“ Schultz konnte ihm die unwiderlegliche Antwort geben: „Gold und Silber habe ich nicht“, aber auch hinzusetzen: „Ich versichere Ew. Excellenz, daß Gottlob Mancher, dem wir im Namen Jesu gesagt haben: ‚stehe auf und wandele‘, sich wirklich aufgerichtet hat, und nun im Glauben und in der Liebe wandelt.“

Das Werk, welches damals geschah, war in der That ein wahrhaft lauteres; die Triebfeder auch nicht sanguinische Hoffnung, sondern das Bewußtsein für das Heil einzelner Seelen etwas wirken zu können. Dabei ist die Regel von Schulz, wie er sie selbst nach dem Worte eines Freundes ausspricht: „Der Ackermann streut seinen Samen aus; er kommt dann mit Freuden nach Haus, obgleich sein Sack doch geleert ist, und wartet, bis der Frühling kommt; er hofft zwar selbst die Ernte zu thun, aber wenn er stirbt, so erntet sein Nachfolger. Der Eine säet, der Andere kommt in seine Ernte.“ Und einem befreundeten Kaufmanne in Preßburg, der ihn in seinem Weinberge mit vorzüglichen Trauben bewirthete, sagte er: „Es ist freilich schöner, Früchte zu lesen, als an einem Weinberge zu arbeiten, der eine Zeitlang wüste gelegen hat. Wir haben an einem Weinberge zu arbeiten, der siebzehn Jahrhunderte wüste gelegen ist, und eben daher müssen wir noch auf Hoffnung arbeiten."

Gerade weil sich den Juden gegenüber die Liebe der Christen so selten und so wenig anhaltend gezeigt hat, dringt Schultz mit Recht darauf, nunmehr nicht bloß die Hand anzulegen, sondern auch sich dessen bewußt zu werden, daß die lange ver= säumte Arbeit nun um so schwieriger geworden ist. Geduld, de= müthige, sich selbst anklagende und deßhalb fortan um so opfer= willigere Geduld erkennt Schultz als ein Haupterforderniß in der Judenmission; eine Geduld besonders, welche sich nicht, im haftigen Jagen nach Erfolg oder nach Lohn für die eigene Mühe, groben Selbsttäuschungen aussetzt, die dann die weitere Kraft zur Arbeit nothwendig lähmen müssen.

Dazu fordert er hohe Vorsicht in jeglichem Verkehre mit den Juden, um sie auf diese Weise zu nöthigen, sich selbst in Zucht und Zügel zu erhalten; und ihrer Maßlosigkeit gegenüber ein sorgsames Ansichhalten. Dieselben Grundsätze macht er aber auch in vielen Fällen den bereits Getauften gegenüber geltend.

Es war ja allerdings immer vorgekommen, daß Juden sich zur christlichen Kirche wandten, aber nicht immer aus lauteren Gründen; oder der anfänglich bewiesene Ernst machte im spä= teren Leben, das die früher empfangenen Eindrücke abschwächte, der Lauigkeit Platz. Eine Fürsorge für die Gewonnenen fand nur in seltenen Fällen Statt. Man nahm sie, besonders in der katholischen Kirche, vielleicht mit großem Gepränge und Ge= räusch in die eigene Religionsgemeinschaft auf; denn die Taufe eines Juden war ein förmliches Ereigniß. Man gab ihnen römischerseits die vornehmsten Pathen und überschüttete sie An= fangs mit Ehrenerweisungen und Ehrengeschenken, aber über= ließ sie dann der eigenen Sorge. Das zu Extravaganzen und Ueberschwänglichkeiten gar sehr geneigte jüdische Gemüth erfüllte man so zuerst mit phantastischen Hoffnungen, oder pflanzte der Person durch das Relief, welches man ihr gegeben hatte, eine wunders wie hohe Meinung von ihrer Wichtigkeit ein; aber wenn man sie auf diese Höhe geführt hatte, dann blieb nun doch in den meisten Fällen für sie nichts Anderes übrig, als daß sie die gewöhnliche Straße einfacher und in höchst bescheidene Verhältnisse eingeführter Bürger gingen. So trug man aber selbst die Schuld, wenn viele Schultern einen derartigen Wechsel nicht ertragen konnten, und wenn eine ganze Zahl von Proselyten der Kirche zur Unehre gereichte. Nicht Wenige vermochten sich darein nicht zu finden, daß sie wirklich nunmehr im Schweiße des Angesichtes ein geringes Brot verdienen sollten; sie speculirten dann auf das Interesse der Christen an ihrem Religionswechsel und brandschatzten als Vagabunden besonders die fromm Gesinnten in allen möglichen Ländern. Ja, es kam sogar vor, daß betrügerische Menschen, welche den Pomp einer Judentaufe in katholischen Kirchen an sich selbst erfahren hatten, dieses gewinnreiche Geschäft an mehreren Orten mit sich wiederholen ließen.

Alles das trug nur von Neuem dazu bei, Christen und Juden gegeneinander mit dem tiefsten Mißtrauen zu erfüllen. Umsomehr ließ es sich Schultz angelegen sein, wohin er kam, nicht bloß den Juden, sondern auch den bereits Getauften seine Fürsorge zuzuwenden. Er fand nicht bloß bei so vortrefflichen Proselyten, wie dem hohenlohe'schen Kammerrath Christfels oder dem Consistorialrath Christhold zu Oettingen, oder dem dänischen Etatsrath v. Clausberg in Copenhagen freundliche Aufnahme und gewann in ihnen treue Mithelfer für seine Sache, sondern er suchte auch nicht minder die einfachsten Leute unter denselben auf. Mündlich und schriftlich erhielt er einen regen Verkehr mit ihnen, und der Beispiele finden sich genug, wo er ihnen ein rechter Freund und Berather für ihr geistliches Leben wurde. Oder er verwandte sich wohl für sie um Gewährung nützlicher Arbeit; wie er hier dem Einen die Stelle eines Lehrers der hebräischen Sprache in Nürnberg verschaffte, oder dort einen Anderen ins Handwerk einführte. Ueberhaupt aber suchte er das Interesse der Christen dafür zu erwecken, daß die Christgewordenen nun auch fruchtbare Glieder der Gesellschaft und der Kirche werden möchten.

Im Allgemeinen war er gegen ihre Heranbildung zu Missionaren oder Predigern, so sehr er den Segen rühmt, den die christliche Kirche besonders in Deutschland durch manche Prose= lyten in höheren geistlichen Stellungen gewonnen hat, und ob= wohl er selbst einigen als lauter bewährten, recht befähigten jungen Proselyten die Aufnahme in ein hallisches Gymnasium erwirkte. Die bei weitem größere Zahl der Proselyten wünschte er mit Handarbeit beschäftigt zu sehn; denn die Vorbildung der= selben war damals ja meistentheils eine außerordentlich geringe. In vielen Fällen fürchtete er überdem, daß der Abstand zwischen dem früheren Druck und der erlittenen Verachtung einerseits, und einer bestimmenden Stellung in der christlichen Gemeinde andererseits nicht in der rechten Weise ertragen werden würde. Oder er machte geltend, daß die Juden ihren eigenen getauften Volksgenossen im Allgemeinen nicht so viel Glauben in religiöser Beziehung zu schenken geneigt seien, als den Christen aus den Völkern, weil sie nun einmal das Vorurtheil hätten, daß der Uebertritt von Juden seinen Grund in äußeren Dingen, be= sonders in allerlei Vortheilen für das gewöhnliche Leben habe.

Die hallische Mission selbst hat zu ihren Arbeitern nur Solche gewählt, die schon ursprünglich Christen waren; man wird das bei den Verhältnissen, in welchen jene Zeit die Juden vorfand, nur rechtfertigen können. Jedesfalls aber war es überhaupt von großer Wichtigkeit, daß Schulz sogleich im Anfange darauf hinwies, wie weit die Mission ihre Arbeit auszudehnen habe, und welche Fragen oder Gesichtspunkte bei derselben berücksichtigt werden müßten, wenn sie Frucht bringen und das ganze Werk nicht von vornherein den Todeskeim in sich selber tragen sollte.

XVI.

Die spätere Missionsthätigkeit und das Lebensende von Schultz.

1756—1776.

Es ist nicht die Absicht dieses Büchleins, das ganze Leben von Schultz in gleicher Ausführlichkeit nach allen seinen Theilen darzustellen. Von den letzten Jahren desselben, die nicht ausschließlich der direkten Missionsthätigkeit zugewandt waren, mag nur Einiges und das Hauptsächlichste erwähnt werden, um darnach den Mann noch einmal auf seinem eigenthümlichen Arbeitsfelde aufzusuchen.

Im Oktober 1756 kehrte Schultz von seiner orientalischen Reise nach Halle zurück. Obgleich er seine morgenländische Tracht trug (denn er hatte, um ungehinderter reisen zu können, im Orient seine europäische Kleidung mit der jener Länder vertauscht, und behielt sie seitdem als Erinnerung an die dortigen Erlebnisse bei), erkannte man ihn doch sogleich beim Heraussteigen aus der Post. In Halle, um sechs Uhr des Abends angelangt, verweilte er sich aber keinen Augenblick bei irgend etwas Anderem, sondern eilte unmittelbar zu seinem Missionsdirektor, dem Professor v. Callenberg; Schultz war unerwartet früh erschienen, der Direktor glaubte ihn noch in weiterer Entfernung; um so größer war die Freude. Es lag genug hinter ihnen, und was war darum natürlicher, als daß dem schnellen Gruße ein

10*

gemeinsames Gebet der Beiden auf den Knieen folgte: ein Gebet des Dankes gegen den Gott, der seinen Knecht so wunderbar geleitet hatte, und dazu ein freudiges Anrufen seines Namens, daß er jetzt auch die ferneren Wege dessen weisen wolle, der bereit war, ihm zu dienen, wie es ihm geboten werden würde.

Auf den Wunsch Callenbergs wirkte Schultz nun einstweilen bis zum Oktober des folgenden Jahres 1757 an der Universität in Halle. Um diese Zeit aber wurde ihm von dem Kirchen= collegium zu St. Ulrich in Halle das Oberdiakonat seiner Kirche angeboten. Professor Callenberg, der bei seiner schwachen Ge= sundheit die Nothwendigkeit erkannte an seine nahe bevorstehende Vertretung in der Direktion des Instituts zu denken, redete ihm zu, nur ja nicht diese Stelle auszuschlagen, und Schultz nahm dieselbe an. Die theologische Facultät verlieh ihm dann 1760 die Magisterwürde, und noch in demselben Jahre über= trug ihm Callenberg die Oberleitung des Instituts. Schultz war ein von seiner Gemeinde geliebter Prediger und in dem doppelten Amt, das er bekleidete, reichlich mit Arbeit beschäftigt. 1765, also in einem Alter von einundfünfzig Jahren, ver= heirathete er sich auf Vorschlag eines Freundes mit der Tochter des Seniors an St. Aegidien in Nürnberg, Margaretha Jo= hanna Brinkmann, und fand an ihr eine treue Ehegattin. Seine Missionserlebnisse legte er in einem Buche von fünf Bänden nieder: „Leitungen des Höchsten nach seinem Rath auf den Reisen durch Europa, Asien und Afrika." Demselben ist ein Bild des Missionars in seiner orientalischen Tracht beigefügt; gemalt ist dieses Portrait von Graf in Winterthur und von Chr. v. Mechel in Kupfer gestochen. Die interessante Erscheinung von Schultz hatte Graf veranlaßt, ihn auf seiner Durchreise durch Winterthur zu bitten, daß er ihm zu einem Bilde sitzen wolle, und jener bedeutende Künstler hat uns allerdings auch ein sprechendes Portrait hinterlassen.

1772 bekam Schultz eine gefährliche Augenkrankheit, deren Grund er selbst nicht kennt; vielleicht, so vermuthet er, werden die Nachwirkungen der vielen Strapazen seiner Wanderjahre dieselbe veranlaßt haben. Er fühlte sich im Uebrigen frisch und verrichtete sein Amt im vollen Umfange; treu unterstützt von seiner Frau, welche ihm aufs Hilfsreichste in seiner litterarischen Arbeit zur Hand ging, indem sie die Berichte des Instituts und die Briefe einer höchst ausgedehnten Correspondenz nach seinem Diktat niederschrieb, außerdem aber ihm die heilige Schrift beider Testamente in den Ursprachen, die sie wohl verstand, vorlas, und ihm auch sonst auf vielfache Weise in seiner Missionsthätigkeit nützlich wurde; wie sie denn sogar einen begabten, jungen Proselyten im Griechischen unterrichtete.

In jener Zeit begann aber schon der Rationalismus mächtig sein Haupt zu erheben, und Halle wurde ein Hauptsitz desselben. Daß Schultz bei dieser neuen Richtung keine Gnade fand, ist ganz erklärlich. Er selbst erwähnt, wie man sich bemüht habe, allerlei schlimme Gerüchte nach den verschiedensten Seiten hin über ihn auszustreuen, und wie man Hohn und Spott über sein Werk ausgegossen habe, das natürlich für den Rationalismus, der sich selbst durch besondere Verhöhnung der Juden entschädigte, wenn er sein eigenes Bild in ihnen wiederfinden mußte, ein unaussprechlich jammervolles war. Bald sollte Schultz also ein Zänker sein, bald ein Mensch ohne Bildung, bald sich einem ausschweifenden Lebenswandel ergeben haben; er selbst führt das Alles ohne eine Spur von Bitterkeit und in höchster Ruhe seines Gemüthes an. Er hatte es früher gelernt, durch böse und gute Gerüchte zu gehn, er konnte es auch jetzt.

So lange er indeß zu wirken im Stande war, wirkte er unverdrossen, kein Geschrei zu seiner Seite achtend. Als er dann die Nähe seines Todes fühlte, ging er mit völligem Frieden demselben entgegen. Die Angelegenheiten des Instituts übergab er dem Pastor Julius Israel Beyer in Halle und entschlief selbst in voller Klarheit des Geistes am 13. December 1776:

ein Arbeiter, der wohl ruhen durfte von seiner Arbeit.

XVII.

Erfolge der Arbeit des Mannes.

Die Art und der Umfang der Missionsthätigkeit von Schultz sind zuerst aufgezeigt und hiermit einige Notizen über sein Leben verbunden worden. Denn es lag in der Absicht, zuerst die Arbeit selbst darzustellen und daran erst eine Bemerkung über den Erfolg derselben anzuknüpfen.

Die Hindernisse für einen schnelleren Erfolg der Juden= mission kannte Niemand besser als Schultz; es ist davon schon vorher mannigfach die Rede gewesen. Wieder und immer wieder stand dem gepredigten Evangelium das Leben so vieler Christen entgegen; und dieses tausendstimmige Zeugniß von siebzehn Jahr= hunderten ließ sich nicht in vornehmer Weise todtschweigen. Ist es schon im Laufe der Zeiten stets schwieriger geworden, das Erwachsen und Erstarken des Unglaubens im eigenen Lager der Christenheit zu verhindern, weil die dem Evangelio feindliche Richtung reiche Nahrung an den Verkehrtheiten der Gläubigen fand, so mußte diese Schwierigkeit natürlich in ungemein · viel größerem Maße hervortreten, wo es galt, die Juden nun gar noch in die Gemeinschaft der Christenheit einzuführen, deren große Haufen ihnen oft nicht einmal die gewöhnliche Achtung einflößten. Sittenlosigkeit oder Zanksucht, oder bittere und oft

blutige Feindschaft, oder Aberglaube und schlecht verhüllter Götzendienst, wie den letzteren besonders die Mehrzahl der Katholiken
und Griechen mit ihrem Heiligen- und Bilderdienst trieben,
stießen die Juden mit Recht ab und erhielten in ihnen das
pharisäische Bewußtsein, selbst nach wie vor die rechte Gemeinde
Gottes zu sein. Einige Stammestugenden, wie besonders der
in dem Fremdlingsleben erwachsene engere Zusammenschluß der
Angehörigen ihres Volkes, die unter denselben Verhältnissen
erweckte Pflege des Familienlebens und der Verwandtschaft, und
eine gutmüthige Bereitwilligkeit durch Geld wohl zu thun, besonders natürlich an den Armen der eigenen Religionsgemeinschaft, wurden ihnen sodann noch besondere Stützen für eine
Selbstbeurtheilung zu ihren eigenen Gunsten. Das Gute und
Bessere auf der anderen Seite sahen sie nicht weiter an, das
Schlimme beurtheilten sie mit scharfem Auge; das Gute im
eigenen Lager erhoben sie zur Heiligkeit, das Fehlende sahen sie
entweder gar nicht, oder sie vermeinten in ihrem sonstigen Thun
einen solchen Ueberschuß an Gerechtigkeit zu besitzen, daß sie sich
selbst das Uebrige getrosten Muthes vergaben — sie behielten
in der Wagschale, in welcher sie ihre Verdienste wogen, stets
noch so viel an Uebergewicht ihren Verfehlungen gegenüber,
daß sie vom Christenthume für ihr Verhältniß mit Gott gar
nichts empfangen zu können meinten.

Führten nun die Juden die Schlechtigkeit vieler Christen
gegen das Christenthum selbst ins Feld, so frug sie Schultz,
wie sie nach dieser Art von Beweisführung wohl über das
Judenthum urtheilen müßten? Denn es habe doch nun einmal
fast während der ganzen Zeit des Alten Testamentes die große
Menge in Israel mit Jehovah, seinen Propheten und Knechten
im Zwiespalt gelebt, so daß Gott nichts Anderes übrig geblieben sei, als sein Volk schließlich in die Länder der ganzen
Welt zu zerstreuen. Schultz frug sie, ob wohl das Alte Testament und der Bund, welcher dort mit den Juden geschlossen
war, daran die Schuld getragen habe, oder ob nicht vielmehr
das Gesetz gut, und nur sie selbst, die Juden, schlecht gewesen
seien? Die Antwort war ein Verstummen, und dieses Ver-

stummen der Juden der Schlußerfolg nach der größten Zahl
der Unterredungen, welche der Missionar mit ihnen gehabt
hatte. Das war aber unter den Juden, welche nach ihren
Gedanken von Anfang an dem Christenthume gegenüber Recht
gehabt hatten, ein wirklicher Erfolg, wenn hier das Evangelium
vor sie mit einer Macht trat, welche ihnen die stolze Gewißheit
des Rechtbehaltenhabens raubte. Die Sicherheit wurde ihnen
wenigstens auf diese Weise genommen, in welcher sie für das
Wort von Christo unnahbar waren, und der festgetretene Boden
aufgerissen, sodaß, wenn nur hernach Andere die weitere Arbeit
aufnahmen, manches Samenkorn doch zum Gedeihen kommen
konnte.

Das Erstaunen, von Goim (zumeist gleichbedeutend mit Götzen=
dienern) oder Minnim (Ketzern) in religiösen Gesprächen über=
wunden worden zu sein, war ein so großes, daß sich die Juden
von Schultz und seinen Gefährten weit und breit erzählten. Er
wurde als ein Weiser sonder Gleichen unter ihnen bekannt. Es ist
kein Rabbiner, der mit ihm auskommt, erzählten Juden aus
Hannover, die ihn in Limburg trafen, ihren dortigen Glaubens=
genossen; er übertrifft alle Gelehrten unter uns und doch ist er
ein Christ! Oder im Orient fand er an manchem Ort die Juden
auf sein Erscheinen schon vorbereitet. Man hatte von einem Buß=
prediger erzählt, der die Länder durchziehe und den Talmud ver=
werfe, dagegen Jedermann das Alte Testament zu lesen rathe.
Deßhalb wird in anderen Fällen auch sein Name als der eines
äußerst gefährlichen Menschen in den Synagogen bekannt ge=
macht. Die Gemeinden werden vor ihm als einem Mehappech
Jisroel (Verführer Israels) gewarnt und jedes Gespräch mit
ihm untersagt. Trotzdem ließ er sich z. B. in Hannover nicht
von immer neuen Versuchen des Verkehrs mit Juden abhalten;
und die Aufregung stieg darüber an dem genannten Orte in so
hohem Grade, daß schließlich in der Synagoge bekannt gemacht
wurde: „es seien zwei Ketzer angekommen, welche man mit
Schlägen abführen solle". Schultz durfte sich in der That in
der Nähe jener Synagoge nicht mehr blicken lassen. — Ein jüdischer
Student in Halberstadt frug ihn höhnisch, „was er denn eigentlich

von seinem Volke verlange?" Schultz antwortete ihm: „Die Bekehrung zum Herrn!" Da kehrte derselbe ihm zuerst mit gemeinen Worten den Rücken, darauf das Gesicht zu und frug ihn endlich: „Habe ich mich nun bekehrt?" Und derartige Begegnungen gehörten eben noch nicht zu den schlimmsten; an vielen Orten wurde er von den Juden in den Bann gethan, und hier oder da sah er sich auch eigentlicher Lebensgefahr unter ihnen ausgesetzt.

Im Allgemeinen jedoch fand er eine würdige, nicht selten eine recht freundliche Aufnahme. So stand er einmal nahe bei Homburg mitten in einem Kreise von Juden, die seinem Worte zuhörten. Sein Zeugniß ergriff die Zuhörer; Alle lauschten demselben still. Einigen fielen Thränen aus den Augen; eine Jüdin aber wurde so bewegt, daß sie von dem Wunsche, ihre Dankbarkeit zu erweisen, getrieben, in ihre Tasche griff, einen halben Gulden aus derselben nahm und den Missionar bat, diese Gabe von ihr anzunehmen. Schultz weigerte sich dessen, er sah aber einen armen Judenknaben in dem Zuhörerkreise stehn, für den erbat er das betreffende Geld, seine Bitte wurde gern erfüllt, und der Knabe versprach fortan im Worte Gottes fleißig zu lesen.

Hier begleiteten Schultz Solche, welche sein Zuspruch an= geregt hatte, noch einige Meilen auf seiner Wanderung, dort fand er Aufnahme im gastlichen Kreise jüdischer Familien. In Smyrna war er zu einer jüdischen Hochzeit eingeladen. Er legte dem Bräutigam die Hand auf und segnete ihn mit Worten der Schrift, welche ihn der Gnade und Barmherzigkeit Gottes übergaben; und innerlich bewegt küßte derselbe die Hand des Missionars. Ein junger jüdischer Mann in Constantinopel, der sich mit seinem Vater häufig bei dem ernsten Prediger des Evangeliums eingestellt hatte, um mit ihm über die Fragen weiter zu sprechen, welche Jener in seinem Herzen erweckt hatte, brachte ihm sein erstgeborenes Söhnlein von einem und einem halben Jahre und bat ihn, dieses Kind zu segnen. Schultz that es; er legte die Hand auf sein Köpfchen und sprach dabei die Worte: „Ich segne dich im Namen des Herrn, der da ist der Gott Abrahams, Isaaks und Jakobs; ich segne dich im Namen

des Herrn, der da ist unsere Gerechtigkeit, der Messias, Sohn
Davids, Jesus von Nazareth; ich segne dich im Namen des
heiligen Geistes, welcher die Männer Gottes, Moses und die Pro=
pheten getrieben hat, den Menschen das Wort der Wahrheit nieder=
zuschreiben und zu verkündigen; und dir, Kindlein, da du Joseph
heißest, so wünsche ich dir, daß du wachsen mögest und zu=
nehmen, aus Gnade in Gnade. Amen." Darauf nahm Schulz
das Kindlein auf seine Arme, sang, es umschlossen haltend,
das „Hallelujah" und „Hosiannah" und gab es dem Vater
wieder, der es mit tiefer Ehrerbietung aus den Händen dieses
Priesters zurücknahm.

Weiter aber bezeugt auch Schulz, daß, wenn er auf den
Kanzeln oder in Schulen die christlichen Gemeinden und ihre
Jugend zur Freundlichkeit gegen die Juden ermahnt hatte, die
Thür zum Eingange bei den Letzteren ihm um so gewisser er=
öffnet war. „Einen Betrübten soll man nicht noch mehr be=
trüben", das hatte er oftmals gegenüber den rohen Mißhand=
lungen, welchen die Juden damals noch so vielfach ausgesetzt
waren, den Christen zugerufen.

In Fürth hatte seine Erscheinung einen förmlichen Aufruhr
unter den Juden hervorgebracht. Drei Vorsteher derselben
wagten es sogar, den evangelischen Pfarrer darum zu ersuchen,
daß er dem Missionar die Predigt, welche er ihm für den nächsten
Sonntag in seiner Kirche zugesagt hatte, nun dennoch wieder
verweigern solle. Entrüstet wies der Geistliche dieses Ansinnen
zurück. Die Juden waren aber der Meinung gewesen, Schulz
kenne nur die Art von Missionsthätigkeit, welche sie mit Ge=
walt und Pöbelrevolutionen zum Uebertritt nöthigen wolle.
Sie hatten daher Einige von den Ihrigen in die Kirche gesandt,
welche sogleich, wenn sie bemerkten, daß die Versammlung
durch die aufregende Predigt erhitzt würde, aufbrechen und
ihnen schleunige Nachricht bringen sollten, damit sie noch recht=
zeitig im Stande wären, sich selbst in Sicherheit zu bringen.
Die kundschaftenden jüdischen Hörer hatten sich in weiser
Vorsicht einen Platz in der Kirche zu sichern gewußt, der sie
den Blicken der Versammlung entzog und dennoch Alles

hören ließ. Sie warteten auf den Moment, der ihnen den Aufbruch gebieten würde, aber trotz alles gespannten Aufmerkens konnten sie nicht das Geringste vernehmen, das nach einer Aufforderung zum Kreuzzuge schmeckte, sondern im Gegentheil war die Ansprache des Predigers voll ernster und herzlicher Ermahnungen für seine christlichen Zuhörer, die Juden durch eine rechte Nachfolge Jesu Christi zur gleichen Nachfolge zu reizen, das Heil derselben auf betenden Herzen zu tragen und im Leben ihnen mit Liebe entgegenzukommen. Als er dann mit einem Gebete schloß, welches ganz Israel, besonders aber auch die Juden der Stadt Fürth der erbarmenden Gnade Gottes befahl, war der tiefste Eindruck von dem gehörten und gebeteten Wort doch der, welchen die zuerst mit Bangen und Furcht in das evangelische Gotteshaus eingetretenen Juden mit sich nahmen. Sie eilten alsbald in die Synagoge, wohin sich ihre Gemeinde versammelt hatte, um sogleich in allen ihren Gliedern die erste Nachricht von einem drohenden Ungewitter zu erfahren, und erzählten, was sie aus dem Munde des Kreuzpredigers vernommen hätten. Der Vorsteher und der Landrabbiner beantworteten die empfangene Kunde mit der sofortigen Aufhebung des Bannes, der über Schultz und über den Wirth, welcher ihn in sein Haus aufgenommen hatte, verhängt worden war; Jeder sollte mit dem Missionar reden dürfen und Erlaubniß haben in dem Hause seines Aufenthaltes einzukehren. Am Vormittage hatte Schultz den Christen gepredigt, am Nachmittage sah er eine zahlreiche Versammlung von Juden um sich, und in ihrer eigenthümlichen Weise äußerten sie gegen ihn: „Ihr habt Eure Sache klug gemacht; man kann Euch nicht ankommen."

Als Schultz in seinem Pfarramte zu Halle einige Male Gelegenheit genommen hatte, sich über das rechte und christliche Verhalten den Juden•gegenüber öffentlich auszusprechen, sandte die Judenschaft der Stadt in feierlicher Weise zu ihm eine Deputation, um ihm zu danken, daß durch seine Bemühungen endlich ihre Kinder vor den Christenkindern Ruhe gefunden hätten; vordem seien dieselben oft mit blutigen Köpfen nach Hause gekommen, nun aber habe das Alles aufgehört. Am

Friedensfeste empfing er von einem jüdischen Kaufmanne fünf Thaler, um dieselben unter die christlichen Armen zu vertheilen. Und obgleich in der Zeit seiner hallischen Wirksamkeit gar mancher Jude in der dortigen Stadt getauft wurde, wurde ihm dennoch von den Juden selbst gesagt: „Wir wissen, daß Ihr über die Anstalt zur Bekehrung der Juden gesetzt seid; aber Euer Verfahren macht, daß wir öffentlich für Euch in der Synagoge um die Erhaltung Eures Lebens beten.“

Ueberdies vertraute sich ihm gar manches fragende, forschende, nach innerer Ruhe verlangende Gemüth unter den Juden; und er brach am Wenigsten den Stab, wenn er in den inneren Zwiespalt eines Herzens blickte, das auf der einen Seite die christliche Ueberzeugung in sich keimen sah, und das auf der anderen Seite um der bevorstehenden Noth der Verhältnisse willen vor dem Uebertritt zurückbebte. Wohl findet man bei ihm erschütternde Beispiele von Solchen, welche von der Wahrheit des Christenthums überzeugt sind, aber in einem Fleischessinn, der sich zum Kampfe nicht ermannen will, widerstreben; von Solchen, welche die Stimme des Gewissens einfach zu ersticken suchen und darüber nach und nach an allem Glauben schiffbrüchig werden, bis sie schließlich mit Lästern enden; von Solchen, welche es bequemer finden, den Stachel der inneren Lügenhaftigkeit im Herzen stecken zu lassen; Solche, denen es der Missionar bezeugen muß, daß sie keine Entschuldigung haben, weil es ihnen viel angenehmer sei, die behagliche Ruhe des Augenblicks zu genießen, als der Ueberzeugung nachzugeben, welche sie inwendig strafe, und die dann zuweilen von der richtenden Hand Gottes plötzlich ergriffen werden! Aber er unterscheidet von diesen die Anderen, die ängstlichen Gemüthes sind, und noch nicht hindurchgedrungen zu der Kraft des Glaubens, welche auch die Sorge für das weitere Ergehn dem Christus übergeben kann, dessen heilige Gestalt noch ringt, aus dem Dunkel und der Unruhe ihres Herzens im klaren Lichte und im Bilde des Friedens vor ihnen herauszutreten. Das Hungernmüssen steht Vielen so drohend vor Augen, daß diese Stimme jede andere übertäubt, und sie fürchten sich vielleicht,

genöthigt zu werden, als Bettler ihr Brot unter den Menschen
zu suchen. Da richtet Schultz nicht mit scharfem Geiste, son=
dern weiß wohl, daß die Schuld noch auf einer anderen Seite
liegt, nämlich auf der Seite derer, welche die Neuankommenden
auch als Brüder in ihre Mitte aufnehmen und den Platz ihnen
zeigen sollten, wo sie wirken und arbeiten könnten, wie es für
jeden ehrenwerthen Menschen ein Bedürfniß ist.

Von diesem Hin= und Herwogen des Glaubens und des
natürlichen Verzagens im Herzen solcher Juden, welche das
Evangelium tiefer berührt hat, weiß Schultz gar Manches zu
erzählen, und auch bei ihm finden wir Beispiele, wie dieser
Kampf, welcher das Leben verzehrte, endlich in der Todes=
stunde zur Entscheidung gekommen ist. So erzählt er von einer
jüdischen Familie in dem brandenburgischen Wusterhausen, die
er selbst besucht hat und in welcher die Ehefrau mit dem Be=
kenntnisse zu Jesu von Nazareth auf ihren Lippen starb.
Dieses Zeugniß der Sterbenden konnte der zurückgebliebene Ehe=
mann nicht vergessen; der tiefste Zwiespalt zerriß seine Seele:
auf der einen Seite tönte das Wort auch in seiner eigenen
Seele nach, welches die Verscheidende ihm zugerufen hatte, auf
der anderen Seite schreckte ihn fort und fort das „aber du
mußt auch Alles verlassen" zurück — und wir erfahren es aus
den Aufzeichnungen von Schultz nicht, zu welchem Ziele dieser
Widerstreit im Herzen geführt hat. Oder er erwähnt einer
reichen Jüdin in Curland, die auf ihrem Sterbelager die Warte=
frau zu sich rief und sie aufforderte, eine Schüssel mit reinem
Wasser herbeizubringen. Da dieselbe dem Wunsche der Kranken
gewillfahret hatte, sagte dieselbe nun aber: „Frau, Ihr
wißt, daß bei Euch Christen auch die Hebamme die Taufe ver=
richten kann, so könnt Ihr es auch jetzt thun." Damit hielt
sie ihr Haupt über die Schüssel, die Wartefrau goß über das=
selbe dreimal mit beiden Händen das Wasser und sprach die
Worte: „Ich taufe dich im Namen des Vaters, des Sohnes
und des heiligen Geistes." Still legte die Kranke sich darnach
zurück, ließ die Ihrigen rufen, nahm von ihnen Abschied, be=
kannte ihnen aber: „Nun sterbe ich auf den Namen des Messias,

Jesus von Nazareth, fröhlich und selig", und gab bald ihren Geist auf. Die Juden suchten den Vorfall zu verbergen und begruben den Leichnam auf ihrem Todtenacker; hernach wurde die Sache doch bekannt, aber man ließ die Zeugin Christi unter denen ruhn, welchen sie sterbend Jesum Christum gepredigt hatte.

Doch durfte Schultz auch Solche finden, die sein Wort noch in der Zeit überwand und zu Christo führte. Er war allerdings kein stationirter Missionar, sondern nach der Einrichtung des Callenbergischen Instituts war ihm und seinen Mitarbeitern vielmehr das Amt zugefallen, fürs Erste einmal den Samen möglichst weit unter den Juden auszustreuen, um ihnen die Sache des Christenthums überhaupt näher zu bringen. Sie sollten den Eindruck empfangen, daß die christliche Kirche sich ihrer Aufgabe bewußt zu werden anfange, und eben dadurch womöglich ein Band zwischen ihnen und der christlichen Kirche aller Orten hergestellt werden. Und nicht minder war es die Absicht dieser Mission, die christliche Kirche selbst in ihren verschiedensten Theilen an die lange vergessene Arbeit und die schwer versäumte Pflicht zu erinnern. Man wollte also nicht ein vorübergehendes und vereinzeltes Werk beginnen, sondern das Gewissen der Christenheit selbst schärfen, daß sie die ihr gebotene Arbeit überall aufnähme. Gerade aus diesem Grunde aber bezeichnet Schultz das Amt eines Missionars von damals als ein solches, wie Paulus das seine darstellte: aller Orten das Evangelium zu predigen, aber nicht zu taufen. „Eine Theilung der Arbeit", so äußert er sich gegen den Consistorialrath Götte in Hannover, „muß geschehn. Denn die kleinste Zahl der Juden meldet sich bei uns zum Unterricht, und diesen zu ertheilen sind die meisten Prediger geschickt genug. Gott hat die Gaben verschieden vertheilt, und wie er Etliche zu Hirten und Lehrern, so hat er Andere zu Aposteln und Evangelisten gesetzt."

So oft sich also Juden an ihn mit der Bitte wandten, durch ihn in die christliche Kirche aufgenommen zu werden, wies er sie an die Prediger des Orts oder der Gegend, in welcher ihm jene Bitte ausgesprochen wurde. Und dies geschah in nicht wenigen Fällen. So übergab er z. B. eine jüdische Magd, Esther, welche sein Zeugniß gehört hatte und mit dem Verlangen, getauft zu werden, an ihn trat, der evangelischen Geistlichkeit in Essen. Oder ein jüdischer Jüngling aus Mitau suchte ihn in Königsberg auf und frug ihn, ob er nicht vor sechs Wochen in seiner Stadt den Juden in der Synagoge gepredigt habe? Schultz bejahte es. Da bekannte sich der Jüngling als einen seiner damaligen Zuhörer, und eröffnete ihm, wie das dort Vernommene ihn getrieben habe, die lange, beschwerliche Wanderung bis nach Königsberg zu unternehmen, um mehr von dem zu hören, was er in seiner Vaterstadt durch ihn vernommen habe. Nach einer Probezeit von fünf Wochen übergab Schultz den Jüngling der Fürsorge der Stadtgeistlichen; er wurde unterrichtet, treu erfunden, getauft und alsdann bei einem Handwerker in die Lehre gebracht.

Oder ein anderes Mal sucht ihn ein jüdischer Jüngling, der einer Unterredung des Missionars mit mehreren Juden in Hamburg beigewohnt hatte, von Ort zu Ort; er muß durchaus den sprechen, welcher seine Seele unruhig gemacht hat, und wendet sich nicht, was ihm so nahe gelegen hätte, an einen Geistlichen Hamburgs. Lieber begiebt er sich auf die ungewisse Reise, denn die Hand, welche ihm solche Haken in das Herz geworfen, sollte sie auch wieder herausziehen. Endlich trifft er Schultz in Halberstadt, wohin ihn nach fleißigem Forschen die Spuren zuletzt geführt hatten, und bittet um Unterweisung in der christlichen Religion. Zwei Andere, aus Hamburg und Halberstadt, erreichen den Missionar in Halle — und alle diese Taufbewerber wurden theils in Züllichau theils im Holsteinschen untergebracht. Ein Anderer, der im engen Raum des Schiffes, das Beide auf einer Ostseefahrt zusammengeführt, seinem Worte nicht hatte ausweichen können und also längere Zeit den Eindruck desselben hatte erfahren müssen, suchte ihn später in Königsberg auf, um ihm zu sagen, daß er überwunden worden sei, und nunmehr als Christ vor ihm stehe — und diese Fälle sind eben nur hervorgehoben aus einer weiteren Zahl.

Ein Student der Theologie aus Göttingen begrüßte ihn eines Tages und frug ihn, ob er ihn nicht kenne? Schultz entsann sich seiner nicht. Der Student aber erinnerte ihn an einen Vorfall aus dem Jahre 1740. Schultz war damals bei seinem Besuche der Stadt Hannover in den Vorhof der dortigen Synagoge eingetreten und hier von etwa zwanzig Judenknaben umringt worden, denen er auf ihre Frage: „Ob er denn wirklich glaube, daß der Messias gekommen sei?" die Geschichte vom Messias nach Altem und Neuem Testamente, ihrer Fassungskraft angemessen, erzählte. Die Knaben hörten achtsam auf sein Worte, da kam plötzlich ihr Lehrer herbei. Im höchsten Zorn stieß er Schultz vor die Brust und rief ihm zu: „Du verfluchter Ketzer, was machst du mit den Kindern? Du verführst mir meine Kinder!" Schultz entgegnete: „Wie kann ich das? ich habe ja Mosen und die Propheten." „Du redest aber Alles von dem Tholeh (dem Gehänkten)", war die erzürnte Antwort. Schultz erwiederte: „Es hängt nun einmal Alles an dem Gehänkten und auch du mußt an ihm hängen; wo nicht, so gehst du zum Verderben." Ganz ruhig, ohne ein Wort der Vergeltung für die erfahrene Mißhandlung, hatte der Missionar das Alles geredet. Der Lehrer nahm das letztgehörte Wort höhnisch auf: „Was, ich an dem Tholeh hangen?" schrie er ihm entgegen und gab ihm mit einer Handbewegung zu verstehn, daß er sich selbst lieber den Hals abschneiden, als jemals an den Gekreuzigten glauben würde; in höchster Erregung stampfte er dabei mit seinen Füßen auf die Erde. Schultz ahmte ihm darin nach, und wie ihn vorhin der junge Mann vor die Brust gestoßen, so that er nunmehr an dem Anderen das Nämliche, fügte aber dabei das Wort hinzu: „Und doch mußt du an dem Tholeh hangen; wo nicht, so wirst du mit Füßen getreten, und diese Kinder sollen es Zeugen sein." Die Folge dieses Gespräches war ein allmählig immer wachsender Seelenkampf des jungen Lehrers. Zwei Jahre widerstand er; darnach war er die Beute des Jesus geworden, der nur der Gehänkte für ihn bleiben sollte.

Und solche Erfahrungen waren für den Missionar natürlich

eine doppelte Ermuthigung. Er „warf ruhig seine Angel aus", das Warten hatte er gelernt, die Geduld verlor er nicht, und die Hoffnung ließ ihn nicht zu Schanden werden. „Eine Saat auf Hoffnung" nannte er seine Mission denen gegenüber, welche von derselben nichts Anderes wissen wollten, als daß sie ein erfolgloses Unternehmen sei. Und aus der Menge der Nichtglaubenwollenden traten ihm dann selbst wohl die Zeugen dessen, daß er den Samen nicht vergeblich ausgestreut habe, entgegen. 1751 hielt er sich in Marburg auf. In einem Kreise christlicher Freunde, der sich um ihn versammelt hatte, lenkte sich das Gespräch auf einen Juden, der vor vier Jahren in Wetzlar getauft und daselbst als Goldsticker ein wohlhabender Mann geworden sei. Schultz hatte aber mit diesem Manne 1740 das erstemal gesprochen, 1743 das zweite= und 1746 das letztemal; er hatte in jedem dieser Jahre mehrfache Unterredungen mit ihm gehabt. Zuerst fand er ihn voller Vorwürfe und Einwendungen gegen das Christenthum; später trat derselbe Mann ihm jedoch höflicher entgegen und sein Gespräch mit dem Missionar bekundete, daß der Same des Wortes zu keimen begonnen hatte; 1748 meldete er sich bei dem Geistlichen seines Ortes, wurde getauft und war überall als ein wahrhaft redlicher Christ bekannt.

Schultz selbst hat kein Register über diejenigen geführt, welche durch ihn für die Sache Christi gewonnen worden sind. Von der kleinsten Zahl derer, in welchen die Ueberzeugung bis zum Durchbruch kam, mag er überhaupt Kenntniß erlangt haben; erfuhr er doch oft selbst in Deutschland, wie jenes Beispiel aus Marburg beweist, nur fast zufällig, daß Dieser oder Jener, seinen Mahnungen folgend, sich Christo ergeben hatte. Und es ist im Gegentheil ein Beweis von der Kraft seines Zeugnisses, daß in so vielen Fällen ganz kurze Begegnungen mit diesem Fremden für Juden hingereicht haben, seiner Stimme zu gehorchen.

Namen von tüchtigeren oder angesehener gewordenen Proselyten aus der späteren Zeit seiner Wirksamkeit in Halle selbst sind: Falkenberg, Christian Gottlob Mener und Joh. Friedr. Hallenberg.

Aber es scheinen auch tiefer gehende Bewegungen durch Schultz erweckt worden zu sein. Er selbst erzählt uns von seiner un= gemein reichen Wirksamkeit unter den polnischen, und sodann auch unter den ungarischen Juden, besonders in dem Jahre 1747. Oft mußte er ihnen noch in den Stunden der Nacht den Grund für seine evangelische Botschaft auseinandersetzen, da der Tag nicht hinreichte, um auf alle Fragen Antwort zu geben. Hatte er es nun freilich auch, bei seinem Wandern von Ort zu Ort und bei der kurzen Zeit seines Aufenthaltes an jeder Stelle, bei Keinem zur Entscheidung kommen sehn, so durfte er dennoch in späteren Jahren von evangelischen Geist= lichen aus Breslau die Nachricht empfangen, daß sich in ihrer Stadt einmal siebzehn polnische Juden eingefunden hätten, welche, durch den Besuch von Schultz angeregt, der Wahrheit weiter nachgeforscht und endlich ihre Heimath verlassen hätten, um in die evangelische Kirche aufgenommen zu werden.

Aber das ist nicht Alles. In seiner Lebensbeschreibung er= wähnt Schultz den folgenden Vorfall in der polnischen Stadt Chronice:

Er hatte auch hier mit jenem, schon früher einmal erwähnten Tischgebet vor einer jüdischen Versammlung Speise und Trank gesegnet. Der mitanwesende Rabbiner erbat sich dasselbe und Schultz schrieb es ihm nieder. Die Gebetsworte waren in ein recht empfängliches Herz gedrungen. Kaum hatte der Rabbi den von Schultz ihm übergebenen Zettel zusammengefaltet, so wandte er sich von Neuem an ihn: „Ein armer Mann kam zu einem Reichen und bat um eine Zwiebel; als er diese er= langt, bat er auch um ein Stücklein Brot; da er das verzehrt, bat er um ein Kleid; vom Geringeren fing er an und stieg immer weiter, und empfing auch das Erbetene." Schultz ver= stand den Sinn dieser Rede wohl; er antwortete: „Wo Ihr hinaus wollt, weiß ich schon; die Zwiebel habt ihr, ein Stück= lein Brot will ich Euch geben, aber das ganze Kleid erlangt Ihr nur vom Haschem Jisborech (dem hochgelobten Gott), wenn Ihr die Zwiebel und das Stücklein Brot recht gebrauchen werdet." Der Rabbi wandte sich zu den anderen Juden und rief aus: „Gott soll Matzel sein (unser Retter), seht, welche Chochmeh (Weisheit)." „Nun", sagte er, „die Zwiebel habe ich), nun aber bitte ich auch ein Bas lechem (ein Stücklein Brot)." Das gab ihm Schultz in einem hebräischen Gebet, welches in deutscher Uebersetzung etwa lautet: „Gelobt seist du Gott, du Herr Himmels und der Erde, der du mich erschaffen hast in deinem Bilde. Da ich aber in Adam durch den Sündenfall dieses kostbare Bild verloren habe, und noch täglich dazu sündige, so sollte ich ewig verloren gehen. Aber du hast dich in Gnaden erbarmt und den anderen Adam, den Menschen, in Gnaden zu senden verheißen durch deine Knechte Moses und die Propheten, und hast ihn in der Fülle der Zeit gesandt. Ich aber habe ihn noch nicht erkannt. So bitte ich dich, Herr, um Gnade und um den Geist der Gnaden und des Gebets, daß ich möge um die Vergebung meiner Sünden recht beten lernen, und daß ich den Mann erkenne, durch welchen die Welt versöhnt ist, damit ich zu der Gerechtigkeit komme, welche vor dir gilt. Und weil ich höre, daß Jesus von Nazareth derselbe Mann ist, so bitte ich in seinem Namen und auf sein Verdienst, du wollest mir Gnade zur rechten Buße schenken. Amen." Dies Gebet gab Schultz dem Rabbi; dankbar nahm derselbe es aus seinen Händen und versprach, es fortan in seinem weiteren Leben fleißig zu beten.

Nun wird aber in den alten Nachrichten der herrnhutischen Brüdergemeinde berichtet:

„In Folge einiger Nachrichten, welche über Bewegungen unter den Juden in Polen einliefen, bekam der Bruder David Kirchhof, selbst ein Jude, der nach seiner Taufe Mitglied der Brüdergemeinde geworden war, 1758 den Auftrag, diejenigen unter ihnen aufzusuchen, die dem erhaltenen Bericht zufolge gläubig geworden sein sollten. Er kam auch an einen Ort in Klein-Polen, wo er eine Anzahl Juden beisammen fand, die ihm bezeugten, daß sie glaubten, der Messias müsse schon gekommen sein, übrigens aber Jesum als den Messias noch nicht erkannten. Er beschrieb ihnen denselben nach Jes. Cap. 53 als den Versöhner der Sünden aller Welt, und gab ihnen eine Nachricht von der Brüdergemeinde, wofür sie sich dankbar zeigten, und versprachen Gott zu bitten, daß er ihnen den rechten Messias offenbaren wolle. Er hätte sich länger bei ihnen aufgehalten, in Hoffnung, daß sein Zeugniß von Jesu ihnen zum Segen sein könnte, allein die widrig gesinnten Juden fingen schon Unruhen darüber an, so daß er es für rathsamer hielt, nach einem kurzen Aufenthalt wieder abzureisen."

Aus den in jener Zeit, also 1758, gemachten Erfahrungen und aus den durch andere Herrnhuter eingezogenen Nachrichten aber wird uns ferner mitgetheilt:

„Viele unter ihnen (den polnischen Juden) waren auf den Gedanken gekommen, ob nicht Jesus der Messias sei, weil sie bei aufmerksamer Betrachtung der Weissagungen in den Propheten, besonders des Daniel, zugestehen müssen, daß die Zeit, da der Messias erscheinen soll, längst verflossen ist.

An einigen Orten bedienen sie sich, wiewohl ganz im Geheimen, eines von einem ihrer eigenen Rabbinen aufgesetzten Sterbegebetes, worin sie Gott bitten, daß, wenn es mit der Behauptung der Christen, daß der Messias schon gekommen sei, seine Richtigkeit habe, er ihnen ihren Irrthum vergeben wolle."

Wie außerordentlich dieses Gebet mit dem obenerwähnten, das Schulz dem Rabbi in dem polnischen Chronice auf seine Bitte hinterlassen hat, übereinstimmt, liegt wohl auf der Hand. Und daß ein Mann, der ein solches öffentlich erbitten konnte, es ausgebreitet haben wird, ist doch gewiß eine höchst wahrscheinliche Annahme.

Ferner theilt dann David Kirchhof mit:

„Im Anfang der letzten Hälfte dieses Jahrhunderts (also um 1750—1760) erhielt man Nachricht, daß eine große Anzahl von Juden, die sich nach Einigen auf fünfzehntausend Personen belaufen sollte, worunter gegen fünfzig Rabbinen, sich öffentlich erklärt haben sollten, sie wären überzeugt, daß der Messias schon gekommen, und daß Jesus von Nazareth der verheißene Messias sei. Diese gläubigen Juden, welche in Polen, Ungarn, der Moldau, Wallachei und anderen Ländern zerstreut wohnten, wären entschlossen, sich öffentlich zum Christenthum zu wenden und in christliche Länder zu ziehn.

Weil sie aber bei der Verschiedenheit der christlichen Religions=
parteien nicht wüßten, in welcher sie die reine evangelische
Wahrheit antreffen würden, so gingen ihre Bemühungen fürs
Erste dahin, davon Gewißheit zu erlangen. Allein die Ver=
folgungen der übrigen Juden, die durch ihre eben angeführten
Erklärungen aufs Aeußerste erbittert worden waren, ließen ihnen
nicht Zeit ihre Untersuchungen fortzusetzen. In diesen Umständen
erwählten sie den kürzesten Weg und gingen größtentheils zur
katholischen Religion über.“

So weit die Nachrichten der Brüdergemeinde, denen man
ja sonst unter Christen wie unter Juden bedeutende Glaub=
würdigkeit nachzurühmen pflegt.

Und daß diesen Berichten Thatsächliches zu Grunde liegt,
dafür haben wir das unparteiischste Zeugniß in der jüdischen
Geschichtschreibung.

Der bekannte und dem Christenthum äußerst feindliche jüdische
Historiker Grätz erzählt von dem bedeutenden Anhange, den ein
halb mystischer, halb betrügerischer Schwärmer, Jakob Frank, in
den Ländern polnischer Zunge etwa seit 1756 fand. Einem
früheren Mystiker der Juden, mit Namen Sabbathai Zewi, der
in denselben Gegenden etwa achtzig Jahre zuvor weiten Anklang
gefunden hatte, nachfolgend, habe derselbe Hunderte oder wohl
gar Tausende an sich gefesselt. Auf das jüdisch = mystische Buch
Sohar sich stützend, habe er eine Dreieinigkeit, die Menschwerdung
des Gottessohnes und noch andere christlichen Dogmen gelehrt,
und bis nach Mähren hinein sei die von ihm ausgegangene Be=
wegung gedrungen. Das letzte Ergebniß derselben sei der
Uebertritt großer, zahlreicher Schaaren zur katholischen oder
griechischen Kirche gewesen.

Nun hat allerdings Schultz diese Ereignisse nicht hervor=
gerufen. Aber erwägt man, daß seine bedeutende Missions=
arbeit in Polen und Ungarn etwa zehn Jahre früher geschehen
ist, und nimmt man die Berichte des Zeitgenossen Kirchhoff hinzu,
der selbst eine Erfahrung von den religiösen Verhältnissen der
Juden in Polen gemacht hat, dann wird der Schluß wohl nicht
als ein zu kühner erscheinen, daß die Wirksamkeit von Schultz eine

Erregung unter den polnischen Juden hervorgerufen hatte, welche sie für weitere religiöse Bewegungen sehr empfänglich machte. War durch Sabbathai Zewi schon vor Schultz viel Zündstoff unter jene Juden geworfen worden, wie der Missionar selbst davon bei Gelegenheit seiner Arbeit in Polen berichtet, so hat nun der christliche Prediger denselben noch vermehrt und ihm neue Nahrung gegeben; und es scheint besonders dem Einfluß von Sabbathai Zewi zugeschrieben werden zu müssen, daß der Missionar ein so gewaltiges Fragen und Forschen fand, als es der Fall war. Frank aber hat seinerseits wohl wiederum auf Grund der vorangegangenen Wirksamkeit von Zewi und Schultz bei jenen Tausenden Aufnahme gefunden, die hernach zu einem großen Theile den verschiedenen christlichen Kirchen zufielen. Schultz, Kirchhof und Grätz ergänzen sich gegenseitig in dieser ganzen Sache; Keiner spricht von dem Anderen, erwähnt doch beispielsweise der jüdische Historiker nicht einmal die Mission des vorigen Jahrhunderts. Aber während sich im letzten Resultat eine Uebereinstimmung findet, wird über das Innere der Bewegung eben nicht blos von einer, sondern von zwei Seiten berichtet, die dann beides, das Dafür und das Dawider, zur Geltung bringen.

Jedesfalls erkennt man aus diesen Bewegungen, daß auch große Schaaren unter den Juden sich wohl von den Fragen ganz innerlich erregen lassen können, die sonst die christlichen Herzen beschäftigen. Und ebenso, daß es kein Mensch berechnen kann, ob nicht, wenn das Wort von Christo unter die Juden geworfen wird, die zuerst anscheinend flüchtigen Kreise der Oberfläche sich ausbreiten und Dimensionen annehmen können, die Niemand vorher geahnt hat. Ereignisse dieser Art sind gleichsam ein Wetterleuchten, welche es verrathen, daß Zündstoff genug in der Atmosphäre sich gesammelt hat; sie werden sich auch, so lange wiederholen, bis einmal der große Schlag geschieht, der wieder den Saulus überwindet (Apg. 9, 3). Aber freilich geht dies aus dem Allen nicht minder unwiderleglich hervor, daß nur ein solches Werk ein dauernd heilsames sein kann, welches nicht bloß ein vorübergehendes, sondern ein bleibendes und anhaltendes ist, ein Werk, das nicht bloß eine Aufregung des Augenblicks hervorbringt, sondern nachhaltig und ohne Unterbrechung die Arbeit aufnimmt.

Und ebenso kann man sich der Erkenntniß nicht verschließen, daß in dem Zustande der Christenheit selbst doch unendlich Vieles liegen muß, was es verhindert, daß die Juden nicht in größerer Zahl zur Kirche Christi kommen, oder daß Anfangs etwas verheißende Bewegungen bald wieder ins Stocken gerathen.

Beides, Christus und sein Evangelium, sind in der That eine Macht, welche selbst nach so vielen Jahrhunderten des er= bittertsten Widerstandes die Juden bis in die innersten Tiefen erregen kann, und sodann das Andere: die Art, wie Christus und seine Macht den Juden entgegengebracht wird, dämpft Vieles an der Kraft des Evangeliums — ist wohl das Ergebniß geschichtlicher Erfahrungen dieser Art. Eben dieses Ergebniß wird im Folgenden zu weiterem Nachdenken Veranlassung geben müssen.

XVIII.

Die Judenfrage in der Gegenwart.

Der vorige Abschnitt hat auf die Frage nach den direkten Erfolgen der Missionsthätigkeit dieses Mannes eine Antwort zu geben versucht. Mag man nun über dieselbe urtheilen, wie man will, jedesfalls hat sie die Frage, wie sich die Christenheit zu den unter ihr wohnenden Juden stellen sollte, weithin angeregt; und diese Frage ist seitdem auch, wenigstens in den evangelischen Gebieten, nie wieder ganz vergessen worden. Die Mission aber hat ihre Antwort aus der Schrift beider Testamente gelernt, und sie möchte nun auf zwei Dinge hinweisen, die in diesem und in dem nächsten Capitel eine eingehendere Besprechung finden werden. Das Eine ist dies: wie sich für uns in der Gegenwart die Judenfrage gestaltet? und das Andere: welche Aufgaben demzufolge für uns erwachsen?

Die Mission selbst möchte zuvor ein kurzes Wort in Anspruch nehmen: Sie fordert es in keiner Weise, daß sie Jedem von vorn herein plausibel erscheine; aber dennoch gibt sie auch denen, welche mit ihr selbst nichts zu thun haben mögen, Manches zu bedenken, was nun ihre eigene Entscheidung darüber herbeiführen soll, ob es wohl ihr Lebensinteresse gestattet, die Juden gehn zu lassen, wie es dieselben immer wollen?

Leichter und kürzer wird die Auseinandersetzung mit denen sein, welche die Forderung des Evangeliums, daß die ganze Menschheit zu Christo kommen müsse, als gerecht anerkennen, und welche nun dennoch auf die geringe Ausbeute der Mission hinweisen, um damit die Verstockung der Juden aufzuzeigen und so auch die ganze Sache für abgethan zu halten.

Hier gewinnt also die Frage die Bedeutung: ob Israel allein aus der Menschheit ausgeschlossen bleibe, welche doch nach der Schrift in allen ihren Gliedern das Gottesreich Jesu Christi darzustellen berufen ist? Schon früher nun ist die Antwort des Apostel Paulus auf das „Aber" jener Ausschließenden angeführt worden. Und was dieser einst mit Morden und Wüthen die Gemeinde Jesu verfolgende jüdische Pharisäer aus eigenster, persönlicher Erfahrung bezeugt: „Es ist hier kein Unterschied unter Juden und Griechen, es ist Aller zumal ein Herr, reich über Alle, die ihn anrufen", oder in demselben Römerbriefe, dem Schreiben an die größte Christengemeinde aus den Heiden: „Das Evangelium ist eine Gotteskraft, die da selig macht Alle, die daran glauben, die Juden vornehmlich und auch die Griechen", das gilt gerade darum nicht minder, als das andere Wort desselben Apostels von der Verstockung, welches man allein im Gedächtniß behalten hat, um auf demselben selbstzufrieden und bequem auszuruhn.

Somit verwandelt sich aber die Frage in eine andere, nämlich in diejenige: Was nun aber auch von Seiten derer, welche das Evangelium zugleich als heiliges Gebot kennen, gethan und gearbeitet worden ist, damit die Vereinigung der Juden und der übrigen Menschheit zu einem Reiche Jesu Christi geschehe?

Denn allerdings ist es die träge Ruhe, welche von dem Urtheil des Neuen Testamentes gerichtet wird. Dasselbe frägt wiederum in dem Römerbriefe, obwohl derselbe doch von der Verstockung Israels spricht, auf der einen Seite: „Wie sollen sie aber glauben, von dem sie nichts gehört haben? wie sollen sie aber hören ohne Prediger? wie sollen sie aber predigen, wenn sie nicht gesandt werden? So kommt der Glaube aus der Predigt, die Predigt aber durch das Wort Gottes" (Röm. 10). Und auf der anderen Seite stellt Paulus für die Zeit, wo Israel noch von seinem Christus ferne ist, dies als die Ge= danken Gottes mit seinem alten Volke auf: den Heiden, d. h. den anderen Völkern ist das Heil widerfahren, damit die Juden ihnen nacheifern lernen sollten (Röm. 11, 11). Weil aber dies gerade die Gnade Gottes an dem von Christo abgewandten Israel zu erreichen trachtet, darum macht auch der Apostel Paulus sich den Rath der göttlichen Liebe zum Maß und Gesetz. Weil er weiß, daß die Christengewordenen alle Anderen zur Nach= eiferung antreiben sollen, darum stellt er sich selbst die Aufgabe: „Ich möchte die, so mein Fleisch sind, zu eifern reizen, und ihrer etliche selig machen" (Röm. 11, 14). Das sind positive Gedanken, welche Paulus den Fügungen und Führungen und Erfahrungen seiner Zeit entnimmt. Und wäre die Christenheit bei denselben geblieben, die Sache stünde heute anders. Die Kraft der Liebe, welche aus einem Paulus heraustritt, würde längst ein gewaltigeres Nacheifern auf Seiten der Juden erweckt haben.

Doch von diesem zweiten Stück wird hernach ausführ= licher die Rede sein müssen. Zuerst ist noch einmal auf die zu= rückzukommen, welche das apostolische Wort zwar gelten lassen, aber dasselbe nicht zur Anwendung bringen.

Viele berufen sich nämlich, darin den Juden ähnlich, welche ihr bloßes Dasein eine Predigt der in ihnen verkörperten Wahr= heit nennen, zur Abwehr der Frage nach der gethanen Arbeit auf das Bestehen der christlichen Kirche vor den Augen der Juden.

Sie sagen: „Der Inhalt der Predigt von Christo ist den Juden bekannt; mögen sie kommen, wenn sie wollen." Wir antworten denen: „Der Inhalt der Predigt von Christo ist den Christen jedesfalls viel besser bekannt; wozu ihnen denselben fortan noch besonders nahe bringen? Prediger und Kirchen sind vom Ueberfluß, wir brauchen nicht mehr, was Paulus überhaupt und auch den Juden gegenüber verlangt: ‚senden' und ‚predigen', und jede fernere Arbeit des Christenthums überhaupt ist nicht weiter nöthig." So antworten wir, während wir doch schon früher hervorgehoben haben, daß außerdem die Predigt der verschiedenen Kirchen in vielen Punkten sehr ver= schieden lautet, und daß sie darum ohne das ernstliche Be= mühen, welches die Einheit in aller dieser Verschiedenheit her= vorhebt, den Juden als ein Gegenstand der Verwirrung oder des Zwiespalts erscheint; wir weisen endlich aber darauf hin, wie sehr sich die Juden durch die nicht sehr anziehende Predigt des Lebens der großen Menge in der Christenheit abgestoßen fühlen.

Uebrigens sind auch gar manche Namen von Juden der nachapostolischen Zeit, die sich von der Person Christi haben reizen lassen, in der Geschichte der Christenheit unvergessen. Und je und je hat der Segen, welcher bis zum heutigen Tage durch aufrichtige Proselyten der christlichen Kirche zugeflossen ist, eine Mahnung für die aus den heidnischen Völkern erwachsene Christenheit werden sollen, daß wir bedenken mögen, wie selig sich für uns selbst das Geben beweist. Würden wir uns dazu ermannen können, den Juden gerade auf diesem Gebiete reichlich wiederzugeben, was wir überhaupt erst aus ihren Händen empfangen haben, so würden wir auch die Erfahrung machen, daß, wer reichlich säet, selbst reichlich erntet; der Gewinn würde sich an unserem Leben am Meisten beweisen. Nicht allein würde der Schaden, den wir jetzt durch sie erleiden, so vielfach nicht zu beklagen sein, sondern wir würden auch die reichen Gaben, welche uns an ihnen entgegentreten, in unseren Dienst treten sehn. Wie viel wir aber von ihnen noch empfangen können, daran erinnern uns gar manche Namen von Proselyten. Stellen wir nur einmal den Juden, die unser nationales oder reli= giöses Leben geschädigt haben, diejenigen gegenüber, von denen wir eine Förderung desselben erfahren durften, nachdem sie von Jesu Christo sich hatten durchdringen lassen, so werden wir auch selbst darin eine Auslegung des Wortes besitzen, daß Israel für die Völker entweder ein Segen oder ein Fluch sein werde.

In der evangelischen Kirche haben wir am Wenigsten Ur= sache, bei ihnen so stolz oder so gleichgültig oder so hartherzig

vorüberzugehn, wie der Priester auf der Straße von Jericho
vor dem Verwundeten. Luther bekennt selbst, daß seine Bibel=
übersetzung, die nun doch einmal die Reformation in das Volk
gebracht hat, nicht so leicht von Statten gegangen sein würde,
wenn ihm die Werke des Proselyten Nikolaus de Lyra gefehlt
hätten; denn dieser jüdische Proselyt ist allerdings sein Sprach=
meister gewesen. Schon dieser eine Umstand sollte in uns
Evangelischen das dankbare Bewußtsein wach erhalten, daß die
Juden uns helfen können und helfen sollen, unser gemeinsames
Bestes zu fördern.

Diese wenigen Bemerkungen und dazu das Heilandswort
über: „den einen Sünder, der Buße thut", mögen für die=
jenigen genügen, welche Beides vereinigen wollen: Liebe zu
Christo und zu seinem Reiche auf der einen Seite, und auf
der anderen Seite eine Stellung zu den Juden, welche durchaus
nichts Positives für sie thut, sondern sie ihren eigenen Händen
und den Händen der an ihrem christlichen Glauben Schiffbrüchigen
überläßt. Doch es wird auf die Sache selbst hernach noch
einmal eingegangen werden müssen, wenn „die Frage" zur
weiteren Besprechung gekommen ist, und sich alsdann „die Ant=
wort" oder „die Aufgabe" in den Vordergrund drängt.

Eine Judenfrage in dem Sinne, daß Israel Christo an=
gehört, existirt selbstverständlich für den ernster denkenden Christen;
aber es existirt, mit jener ersteren freilich ganz genau und ur=
sächlich zusammenhängend, diese Frage noch in einem weiteren
und allgemeineren Sinne, nämlich in dem: nach dem thatsäch=
lichen Verhältniß zwischen den Juden und allen Anderen.

In diesem Büchlein mag die Frage nach der Bedeutung
des Volkes Israel für die ferne Zukunft der Weltgestaltung
und des Reiches Gottes nicht in den Kreis eingehender Be=
sprechung gezogen werden, denn die Person von Stephan Schultz
gibt hierzu keinen Anlaß; aber auch schon die Gegenwart und
die näher liegende Zukunft werden die Judenfrage immer deut=
licher als eine überaus wichtige, der Lösung in steigendem Maße
bedürftige und zur Entscheidung drängende erfahren lassen.
Und hier mag nun das Thema, dessen erster Theil schon

im achten Abschnitt berührt worden ist, weiter fortgeführt
werden.

Die Juden haben sich nun einmal unter alle Nationen, be=
sonders aber unter die leitenden Völker der Erde und unter
diejenigen, welche noch eine geschichtliche Zukunft voraussetzen
lassen, zerstreuen müssen, sind aber unter denselben als ein be=
sonderer Stamm erhalten geblieben. Selbst heute, wo für sehr
viele Christen in dem verschiedenen Religionsbekenntniß der
Juden kein ernstliches Hinderniß gegen eine eheliche Verbindung
mit denselben vorliegt, haben die Stammes= und Geschlechtsanti=
pathie auf christlicher, die Familientradition auf jüdischer Seite
noch eine solche Macht, daß Vermischungen zwischen Juden und
Christen in keinem erheblichen Grade Statt finden. „ Die Juden=
schaft" existirt auch heute auf den ersten Blick überall als ein
Besonderes kenntlich; jedesfalls ist sie in jedem Lande und Volke
ein fremdes, andersartiges Element geblieben. Der Geschlechts=
zusammenhang ist freilich auch das einzige Band, welches die
Juden der Culturländer gegenwärtig, nachdem fast jeder Ein=
zelne seine besondere Religion befolgt, noch zusammenhält; und
jemehr in der Judenschaft der ganzen Welt die gemeinsame
Sitte zu schwinden beginnt, destomehr wird gerade dieses Mo=
ment für die Erhaltung der Juden seine Bedeutung beweisen.
Wir wissen aber allerdings nach unserem Verständniß der ge=
schichtlichen Entwickelung, wie dieselbe bisher in Ueberein=
stimmung mit dem Alten und Neuen Testamente Statt gefunden
hat, und im ferneren Anschluß an die Schrift ganz bestimmt,
daß sich in diesem Verhältnisse nichts Wesentliches ändern wird.

Zur Erreichung von Parteizwecken vereinigen sich freilich
Christen und Juden; aber die Weiterblickenden unter diesen
Letzteren selbst verkennen es nicht, daß die scheinbar so festen
Bündnisse zumeist nicht aus innerer Zuneigung oder aus einem
Einheitsgefühle, welches auch die Person selbst umschließt, son=
dern aus einem bloßen Festhalten an dem Princip oder aus
Nützlichkeitsgründen geschlossen sind. Bitter genug, und wer sollte
es ihnen verdenken, registriren sie, daß die jüdischen Talente
und Capitalien gebraucht werden, wo sie zur Erreichung be-

stimmter Zwecke gut verwandt werden können; daß äußerlich
zwar auch im Namen der Gerechtigkeit gegen die jüdischen Mit=
bürger, in Wirklichkeit aber vielmehr, weil es das eigene In=
teresse fordert, die Schranken, welche frühere Zeiten durch ihr
Rücksichtnehmen auf die Religion gezogen haben, gestürzt werden;
daß der Jude jedoch bei allem scheinbaren Eifer für ihn selbst
nur das Mittel zum Zwecke ist; daß man seiner Person
nicht viel näher kommt; daß „der unsterbliche Judenhaß noch
lange nicht aus der Welt, selbst noch lange nicht aus den Frei=
sinnigsten unter den Culturvölkern gewichen ist".

Und in der That, Interessen können ebensowohl zusammen=
führen als von einander trennen. Die Neuverbündeten finden
sich aber nicht bloß in einem Lager gegen die gemeinsamen
Widersacher vereint, sondern sehr oft auch in gegenseitiger Con=
currenz. Da mag es nun die Börse sein oder die Musik oder
die Literatur oder die Gesetzgebung oder Handel und Wandel
oder Wissenschaft und Kunst, kurz irgend ein Punkt, auf welchem
der Egoismus seine werthen Ansprüche befriedigt sehn will, —
jedesfalls zeigt es sich plötzlich, daß, wo der Jude genirt, die
vermeintliche Freundschaft gar seltsamer Art ist, und von dem
ersten leisen Windhauche die schimmernde, täuschende Decke,
welche man über die Harmonie der neuen jüdischen und christ=
lichen Staatsbürger oder Culturfreunde gebreitet hatte, alsbald
hinweggeblasen wird.

Die Juden der heutigen Tage haben ein Interesse daran,
sich Alles schnell und durchgreifend zu Nutze zu machen, was
ihnen Neues geboten wird. Greifen sie nun mit energischer
und geschickter Hand zu, dann fühlen sich Tausende, die nicht
so entschieden und nicht so klug berechnend und nicht so rück=
sichtslos den Zweck allein im Auge behaltend ihre Schritte ge=
wählt haben, beeinträchtigt oder überholt; das Nachsehen ver=
stimmt sie; und alsbald hören jene Glücklicheren einen recht
vielstimmigen Schrei der Entrüstung, des Zornes und der alten
Feindschaft rings um sich erschallen. Das wundert die Juden.
Sie haben doch nur die Principien, welche die Anderen auf
ihre Fahne geschrieben hatten, in Anwendung gebracht; sie

klagen darum, daß „der Mischus" trotz aller Cultur und ihrer
Ideen immer noch nicht überwunden sei; aber sie hoffen, „daß
der frische Hauch, welcher jetzt durch die Menschheit geht, alle
die finsteren Wolken hinwegtreiben werde, welche immer noch
über ihren Häuptern schweben". Wunderbare Hoffnung! Der
Egoismus soll, wenn auch die letzten, den Juden noch im
Wege stehenden Schranken gefallen sind, und wenn er eben
deßhalb auf immer neuen Punkten und in noch viel größerem
Umfange beleidigt wird, sich in Freundschaft verwandeln!

Die Gegensätze schärfen sich innerhalb der alten Angehörigen
der bisherigen Völker mehr und mehr. Der Zwiespalt zwischen
Besitzenden und Nichtbesitzenden, zwischen Genießenden und
Arbeitenmüssenden, zwischen den Begehrlichen, die ihre Begierden
befriedigen können, und den gleichfalls Begehrlichen, deren Ansprüche zwar stetig wachsen, denen aber die Möglichkeit, ihnen
Genüge zu verschaffen, fehlt, und die deßhalb mit tiefem Grimm
die Anderen jene ihnen selbst versagte Lust auskosten sehn, —
dieser Zwiespalt erregt die Herzen immer tiefer, und will fast
in jedem der Culturvölker zwei feindselige Lager schaffen. Die
Juden nun sind mit einer verhältnißmäßig ganz außerordentlichen Zahl bereits im Lager der Besitzenden und Genießenden
zu finden; und sind doch zumeist nicht auf dem Wege harter,
körperlicher Arbeit, sondern auf dem kluger und gewandter Be-
rechnungen in die Stellung der Beneideten gekommen. Auch
ist das fast plötzlich geschehn; kennt doch die Volksvorstellung
den Juden der jüngsten Vergangenheit im Allgemeinen nur
unter dem Bilde eines Hausirers. Je größer darum der Con-
trast zwischen dem Jetzt und dem so wenig ferne liegenden Einst
ist, desto schärfer und häufiger werden „die Fremden" in sonst
einander vielleicht diametral gegenüberstehenden Parteien für die
Verbitterung der Verhältnisse verantwortlich gemacht. Man erlebt es täglich, daß es Unzählige mit tiefem Groll ansehn,
wenn „diese Leute vom fremden Volke" auf ihrem Acker ernten
und gewöhnlich so sehr viel reicher ernten, als es den eigentlichen
Landesbewohnern möglich ist, obwohl diese Letzteren doch eine
vielhundertjährige Arbeit für ihr Land und ihr Volk aufzuweisen

haben, und erst durch ein gewaltiges Ringen die Ergebnisse der Gegenwart erstreiten konnten. Den Juden scheint wie von selbst und jedesfalls in einem viel volleren Maße das in den Schoß zu fallen, was unter den Anderen trotz aller ihrer Mühe nur eine bedeutend geringere Zahl zu erlangen vermag.

Freilich ist dieser Groll der Allermeisten gegen die Juden nichts als Ungerechtigkeit. Große Schaaren der Christen nehmen gegenwärtig in allem ihrem Denken und Streben den Ausgangs= punkt nur von dem einzelnen Individuum; sie behandeln es auch als einen feststehenden Grundsatz für das Staatsleben, daß es diese höchste und, man muß fast sagen, souveräne Bedeutung des nackten Individuums nicht verleugnen dürfe. Man geht dabei von dem richtigen Gedanken aus, daß der Einzelne auf= hören müsse, lediglich Theil an einer Maschine zu sein; was er ja freilich seit dem achtzehnten Jahrhundert, als dem Ge= meinschaftsleben die tragenden Gedanken des Mittelalters schwanden, immer mehr zu werden drohte. Von jenen Ge= danken war eben allmählig fast nur noch die Form übrig ge= blieben und das Leben denselben entflohn; der Kampf um ihr Bestehen artete eben deßhalb in einen Kampf für die Herrschaft um jeden Preis, ohne inneres sittliches Recht aus; und so war allerdings der Kampf gegen dieselben ein Kampf gegen den Absolutismus, welcher das Recht des Todes über das Leben behaupten wollte. Nur war die Sache ihrer Feinde zumeist eine ebenso schlechte; sie trieben einen Teufel mit dem anderen aus. An dieselbe Stelle, welche vorher die absolutistischen Mächte bestimmter Gestalten der Wissenschaft, der Gesellschaft, des Staates und der Kirche eingenommen hatten, versuchte sich zumal seit der französischen Revolution das einzelne Individuum zu setzen. Die Namen, welche die gesammte Wahrheit des Lebens ausmachen, wurden beibehalten, aber mit ihrem Inhalt in das gerade Gegentheil dessen, was sie wirklich bedeuten, ver= wandelt. Die Liebe sollte herrschen, die Liebe als Gerechtigkeit, Freiheit, Gleichheit und Brüderlichkeit. Aber diese Liebe hatte fortan nur das zu besagen, daß Niemand den Andern stören dürfe, wenn er sich selbst das Ein und Alles werden wolle.

Lieben heißt doch: sich selbst um Anderer willen vergessen, für Andere sorgen, denken und arbeiten, sich in den Dienst des Anderen stellen, und wenn es nicht anders geschehen kann, sogar für ihn Alles leiden. Die Liebe dagegen, für welche die modernen Ideen den weitesten und allseitigsten Raum beanspruchen, heißt im Gegentheil: Jeden möglichst seinem eigenen Interesse überlassen, Jeden, so viel es irgend angeht, von aller Verpflichtung gegen Andere befreien, Jeden aber deßhalb auch in demselben Maße von der Verantwortlichkeit vor Anderen und für Andere entkleiden. Einen direkteren Todschlag der Liebe als diese grundsätzliche Rücksichtslosigkeit des einzelnen Individuums gegen die Anderen kann es also nicht geben.

Hat der Einzelne nach dem modernen Evangelium seine Stellung, so zu sagen, zuerst isolirt für sich selbst, und eben nur diejenigen Beschränkungen sich gefallen zu lassen, welche das Nebeneinander vieler Individuen mit sich bringt; oder ist der Staat eine Einrichtung, die durch das Zusammentreten einer größeren Zahl von Individuen, welche auf diese Weise mehr Nutzen oder ein behaglicheres Dasein nach ihrem besonderen Geschmacke zu gewinnen im Stande sind, ins Dasein gerufen wird; und nimmt man eben deßhalb die Pflichten und Lasten, welche ein solches Staatswesen mit sich bringt, im Grunde genommen doch nur darum auf sich, weil man dabei für seinen Wohlstand, für seine Bildung, für sein Wissen, für seine Sicherheit oder auch für seine Ehre und für seinen Ruhm ein gutes Geschäft macht — warum sollte dann für die Juden noch eine andere Regel gelten? Nein, sobald der Staat aufhört, eine Gemeinschaft sittlicher Zwecke und Aufgaben zu sein, sobald er ein Verein zur allseitigen Befriedigung geistiger oder materieller Selbstsucht wird, dann mögen wohl noch Unterschiede gelten, welche sich mit dem Interessen- und Geschäftsstandpunkte vertragen, und für die höhere Einlage einen höheren Gewinn gewähren, dann mögen also denen immerhin gewisse Vorrechte eingeräumt werden, die durch ihr Wissen oder Können oder Geld mehr als die große Masse leisten; aber Unterschiede sittlicher oder religiöser Art darf es nicht mehr geben, und es ist jedesfalls bloße Willkühr, für die Juden eine Ausnahmestellung festzusetzen.

Das gilt auf der einen Seite für diejenigen, welche die Principien der Neuzeit als die rechte Wahrheit proklamiren und doch den Juden ihre Anwendung derselben übel nehmen. Auf der anderen Seite ist aber auch zu bedenken: Man hat sie so lange als Fremdlinge von aller seßhaften Arbeit, vom Hand= werk und Ackerbau ausgeschlossen, man hat sie so lange an das Erhaschen des günstigen Moments in kleinen Geschäften und unter unsicheren Verhältnissen gewiesen, daß nunmehr, wo die Hindernisse beseitigt werden, ihr Streben ganz von selbst darauf zielt, überall den Vortheil des Augenblicks auszu= beuten. An eine ernstere Beziehung zu dem Volksleben hat man sie gar nicht gewöhnen wollen; ihren Geist und ihr Gemüth mit demselben zu verbinden hat man sich nicht die allergeringste Mühe gegeben; ein innerliches Verständniß für die tieferen Fragen und höheren sittlichen Ziele des Volkes, das sie aufgenommen hatte, in ihnen zu erwecken hat man gar nicht beabsichtigt; und nun treten sie plötzlich in eben dieses Volks= leben zu der Zeit sogleich mithandelnd ein, wo demselben über= haupt das Bewußtsein zu schwinden beginnt, daß jeder Einzelne zu einer gemeinsamen sittlichen Gesammtarbeit berufen ist, und wo sich vielmehr das einzelne Individuum mit seiner natürlichen Selbstsucht in den Vordergrund drängt. Da muß man sich nicht verwundern, wenn für die Juden ihre eigenen Interessen überall das Entscheidende sind.

Allerdings hat der Jude die Lage der Dinge zumeist besser begriffen und verwerthet sie auch geschickter als tausend Andere; er weiß die Religion der Gegenwart, welche sich in dem einen Dogma: „Jeder ist sich selbst der Nächste" zusammenfaßt, consequenter im Leben durchzuführen; aber dafür schelte man nicht seine Person und seinen Stamm, sondern prüfe dieses Dogma selbst. Man erwäge also gerade aus den Erfahrungen, welche man nach Gottes gnädigem Willen und Fügen mit diesem Dogma an den Juden machen muß, ob man sich nicht sehr ernst getäuscht hatte, als man vermeinte, das rechte Heil und die eigentliche Wahrheit für die Menschen gefunden zu haben, da man jeden Einzelnen möglichst auf seine Füße allein und auf seinen Egoismus stellte; man erwäge, ob es heilsam ist, wenn nun die eigene Selbstsucht nicht mehr Lust hat, sich sowohl zum Heil für das eigene Leben, als um des Heiles Anderer willen sittlich erziehende Ordnungen setzen und sittlich mäßigende Schranken ziehn zu lassen.

Das ganze Geschrei des Judenhasses, es mag kommen, aus welchem Munde es wolle, es mag in geistlichen oder weltlichen, in künstlerischen oder plebejischen Tonarten angestimmt werden, richtet diejenigen, welche es erheben. Den Gegner zu schelten und für Alles verantwortlich zu machen, ist sehr leicht; man spart sich dabei die Beschämung, eingestehn zu müssen, daß man selbst erst ihm das Messer in die Hände gegeben habe.

Deßhalb bleibt für die Christen nichts Anderes übrig, als die Sache noch einmal von vorn an und neu zu prüfen; es gilt, die Frage selbst, und zwar nicht etwa, um zuletzt ein Verdammungsurtheil über die Juden zu gewinnen, sondern um für das eigene Leben Klarheit zu erlangen, nach allen Beziehungen hin zu erwägen.

So muß denn von vorn herein zugestanden werden: es ist durch und durch ungerecht, von den Juden etwas zu verlangen, was man selbst nicht leistet.

An sich nun schon, wie davon bereits früher die Rede war, sind ihnen die Aufgaben der Völker, in deren Mitte sie wohnen, nicht gesetzt. Durchschneiden aber die Völker das Band zwischen ihrer Vergangenheit und Gegenwart; verleugnen sie um der Auswüchse der Vergangenheit willen den von denselben früher festgehaltenen Beruf; verlieren sie so das Bewußtsein, einem höheren als menschlichem Willen und einem höheren als nur zeitlich wichtigem Zwecke dienen zu müssen, an allerlei selbstsüchtige Gedanken von Nationalität und bloßer nationaler Selbstständigkeit, von Macht und Größe, von Wissen und Reichthum und innerer Ungebundenheit, so finden sie darin den Beistand der Juden, denen in jener anderen Atmosphäre nicht wohl wird; finden ihn um so freudiger, nachdem die Juden ihrerseits das mittelalterliche

Judenthum abgeworfen und doch das Christenthum dafür nicht eingetauscht haben.

Denn allerdings die Juden, wenigstens in den Ländern der gebildeteren Nationen, haben keine geringere innere Wandelung als die christlichen Völker seit den Tagen der sogenannten Auf= klärung (Mendelssohn) durchgemacht. Sie haben die engen tal= mudischen Hütten verlassen und ihre Liebe dem Culturleben zu= gewandt; die modernen Culturideen erfüllen sie ganz und gar. Zwar sind nach ihrer Meinung der jüdische Geist und das jüdische Herz stets oder fast immer vorzüglich gewesen; und nach diesen höchsten menschlichen Beziehungen hin schreiben sie sich sogar Einzigartigkeit und Erhabenheit über alle Anderen zu. Denn während die übrige Menschheit nach Geist und Herz sich in tiefe Finsterniß verirrt hätte, so denken sie, habe gerade hier der Ruhm Israels um so heller geleuchtet; und an den bitteren tausendjährigen Conflikten hätten eben deßhalb auch fast nur allein die Anderen die Schuld getragen. An dem Geringeren da= gegen, an dem Außengewande, an dem Culturkleide, das hat Mendelssohn zuerst hervorgehoben, müßten die Juden von den Uebrigen noch etwas lernen. Hier erkennen die modernen Juden Fehler und Verkehrtheiten ihrer früheren Zeit an, sogar Verunstaltungen und Verunzierungen bis zur Unkenntlichkeit; ja, eben um derselben willen habe die Menschheit die wahre jüdische Schöne nicht sehn können; und das Verdienst Mendelssohns sei es gewesen, daß er den wunderbaren Kern aus der ver= bergenden Hülle befreit habe; fortan aber trete das Ideal auch immermehr in seiner Wirklichkeit hervor, und die Welt könne nun Israels heilige Schöne mit Augen sehn.

Zwar die Orthodoxen unter den modernen Juden wollen selbst „diese Nebendinge", wollen noch möglichst viele talmudische Zierrathen in die neuen Wohnungen mit hinübernehmen; sie haben ein Gefühl dafür, daß, neben der Beschränkung der ehelichen Verbindung auf die jüdischen Kreise, eine besondere und unter= scheidende Lebenssitte das vorzüglichste Mittel bleibt, um sich vor der Auflösung in die Anderen zu bewahren. Etliche Glau= benssätze allein vermöchten das ja nicht; denn sobald sie sich

auf ihnen etwa allein eigenthümliche Dogmen berufen sollten,
würde es an den Tag treten, daß ihre einzige Verschiedenheit
von den modernen Allerweltschristen und den Muhamedanern
in dem Dogma, daß die Juden der Kern der Menschheit sind,
beruht. Daher denn auch der Kampf und das leidenschaftliche
Ringen der Orthodoxen für die Bewahrung wenigstens einer
größeren Zahl ihrer mittelalterlichen Gebräuche und Cere=
monien.

Die Reformer dagegen wollen dieselben zumeist als unpassend
und unschön und störend für die prächtigen neuen Räume draußen
lassen, oder ihnen doch wenigstens eine Form und Gestalt geben,
welche die moderne Bildung an der Stirn trägt. Beide jedoch
sind darin praktisch eins, sich fortan im Hause der Fremden
heimathlich einzurichten; wiewohl die Neuorthodoxen von Zeit
zu Zeit einige bange Blicke und ängstliche Seufzer unter ihrem
Vorwärtseilen zurücksenden, und ihren gepreßten Herzen dann,
wie zur Gewissensberuhigung, durch Schelten auf die Reformer
Luft machen. Die Einen wollen eben zuerst Culturleute sein,
und dabei doch auch vor den Uebrigen den auszeichnenden Cha=
rakter als Juden behalten; die Anderen dagegen wollen zuerst
Juden bleiben, aber freilich auch nichts von der Gunst des mo=
dernen Lebens sich entgehn lassen. Aus diesem Dilemma kommen
sie nicht heraus, und darum hat Jeder in den Beschuldigungen
des Anderen ebenso Recht wie Unrecht. Eins sind sie jedoch
darin, daß es sich für sie nur um einen neuen Rock handele,
während die Uebrigen andere Menschen werden müßten; und
der Streit geschieht nun lediglich um den Schnitt dieses neuen
Kleides.

Was aber die Juden an dem gegenwärtigen Leben der
Völker so recht eigentlich anzieht, ist, wie schon berührt,
der Umstand, daß dieses nach dem Willen des Zeitgeistes
fortan nur noch Erdenziele suchen und sie also nicht länger
durch ein auf das Christenthum gerichtetes Streben stören
soll. Cultur ist ja das Stichwort der Zeit; Cultur soll der
ganze Inhalt ihres Lebens werden. Und die Kunst ihrer Ver=
ehrer besteht nun darin, daß sie zwar alles Uebersinnliche und

der Ewigkeit Dienende, daß sie jeden über den Menschen selbst hinausgehenden Willen und sein Alles bestimmendes Gesetz zu verbannen suchen, dabei aber für dieses neue Dichten und Trachten die alten hohen Bezeichnungen und Worte festhalten. So werden Cultur und Sittlichkeit als gleichbedeutend, Cultur und Wahrheit als sich deckend dargestellt; die Cultur wird plötzlich zur Religion selbst, und wird als die eigentliche Blüthe der Religion, als ihr höchstes Ergebniß nach allen früheren Entwickelungsformen gepriesen; kurz, es kehrt das griechische Heidenthum, welches Schön und Gut als eins bezeichnete, in neuer und erweiterter Form wieder zurück.

Und doch sind Religion und Cultur an sich in keiner Weise gleichbedeutend. Denn die Cultur hat es mit der Ausbildung und Entfaltung der natürlichen Kräfte und Gaben des Menschen oder mit der Auffindung und Verwerthung der Kräfte der Natur zu thun. Dabei macht es denn an sich keinen Unter= schied aus, in welcher Weise dieselben verwerthet werden. Die griechische Welt gebrauchte ihre hoch entwickelten Geistes= kräfte je länger je mehr in einer Weise, die jeglicher Moral Hohn sprach, aber ihre Cultur blieb Cultur. So ist denn auch die Cultur nicht schon in sich selbst und um jeden Preis etwas Gutes, sondern sie ist es nur dann, wenn sie in die rechten Bahnen, welche sie selbst aber nicht zeigen kann, eingeführt wird. Dies zu thun ist vielmehr die Sache der Religion. Die Religion ist ihrerseits nicht Cultur an sich selbst; sie ist es wenigstens nicht bei der gegenwärtigen Beschaffenheit des Menschen, welche überall einen Zwiespalt desselben erkennen läßt, sondern Religion ist die Verbindung des ganzen Menschenlebens auf allen seinen Stufen, des Alters, des Geschlechtes, des unendlich verschiedenen Volksthums, mit Gott. Die Religion des Kindes oder des Eskimo ist in ganz derselben Weise Religion wie die des Mannes oder des Philosophen; ihr Wesen und ihre Wahrheit wird durch die Wahrheit der Verbindung des ganzen Lebens mit Gott be= stimmt, nicht aber durch die Armuth oder den Reichthum der natürlichen Kräfte des Menschen. Ein Kindesleben kann bei= spielsweise in unendlich höherem Grade Religion sein, als die gesammte Culturherrlichkeit einer ganzen Zeit; und ein Volk kann eben so wohl mit den Griechen an seiner Cultur, als mit den Indianern an seiner Uncultur zu Grunde gehn. Aufgabe der Religion ist es, alle Menschenkräfte zu der heiligen Harmonie, welche die Kräfte Gottes zusammenhält, zu verbinden. Und das Christenthum hat es gerade auf sich genommen, eben dies in der ganzen Menschheit und zu allen Zeiten zu wirken. Das Christenthum will die Cultur aus dem bloßen Zeit- und Erdendienst, aus der Gewalt der wilden Triebe und der Selbstsucht, aus der Sklavenarbeit, die an die Materie oder an einen vergänglichen Genuß gefesselt bleibt, erlösen, und fordert sie deßhalb auf, mit ihm ein Bündniß zu schließen. Auf die Cultur kommt es mithin an, ob sie dieses Bündniß eingeht, oder ob sie sich, dem französischen Evangelium von 1789 folgend, von dem Christenthum löst. Gegenwärtig betreibt die Cultur zumeist mit aller Gewalt die Scheidung.

An diesem Zeitpunkte treten die Juden in das lange ihnen verschlossene und ihnen bis dahin auch widerwärtige Gebiet ein; oder vielmehr — sagen wir von dem Standpunkte aus, der keinen geschichtlichen Zufall kennt — werden sie gegenwärtig in dasselbe eingeführt. Alsbald aber werden sie auch einer der allerbedeutendsten Faktoren für die Zersetzung des Früheren, und gerade hierin liegt ihre gegenwärtige Bedeutung.

Wer wäre auch geeigneter, diese Zersetzung auszuführen? Sie sind ja nicht von Rücksichten zurückgehalten, welche die Anderen in einen Kampf des Für und Wider verwickelt haben. Bedenken, welche Jenen aus ihrem häuslichen und Familienleben, aus der Sitte und Volksart, aus ihrer Geschichte und Religion entspringen, können für sie nicht existiren; nicht einmal in den Krieg, den so oft Herz, Gemüth und Gefühl bei Jenen mit großem Erfolge gegen das bloß logische Schließen und Folgern des Verstandes führen, sehen sie sich verwickelt; von alle dem werden sie nicht zurückgehalten, — sondern sie führen energisch aus, was ihnen als die allereinfachste Regel gilt, nämlich die einmal aufgestellten Principien nun auch in ihrer ganzen Tragweite zur Geltung zu bringen, und alles dem Entgegenstehende bedingungslos zu beseitigen.

So beschleunigen nun die Juden unter uns den Proceß, welcher die Auflösung des Früheren herbeiführen soll. Derselbe soll auch, nachdem sie einmal Hand angelegt haben, nicht mehr zum Stillstand kommen; sie würden sonst in Gefahr gerathen, die bereits gewonnenen Positionen wieder zu verlieren; und eben deßhalb treiben sie unaufhaltsam vorwärts zu den weiteren Consequenzen. Was ihnen zuerst nur in einem gewissen Maße und durchaus nicht um ihrer selbst willen, sondern aus Motiven, die völlig außer ihnen lagen, angeboten worden ist, das wollen sie jetzt ganz besitzen; sie wollen nicht eher ruhn, als bis auch das Letzte errungen ist, und in ihrem ganzen Lager erschallt das Signal: „zum Angriff".

Die Zeit des Paktirens und der Defensive ist vorüber; „was früher weise Vorsicht war, würde jetzt unverzeihliche Schwäche sein", hören wir sie gegenwärtig die Losung ausgeben. Und man täusche sich nicht, die Sache ist sehr ernst gemeint; denn es gibt kein Gebiet unseres bisherigen Lebens, in dem die Juden fortan nicht als die Angreifer auftreten wollten. Am allerwenigsten gedenken sie sich in religiöser Beziehung auf die Vertheidigung zu beschränken, oder hier doch die Anderen nach ihrem Belieben thun und wirken zu lassen; im Gegentheil halten sie die Zeit für gekommen, das Judenthum als die Religion der Menschheit geltend zu machen.

Man verstehe jedoch diese Erhebung der jüdischen Religion nicht falsch, denn es ist um die letztere ein eigenes Ding. Wo nämlich die neuere jüdische Religion geltend gemacht werden soll, handelt es sich um alles Mögliche, nur nicht um die Gewinnung der Welt für die Wahrheit, welche das ewige Gottesleben in die Menschheit einpflanzen und sie eben zu diesem hinanziehen soll. Das Alte Testament gibt Israel den Beruf: Zeuge, Bote, Stimme, Prediger des Gottes, der die Gegenwart und die Zukunft der Menschen unauflöslich mit sich verbinden will, auf der ganzen Erde zu werden. Für diesen Beruf aber hat das Israel, welches sich von Christo abgewandt

hat, absolut gar nichts in der Welt gethan, und das Christen=
thum dagegen Alles. Die Juden bemühen sich, nachdem sie
sich viele Jahrhunderte von den Völkern fern gehalten haben,
gegenwärtig auf das Alleräußerste, die Grundsätze zu verbreiten,
bei denen es ihnen möglich wird, Alles, was ihnen unter den
Völkern besitzenswerth erscheint, zu erreichen; aber sie lehnen
es ganz energisch ab, etwas für dieselben Völker zu thun, damit
diese nun auch das vermeintlich höchste Gut der Juden, ihre
religiöse Wahrheit, annehmen. Sie erklären es damit, daß sie
keine Seelenfänger und Proselytenmacher seien. All ihr Eifer
ist darauf gerichtet, daß sie selbst das Theil der Anderen ganz
gewinnen; dafür aber rühren sie keinen Finger, daß die Völker
nun auch das jüdische Erbgut erlangen möchten.

Deßhalb ist es denn auch eigenthümlich, wenn die herrschende,
die Reform=Partei unter unseren Juden in dem Gefühl, daß sie
allerdings keine ewige Wahrheit verbreitet, die heutigen poli=
tischen und Cultur=Gedanken für die Religion des Judenthums
erklärt. Mit diesen Gedanken, so sagt man uns, habe die
jüdische Religion den Einzug in die Welt gehalten und den
Kampf um ihre Herrschaft aufgenommen. Dies die Position der
modernen Juden. Allerdings eine wunderjame Position; denn
Niemand auf der ganzen Erde und in der ganzen Geschichte ist
unschuldiger an den heutigen Culturideen, an den Principien
der französischen Revolution, welche doch den Menschen für sich
selbst allein, ohne Beziehung auf die Religion und mit grund=
sätzlichem Ausschluß derselben behandeln wollen, als gerade die
Juden. Welcher Zeit oder Gestalt des Judenthums in aller
Welt sollten dieselben auch wohl entnommen sein, da dieses
aus absolut keinen anderen, als religiösen Rücksichten für seine
Angehörigen stets eine besondere, oft eine mit ganz aus=
schließlichen Rechten ausgestattete Stellung in Anspruch ge=
nommen hat?

Die Juden wollten ja stets das auserwählte Volk Gottes,
das einzige Volk der wahren Religion sein; in allen Cultur=
beziehungen mochten die Anderen mit ihnen den gleichen Cha=
rakter theilen, der religiöse Charakter ihres Volkes sollte da=

gegen die Auszeichnung desselben vor allen Anderen ohne Ausnahme sein.

Eben dies hat die talmudische Periode des Judenthums, d. h.
also fast die ganze nachchristliche Zeit bis zu unseren Tagen
herab, in so scharfer und schneidiger Art betont, daß gar manche
der heutigen Juden sich davon auf's Aeußerste abgestoßen fühlen.
Um so mehr ist es ein trauriges Unternehmen, wenn uns An=
deren aus dem jüdischen Lager fast nur eine Lobpreisung des
Judenthums entgegengebracht wird. Wir lesen in den heiligen
Juden, in Büchern, welche für die Orthodoxen unter denselben
Büchern der nachchristlichen noch gegenwärtig als göttliches Recht
und Gesetz gelten, beispielsweise die folgenden Bestimmungen:

„Wenn man einem Götzendiener (und selbst wir Christen
werden unter dem Namen von Edomitern zu denselben gerechnet)
auf der Straße begegnet, grüßt man ihn mit leiser Stimme
und gesenktem Haupte. Das gilt aber nur von der Zeit, in
welcher die Juden in Gefangenschaft und unter die Völker zer=
streut leben, oder wenn die Götzendiener die Obermacht über
die Israeliten haben. Wenn aber die Israeliten die Obermacht
über die Götzendiener ausüben, ist es uns verboten, einen von
ihnen unter uns zu dulden, selbst wenn er sich nur zufällig oder
vorübergehend an einem Orte aufhält, oder handelnd von einem
Orte zum andern wandert. Er darf nicht eher unser Land
passiren, als bis er die sieben Gebote, die den Kindern Noah's
gegeben sind, angenommen hat."

Oder: „Wenn ein Götzendiener in Gefahr steht, in einem
Fluß zu ertrinken, oder sich sonst dem Tode nahe befindet, so
dürfen wir ihm nicht zu Hilfe eilen, um ihn zu erretten."

Oder: „Ein israelitisches Frauenzimmer soll den Sohn einer
Heidin nicht säugen, weil sie dadurch der Abgötterei einen
Diener erziehn würde; auch soll sie bei einer Heidin in Kindes=
nöthen keine Hebcammendienste leisten; wenn sie aber dafür be=
zahlt bekommt, mag sie es wohl thun wegen Feindschaft (sie zu
vermeiden)."

„Es ist verboten, einem Heiden einen guten Rath zu geben,
und Daniel ist aus keinem anderen Grunde bestraft worden,

als nur deßhalb, weil er Nebukadnezar gerathen hatte, daß er Almosen geben sollte."

„Das von einem Heiden Verlorene ist zu behalten erlaubt. Derjenige, welcher es wiedergibt, begeht eine Sünde, weil er dadurch einen Gottlosen in der Welt unterstützt."

„Moses, unser Lehrer, hat befohlen, alle Menschen der Welt zur Annahme der Gebote, welche den Söhnen Noah's gegeben sind, zu zwingen, und Jeder, der sie nicht annimmt, wird ermordet."

Dies, wie gesagt, nur einige Beispiele aus den heiligen Büchern der Juden in der nachchristlichen Zeit. Allerdings enthalten dieselben auch vieles Gute; aber die Gesinnung gegen Nichtjuden, von der hier die Proben gegeben sind, macht sich in ihnen leider außerordentlich breit.

Oder man nehme eine beliebige Ausgabe des jüdischen Gebetbuches, selbst aus der neuesten Zeit, z. B. das von Landau in Prag. Dasselbe enthält genug schönes biblisches Material, aber auch Stellen wie die folgenden:

„Gepriesen seiest du, Jehovah, unser Gott, der du mich nicht zu einem Goi gemacht hast."

„Der du mich nicht zu einem Weibe gemacht."

„Alle Götter der Völker sind Götzen."

„Ueber Israel schwebt seine Majestät; Israels Gott, Gott der Strafgerichte, brich hervor; Richter der Erde, vergilt den Hochmüthigen nach Verdienst."

„Gelobt sei Gott, der uns zu seiner Verherrlichung geschaffen, von Irrgläubigen abgesondert."

„Er hat uns nicht gemacht wie die Völker der Länder und den Geschlechtern des Landes uns nicht gleichgestellt; er hat uns nicht mit ihnen gleiche Bestimmung gegeben und uns ein besseres Ziel als jener Menge gesetzt."

„Nicht hast du, Jehovah, unser Gott, den Völkern der Länder den Sabbath gegeben. Du wolltest nicht, daß verstockte Sünder dieser Ruheweihe theilhaftig würden, sondern Israel, deinem Volke, gabst du ihn."

„Jeder Israelit hat Antheil an der zukünftigen Welt."

Ein getaufter Jude aber wird von den Anderen noch heute

Meschummed genannt, d. h. ein Ausgerotteter; er gilt um der Taufe willen denen gleich, welche im Alten Testament für den Abfall zum Götzendienst die Strafe der Ausrottung traf.

Doch auch das mosaische Gesetz selbst, so sehr es dieser Gesinnung fern steht, von welcher soeben die Beispiele angeführt worden sind, weiß nichts von Principien, welche aus einem Volke eine unterschiedslose Masse, bei der Abstammung, Geschlecht und Religion nichts zu sagen haben, schaffen. Im Gegentheil ist gerade von diesem Gesetz der national=religiöse Standpunkt als der Alles entscheidende festgehalten; und eben daraus, daß die religiöse Gemeinschaft zugleich eine politische war, erklären sich die Bestimmungen, welche als das Muster von Intoleranz durch diejenigen, die Altes und Neues Testament nicht zu unterscheiden wissen, verschrieen worden sind. Aber allerdings zeigt gerade dieses Gesetz Gottes unter Israel, daß Liebe und Freiheit für ein Volksleben so ziemlich das Gegentheil dessen sind, was die Juden darunter verstehn, welche mit aller Macht gegen die Rücksicht auf Religion und Nationalität in dem Leben der Nationen kämpfen.

Vor Allem, sehen wir, sondert das sinaitische Gesetz die Juden von allen anderen Völkern ab und gibt ihnen den auszeichnenden Charakter, das auserwählte Volk Gottes zu sein; die Gleichheit tritt hier also grundsätzlich zurück, und die eine Nation erhält Gotte gegenüber ein ihr lediglich ganz allein zukommendes Verhältniß.

Der Israelit aber durfte fortan auch keiner anderen Religion angehören, als der ihm allein gestatteten vom Sinai; der achttägige Knabe mußte beschnitten werden und auf die Unterlassung der Beschneidung stand Todesstrafe. Lästerte ein Jude Jehovah, gleichviel, ob er an denselben glaubte oder nicht, so wurde er gesteinigt; eine Stadt, die sich Götzendienst erlaubt hatte, sollte in einen Schutthaufen verwandelt werden. Religionsfreiheit gab es ganz absolut nicht; mußte doch z. B. jeder Jude den Sabbath und das Passah halten, Uebertretung zog auch hier den Tod nach sich.

Im Volke selbst bestand ferner keine allgemeine Gleichheit.

Dem Geschlechte Aarons allein wurde die Auszeichnung des Priesterthums zu Theil; die Rotte Korah, welche dasselbe für das ganze Volk beanspruchte, mußte dafür die Erde verschlingen. Die Leibeigenschaft bestand zu Recht. Das Strafrecht kannte mildere Bestimmungen für die Herren als für die Knechte und Mägde. Schlug ein Herr seinen Knecht, so daß derselbe nicht alsbald, sondern erst nach einem oder zwei Tagen starb, dann blieb er ungestraft; denn, so heißt es, es ist sein Geld.

Für Nichtjuden galt das Gesetz, ihnen Liebe zu beweisen wie den Juden, aber daraus folgte in keiner Weise, daß ihnen nun auch die gleichen Rechte mit den Anderen gewährt worden wären. Vor Allem existirte für den Nichtjuden durchaus nicht etwa Religionsfreiheit in Canaan. Er mußte den Sabbath wie die Juden halten, durfte kein Thierblut genießen, war gezwungen, am Passah Gesäuertes zu vermeiden; für Uebertretung dieser Bestimmungen erlitt er den Tod. Für die Läſterung Jehovahs, der ihm doch gar nicht als Gott galt, wurde er gesteinigt; alle Gegenstände seiner religiösen Verehrung, z. B. Säulen und gegossene Bilder, sollten in Canaan vernichtet werden. Alle mittelalterliche Beschränkung der Juden war nichts gegen die völlige Ausrottung fremder Culte in Palästina. Nur durch die Beschneidung, welche der christlichen Taufe gleich steht, konnte der Nichtjude die Rechte der Juden erlangen; und doch wurden die Angehörigen ganzer Völkerschaften gar nicht einmal zur Beschneidung oder auch nur zur Niederlassung im Lande zugelassen. So sollte die ganze Reihe der Ureinwohner Canaans einfach ausgerottet werden; Ammoniter, Moabiter und Amalekiter blieben von der Gemeinde Gottes ausgeschlossen, Edomiter und Aegypter fanden erst im dritten Gliede Aufnahme; heute aber weiß man jüdischerseits das Alles in folgender Weise plausibel zu machen: „Jedermann, mit wenigen Ausnahmen, konnte das israelitische Bürgerrecht erlangen.‟

Ferner durfte kein Nichtjude in Palästina Grundbesitz erwerben; begütert konnte er nur durch Handel werden; erst das paradiesische Canaan, welches die Propheten verheißen, sollte auch Nichtjuden Antheil an dem Lande selbst gewähren.

Nur Nichtjuden sollten eigentliche Leibeigene sein dürfen; Zins vom Juden zu nehmen war verboten, vom Nichtjuden konnte er erhoben werden.

Ferner durfte das Volk an dem ihm gegebenen Gesetze nichts ändern; aller Fortschritt der Zeit gestattete es doch nicht, selbst nur die geringste Bestimmung durch andere zu ersetzen; Gott allein behielt sich eine neue Ordnung der Dinge vor, er allein war der Gesetzgeber; für das Volk existirte auch nicht einmal die Spur von irgend welchem Gesetzgebungsrecht. Freiwillig mochte der Einzelne oder auch das Volk sich selbst Dies oder Jenes auflegen; das hatte aber nur den Charakter des Frei= willigen; gesetzlich verpflichtend war allein, was Gott bestimmte. Von Volkssouveränität weiß das mosaische Gesetz auch nicht das Geringste; Israel wird dadurch Gottes Volk, daß es sein Gesetz annimmt und Gehorsam gegen dasselbe verspricht, aber Gott ist es eben, der Alles bis in die unbedeutendsten Einzel= heiten hinein festsetzt. Kurz die Principien der Neuzeit, welche überall vom Menschen und seinem Willen ausgehen, finden in dieser Gesetzgebung ihr direktestes Gegentheil.

Es war ersichtlich, daß für die Juden in ihren verschiedensten Perioden die Rücksicht auf die Religion Alles bestimmte; und sie sollen die Väter der modernen Principien, welche gerade diese Rücksicht allein ausschließen, sein? Nein, diese Behauptung ist eine fast zu schlechte Nachahmung derjenigen Christen, die, ehe Juden auf solche Einfälle geriethen, ihrerseits das Bedürfniß fühlten, den heiligen Mantel der Religion ihren religionslosen Principien umzuhängen, und dieselben als „echtes Christenthum" oder als „die wahre Religion" proklamirten. Die Juden haben ihrerseits ein derartiges Verfahren recht praktisch gefunden und deßhalb nachträglich erklärt: Jene Principien seien nicht das Christenthum, sondern das Judenthum; müssen sich dafür aber freilich die Frage gefallen lassen, ob denn so plumpe Behaup= tungen wirklich ernsthaft gemeint seien?

Der viel bedeutendere Einfluß des modernen Judenthums auf religiösem Gebiet liegt aber in den Angriffen, welche sie gegen das Christenthum unternehmen. Die Position der Juden ist eine ganz außerordentlich schwache, aber ihre Negation gegen die Anderen um Vieles gefährlicher. Sie arbeiten nämlich mit aller Macht daran, dem Christenthum seine Stellung in der Welt zu rauben. Denn das erkennen sie wohl, ein freies Schalten und Walten, um sich die Gegenwart dienstbar zu machen, ist für sie nur in dem Maße möglich, als sich die Herzen der Völker von dem Christenthume, dem biblischen und apostolischen Christenthume abwenden.

Zwar ist es nicht richtig, wenn man den Juden der gegen= wärtigen Culturvölker „Haß und Feindschaft gegen Jesum Christum" als Gesinnung Schuld gibt; dieser Haß und diese Feindschaft gegen die Person Jesu Christi gelten wohl für den Talmud und das talmudische Judenthum, sind aber für unsere modernen Juden ein überwundener Standpunkt. Aber sie sind freilich die bewußtesten und thatkräftigsten Feinde des Reiches Christi; Niemand widersteht in solchem Maße, wie sie es thun, dem, was doch für Jesum Christum das Ein und Alles ist: der Verbindung der ganzen Welt und ihres gesammten Lebens mit ihm selber. Aus praktischen Gründen, nämlich um der von ihnen begehrten äußeren Stellung willen, befehden sie die Lebenswirksamkeit Jesu Christi auf Schritt und Tritt; alle Fäden, welche die Völker mit Jesu verknüpfen, suchen sie zu lösen; unser Leben soll sich ganz und gar in einen Zeitdienst verwandeln, und nicht mehr ein Dienst an dem Reiche Christi bleiben; mag es alles Andere werden, nur dies Eine soll es nicht länger mehr sein.

Um dies zu erreichen, stellen sie dann irgend eine geschicht= liche Gestalt des Christenthums als das Christenthum selber, und die Verirrungen oder Verfehlungen als das eigentliche Wesen dar. Diesen Dienst muß ihnen das mittelalterliche Christenthum leisten. So wissen sie denn von demselben nur das Eine zu sagen, daß es eine Inquisition gehabt, Hexen ver= brannt, die Tortur angewandt habe, Alles in Allem überhaupt blutdürstigen Charakters gewesen sei. Sodann aber loben sie das moderne Christenthum, daß es allmählig von den Juden lerne, die Religion als Humanität zu begreifen und darin das

Wesen derselben zu erkennen. Denn gerade dahin, so hören wir sie gegenwärtig ausführen, müsse das Christenthum kommen, daß es ihrem Beispiele folgend alle Mystik verlasse und den Menschen vielmehr auf die Ausbildung des Erdenlebens weise. Das gerade sei der Charakter der jüdischen Religion von jeher gewesen. Man sollte hiernach wirklich meinen, die Juden seien die Griechen, Römer und Deutschen der Welt, diese Völker aber die Juden gewesen; man sollte meinen, daß die Juden die Culturarbeit auf Erden gethan und die Anderen dagegen ein Leben geführt hätten, dem die Aufgabe zugefallen war, die Verbindung eines Volkswesens mit dem unsichtbaren, ewigen Gott darzustellen.

In derselben Weise ihre Gedanken weiter ausführend er= klären sie, daß es gerade unter ihnen an den Tag getreten sei, wie eben die zeitlichen Aufgaben ein Volk beschäftigen müßten, und alles Religiöse daher die weiteste Toleranz fordere. So sind sie zu sprechen im Stande, während in ihrer Mitte, wie früher gezeigt, nicht einmal die Ausübung eines anderen Glaubensbekenntnisses geduldet war, und die religiöse Frage das ganze gesellschaftliche und staatliche Leben regelte. Auf die Frage des von ihnen gesteinigten Stephanus aber (Apg. 7, 52): „Welche Propheten haben eure Väter nicht verfolgt und sie getödtet, die da zuvor verkündigten die Zukunft dieses Gerechten (Christus), welches ihr nun Verräther und Mörder geworden seid", ant= worten sie mit ihrer weltgeschichtlichen Toleranz; die blutigen Parteikämpfe in ihrer eigenen Mitte verschweigen sie; und während es ihnen seit der Zerstreuung aus Canaan nicht mehr möglich war, wie es doch Johannes Hyrkanus noch an dem ganzen Volke der Idumäer (um 120 vor Christo) gethan that, an Andersgläubigen Gewalt zu üben, rechnen sie sich diese Unmöglichkeit vielmehr als Verdienst an. Das christ= liche Mittelalter verklagen sie für seine harte Behandlung der Juden; berühren es dagegen mit keinem Worte, daß diese Verfolgungen ihren ersten Anlaß nicht in religiösen Motiven, sondern fast stets in den Blutsaugereien der Juden gefunden hatten.

Dazu geben sie sich nicht die allerentferntefte Mühe, die theokratische Anschauung des Mittelalters zu verstehn, sondern verdammen dasselbe lediglich. Und doch ist gerade diese Anschauung des Mittelalters ganz allein die Folge einer Verwechselung zwischen dem Alten Testamente Israels und einem christlichen Volkswesen. Für das Alte Testament sollen der Staat und die Religionsgemeinde Israels untrennbar zusammenfallen; das Reich Gottes war dort auf Israel beschränkt und sollte sich in demselben mit äußeren Mitteln, selbst mit äußerer Gewalt erbauen; das Schwert und die bürgerliche Strafe traten überall für Vergehungen ein, welche dem Willen Jehovah's zuwiderliefen. Der Fehler des Mittelalters war es nun, daß es nicht begriff, wie im Neuen Testament der Staat und die Religionsgemeinde nicht länger zusammenfallen dürfen; es meinte das jüdische Vorbild nachahmen zu müssen; es erkannte also nicht den Unterschied zwischen einer einzelnen religiösen Volksgemeinde und einem Gottesreich, das sich unter allen Völkern erbauen will, und doch nicht damit allein, daß es denselben eine bestimmte äußere Gestalt oder Ordnung und Verfassung ihres Lebens gibt, sondern damit, daß es den Quell eines neuen überirdischen göttlichen Lebens in den Herzen derselben eröffnet, um so von Innen heraus Alles zu einem neuen Dasein zu erwecken. Daher bemühte sich das Mittelalter, ebenso das Reich Gottes als einen politischen Staat Jesu Christi aufzurichten, wie das Reich Gottes im Alten Testament der israelitische Staat Jehovah's war. Und gerade daraus erklären sich alle die traurigen Anwendungen von Gewalt in Glaubenssachen. Es ist ja wahr, und hernach wird noch einmal davon die Rede sein müssen, daß die religiöse Frage, weil sie in der That die höchste Frage des Menschen ist und weil es sich in ihr darum handelt, daß unser ganzes Leben nach allen seinen Beziehungen hin die Verbindung mit Gott suche, im Volksleben nicht ausgetilgt werden darf; aber dieselbe soll eben nicht mit Gewalt auftreten, sondern von selbst auch die politische Gesinnung durchdringen. In dem Maße, als dies der Fall ist, werden die Juden innerhalb eines Volkes, das die christliche Religion sein bestes Gut nennt, und das von einem ernst=christlichen Streben erfüllt ist, ganz von selbst der politischen Arbeit und Wirksamkeit ferner bleiben. Das würde aber ohne die geringste Ungerechtigkeit und Härte gegen die Juden geschehn können. Denn wie das mosaische Gesetz für das Leben Israels in Canaan die Regel aufstellte, daß fremde Elemente in denselben nicht als Glieder mit ein= greifen dürften, so ist dies eine Regel für jeden Organismus und für ein jedes Volk. Das Gesetz vom Sinai ist, obwohl es sehr harte Verordnungen hinsichtlich der Canaaniter enthält, voll von humanen Bestimmungen für die meisten im Lande sich niederlassenden Fremden, aber es versagt denselben, wie oben nachgewiesen, alle politischen und viele der wichtigsten socialen Rechte der Juden.

Indem dagegen die modernen Juden für alle anderen Na= tionen nur solche Gesetzgebungen gelten lassen wollen, welche an die Stelle der Volksgemeinschaft und des Volksganzen die einzelnen im Lande wohnenden Individuen setzen, fordern sie von den Völkern, daß dieselben jeden Gedanken an eine ihnen gesetzte höhere Aufgabe, an einen besonderen Beruf inmitten der übrigen Menschheit vergessen und in sich ersticken. Für eben diesen Zweck bieten sie alle ihre Kraft auf, und wollen so an ihrem Theile dazu helfen, daß die Völker völlig andere Ziele als je zuvor suchen lernen. Dies wird nun im Einzelnen nachzuweisen sein, nachdem die allgemeine Richtung ihres Strebens· bezeichnet worden ist.

Die Juden fassen die Dinge bei der Wurzel an. Sie haben es mit klarem Blick erkannt, daß ihnen nur dann die Zukunft gehören könne, wenn die Fundamente anders gelegt werden, als sie bisher gelegt waren. Das Leben soll ihnen ein Leben allseitigen Genusses in ihrer Gegenwart werden. Um dies zu erlangen, wenden sie sich an die einflußreichsten Ge= walten der Gegenwart, an die Großmächte der modernen Welt, sie suchen sich des Capitals und des öffentlichen Wortes zu be= mächtigen. Denn das Capital bewältigt das äußere Leben und verschafft demselben das allseitigste Wohlbehagen; das öffent= liche Wort bewältigt das geistige Leben und weist demselben die gewünschte Richtung an; beide aber stehen in einem ganz außerordentlichen Maße unter ihrem Einfluß.

Was nun den ersten Punkt, das Capital, betrifft, so haben es die Juden unter allen Gleichgesinnten am Geschicktesten verstanden, diejenigen Wege einzuschlagen, welche allmählig ganz andere als die früheren Verhältnisse und völlig neue Grundlagen des Lebens schaffen sollen. Das Capital hatte früher mehr oder weniger eine gewisse Beständigkeit; es war theils in der Form des Grundbesitzes, theils durch die Ordnungen des ständischen und bürgerlichen Lebens in gewissen Schranken gehalten, welche im Vergleich mit der Gegenwart nicht so schreiende Gegensätze aufkommen ließen; denn ein Proletariat im heutigen Sinne gab es nur in sehr geringem Umfange. Gewiß wären sehr viele der früheren gesetzlichen Beschränkungen heute zumeist nur Fesseln, und nicht mehr die entsprechenden Formen für die vorhandenen realen Verhältnisse. Zumal in dem beweglichen Handel und im Handwerk würden die meisten Bestimmungen der Vorzeit, welche sie einst aus ihren Bedingungen heraus aufgestellt hatte, gegenwärtig des eigentlichen Lebensrechtes entbehren und in sich selbst todt sein. Aber das darf auf der anderen Seite ebensowenig vergessen werden, daß auch das Capital des Einzelnen sehr ernst unter der Pflicht steht, an dem allgemeinen Besten des Volkes und der Gemeinschaft mitzuarbeiten. Das Capital hat den Beruf, durch seinen weitreichenden Arm eine Verbindung der Menschen unter einander zu befördern, ihre Kräfte zu vereinigen, den Lebensstrom im ruhigen Fluß weiterzuführen, das gesammte Leben ordnen, regeln, bereichern, schmücken, neue Kräfte erwecken, die vorhandenen stärken und die mancherlei Störungen überwinden zu helfen.

Diesem seinem Beruf soll sich das Capital nicht entziehn. Zwar erheben Viele ihre Stimme, daß alle Bevormundung desselben fallen müsse, aber dann müßten überhaupt alle Gesetze aufhören, denn ein jedes derselben ist ein Vormund gegen die Willkühr, welche der Einzelne sich gegen Andere erlauben könnte; und daß so viele Gesetze existiren, ist ein Beweis, wie sehr die Selbstsucht der Menschen dieselben nöthig macht, wie unvermeidlich die Schranke und wie heilsam dieselbe in vielen Fällen als schützender Damm ist.

Gerade darum ist es für ein Volk auch so sehr nöthig, daß dem Capital auf der einen Seite der genügende Raum für die erforderliche freie Bewegung, auf der anderen Seite aber auch die nöthige Ruhe und Stetigkeit zum Besten des Volks= lebens angewiesen werde. Die weiseste aller bisherigen Gesetz= gebungen, die mosaische, hat aus diesem Grunde den Grund= besitz im jüdischen Volke in eigenthümlicher Weise consolidirt. Und wenn auch die dort aufgestellten Bestimmungen nicht schlecht= hin auf andere Völker mit ihrer anderen Eigenart übertragen werden dürfen, so wird das dennoch festzuhalten sein, daß dem Volke eines jeden Landes ein bedeutendes Element der Ruhe erhalten werden muß, wenn es nicht einer Zerfahrenheit und sittlichen Haltlosigkeit verfallen soll, welche ihm seine Weise völlig raubt und es zu einem Haufen wilder, nirgends mehr berechenbarer Geister macht. Statt dessen sehen wir aber in das Capital je mehr und mehr eine Unruhe gerathen, welche es oft nur rastlos hin= und herjagt, ganz abgesehn davon, ob es mit seinen Operationen noch etwas für die Förderung der Lebens= verhältnisse des Volkes beiträgt. Das Capital sucht Selbst= ständigkeit; es folgt dem Zuge der Zeit, der das Individuum freigibt, ohne es in demselben Maße zu verpflichten; es will fast nur noch dem Einzelnen und seinem jeweiligen Belieben angehören; es will sich von dem ihm aufgetragenen Dienst an dem allgemeinen Volksleben möglichst lösen. Kaum hat es die für die Gegenwart unberechtigt gewordenen Schranken beseitigt, so fängt es sogleich an, das andere und noch schlimmere Extrem auszubilden, nämlich in steigendem Maße zur Speculation aus= zuarten. Damit entschlägt es sich aller sittlichen Gedanken und Ziele und arbeitet nur für die Befriedigung der Habgier, der Leidenschaften, der Selbstsucht, die es fort und fort auch noch steigert und erhitzt. Deßhalb schont es nicht den Besitz des Wohlhabenden und schont nicht den Groschen des Aermeren, es lockt und treibt und reizt die Gewinnsucht des Einzelnen wie die der großen Menge, und untergräbt so in außerordentlichem

Maße die Ruhe, die Genügsamkeit, das Ehrgefühl und die Pietät weiter Kreise.

Wer aber betreibt gegenwärtig mit so gewaltigem Eifer die Mo= bilisirung des Capitals, das Hindurchhetzen desselben durch tausend Hände, die Zerstückelung des Grundbesitzes und den fortwährenden Handel mit demselben, wer so sehr die Anhäufung des Geldes in den Händen Einzelner, als eine große Zahl der Juden? Wohl haben sie auf diesem Gebiete zur Beseitigung des nicht mehr Lebensfähigen viel beigetragen und rechnen sich das zum hohen Verdienst an; aber weil sie dafür das Capital zur Herr= schaft zu führen bestrebt sind, haben sie an ihrem Theile die bedenklichsten Keime für die Zukunft gelegt. Denn gerade sie tragen mehr als fast alle Anderen dazu bei, das Leben in Fa= milien, Gütern, Dörfern, ganzen Landstrichen und selbst Völkern in wenig heilsamer Weise umzuwandeln; eine Lösung der bis= herigen Bande herbeizuführen und doch nicht bessere, heilsamere an Stelle derselben darzubieten. Die Folge ist, daß ein Volk, d. h. eine ganz auf gegenseitige Förderung zum wahrhaft all= gemeinen Wohl angelegte Gemeinschaft, sich in eine aufgelöste Heerde von lauter Einzelnen, verwandelt, die alle wie im wilden Sturmeslauf dahinjagen, wer am Ehesten etwas und wer am Meisten zu erraffen im Stande sein wird. Das Leben wird so für die Einen zum Erhaschen des ganzen Genusses, den die ge= sammte Welt zu bieten vermag — man nennt das den Cosmo= politismus des Capitals —; das Leben wird für unzählige Andere unter diesem Streben jener Ersten zum Kampfe um das bloße Dasein. Persönliche Gutmüthigkeit, Wohlthätigkeit, Generosität nicht weniger Einzelner mag dabei immer zu bemerken sein; die Sache selbst, so lehrt die Erfahrung, verliert nicht das Mindeste an ihrem verderblichen Charakter.

Sodann aber haben die Juden geschickt und allseitig in die Literatur, besonders in die Tagesliteratur einzugreifen gewußt. Die ganze Richtung ihres Wirkens geht auch auf diesem Ge= biete dahin, das bisherige Volksleben in neue Bahnen zu leiten, ihm eine neue geistige Nahrung darzubieten, ein neues Denken in dasselbe einzuführen und vornehmlich die bisher

geltenden mit dem Christenthum eng verbundenen Grundan=
schauungen durch andere zu ersetzen. Nicht als ob die Juden
dies allein thäten, oder auch nur zuerst gethan hätten; es ist
vielmehr schon oben davon die Rede gewesen, daß diese Geistes=
wandelung unter den Völkern vollständig aus ihnen selbst stammt;
aber einmal zum Mithelfen gerufen, gehören die Juden zu den
rücksichtslosesten Arbeitern auf dem neu eröffneten Felde.

Eine bedeutende jüdische Stimme läßt sich selbst in folgender
Weise über diesen Gegenstand vernehmen: „Die moderne Welt
muß den Sieg erringen, weil sie unvergleichlich bessere Waffen
führt als die alte orthodoxe Welt. Die Federmacht ist eine
Weltmacht geworden, ohne die man sich auf keinem Gebiete
halten kann, und diese Macht geht euch Orthodoxen fast gänz=
lich ab. Eure Gelehrten schreiben zwar schön, geistvoll, aber
doch nur für ihres Gleichen, während die Popularität das
Schibbolet unserer Zeit ist. Die moderne Journalistik und
Romantik hat die freigesinnte Juden= und Christenwelt voll=
ständig erobert. Ich sage, die freigesinnte Judenwelt — denn
in der That arbeitet jetzt das deutsche Judenthum so kräftig,
so riesig, so unermüdet an der neuen Cultur und Wissenschaft,
daß der größte Theil des Christenthums bewußt oder unbewußt
von dem Geist des modernen Judenthums geleitet wird. Gibt
es doch heut zu Tage fast keine Zeitschrift oder Lektüre, die
nicht von Juden direkt oder indirekt geleitet wäre.“

So dieses jüdische Urtheil. Und in der That, die Tages=
presse steht in einem kaum glaublichen Umfange zur Disposition
der Juden. Dieselbe hat die Aufgabe empfangen, alle Be=
strebungen, welche auf irgend einem Gebiete die christliche Rich=
tung fordern, als finstere Orthodoxie, als Verdummungssystem,
als den Feind jedes gesunden Fortschritts, als den Freund aller
Gewalt, Tyrannei und Bedrückung, als den Widersacher von
Recht und Licht, als den Tod aller Freiheit des menschlichen
Geistes und der menschlichen Gesellschaft zu brandmarken, und
auf diese Weise die Vorstellung in den Herzen zu erwecken, als
ob der christliche Glaube im Grunde der einzige Störenfried
innerhalb der sonst zu allem Guten geneigten Menschheit sei.

Principiell und nach der Erfahrung aller Zeiten bis in die augenblickliche Gegenwart hinein, duldet der christliche Glaube zwar alle Formen des Staates und der Gesellschaft; ja er allein besitzt diese Weitherzigkeit und Allseitigkeit, daß er sie alle ohne Ausnahme in gleicher Weise schätzen kann; er allein kennt nicht die dogmatische Befangenheit, welche bald Republik, bald Monarchie, bald constitutionelles, bald absolutes Königthum, bald Aristokratie, bald Demokratie als die eigentlich heilige Form anpreist; er allein gestattet einer jeglichen unter diesen allen ihre Zeit und ihren Ort; denn er selbst ist eben mit keiner unter ihnen gleichbedeutend; sondern seine Absicht ist es vielmehr, Alles und Jedes in der Menschheit mit Christo zu verbinden und durch Christum mit dem ewigen Gott. Trotzdem oder vielmehr gerade deßhalb wird er jedoch vor den Augen der großen Menge an den Pranger gestellt, und das macht auf dieselbe Eindruck. Die Tagespresse bestimmt in dieser Weise das religiöse Streben und Denken auf das Entschiedenste. Sie predigt viel häufiger als jeder Prediger, sie predigt eben an jedem Tage; sie reißt den Geist in einen unruhigen Strudel hinein, der nicht Zeit läßt über das Gestern nachzudenken, weil das Heute weiter treibt. So bleiben denn nur die Grund= anschauungen haften, von welchen jeder neue Artikel und jede neue Zeitungsnummer ein neuer Ausdruck ist; die Parolen, die Stichworte regieren, und unter ihrem Einfluß wird Unzähligen ganz allmählig der bisher inne gehaltene Boden unter den Füßen entzogen.

Ebenso umsichtig und anhaltend führen die Juden den Kampf um die Jugendbildung. Es gilt die jugendlichen Herzen schon so zu bearbeiten, daß sie hernach mit Anschauungen in das Leben treten, welche den jüdischen Bestrebungen günstig sind. So viel wollen die Juden erreichen und sich keineswegs daran genügen lassen, daß ihnen wie allen Uebrigen die nämlichen Schulen offen stehn. Die Art und der Inhalt des Unterrichts sind es also, auf welche sie ihr hauptsächliches Augenmerk ge= richtet haben, und wir finden sie deßhalb in den ersten Reihen derer, welche den Einfluß christlicher Denkweise aus den Schulen verbannen wollen. Es ist ihnen auch bereits Vieles gelungen. In den öffentlichen Schulen Hollands darf der Name Jesu um der Juden willen nur noch als der einer historischen Person, da= gegen nicht mehr als der des alleinigen Heilandes der ganzen Welt genannt werden; jedes christliche Bekenntniß ist im dortigen Unterricht, wenigstens nach der Meinung des Gesetzes, verboten; und Holland ist den anderen eben nur um einige Schritte voraus; die deutschen Juden bereiten Alles energisch vor, daß sich unter uns möglichst bald das holländische Vorbild und Muster wiederhole.

Von bedeutender Wichtigkeit sind ferner die umfassenden Bestrebungen der Juden, durch parlamentarische Thätigkeit und überhaupt durch das öffentliche mündliche Wort auf die Gesetz= gebung und die jedesmalige Zeitanschauung einzuwirken. Die schärfsten und consequentesten Verfechter der modernen Ideen, welche den Menschen zu einem Erdenwesen machen, das die möglichst uneingeschränkte Freiheit, seinem Einzelbelieben zu leben und auch nur sich selbst verantwortlich zu sein, empfangen soll, sind überall gerade Juden. Sie bringen in der Gesetzgebung ganz natürlich das Princip zur Geltung, welches nur ab= strakte Individuen mit ihren sogenannten Menschenrechten kennt. Das Recht der Eigenart, die besondere Bedeutung eines Stammes lassen sie ja nur für sich selbst gelten. Indem sie aber alle Anderen nur als Menschen von der allgemeinen Species Mensch behandeln, schlägt auch ihre gesetzgeberische Arbeit gerade diese Richtung ein. Sie befinden sich freilich in der Nothwendig= keit, nur das allgemeine Menschthum gelten zu lassen; denn sobald die Bedeutung der Nationalität hervorgehoben würde, müßte bei dem zwischen ihnen und allen Anderen so scharf be= stehenden Geschlechtsunterschied der Werth ihres Mitwirkens an der Gesetzgebung eines concreten bestimmten Volkes ebenso zweifelhaft erscheinen, als ein etwaiges Mitwirken von Franzosen an deutschem Volksaufbau. Die Gesetze, welche sie empfehlen, müssen vielmehr dazu beitragen, dem Volke gerade sein eigent= liches Wesen, seinen besonderen Volkscharakter zu nehmen, es zu entnationalisiren und aus einer eigenartigen Gemeinschaft

mit ihren eigenthümlichen Lebensgebilden in einen Haufen belie=
biger Individuen umzuwandeln. Nein, Volksinstitutionen, die
allein aus der Eigenart eines Volkes erwachsen, welche nur
wieder sein Fleisch und Blut und Temperament, Begabung und
Geschichte bestimmen, können die Gesetze nicht sein, welche die
Juden uns vorschlagen; es schafft sie eben ein fremder Geist. Aber
indem nun die Juden in einer anderen geistigen Lebensluft als
ihre christlichen Mitbürger aufgewachsen sind, eilen sie den
Letzteren auf den neuen Bahnen auch leicht voraus und werden
darum von einem Theile unter Jenen fast instinktmäßig als
Organe für die Durchführung der neuen Tendenzen gebraucht.
So helfen sie auf sehr erfolgreiche Weise die Art der Völker
umwandeln; denn Gesetze und Sitten, die das tägliche Leben
umfassen, beeinflussen die Entwickelung und das Wesen eines
Volkes unendlich mächtiger, als die gewaltigsten Ereignisse im
großen politischen Leben, die oft nur Stürmen gleichen, welche
zwar brausend kommen, aber alsdann eben auch verbraust
sind.

Selbst nicht einmal bei den inneren Kämpfen der verschie=
denen christlichen Confessionsparteien um die Ausgestaltung ihrer
speciellen Kirchen stehn sie als müßige Zuschauer da. Denn es
hat für sie oft ein sehr reelles Interesse, welche dieser Parteien
den Sieg behält. Die Einen bedürfen etwa ihrer Hilfe nicht,
die Anderen dagegen finden in einem Bündnisse mit ihnen Vor=
theil, und dieses Letztere wissen sie zu verwerthen. Oder die
Juden sind der Ueberzeugung, daß ihnen, je nach dem Siegen
der Einen oder der Anderen, mehr oder weniger Raum gelassen
werden würde. Deßhalb suchen sie nicht bloß die Katholiken
über die kirchlichen Bewegungen auf ihrem Gebiete, über Ultra=
montan und Liberal (einen anderen Gegensatz kennen sie nicht,
denn derselbe ist ihnen heute noch nicht verständlich) zu orien=
tiren, sondern sie sind auch sehr thätig, ja noch viel lebhafter
in den Kampf miteingetreten, welcher in dem Lager der evan=
gelischen Kirchen herrscht. Die Presse und das öffentliche Wort
sind ihnen das Mittel geworden, durch welches sie ihre Lehren
ausgeben; jüdische Litteraten oder Zeitschriften, welche die Ge=

danken ihrer jüdischen Patrone auszusprechen haben, weisen in großer Zahl den Christen ihre Stellung zu den brennenden kirchlichen Zeitfragen an; die Gehorsamen aber wissen es zumeist gar nicht, wem sie ihr Glaubensbekenntniß zu verdanken haben.

Man täusche sich auch nicht; wir stehn noch an dem Anfange der Bewegung, und die Folgen werden erst später in ihrer ganzen Stärke heraustreten. Principien sind Geistesmächte, und für dieselben gibt es nur die Wahl, zu herrschen oder zu unterliegen. An den Juden gerade können wir dies erfahren; ihr Einfluß steht ja in gar keinem Verhältniß zu ihrer geringen Zahl. Das aber gibt ihnen eine solche Macht, daß sie sich überall unter die Bannerträger der modernen und dem Christen= thume abgewandten Ideen gemischt haben. Eben weil sie die früheren Gedanken der Nationen in ihr Leben nicht aufgenommen haben und darum auch den inneren Kampf, wie weit man den gegenwärtigen Zeitanschauungen mit ihrer Mißachtung der be= sonderen nationalen Eigenart und der christlichen Religion folgen dürfe, gar nicht kennen, werden sie die Zweifelnden auch ferner treiben und die Zaghaften anspornen, damit das ganze Leben der Völker nur noch Erdenluft athme und der Hauch des Geistes Jesu Christi aus demselben verbannt werde.

Eine Judenfrage besteht mithin allerdings; die Existenz einer solchen ist auch stets und ausnahmslos von den Völkern, welche Juden in ihrer Mitte aufgenommen haben, irgendwie empfunden worden. Man fühlte es aber, daß dieselbe dem eigenen Leben mehr oder weniger Gefahr drohte, und schlug, um von dieser Gefahr befreit zu werden, recht verschiedene Wege ein.

Lange Zeit hat man die politische und sociale Beschränkung und diese allein als Heilmittel angewandt, und empfiehlt dieselbe, obwohl die Heilung doch nicht erfolgt ist, theilweise noch heute als die probate Medicin. Die in nichts Anderem die Hilfe suchen, täuschen sich höchlichst.

Das Mittelalter hatte ein viel größeres Recht, die Juden von dem nationalen Leben seiner Völker auszuschließen; denn obwohl es sich von dem Christenthum durchaus nicht lebendig

genug durchdringen ließ, so war dasselbe dennoch die Geistes=
macht, von welcher es in der That beherrscht sein wollte. Daher
erfolgte denn auch das Fernhalten der Juden von den natio=
nalen Arbeiten und Bestrebungen und von der gesammten Ord=
nung oder Gestaltung des Volkslebens im Mittelalter aus dem
Bewußtsein der ihm gestellten christlichen Aufgaben, d. h.
war eine Folge der positiven Gedanken jener Zeit. Die Juden
konnten in dem Organismus eines Volkes, das sich in den
Dienst des Christenthums stellen wollte, so wenig eine mit=
wirkende Stelle finden, als die Nichtjuden in dem mosaischen
und palästinensischen Israel. Heutiges Tages ist aber freilich
das Christenthum auch nicht einmal für das Bewußtsein der Mehr=
zahl unter den Völkern, die Juden in ihrer Mitte zu wohnen haben,
die Alles bestimmende Macht. Zwingt man also in diesen die
Juden in die frühere Isolirung hinein, so geschieht es aus
reiner Willkühr, aus bloßer Negation; die leere Negation aber
ist stets von allen wirklichen Kräften, mochten dieselbe nun heilige
oder unheilige sein, überwunden worden.

Jedoch auch das Mittelalter hat eine schwere Schuld gegen
die Juden auf sich geladen, und wir haben die Strafe derselben
mitzutragen, nachdem wir uns nicht haben entschließen können,
diese Schuld wieder gut zu machen. Das Mittelalter war
nämlich mit dem Selbstaufbau und Selbstausbau der christlichen
Nationen zufrieden; die Fremden, die Juden, welche in den
Gebieten derselben wohnten, ließ es gedeihen oder verkommen,
es hatte dafür kein Herzensinteresse und kümmerte sich nicht
einmal um diese Parias. Sein Verhältniß zu den Juden war
eben auch nur ein negatives; es ließ sie in gewissen engen
Grenzen gewähren und wies sie mit Verachtung oder mit blutiger
Gewalt zurück, wenn sie nun den Anderen, die es nicht ver=
sucht hatten, sie durch sittliche Bande mit sich zu verbinden,
abzujagen oder abzulocken trachteten, was irgend zu er=
reichen war.

Dieses Verfahren des Mittelalters war ein direkt wider=
christliches. Das erste Gebot des Christenthums ist, nachdem
es in seinem Christus Jedem dazu die Kraft dargeboten hat,

nun auch danach zu ringen, daß die vollkommene Liebe desselben zu Gott und zu allen Menschen im eigenen Leben That und Wahrheit werde. Aber gerade diese Liebe hat das Mittelalter gegen die Juden schreiend verletzt und eben dadurch auch zwischen den Juden und Christo eine hohe Scheidewand aufgerichtet. Steht das fest, dann wird man uns nicht zumuthen dürfen, den Juden mit nichts Anderem als mit dem bloßen Geschrei nach Beschränkung entgegenzutreten. Denn das hieße nichts Anderes, als die Lieblosigkeit verfestigen. Nein, es wird kein Gebot Gottes ungestraft übertreten; wer die Liebe verleugnet, hat sich es selbst zuzuschreiben, wenn ihn der Lohn dafür ereilt. Der Lohn der vergessenen und verleugneten Liebe gegen die Juden ist die Judenfrage mit ihrem ganzen gegenwärtigen Ernst; an uns liegt es, ob wir von dem Gericht derselben befreit werden können, oder ob es mit seiner ganzen Schwere über uns verhängt werden wird.

Unter den gegenwärtigen Verhältnissen wird man nicht einmal mehr das Recht in Anspruch nehmen können, die Judenemancipation wieder aufheben zu wollen. Man hat, wo dieselbe besteht, den Juden im Staate und in der Commune die gleichen Pflichten mit allen Anderen auferlegt und stellt an ihren Leib und ihr Leben dieselben Ansprüche, wie an jeden Anderen; da sind ihre Anforderungen nach gleichen Rechten aber auch durchaus in der Billigkeit. Erwiese sich in einem Lande oder in einer Gegend das christliche Bewußtsein noch stark genug, um wenigstens das Gebiet der Schule oder der öffentlichen Erziehung für eine ungehinderte und volle Einwirkung des Christenthums frei zu erhalten, dann bliebe für dieselben aber auch nichts Anderes übrig, als alle Lasten, welche hierfür erwachsen würden, durchaus auf die eigenen Schultern zu nehmen; und das innere Recht, eine solche Veranstaltung auf diesem Gebiete zu treffen, würde heute dem deutschen Volke z. B. auch bei seinem modernen Staatsleben noch nicht fehlen; denn die Schule hängt bei Weitem am Stärksten von allen öffentlichen Instituten mit der Familie und dem Familienrecht zusammen, und für sein Familienleben will sich der bedeutend größere Theil des Volkes durchaus noch nicht des Christenthums entschlagen, sondern hier im Gegentheil dem christlich = religiösen Sinn einen weiten Raum lassen. Jede Forderung der Juden ist an dieser Stelle eine Gewaltthat, ein persönlicher Eingriff der verschwindendeen Minderzahl in die hei= ligen Rechte des häuslichen und Familien = Lebens, ein direkter Kampf gegen die Freiheit des Hauses und der Familie, das Christenthum den Ihrigen zu erhalten. Gerade auf dem Boden der Schule aber tritt am Deutlichsten das Bestreben der Juden hervor, ein jedes christliche Volk zu entchristlichen und schon in den Kindesherzen und Kindesgemüthern die Wurzeln des Christen= thums auszurotten.

Wenn man aber auf diesem Felde und sonst im Volksleben das Göttliche und Heilige und Ewige nicht erstickt sehn will, dann bedenke man jedoch auch andererseits, wie man die Juden nicht zu der Klage reizen darf, daß ihre Kräfte und ihr Geld in gleichem Maße wie die aller Anderen in Anspruch genommen, die Rechte der Uebrigen aber ihnen nur verkürzt dargereicht würden.

Es ist von der verkehrten Beschränkung der Juden die Rede gewesen. Auf der anderen Seite geht man nicht weniger irre, wenn man sie grundsätzlich nur unter der all= gemeinen Categorie „Staatsbürger" kennen will und sie nach dieser heute für Viele allein seligmachenden Façon behandelt. Und wenn die Theorie noch so logisch und die Methode noch so unfehlbar ist, der Mensch ist eben keine Theorie und ist kein Methodengeschöpf, sondern er ist das allerwunderbarste Con= cretum, das genommen werden muß wie es ist. Trotz Theorie und Methode preßt man eben auch die Juden absolut nicht in die allgemeine Schablone hinein; man wandelt sie auf diese Weise noch viel weniger um; man verbindet sie trotz der zu= friedenen Selbstgenügsamkeit, die da glaubt in den modernen Ideen die Universalmedicin für Alle gefunden zu haben, innerlich so wenig als je mit den Anderen; man gießt ihnen mit allen den souveränen Principien der Neuzeit doch kein anderes Blut und haucht ihnen damit keinen anderen Geist ein — nein alle die infallibelen politischen und Verstandes = Dogmen decretiren mit

ihren trotzigsten Anathemas die Wirklichkeit nicht im Geringsten
hinweg, sondern aus dem kalten Schmelztiegel derselben geht
der Jude unversehrt als Jude hervor. Die Augen sehn es,
und der bloße Verstand und das logische System schreien ver=
geblich: „es soll nicht also sein".

Wie wollen uns doch auch gerade hierfür die geschichtlichen
Erfahrungen der Gegenwart ihre Mahnung und Warnung zu=
rufen! wie schreien sie es uns förmlich in das Angesicht, daß
die Grundsätze, welche den sogenannten Inbegriff des gesunden
Menschenverstandes ausmachen sollen, in sich selbst völlig machtlos
sind, irgend etwas Heilsames zu schaffen; ja in sich selbst völlig
machtlos, das Allerwiderwärtigste und Unnatürlichste fern zu
halten! Die Principien, welche man als helles Licht dem
finsteren Evangelium gegenüberstellt, die Principien, welche nur
noch eine brüderliche Menschheit zu kennen sich rühmen, die
Principien, welche die Freiheit und womöglich auch die Gleich=
heit Aller decretiren, die Principien, welche man als die Summe
aller Weisheit und als den unerschöpflichen Quell des Glückes
der Menschheit preist, die Principien, welche große Schaaren
nur noch als die nothwendige und bleibende Grundlage für
alle weiteren Bauten in der Welt kennen wollen, die Prin=
cipien, an deren göttlicher und ewiger Wahrheit zu zweifeln
der Zeitgeist fast als eine Sünde wider den heiligen Geist an=
sieht, gerade diese Principien und keine anderen haben aus dem
französischen Volke, das ihr Erfinder, ihr Vorkämpfer, ihr Messias
ist, ein Volk geschaffen, das alle Bande in der eigenen Mitte
in stets neuen Wahnsinnsanfällen zerreißt, und dabei dennoch mit
einer fast diabolischen Wuth und Verzweiflung lebend und
sterbend, wenn Alles schwindet, das Eine festhält, daß es die
heilige Menschheit · in der Menschheit und die Anderen mehr
oder weniger das Barbarenthum seien. Ja gerade diese Prin=
cipien auf seine Fahne schreibend, hat es eine so tiefe Kluft zwischen
sich selbst und allen Anderen befestigen wollen, wie die Kluft
zwischen Himmel und Erde ist. Frankreich soll Alles sein, die
Uebrigen das Postament seines Thrones.

Und man traut uns heute noch zu, daß diese Principien,

deren Frucht uns Frankreich von der Zeit ihrer Geburt an bis
jetzt zu schmecken gegeben hat, die Juden mit uns vereinigen
würden? Freilich, selbst aus Frankreich her, in dem, sobald
es sein Humanitätsevangelium aufgestellt hatte, der Friede auf
Erden proklamirt worden war, um die Auslegung desselben
Evangeliums durch eine nun fast hundertjährige Geschichte zu
geben, läßt sich schon, ketzerisch genug, der militärische Tuilerien=
bericht über das Verhältniß zwischen Frankreich und Preußen
so vernehmen: „Der ernsteste Streit hat sich zwischen zwei
Nationen, die Alles trennt, Sprache, Religion, Richtung,
Charakter, angesponnen. Wie ist hiernach noch eine Möglich=
keit des Einvernehmens unter ihnen zu hoffen! Nur ein empfind=
samer Staatsmann oder ein Träumer ohne Kenntniß des Spiels
menschlicher Leidenschaften kann eine solche Hoffnung hegen. Man
muß sich also darauf gefaßt machen: der Zusammenstoß wird
an dem oder jenem Tage furchtbar und heftig erfolgen. Die
gegenseitige Feindschaft beider Völker, eine Feindschaft, welche
stets wächst, kann man einer reifenden Frucht vergleichen, und
der Fall, aus welchem der Bruch hervorgehn wird, wird dem
zufälligen Stoß ähneln, er wird die reife Frucht vom Baume
schütteln." Die Wirklichkeit hat das Alles bestätigt, und doch
hat das Dogma der Alles herrlich machenden Culturideen es
ihr nicht erlaubt!

Ganz so aber gestaltet sich das Verhältniß zwischen den
Juden und dem eigentlichen Volke des Landes. Sie selbst
fühlen es auch recht wohl, daß die Theorie es noch nicht ver=
mocht hat, die rechte Ausgleichung zu schaffen. Auf der einen
Seite loben sie die Gegenwart um ihrer Principien willen,
auf der anderen Seite aber seufzen sie darüber, „daß in der
Wirklichkeit noch recht viel geschehn müsse, damit ihre Lage eine
wahrhaft sichere sei". Und dazu erheben sich aus allen politischen
und religiösen Lagern von Zeit zu Zeit immer wieder Wolken,
die ganz den Symptomen eines Sturmes gleichen. Wer sehn
und hören will, oder wer die Lehren und Erfahrungen der
Thatsachen und der Geschichte mehr gelten läßt, als seinen eigenen
Beschluß: „Es soll und darf nicht sein, darum wird es auch

nicht geschehn", der wird denen zustimmen, welche behaupten: Die bloße Emancipation, weil sie die Herzen nicht umwandelt, sondern nur die Gestalt des Aeußeren verändert, schärft lediglich die Differenzen, macht sie im gewöhnlichen Leben noch hundertmal fühlbarer als vorher, erweckt schließlich die Leidenschaften um so mächtiger, und stellt, wenn keine Einigung der wahren, d. h. der göttlichen Liebe, gefunden werden kann, als Letztes den Versuch einer Lösung mit blutiger Gewalt in Aussicht.

Die Judenfrage wird immer deutlicher den folgenden Charakter annehmen: Die Juden werden dem einen Volke seine Nationalart aufs Ernsteste bedrohen; sie werden andere zum wildesten Kampf um ihre Nationalität reizen und dieselben damit treiben, diese ihre Nationalität auf das Entsetzlichste, Unheilvollste zu überspannen; beide aber immer energischer vom Christenthum abdrängen und sie damit in die Gefahr verstricken, ihrem natürlichen Wesen ganz und gar zu verfallen. Ist jedoch nur erst die Herrschaft des historischen Christenthums, welches ja allein unter allen Geistesmächten der ganzen Menschheitsgeschichte im Stande gewesen ist, aus den der Natur und ihrem Tode verfallenen Völkern neuaufleben zu schaffen, ist die Herrschaft des Christenthums, welches sich ganz allein darum bemüht und es auch vermocht hat, sie aus der Barbarei und Knechtschaft oder aus der Verwesung ihrer Vergangenheit zu erretten, wieder überwunden, — ist das Gewissen der Völker, das allein durch das historische Christenthum des Neuen Testamentes und des apostolischen Glaubensbekenntnisses zu einer lebendigen Scheu vor den Geboten des heiligen Gottes und vor seinem richterlichen Walten erweckt worden war, von diesem Wecker wieder befreit, — ist die Stimme und das Zeugniß desselben in der ganzen Ordnung des gemeinsamen Volkslebens unterdrückt: dann wird auch die Selbstsucht mit ihrem tödtlichen Gifte zum Siege kommen.

Die Juden aber, welche, um die Erde ungestört zu genießen, die christlichen Völker fort und fort getrieben haben, ihr Heiliges in dem Leben der Gemeinschaft und in den Herzen zu ersticken, werden sich damit zuletzt selbst das größte Gericht bereiten; sie selbst werden es am Schwersten erfahren, was es heißt, das

Heilige in den Menschen zu ertödten und damit ihr thierisches Wesen zu entfesseln. Jetzt meinen sie, sich selbst die Erde in ein Paradies umwandeln zu können. Die alttestamentlichen Propheten, Christus und seine Apostel dagegen sagten ihnen voraus, daß zuletzt auch „über sie eine Trübsal kommen wird, als nicht gewesen ist von Anfang der Welt bisher, und als auch nicht werden wird". Wer nun Augen hat zu sehn, der sieht es kommen, wie sie in demselben Maße den Haß der Einzelnen zu einem Bunde gegen sich zusammenschließen werden, als sie ihre Hände danach ausstrecken, Alles zu gewinnen. Die ganze Macht der Völker, so hören wir aus dem Alten und Neuen Testament, wird sich schließlich gegen sie kehren; und dann, wie Er es selbst vorher verkündigt, werden sie dieselben Hände, welche Ihn zuvor an das Kreuz geschleppt und welche sie zu dem Niederreißen seines Reiches gebraucht hatten, dem unsichtbaren Könige Jesus Christus entgegenstrecken, damit Er helfe und rette, nachdem Keiner mehr helfen und retten kann.

XIX.

Die Aufgabe der Gegenwart.

Eine Judenfrage ist uns als Gefahr, trotz Unterdrückung und trotz Emancipation geblieben, und nimmt einen immer bedrohlicheren Charakter an.

Damit aber drängt sich freilich ganz von selbst noch ein anderer Gesichtspunkt auf. Der Organismus der christlichen Völker hat die Juden innerhalb seines Lebens weder zu überwinden noch unschädlich zu machen vermocht. Die angewandten Mittel liefen darauf hinaus, den Gegensatz entweder mit Gewalt zu unterdrücken, oder, nachdem dies nicht gelungen ist, sein Vorhandensein zu Liebe einer bequemen Theorie zu übersehn, und ihm so die Freiheit zu lassen, den Zersetzungsproceß, in welchen dieser Organismus selbst einzutreten beginnen will, kräftig zu befördern. Im ersteren Falle reagirte der Organismus auf falsche Weise, er suchte nur abzustoßen und die fremden Elemente nicht innerlich mit sich selbst zu verschmelzen; im letzteren reagirt er überhaupt nicht, und sein Streben, das Fremde mit sich selbst zu verbinden, ist nur Schein; denn er läßt dasselbe, wie es ist, und durchdringt es nicht mit Lebenssäften, die es ihm selbst wahrhaft zu eigen machen; das Uebel offenbart deßhalb auch nur um so deutlicher seinen Ernst.

Was folgt daraus? Dies, daß wir aus solchen Erfahrungen mit den Juden noch etwas lernen müssen, und daß dieselben für uns eine besondere Bedeutung haben.

Die heilige Schrift, Altes und Neues Testament, welche uns beide den Gang, den das jüdische Volk von seinem Anfange bis zum letzten Ziele nimmt, übereinstimmend so dargestellt haben, daß wir bis jetzt die geschichtliche Richtigkeit ihrer Ausführungen anzuerkennen genöthigt sind, wird eben deßhalb auch wohl ferner noch in dieser Sache ein Gehör verdienen.

Aus der heiligen Schrift beider Testamente aber lernen wir, daß der göttliche Wille den Juden eine ihnen ganz eigenthümliche Stellung inmitten der übrigen Menschheit angewiesen hat.

Der Rath Gottes hat der Menschheit, nachdem dieselbe eine andere Periode durchlaufen und in derselben die Einheit in falscher Weise ausgebildet hatte, es bestimmt, daß sie sich in verschiedene größere Gemeinschaften, „Völker", theile, um in dieser Form ihres Lebens seinen Willen vollziehn zu lernen. Aber auch nach dieser Theilung ist der Gegensatz in der eigenen Mitte der Völker hervorgetreten, bei dem es sich wieder darum handelt, ob sie sich und ihrem Erdenwesen und ihrem Menschthum nur leben wollen, oder ob sie ihren Ausgangs- und Zielpunkt in Gott und seiner Gemeinschaft finden sollen. Ob Ordnungen und Ziele gelten müssen, welche das festhalten, daß alles Menschenwesen in Gott und in die ewige Verbindung mit ihm einmünde, oder ob die Volksgemeinschaft eine Gemeinschaft menschlicher Herrlichkeit und mithin nur irdisch vergänglicher Beziehungen und irdisch vergänglichen Strebens bleibe, das ist auch der eigentliche Kampf, welcher die Völker unausgesetzt beschäftigt hat; die Schrift nennt diesen Kampf den Kampf um das Gottes- oder Himmelreich und um das Reich dieser Welt.

Seit der Zeit nun, wo dieser Kampf eine ernstere Gestalt anzunehmen anfing; und doch wieder, ehe noch der Versuch der Begründung von Weltmonarchieen, welche der Herrschaft Gottes in der ganzen Völkerwelt die Herrschaft des Menschen entgegen-

14*

stellen wollen, energischer gemacht wurde, hat Gott das jüdische Volk an den Weg der Menschheit gestellt.

Dies Volk hat aber die besondere Aufgabe empfangen, allen anderen die Frage entgegenzubringen: welches ist das Verhältniß zwischen Gott und einem Volke? Der Träger dieser Frage in der Mitte aller Nationen zu sein, macht den Lebensinhalt Israels aus; und darum muß sich Alles für Israel derselben gegenüber entscheiden; die Anderen sollen eben die Antwort in den Geschicken lesen, welche das jüdische Volk gerade nach der verschiedenen Stellung zu dieser Frage erfahren hat.

Denn freilich ist es der Wille Gottes, daß unser ganzes Menschenleben eine Einheit sei, und daß es diese Einheit eben in Gott finde. Wohl hat Gott selbst innerhalb der Mensch= heit Besonderheiten und Eigenthümlichkeiten vieler einzelnen Lebensrichtungen und Lebenserweisungen angelegt, aber dieselben sollen von einem gemeinsamen Zweck zusammengehalten werden, nämlich davon, das ganze volle Leben mit Gott zu ver= binden.

So sind denn auch Staats= und Religionsgemeinschaft an sich selbst etwas Verschiedenes; denn die erstere hat es mit der Gesammtheit aller Erdenbeziehungen und Erdenverhältnisse des Menschen zu thun, die andere dagegen mit dem direkten Ver= hältniß des Menschen zu Gott; aber im Zwecke sind nun dennoch beide nicht verschieden, sondern nur in den Wegen, wie eine jede von ihnen demselben Zwecke dienen soll; beide sollen, die eine von außen her, die anderen dagegen vom Inneren des Menschen aus dazu helfen, ihn mit Gott zu verknüpfen.

Daß Staats= und Religionsgemeinschaft denselben Zweck haben, sollte gerade die Herstellung des alttestamentlichen Israels lehren; zugleich aber sollte es an dem Beispiele dieses Volkes klar werden, daß die Aufgabe so lange nicht zu lösen sei, als die Mittel eines Volkes nur diejenigen Israels wären, d. h. nur die Mittel und Kräfte, welche ein Volk von Natur in sich selber trägt. Es sollte deutlich an den Tag treten und eine unleugbare geschichtliche Erfahrung sein, daß auch das klarste Bewußtsein der wahren Zwecke und Ziele nicht zu einem guten

Ergebniß führe, wenn nicht ein Neues hinzukäme, was kein Volk mit seinen äußeren oder natürlichen Gaben und Kräften zu schaffen im Stande wäre. Ein anderer, in der Liebe Gottes lebender Geist, und ein anderes, von der Liebe Gottes regiertes Herz der Menschen, nicht aber die ihnen angeborenen und mit tausendfacher Selbstliebe erfüllten, bleiben die unerläßlichen Grund= bedingungen für alles Heil auf Erden; das gerade sollte das Beispiel Israels noch offenbarer als jedes andere und ganz direkt verkündigen.

Daß womöglich jeder Einzelne in seiner Gemeinschaft dies erkenne und suche, muß auch des Staates ernster Wunsch sein. Ja, für ihn kommt Alles darauf an, welche Gesinnung die Seinen beseelt, und er selbst hat nur gerade so viel Werth, als diese Gesinnung die lebendige, die treibende, die gestaltende und wirkende Kraft in ihm ist. Aber, und das ist nun die andere Hauptsache, diese Gesinnung kann er selbst nicht schaffen, denn er hat nur äußere Mittel und das Gebiet des äußeren Lebens; die Herzen sind nicht sein Arbeitsfeld, sondern er hat mit dem zu bauen und zu arbeiten, was in die Erscheinung tritt. Sein Amt und Beruf ist darum, der rechten Gesinnung mit Freudigkeit entgegenzukommen, sie zu schützen, zu ermuthigen, zu fördern und zu verwerthen, um so das Heil der Gemein= schaft zu pflegen, zu erhalten; sein Beruf ist auf der anderen Seite, dem Streben nach Lösung der höheren Bande, nach Beseitigung der sittlichen Mächte in dem öffentlichen Leben, nach dem schrankenlosen Sichselberlebenwollen der Einzelnen und der großen Massen, dem Streben, das sich dem bloßen Erden= genuß und dem bloßen Zeitdienst ergeben will, durch weise Ordnungen entgegenzutreten, damit auf diese Weise das Be= wußtsein der höheren Ziele und Aufgaben im Volke nicht unter= gehe und das Entgegengesetzte als verderblich erkannt werde.

Dagegen wollte der mittelalterliche Staat, freilich erst durch die selbst herrschsüchtig gewordene Kirche hierzu verführt, sich nicht mehr daran genügen lassen, mit dem ihm gegebenen Mate= rial zu bauen, sondern wollte sich selbst mit dem Schwerte Himmels= material schaffen; und während das Christenthum selbst jede andere als die eigene Herzensentscheidung des Einzelnen für sein Verhältniß zu Gott als Scheinwesen und werthlos achtet, versuchte der mittelalterliche Staat in Folge der kirchlichen Aufstachelungen religiöse Gesinnung zu erzwingen und zu verbieten, religiöse Bekenntnisse zu erpressen und zu unterdrücken.

Durch diesen widerchristlichen Bund von Kirche und Staat ist das Gewissen Unzähliger verwirrt worden; und die Sache der Kirche, welche überall die Herzen direkt zu dem lebendigen Gott rufen, aber über kein bürgerliches Verhältniß äußere Gewalt üben, sondern auf diesem Gebiete nur ihr Zeugniß erheben soll, wird demzufolge von Millionen als eine blutbefleckte und mörderische angesehen. So ist es gekommen, daß die Meinung entstanden ist, die Kirche und der Staat müßten absolut andere Ziele suchen, der Staat aber sei der wahre Vertreter der Herzensfreiheit und habe allein das Verständniß für das Recht der inneren sittlichen Entscheidungen.

Die spätere Kirche trägt entsetzlich viel Schuld daran, daß ein so tiefer Riß durch die Einheit des Menschenlebens gezogen ist, und heute die andere Gefahr so tief ernst besteht, daß der Staat die Menschen ganz an die Erde fesseln und sie von Gott völlig lösen will, daß der Staat ein Allerhöchstes mit besonderer Moral und besonderen Zielen wird, welches den Menschen und die Menschheit mit ihrem Gesammtleben aus dem Suchen und Fragen nach Gott herausreißt, bis zuletzt die Staats- und die Gottesgemeinschaft als Todfeinde einander gegenüberstehn werden.

Um nun aber auf den rechten Wegen erhalten und vor den falschen behütet zu werden, hat Gott den Völkern das jüdische Volk vor die Augen gestellt. Da ergibt sich:

Dieses Volk wird nur durch eine göttliche That ein Volk, und nicht auf dem Wege eigener Machtentfaltung oder Politik; es läßt sich nur unter fortwährendem eigenen Widerstreben durch eine höhere Macht zu einem Volke zusammenfügen und schafft sie nicht selbst.

Alsdann behält und genießt es sein Land, seine nationale Selbstständigkeit, so lange es mit seinem Leben dem Gotte der

Offenbarung dienen will. Es verliert sein Land und seine nationale Selbstständigkeit, nachdem es sich trotz aller Heim= suchungen seiner Hoffahrt, seinen Zeitgelüsten, seinem Erden= willen ergeben hat.

Es findet Ruhe und Frieden an seinem Ort, so lange es das Wort und die Stimme dieses Gottes über sein Leben und Streben entscheiden läßt.

Es wird unruhig und unaufhörlichem Wechsel preisgegeben, wird unstät und flüchtig, sobald es sich von irgend einer anderen Stimme, mag es die eigene oder eine fremde sein, die Wege weisen läßt.

Es wird nach der völligen Zertrümmerung noch einmal durch nichts Anderes, als durch eine göttliche Erlösung, aus den Händen der großen Weltmächte errettet und wieder zu einem Volke hergestellt.

Es wird aber von Neuem und ganz zerschlagen, als es nun an die Stelle der göttlichen Gnade bald das Schwert, bald den Unglauben und die moderne Bildung (Sadducäer), bald den Trotz auf die eigene Vortrefflichkeit und Heiligkeit (Phari= säer) setzt.

Es wird zum Segen für seine Umgebung, so lange es nichts Anderes sein will und mit nichts Anderem zu den Uebrigen tritt, als der Zeuge der Thaten und des Heiles Gottes unter ihnen zu werden.

Es wird zum Unsegen für seine Umgebung und hilft den Frieden Anderer zerstören, die einigenden Bande ihrer Gemein= schaft zerreißen und die wildesten Leidenschaften unter denselben aufstacheln, sobald es, statt das Wort und das Zeugniß des Gottes der Offenbarung verkündigen zu wollen, irgend ein Anderes unter ihnen betreibt.

Und so ist es Israels eigenthümlicher Beruf unter den Nationen, daß es die Sache des Gottes der Offenbarung auf die eine oder auf die andere Weise, aber beide Male ganz direkt, vertreten soll. Darum nennen es Altes und Neues Testament gleichmäßig das Volk Gottes; und eben darum verschwindet auch Israel nicht vom Schauplatze der Völkergeschichte, wie

andere Nationen, die wohl eine Aufgabe für häusliches, gesell=
schaftliches oder öffentliches Leben, für Rechts= und Staaten=
bildung, für Wissenschaft und Kunst in bestimmten Perioden, oder
allerdings auch kirchliche Aufgaben für gewisse Zeiträume, aber
keine Aufgabe für die ganze Völkergeschichte haben. Das einzige
Thema, welches die Völker im tiefsten Grunde beschäftigt, ist,
mit Goethe zu sprechen, das Thema des Glaubens oder des
Unglaubens, d. h. des Lebens durch, für und in Gott, oder
des Lebens, welches ein bloßes Erdendasein ist. Daß Israel
diesem Thema direkt zu dienen hat, gibt ihm seine Dauer; und
diese Dauer Israels in der einen oder in der anderen Weise
soll es der Menschheit predigen, daß sie allerdings unter dem
ewigen und lebendigen Gott als ihrem Herrn steht.

Die Entscheidung Gottes über die einem jeden Volke ge=
stellte Aufgabe ist durch die Geschichte Israels bekannt gemacht.
Diese Geschichte erfahren durch die göttliche Veranstaltung die
Völker der ganzen Erde, während nur ein geringer Theil in
der Mitte derselben etwas von der Geschichte der anderen
Nationen erfährt; keine Wissenschaft ist ja so weit gedrungen,
als die Kenntniß der jüdischen Geschichte durch die Bibel. Und
auf der anderen Seite müssen die Völker die göttliche Ent=
scheidung mit ihren eigenen Augen an dem Bilde sehn, das ihnen
die Juden an ihrem Orte darzustellen die Aufgabe haben.

Dieses Bild ist eben deßhalb durch Gottes Walten und
Wirken das allerfrappanteste, das man sich denken kann; dieses
Bild ist ein so klares und deutliches, es stellt sich in so be=
stimmten Zügen und Farben dar, es hat sich trotz des Wechsels
der Jahrhunderte und trotz aller eigenen Wandelungen stets so
feste und genau umschlossene Formen bewahren müssen, daß kein
Volk, welches dasselbe je gesehn hat, bei ihm gleichgültig hat
vorübergehn können; es fesselte alle, und wenn es etwa auch
nur eine starke Antipathie erweckte.

Merkwürdig genug ist allerdings dieses Volk. Es ist ja
dasjenige, welches durch die unter ihm geschehene Offen=
barung schon Jahrhunderte lang die höchsten sittlichen Erkennt=
nisse, über welche keine Zeit hinausgehn kann, nämlich die:

„Gott zu lieben über Alles und den Nächsten wie sich selbst" besaß; während doch selbst die größten Culturvölker in dieser Beziehung noch tief zurückstanden. Es ist ferner das Volk, dessen Leben sich nach einer durch die Principien der Gottes= und Nächstenliebe ganz und gar geregelten Verfassung gestalten sollte. Es ist sodann ein Volk, das nach der Seite des Willens hin mit einer großartigen Naturanlage begabt ist; ein Volk der Choleriker im eminentesten Sinne; ein Volk voll·unermüd= licher Thätigkeit und unüberwindlicher Ausdauer, voll Zähigkeit und Alles ertragender Kraft; ein Volk voll energisch festgehal= tener Ziele und einer wunderbaren Geschmeidigkeit, wo es gilt, seine Zwecke zu erreichen; ein Volk, das niemals ruht, als bis es auch zu den letzten und äußersten Ergebnissen gelangt ist; ein Volk, das sich niemals mit etwas Halbem auf die Dauer begnügen läßt; ein Volk, dessen geistige Elasticität sich niemals abschwächt; ein Volk aber auch, das Mose und die Propheten in seiner natürlichen Art ein halsstarriges Volk von hartem Nacken, von eisernen Adern, von eherner Stirn nennen; ein Volk, dessen Doppelbild jener Saulus=Paulus ist: dort der Zerstörer der christlichen Gemeinde von Grund aus und mit allen Mitteln, hier der Gründer der christlichen Kirche nun auch sofort in der ganzen Welt; dort das „Nein ab mit Christo" ausführend, hier das „Christum an" zur Lebensfrage für alle Völker machend.

Eben dieses Volk aber ist an seiner Aufgabe gescheitert, und ist uns nun bestimmt, daß wir zu allererst ihm gegenüber die größte negative, die demüthigendste Erfahrung über uns selbst machen. Wir sollen durch unser Zusammenleben mit den Juden das mit Händen greifen lernen, was vorher im Einzelnen aus= geführt war, und was hier als Ergebniß für unser eigenes Leben kurz zusammengefaßt wird: daß wir durch unseren Druck und unsere Gewalt, durch unser Wissen und unsere Schulbildung, durch unseren allgemeinen Volksunterricht und das allgemeine Stimm= recht, durch unseren erleuchteten Verstand und unsere aufgeklärten Köpfe, durch unsere Emancipationen und Culturherrlichkeit allein, kurz, daß wir selbst bei Aufbietung aller natürlich=menschlichen

Kräfte kein einziges Herz besser, keinen einzigen Willen zum
Dienst der wahren Liebe bereiter, keinen einzigen Menschen von
seiner Selbstsucht freier zu machen, darum aber auch kein Uebel
in seinem Grunde zu heben und nirgends ein Leben in wirklich
heiliger Liebesgemeinschaft zu schaffen vermögen.

Und wenn das nicht erreicht wird, dann hilft doch nun
einmal Alles nichts.

Oder was hilft denn alles Wissen, wenn es nicht in den
Dienst des guten Willens tritt; die eigentlich diabolischen Er-
scheinungen des Menschengeschlechts und der Geschichte sind doch
gerade die, welche ein ebenso gewaltiges Wissen als schlechtes
Herz gehabt haben. Den wahrhaft guten Willen gilt es zu
schaffen, das ist die Aufgabe, welche die höchste aller Zeiten
bleibt. Und nachdem weder jüdische Gesetzeskenntniß, noch
griechische Weisheit, noch römische Kraft oder französische Eleganz
und deutsche Tiefe ihn aus sich selbst geboren haben, muß er
da gesucht oder angenommen werden, wo er zu finden ist.

Zu dem Eingeständniß hierfür könnte Jeder, der nur einen
Sinn für Wahrheit hat, eben so gut wie Friedrich der Große,
durch die Geschichte der Juden gelangen. Der König hatte
einst seinen Minister, den Grafen Pfeil, mit dessen Orthodoxie er zuweilen seinen Spaß trieb, angeredet: „Sag' er mir,
Pfeil, was kann er, aber kurz, zur Begründung seines Bibel-
glaubens anführen?" Der Graf antwortete: „Majestät, die
Juden." Friedrich der Große war betroffen, aber er konnte
nicht leugnen, und seine Entgegnung lautete: „Er hat
Recht."

Die Thatsachen führen doch nun einmal auch trotz aller Systeme
ihre gewaltige Sprache; zuerst stets eine Sprache der lockenden oder
der warnenden Gnade Gottes. Und so sind es denn vor Allem
Gnadengedanken Gottes, daß uns gegenwärtig die Juden fühlbarer als je werden müssen. Das geschieht zu der Zeit, wo man
uns räth, unser Leben nach den rein menschlichen, d. h. nämlich
unsere Ewigkeit vergessenden Principien zu gestalten. Die Gnade
Gottes aber will uns, ehe wir zu dieser Ausgestaltung gelangt
sind, in den Juden einen Spiegel vorhalten, in den wir täglich

hineinzusehn genöthigt werden, damit wir genau wissen, welcher Art ein rein humanes oder natürliches Leben selbst unter der Kenntniß der allererhabensten sittlichen Regeln ist.

Denn allerdings, gefallen hat ja den Völkern das Bild, welches sie in den unter sie zerstreuten Juden erblickt haben, nie; ihre Freunde in allen Theilen der Welt und in allen Religionen bekennen es nicht minder, als ihre Feinde; sie sind stets denjenigen, welche sie in ihrer Mitte aufgenommen hatten, ein verhängnißvolles Räthsel geblieben; und es sollte gerade so sein, damit die Völker sich um die Lösung mühen lernten.

Es gibt aber nach dem Alten und Neuen Testament eine Lösung, eine Lösung, die freilich eine sehr bedeutende Aufgabe stellt. An dem Lebensbilde von Stephan Schultz kann man dies erkennen.

Die Aufgabe wird sich nämlich bei ernsterem Eingehn auf die Sache als eine solche erweisen, welche es durchaus nicht allein mit den Juden, sondern vor Allem auch mit uns selbst zu thun hat.

Allerdings aber werden wir es uns wohl eingestehn müssen, daß an uns selbst sehr viel liegen muß, wenn wir, statt der Lösung näher zu kommen, von derselben uns vielmehr immer weiter entfernt haben. Und in der That thut uns Selbsterkenntniß zuerst noth. Tadeln wir den jüdischen Hochmuth, so werden wir aber auch einräumen müssen, daß unser eigener Hochmuth um nichts besser ist; und haben wir von den Juden Besserung oder Buße gefordert, so wird es wohl gut sein, daß wir uns dieselbe nicht ersparen. Fordern wir Gerechtigkeit und Wahrhaftigkeit, so haben wir aber auch die jüdischen Vorwürfe zu hören und ernst zu prüfen. Und als Schluß wird dann wohl nichts anderes übrig bleiben dürfen, als die Demuth, welche den sittlichen Muth beweist, die selbst begangenen Verkehrtheiten mit Wort und That zu verurtheilen, darum aber auch die bisher eingeschlagenen Wege zu verlassen und es sich sagen zu lassen, wo denn nun, nachdem die eigene Kraft und die eigene Weisheit schiffbrüchig geworden sind, die wirkliche Hilfe gefunden werden könne.

Gerade eine solche Hilfe hat Stephan Schultz und haben Un=
zählige vor, neben und nach ihm in der Person Jesu Christi erblickt.

Das eigentliche Leben der Menschen, das Leben ihrer größten
Völker und selbst das Leben vieler und verschiedener Völker=
generationen hat sich fort und fort um einige Männer geschlungen,
welche ihnen einen Lebensgehalt entgegengebracht haben, an dem
sie erwuchsen, erstarkten und Frucht brachten; man denke z. B.
an die Namen eines Moses, eines Lykurg, eines Solon, eines
Luther. In Jesu Christo dagegen tritt der ganzen Menschheit,
ohne Unterschied ihrer Zeiten oder alles dessen, was sonst in ihr
so tausendfältige Unterschiede schafft, Der entgegen, welcher ihr
das Höchste, das nicht mehr überboten werden kann, darzubieten
vermag. Er ist es allein, welcher ihr nicht bloß ein Wissen
des Guten bringt, wie es die Anderen gethan haben, sondern auch
sein eigenes Vollbringen desselben. In ihm allein waren Wissen
und Wille in steter Einheit auf Gott gerichtet geblieben; er
allein hat Alles, was sonst das Menschenleben zu' einem ver=
dienten Gerichte führt, überwunden; er allein ist keiner Ver=
suchung erlegen, und eben darum trägt er nun in sich selbst
mit vollem Recht das wahrhaftige Leben, nämlich das Leben,
welches selig und ewig ist wie das Leben Gottes selbst. Und
so nun will er der Anfänger einer neuen Menschheit werden,
der neue Adam, von dem, wie die Schrift sagt, ein neues
Menschengeschlecht kommen soll. Was aus ihm geboren wird,
soll in sich selbst die Macht haben, den Sieg über die Welt
davonzutragen, welche alle ihre eigenen Geburten immer wieder
verschlingt. Die Schöpfung einer neuen Menschheit aus dem
Leben und zu dem Leben Jesu Christi, das gerade ist das
Christenthum.

Ein Gefühl oder auch ein klareres Bewußtsein dessen haben
nicht bloß viele Einzelne zu jeder Zeit, sondern je und je selbst
ganze Nationen gehabt, und eben das ist es gewesen, was das
Christenthum unter allem Widerstreben seiner Feinde und
unter aller Verkehrtheit seiner Freunde in der Menschheit
nicht hat untergehn lassen können. Denn man merkte es
wohl, daß in Christo der erschienen war, welcher derselbe

ist gestern, heut und in Ewigkeit, und welcher es auch bleiben
kann, weil in ihm die ersehnte Vollendung Wahrheit ge=
worden ist. Hier sah man, daß mitten in der Vergänglichkeit
das Unvergängliche erschienen war, und daß es nur darauf
ankäme, diesen Jesus Christus zu ergreifen und seines Lebens
theilhaftig zu werden.

Jesu Christo gegenüber treten aber in der That auch un=
zählig oft alle Unterschiede und Verschiedenheiten aus ihrer bis=
herigen Feindschaft und Zertrennung zur Einheit zusammen; in
ihm sind sie dann nicht mehr wider einander, sondern ver=
schmelzen zur reichen Harmonie. So war Jesus Christus als
Mensch ein Jude, und doch hat er, was Keiner sonst vermocht
hat, unendlich Viele aus allen Völkern für Zeit und Ewigkeit
mit sich selbst verbunden. Er hat in der That die allerinnerste
Verbindung zwischen Juden und Nichtjuden hergestellt; in ihm
hat die Judenfrage eine wunderbare Lösung gefunden; die ihn
wahrhaftig kennen, blicken einander an und sprechen mit dem
Paulus, der vordem doch eine Scheidewand zwischen Juden
und Nichtjuden bis in die Ewigkeit hinein gezogen sehn wollte,
und der auch hernachmals sich dessen fröhlich rühmte, daß er
aus dem Samen Abrahams sei: „Hier ist weder Jude noch
Grieche, weder Knecht noch Freier, weder Mann noch Weib;
denn wir sind allzumal Einer in Jesu Christo.“

Darum faßt sich auch das ganze Bemühen von Stephan
Schultz darin zusammen: die Christen der verschiedensten Con=
fessionen, die Juden und die Muhamedaner aufzusuchen und sie
zu bitten, diesen Jesus das Lebens= und Einigungsband unter
einander werden zu lassen. Er will nicht ein Christenthum,
das außerhalb der Confessionen stünde, vielmehr ist er selbst
ein ganz bewußter Lutheraner; er stellt auch nicht ein Glaubens=
bekenntniß auf, das sich durch seine Reduktion auf nur einen Satz
empfehlen sollte, denn er will sich nicht eine Scheingemeinschaft
um eine lebenslose Formel sammeln sehn; sondern er weiß, daß
jedes Menschenleben durch das reale Jesusleben, welches sich
den Menschen im Evangelium und in den Sacramenten
darbietet, zu seiner Höhe geführt, und die Verbindung des

ganzen Geschlechts zur Einheit durch dasselbe gewirkt werden kann.

Daß dies geschehe, ist ja auch der Liebeswille Jesu Christi; und der Gehorsam gegen denselben ist der Grund, daß die Botschaft von ihm unverändert, wie sie im Neuen Testament vorliegt, weil ihr Christus eben keiner Veränderung für die Menschheit bedarf, von einem Ende der Welt bis zum anderen und bis sie alle Herzen erreicht hat, getragen wird.

Denn freilich, das Christenthum nimmt von der Menschheit durch die thätige Arbeit von Menschen Besitz; Haupt und Herz ist Jesus Christus, aber die Glieder müssen nun auch den Lebensstrom, der von dem Mittelpunkte ausgeht, forttragen, damit ein lebendiger Leib bestehn möge. Dies zu thun, ist alsdann sowohl die Aufgabe jedes Einzelnen, als die Aufgabe der Gesammtheit, des Gesammtorganismus. Dies Letztere darf nicht vergessen werden. Denn nur in der gesammten Menschheit und nur wenn sie alle ihre Gaben und Kräfte entfaltet, um sie mit Christo zu verbinden, kann die ganze Aufgabe des Christenthums gelöst werden; nur so kann die Menschheit zu einem einzigen Leibe voll gesunden und starken und wahrhaft reichen Lebens zusammenwachsen.

Die Juden müssen uns das an ihrem Theile bestätigen; denn, abgesehn von dem Hader des zerreißenden Parteiwesens, der unter den Völkern und Kirchen der Christenheit herrscht, geben gerade sie es uns auf das Allerempfindlichste zu schmecken, was es heißt, wenn es an einem Leibe Glieder gibt, die ein fremdes Leben in sich selber tragen wollen. Und an dem einen Beispiele können wir es ermessen, wie sehr das Christenthum gerade nach dem Gesundwerden der ganzen Menschheit trachtet, wenn es nun eben alle ihre Völker und Geschlechter mit dem Leben Jesu Christi durchdringen will.

Die viel geschmähte Mission, sie heiße Mission unter den Juden, oder unter den Heiden, oder Innere Mission, ist von diesem Gedanken getragen, und, mag sie in ihrem Wirken sich auch noch so viele Fehler zu Schulden kommen lassen, wer fehlt nicht? aber ist denn der Gedanke selbst wirklich ein falscher?

Sollte doch nicht vielleicht das letzte Wort und Gebot Jesu
Christi, in dem er Alles zusammenfaßte, was er der Welt
bleiben wollte: „Gehet aus in alle Welt und lehret alle Völker
und taufet sie im Namen des Vaters, des Sohnes und des
heiligen Geistes", seine ganze Liebe erschlossen haben? Die
Apostel und ihre Nachfolger in so vielen Generationen haben
es allerdings geglaubt; und daß dies der Fall war, ist Grund
und Ursache dafür geworden, daß die Welt auch eine neue
Gestalt angenommen hat. Man denke sich die Apostel mit dem
modernen Abscheu vor der Proselytenmacherei, und vergegen=
wärtige sich, was die Folge gewesen wäre! Die alten Cultur=
völker und Israel standen ja in der Verwesung; wer hätte also
die Weltgeschichte ihre neuen Bahnen führen sollen? Nein,
nur die Herzen, die Christus brennen gemacht hatte, erweckten
das Leben und retteten. Und wir fühlen es mit dem Apostel
Paulus noch heute: „So ein Glied leidet, so leiden alle Glieder";
aber eben deßhalb gilt uns auch die andere Regel: „So ein
Glied herrlich gehalten wird, so freuen sich alle Glieder mit."

Oder sollte nur denen, welche der Welt die gleiche Cultur=
gestalt geben wollen, bei der doch weder in den Herzen noch
in der Natur der Alles zerreißende Zwiespalt und Tod über=
wunden wird, der Dank der Menschheit gebühren? und sollten
die wirklich ihre Feinde, ihre Verächter, ihre Unterdrücker sein,
welche sie in allen ihren Gliedern auf der ganzen Erde zu dem
höchsten Maße, das Menschenwesen fassen kann, friedreich,
bleibend und ewig gelangen sehn wollen? Was sagt hierzu das
Gefühl für Gerechtigkeit und das sittliche Urtheil?

Kann aber der Plan, welcher danach trachtet, daß die ganze
Menschheit in die Lebenseinheit, Lebensharmonie und Lebens=
seligkeit Jesu Christi eingeführt werde, kein verkehrter sein, so
wird nun wohl auch das Werk der Judenmission, zu welchem
sich Christen aus verschiedenen Ländern und verschiedenen Con=
fessionen zusammengeschlossen haben, als ein Zweig der ganzen
großen Arbeit des Christenthums verständlich werden. Wie
dasselbe gegenwärtig zu betreiben sei, wie es alle Schablonen
zu vermeiden habe und sich an die Juden der verschiedenen

Länder oder Lebensverhältnisse und Bildungsstufen verschieden wenden müsse, das wird hier nicht weiter auszuführen sein; aber der Grundgedanke aller Missionsarbeit wird jedesfalls der sein müssen, daß sie es mit Menschenherzen zu thun hat, welche nicht zur Anerkennung dieser oder jener Menschen, sondern zu dem wahrhaftigen Genügen, das Alle gemeinsam in Christo zu finden berufen sind, geführt werden sollen. Das ist die Regel, welche die Thätigkeit von Stephan Schultz beherrscht; mag er sie in den Formen und unter den Verhältnissen seiner Zeit ausgeführt haben, die Regel selbst wird bleiben müssen; und gerade von ihm lernt man es, wie von Wenigen, daß die Arbeit des Christenthums auf allerlei Weise das Eine suchen soll, die Herzen der Menschen zu Christo zu weisen.

Die Mission selbst also wird aus diesen Gründen hier nicht noch einmal behandelt werden dürfen. Auch kennt dieselbe durchaus nicht den anmaßlichen Anspruch, die Judenfrage selbstständig lösen zu wollen, sondern sie erbittet es sich nur, daß man ihr gestatte, ihre Stimme über eine Sache laut werden zu lassen, der sie thätig nahe getreten ist. Sie erkennt ihren hauptsächlichsten Beruf darin, daß sie eine gewaltige Lebens= erfahrung nach dem ihr von derselben gewordenen Verständniß ins Wort fasse, und so dieselbe den Herzen entgegenbringe; ihr besonderer Wunsch ist der, daß, nachdem ihr der Versuch an der Arbeit, die tausendjährigen Widersacher des Reiches Christi demselben zu gewinnen, die eigene Schwäche in der demüthigendsten Weise gezeigt hat, sie nun auch die eigentlichsten und tiefsten Gründe ihres eigenen Unvermögens der Christenheit sagen dürfe. Denn der Mission hat sich freilich in ihrem Wirken eine Erkenntniß aufgedrängt, welche sie an ihrem Theile eben so gut auszusprechen verpflichtet ist, als dies von Anderen ge= schieht, die auf einem anderen Lebensgebiet zu demselben Er= gebniß gelangt sind.

Das Ergebniß ist folgendes: Nur wenn unser ganzes Volks= wesen ein Gepräge annähme, dem man die ernste Arbeit an= merken müßte, sich zu einem Leben, das überall die Ver= bindung mit Christo suchen will, zu gestalten, würde das vor=

handen sein, was, um ein Wort des Apostel Paulus zu ge=
brauchen, die Juden reizen könnte. Nur wenn die Liebe Christi
hin und her dränge, nur wenn diese Liebe auch sie ganz
ernstlich umschlänge, könnten ihre Gewissen davon getroffen
werden und ihre Verbindung mit uns im innersten Grunde
der Herzen geschehn, nur so also auch die Aufgabe gelöst
werden.

Und eben damit gewinnt die Judenfrage für uns eine so
hohe Bedeutung, daß sie es uns in besonders einschneidender
Weise erfahren läßt, wie sich für uns Alles darum handelt,
daß unsere Lebensmacht wieder, aber freilich auch reiner und
wahrhaftiger als in vergangener Zeit, das Christenthum werde.

Daß dies allein die ganze Sache ist, bestätigen die Juden
selbst, wenn sie es uns nach ihrer Weise sagen, daß sie deß=
halb zu uns gesandt seien, damit wir eine höchste Aufgabe er=
füllen lernten. Sie erklären: Gott habe sie in unsere Mitte
gestellt, damit wir unter dem Zusammenleben mit ihnen die
Toleranz erlernen sollten.

In dieser Behauptung mischen sich dann ein Wahres und
ein Falsches untereinander. Für das Christenthum gibt es
weder in dem alttestamentlich=mosaischen, noch in dem antik=
oder modern=heidnischen, noch in dem talmudischen Sinne eine
unerlaubte Religion. Es will die Religion der ganzen Mensch=
heit werden, und gebietet deßhalb die Predigt seines Evan=
geliums, aber es sucht mit derselben eben die freie Entscheidung
der Herzen zu gewinnen, und verbietet das Schwert sammt
jeder Art von Gewalt. Das recht zu lernen hat die Christen=
heit alle Ursach, und vielfache schwere Verschuldung gegen die
Juden fordert es besonders. Aber die Juden verstehn unter
Toleranz auch noch etwas ganz Anderes. Sie erklären erst
das für Toleranz, wenn die Ansprüche des christlichen Glaubens
in dem staatlichen und gesellschaftlichen Leben der Nationen
nicht tolerirt, absolut nicht geduldet, sondern hier zum Todes=
schweigen verurtheilt werden. Erst das wollen sie Toleranz
nennen, wenn die Nationen sich entschließen, in ihren Verhält=
nissen, ihren Ordnungen, ihren Gesetzen und in der ganzen

Gemeinschaftsgestaltung ihres Lebens das Christenthum auszuschließen, damit die Juden ungestört an jeder Stelle einzutreten und
einzugreifen Gelegenheit finden mögen.

Diese Aufgabe stellen uns die Juden. Um ihretwillen sollen
wir unsere ganze Geschichte vergessen, verleugnen, durchstreichen,
sollen Alle noch einmal von vorn anfangen und das Christenthum des Neuen Testamentes in unserem Volksleben begraben;
um ihretwillen soll die Welt, welche achtzehnhundert Jahre
lang dem Christenthum Alles zu danken hat, dasselbe ablohnen
und ihm nun zurufen: Die Cultur ist Alles, d. h. laßt
uns nur essen und trinken und Zeitliches bauen und denken; morgen
sind wir todt!

Wer Lust zum wahren Leben hat, zum wahren Leben für
sich selbst, für sein Volk, für die Menschheit, wird zur Lösung
dieser Aufgabe, welche uns die Juden empfehlen, wohl nicht
behülflich sein wollen. Aber gerade darum muß nun auch zu
einer positiven Lösung der Aufgabe geschritten werden, welche
das Christenthum als die Macht des wahrhaftigen Lebens thatsächlich beweist.

In der Gegenwart nun muß dies so geschehn, wie es
die Gegenwart erfordert. Denn die Regel des Apostel
Paulus, den Griechen ein Grieche und Allen Alles zu werden,
um eben Alle zu Christo führen zu können, gilt noch heute.
In einer fremden und unverständlichen Sprache gewinnt man
nirgends die Herzen; die Sprache und die Formen der Vergangenheit aber sind für die Meisten etwas Todtes. Außerdem
können wir es uns nicht verhehlen, daß die Gegenwart zu einem
bedeutenden Theile durch die Schuld der Vergangenheit in ihren
gegenwärtigen Gefahren steht, und daß eben deßhalb auch die Ideale
nicht schlechtweg rückwärts gesucht werden dürfen. Sondern
heute gilt vielmehr das „Was nun?" und „Wie nun?".

Der Zug der heutigen Zeit geht darauf hin, das Individuum hervorzuheben und nicht zuerst daran zu denken, wie
sich die Stellung des Einzelnen durch die Rücksicht auf das
Wohl der Gesammtheit gestalten müsse. Daß dieser Zug der
herrschende ist, haben wir zum Theil als eine Folge früherer

Verkehrtheiten anzusehn; die Gemeinschaften waren nämlich aus Trägern und Förderern des Lebens, welche sie einst gewesen waren, allmählig zu Hindernissen für die Entwickelung geworden. Das Christenthum ist nun aber, das will nach rechts und links hin festgestellt sein, mit keiner einzigen Form gleichbedeutend, mag dieselbe kirchliche oder politische oder gesellschaftliche heißen. Eine jede ist im besten Falle nur Gefäß oder Ausdruck für einen Theil des Lebens oder der Wahrheit. Der Widerspruch der Juden und sehr vieler Christen gegen das Christenthum beruht, zum Theil wenigstens, auf der Vergötterung bestimmter Formen und Gestalten des Lebens, beruht oft darauf, daß man dasselbe durchaus auf einer bestimmten Stufe zurückhalten will. Die Kämpfe des Apostels Paulus mit den Parteien seiner Zeit haben vor Allem diesen Inhalt; der gemeinsame neue und wahre Lebensinhalt trat für das Bewußtsein und für die Liebe zurück; die besondere äußere Form, in welcher das Neue für Jeden zur sichtbaren und greifbaren Erscheinung kam, drängte sich so sehr in den Vordergrund, daß der Blick und die Freude daran haften blieb und von diesem Außenwesen sein Für oder Wider bestimmen ließ. Auf diese Weise trat denn auch eine allmählige Verbildung des apostolischen Christenthums ein. Jede Gemeinschaft bringt sich nun einmal in demselben Grade um ihre sittliche Macht, als ihr Bestreben darauf geht, das Maß, das sie früher einmal erreicht hat, für alle Zukunft als das normirende festzuhalten. Sie kann es ja nur damit zu erstreiten versuchen, daß sie den wahren Lebensgehalt auch noch tiefer und weiter auszuschöpfen verbietet, und daß sie in sich selbst das Bewußtsein ihrer Mangelhaftigkeit, ihrer Ver= irrungen, ihrer Ungerechtigkeiten erstickt. Darüber lernt sie es statt mit den Waffen der Wahrheit mit denen der Gewalt oder der List zu kämpfen, und sieht sich zuletzt, wenn alle Stützen brechen wollen, genöthigt, in eine Festung zu fliehn, welche jedem An= griff unnahbar ist, in die der eigenen Unfehlbarkeit. Wenn wir es aber den Juden, bei denen doch erst der sogenannte Chassidismus hier und da bis zu der Behauptung der persön= lichen Unfehlbarkeit gelangt ist, vorwerfen, daß sie ihre sündliche

Gerechtigkeit und Vortrefflichkeit der heiligen Wahrheit Gottes entgegenstellen, so sollten wir an ihnen nicht strafen, was unter uns selbst eine so gefährliche Gestalt angenommen hat, sondern vor Allem Anderen bei uns selbst Einkehr halten.

Wir müssen uns also auch die Augen dafür öffnen lassen, daß zwar der volle, ganze und ewig wahre Lebensgehalt in dem Leben Jesu Christi ein für alle Mal der Menschheit ge= schenkt ist, daß es auf der anderen Seite aber erst die Aufgabe der einander ablösenden Zeiten ist, eben diesen Lebensgehalt in schrittweisem Vorwärtsgehn auch allseitig zu erfassen.

Freilich sollte jede einzelne Zeit in ihrem Umfange und Gebiete eine harmonische Darstellung des Lebens Jesu Christi innerhalb der Menschheit darbieten, und es sollte daher der Unterschied der. wechselnden Zeiten eigentlich kein sittlicher, sondern nur ein Unterschied der Lebensstufen sein. Wie das Leben Jesu Christi selbst stets ein vollkommenes, aber doch zuerst nur ein vollkommenes Kindes=, dann wachsend ein vollkommenes Jugend= und endlich ein vollkommenes Mannesleben war, gerade so fordert der Apostel eine Zeitentwickelung für das Christenthum; dasselbe sollte eine geschichtliche Entfaltung seiner innewohnenden Lebensmacht beweisen, und eben diese sollte nicht eher zur Ruhe kommen, als bis die ganze ungetheilte Menschheit in allen ihren Gliedern und mit allen ihren unge= theilten Kräften durch Christum zu seiner vollendeten Ver= bindung mit Gott gelangt wäre.

Nach unserer geschichtlichen Erfahrung jedoch hat der Or= ganismus nicht nur die verschiedenen Altersstufen durchschreiten müssen, sondern auch sehr bedenkliche Krisen in Folge schwerer Krankheiten beständig zu bestehn gehabt. Und auch jetzt noch ist der große Leib ein sehr bedenklich kranker, weil viele Glieder ihr Kranksein gar nicht einmal zugestehn wollen, eben deßhalb aber auch dem Arzt das Nahekommen nicht gestatten.

Indem also auf die hier bezeichnete Weise eine Entwickelung der Menschheit zur wahrhaftigen Darstellung des Christenthums stattfinden muß, erwächst für jede einzelne Zeit die Aufgabe, es auf diejenige Weise zu thun, welche gerade der Punkt ihrer

Entwickelung mit sich bringt, oder welche ihre Eigenthümlichkeit ausmacht. Es schadet auch nichts, wenn dies selbst erst von dem Gegner gelernt werden müßte. Oft hat derselbe die neue Kraft am Frühesten empfunden, aber in falscher und schlimmer Weise in Anwendung gebracht. Um dieses Mißbrauches willen dürfen die Anderen aber die neue Kraft nicht schlummern lassen, das Pfund nicht im Schweißtuche vergraben, sondern sollen die Gabe als Gabe, die Kraft als Kraft, das Empfangene als etwas Gutes mit Freuden gebrauchen, damit das wahre Leben, nach dem freund= lichen Willen der Güte Gottes, seinen Reichthum darbiete.

Hiernach wird nun in der Gegenwart ein Doppeltes noth= wendig sein:

Zuerst die entschiedene Ablehnung eines mehr oder minder radikalen Bruches mit der Vergangenheit. Dieselbe hat viel= mehr die Fundamente für die Gegenwart gelegt, indem sie das ganze Leben, das häusliche und öffentliche, das staatliche und volkliche, das menschheitliche und religiöse principiell für das Christenthum in Anspruch nahm. Im Gegentheil muß damit ein rechter Ernst gemacht, und müssen eben deßhalb auch die falschen absolutistischen Verbildungen der früheren Zeit abgethan werden.

Aber eben deßhalb ist das Andere besonders nöthig: das mit Freudigkeit und Ernst und nicht bloß aus unerläßlicher Noth= wendigkeit zu verwerthen, was die Gegenwart hervorhebt, nämlich, daß der Einzelne ein zur Selbstthätigkeit berufenes Wesen ist.

Noch mehr: weil die Gegenwart ihren Ausgangspunkt nicht mit dem Mittelalter von der Gemeinschaft her nimmt, sondern, an sich ebenso berechtigt, von der Bedeutung des Individuums, so muß gerade dieser Weg eingeschlagen werden, um auf dem= selben die Wahrheit ohne die verderblichen Irrthümer der Selbst= sucht zur Geltung zu bringen.

Die geschichtliche Führung Gottes, welche neue Bahnen für uns erschließt, wenn wir auf den alten den Rath ihrer Gnade nicht mehr verstehn, legt uns dies als eine Pflicht auf, gegen die alles Widerstreben aufgegeben werden soll; denn

größer sind weder unsere Weisheit noch unsere Liebe als die
Gottes.

Die Bedeutung und das Recht des Einzelnen auf der
einen Seite, die Bedeutung und das Recht der Gemeinschaft
auf der anderen Seite richtig zu erfassen, das gegenseitige Ver=
hältniß beider heilsam zu gestalten, das ist die Aufgabe, an
deren Lösung wir gegenwärtig unser Denken, unsere Liebe,
unseren Eifer und unsere Mühe zu verwenden haben.

Und so wird es denn darauf ankommen, daß sich freie Gemein=
schaften bilden, die aus bewußtem inneren Triebe der Einzelnen
das Christenthum für die gesammte Ordnung des Lebens festhalten.

Ein, obwohl allein nach gewissen Beziehungen, zutreffendes
Beispiel gibt gegenwärtig die herrnhutische Brüdergemeinde. Die
Form, welche dieselbe ihrem Leben gegeben hat, kann allerdings
nur speciell die ihrige sein, und wird auch von jener Gemein=
schaft selbst keineswegs als die allein christliche ausgegeben.
Denn die Brüdergemeinde hat ihre Aufgabe mehr zurückgezogen
von dem allgemeinen Leben der Völker, unter denen sie ihr
Bestehn hat. Sie ist für dieselben mehr ein Ruhepunkt und
ein Bergeort reicher Schätze in den Zeiten des Sturmes —
hat sie sich doch selbst zuweilen mit einem vielfach zutreffenden
Ausdruck das Philadelphia in dem brausenden Völkermeere ge=
nannt. Sie hat alsdann ihre weitere Aufgabe für die fernen
Kreise der Heiden, welche das Christenthum durch sie und zwar
in einer herzlich gewinnenden Gestalt kennen lernen sollen.
Aber sie hat nun auch die Wahrheit der evangelischen und der
katholischen Kirche angenommen, und hat dazu den bleibenden
Gedanken festgehalten, dessen Verwirklichung zuerst in dem
Volksleben Israels als Aufgabe hingestellt wurde, obgleich er
dort seine Verwirklichung noch nicht finden konnte, weil die
Kraft hierfür dem alttestamentlichen Israel fehlte. Die Brüder=
gemeinde hat in der That die zwei Lebenspunkte getroffen, die
für das allgemeinere und weitere Leben nur in einer demselben
entsprechenden Weise angewandt werden müssen.

Der eine Punkt ist dieser: daß, mag man in einzelnen
Ueberzeugungen auf irgend welchem Lebensgebiete, mag man

ebenso in Glaubenslehren und Erkenntnissen auch noch so weit
auseinandergehn, das immerhin ertragen werden kann, sobald
man in der eigentlichen Hauptsache und Gesammtrichtung des
Wollens und Strebens eins ist, nämlich darin, sein ganzes
Menschenleben in die Verbindung mit dem heiligen und ewigen
Leben Jesu Christi einzuführen.

Und der zweite ist dieser: mit dieser Hauptsache es aber
auch praktisch Ernst zu machen, d. h. innerhalb und keineswegs
etwa außerhalb aller bisherigen Gemeinschaften von Christen
eine neue Gemeinschaft zu bilden, deren Mitglieder der freie
persönliche Entschluß, für jenen oben genannten Zweck sich mit
ihrem ganzen Leben fest vereinigen zu wollen, zusammenführt.
Die Aufgabe derselben würde daher sein: das kirchliche, aber
nicht minder auch das häusliche, das gesellschaftliche und das
politische Leben mit Christo zu verknüpfen; die Einzelnen gerade
deßhalb zur möglichsten Entfaltung ihrer Gaben und Kräfte
anzuspornen, aber sie mit denselben sogleich auch in der Arbeit
für das allgemeine Beste zu verwenden; Alle ohne Ausnahme
unter den erziehenden Einfluß sittlich heilsamer, aber natürlich
nicht klösterlicher Lebensordnungen zu stellen; dem Bruderzwiste
durch weise Vorkehrungen zu steuern, aber freilich auch neben
aller tragenden Milde und Geduld unerbittlich daran festzuhalten,
daß für den schreienden Gegensatz zwischen Bekenntniß und
Sittlichkeit in dieser Gemeinschaft kein Raum bleiben dürfe.

Die Erfahrungen mit den Juden drängen uns jedesfalls zu
der Erkenntniß, daß, wie uns nicht am Wenigsten gerade durch
ihr Thun und Treiben die Gefahren auf allen oben genannten
Gebieten entgegentreten, auch die Arbeit eine so vielseitige und
eng verbundene werden muß. Wer dann zur Hilfe in dem
bezeichneten Sinne bereit ist, muß mit dankbarer Freude auf=
genommen werden. Mag mithin Jemand dieser oder jener
aus der ganzen Reihe der christlichen Confessionen, mag er
dieser oder jener der politischen Parteien angehören, das darf
in keiner Weise etwas Trennendes sein. Im geraden Gegen=
theil hat eine jede derselben irgend einen Punkt der ganzen
Wahrheit getroffen, und erst durch die Verbindung zu demselben

gemeinsamen Zwecke werden die Einseitigkeiten ihre Abschleifung erfahren; durch die Vereinigung der hin und her zerstreuten Gaben und Kräfte wird ein Besseres zu Stande kommen, das sich leichter von den Parteischlacken befreien läßt, und das eben deßhalb auch den Wahrheitssinn in nicht Wenigen unter denen wieder lebendig wecken kann, welche sich von den bisherigen Parteien zu leicht abgestoßen fühlten.

Zur Abwehr jedes Mißverständnisses aber sei es noch ein= mal gesagt:

Weder eine neue Sekte oder Kirche, weder eine neue staatlich oder sonst durch äußerliches Vereinigen hergestellte Union, weder eine neue sociale oder politische Partei neben den vorhandenen ist ins Auge zu fassen, sondern eine freie Vereinigung inmitten aller gegenwärtig vorhandenen thut uns noth, deren Mitglieder die ernste Pflicht lernen sollen, an ihrem Orte lebendig thätig zu verbleiben und doch ihr Besonderes sich nicht zum Höchsten oder Heiligsten werden zu lassen. Eben diese sollen sich darin thätig üben, von ihrer Stelle her den Anderen die Hand zu reichen, und es so den Ihrigen beweisen, daß die Partei= schranken nicht unüberwindlich sind, sondern auch Parteien als Träger verschiedener heilsamer Gedanken und Gaben sich gegen= seitig anzuerkennen vermögen. Erst dann, wenn sie an ihrer Stelle nicht mehr gelitten werden, würde der Zeitpunkt ein= treten, wo sie nun auch, freilich wider ihren Willen, als eine andere Gemeinschaft heraustreten müßten (ähnlich Jesaia 48, 20; Offb. 18, 4). Aber bei diesem Zeitpunkte sind wir gegenwärtig durchaus noch nicht angelangt.

Dieser Gedanke ist übrigens kein neuer oder origineller, sondern, wenigstens in einigen Zügen, bereits von Zinzendorf und gegenwärtig von Manchen, welche die Zeit tiefer erkannt haben, in ähnlicher Weise ausgesprochen worden. Und warum sollte es nicht eine Gemeinschaft geben, welche das ganze Leben in seiner höchsten Bedeutung sucht, eine Gemeinschaft, die bei allen Gegensätzen und Verschiedenheiten der Ihrigen das Be= wußtsein, in Christo sich mit Allen wiederfinden zu müssen, zusammenhält? warum nicht, während doch so viele Volks=

gemeinschaften trotz bedeutender innerer Parteiverschiedenheiten je und je lange genug eine gemeinsame Sache betrieben haben!

Die Brüdergemeinde mit ihren Deutschen, Dänen, Eng= ländern, Amerikanern, Negern, Eskimos, Lutheranern, Refor= mirten u. s. w. hat es nun fast hundertundfünfzig Jahre be= reits beweisen, daß man des zur wahrhaft lebendigen und ernstlich thätigen, zur fruchtbaren und friedreichen Gemeinschaft Nöthigen genug hat, sobald die Herzen das Eine in sich tragen: das Leben nach dem Bilde Jesu Christi gestalten zu wollen. Und beweisen es uns die Juden in negativer Weise, daß unser Menschenleben ohne Christum weder das Gepräge des inneren Friedens an ·sich trägt, noch auch zum Segen für seine Um= gebung werden kann, so ist dagegen die Brüdergemeinde in positiver Weise ein Zeuge für die Arbeit des Christenthums; denn auf ihr ruht trotz aller Mängel doch ein Geist des Friedens, und sie ist weithin bis an die Enden der Erde zum Segen für Unzählige geworden.

Hier gilt es zu lernen und dem innersten Verlangen des Herzens zu lauschen, das uns so seltsam mahnt, auf die rufende und lockende Gnade Gottes zu achten. Denn das ist ja der eigentliche Schade, daß wir, die einzelnen Abtheilungen, uns bisher in unsere Besonderheiten und eigenthümlichen Gaben und Vor= züge und höheren Erkenntnisse viel zu pharisäisch verliebt hatten, als daß wir uns durch die Gaben und Vorzüge der Anderen hätten reizen oder durch ihre Tugenden unsere Fehler ˙hätten strafen lassen. Nun beginnen uns ein wenig die Augen dafür aufzugehn, daß die verschiedenen christlichen Confessionen, die verschiedenen Parteien, die verschiedenen Stände und auch die ver= schiedenen Völker, trotz der ihnen allen ohne Ausnahme anhaftenden großen Gebrechen, doch nicht zuerst wider einander feindliche Mächte oder Vertreter des bloßen Irrthums sind, sondern zuerst Vertreter und Verwalter verschiedener geistiger und äußerer Güter. Und über dem Irrthume wieder, als hätte die Vereinigung der Getrennten möglichst schnell nur zu dem Zwecke stattzufinden, damit ein Jeder zu einem um so ausgiebigeren Genuß der Erde gelange, über dem Irrthume, der an die Vereinigung der so lange Zertheilten nur um der Befriedigung seiner Selbstsucht willen denkt, macht sich auch der richtige, positive Gedanke Bahn. Der positive Gedanke ist der, welchen das Christenthum lehrt, daß die ganze Menschheit ein Leib sein müsse, welchen der Geist und die Liebe Jesu Christi erfüllt; die Glieder und Kräfte sollen in ihrer Verschiedenheit und Mannigfaltigkeit verbleiben, aber sich auch in den Dienst des allgemeinen Besten stellen, und gerade darin selbst an ihrem Theile gesund und fröhlich und stark bleiben.

Denn das freilich drängt sich uns mit Gewalt auf: die Zeit der Vereinzelung oder die Zeit, in welcher eine jede Kraft ihre Eigenart erst ausbilden sollte, ist gegenwärtig vorüber. Das kann doch wohl selbst ein nicht besonders tiefer Blick erkennen, daß z. B. keine der gegenwärtigen Confessionen in ihrer bis= herigen Art mehr die Aussicht hat, die Anderen zu reizen und für sich zu gewinnen; ihr Verhältniß zu einander bleibt, sobald eine jede ihre Eigenart gegen die andere geltend macht, ein abgeschlossenes. Nein, heute ist vielmehr der Zusammenschluß aller auf Einem Fundamente Stehenden nothwendig. Je ge= waltiger jetzt oft die zerrissenen Theile eines Volkes wieder zu= sammengeschmolzen werden; je energischer alsdann die Völker in ihrem Inneren eine Concentration aller ihrer Kräfte betreiben; je bewußter die verschiedensten Lebensregungen, sie mögen den Namen von Interessen oder von Wissenschaften oder von Er= findungen oder von Gewerben und Künsten führen, auf das geschlossenste und den möglichsten Nutzen darbietende Zusammen= greifen unter einander hinarbeiten; je mehr überall die Massen auf= geboten werden, es sei im Kriege oder im Staats= oder im Gesell= schaftsleben; je mehr die Coalitionen gleichsam aus der Erde herauswachsen; je mehr auch die religiöse Frage auf den Markt des Lebens selbst geworfen wird: — desto mehr macht es die Zeit und die Stunde der Weltentwickelung zur geradeswegs unerläß= lichen Pflicht, Christi Werk als ein Werk zu treiben, das alle Kräfte, die ihm nur dienen wollen, auch eng zusammenschließt.

Man sage nicht, daß also nun doch eine neue Union ge= wünscht werde, und fliehe mit dem Worte dann in sein eigen

Haus, um sich dort abzuschließen, aber hernach auch es zu er=
fahren, daß es sich entweder in einen Kerker verwandelt (römische
Kirche), oder in lauter Trümmer zerfällt (protestantische Kirche).
Gewiß, Unionen mit bloß staatlichen oder volklichen Zwecken
und Zielen sind für das ewige Reich Christi ein Widerspruch
in sich selbst. Solche Unionen häufen die Zahl, aber stärken
nicht die Kraft, vereinigen in sich Feindseliges und tragen
darum auch den Zündstoff zu stets neuem Streit in sich selbst;
sie verleiten die Gezwungenen, ihre Besonderheiten zu über=
bieten und den Geist der Einigung in sich zu zerstören, sie
sind zuletzt auch das legale Mittel, Minoritäten, welche ein
ewiges Ziel suchen, den Majoritäten preiszugeben, welche
das Gegentheil begehren; und sie zerstören so um den Preis einer
weiten, aber in sich nicht lebensfähigen Verbindung die rechte
Verbindung derer, welche ein gemeinsames ewiges Gut besitzen.
Aber falsch angelegte Unionen verbieten nicht die richtigen;
der positive Gedanke in ihnen darf nicht schlummern bleiben,
sondern muß vielmehr nur geweckt werden; die Aufgabe, daß
die Hände sich zum Aufbau des Reiches Christi zusammen=
schließen müssen, bestätigen sie nur. Und es handelt sich ja doch
um nichts Anderes, als die Völker entweder preiszugeben oder
sie durch die unerschöpflichen Lebenskräfte Jesu Christi lebendig
zu erhalten. Ein kaltes gegenseitiges Sichanerkennen und Bestehn=
und Geltenlassen endlich ist nur Negation; darüber reißt der Riß
um so tiefer. Denn die Gefährdeten in jedem Lager bleiben so
auf sich selbst angewiesen und bleiben ohne Hilfe; kein Wunder,
daß so Viele unter ihnen eine Beute des Gegners werden.
Die gegenwärtig Christi Herrschaft erhalten wollen, sind darum
vor die Alternative gestellt: entweder die eine Hauptsache auf
ihre Fahnen zu schreiben und für dieselbe gemeinsam in den
Kampf zu ziehn, oder hin und her zersprengt zu werden und
als lauter Einzelne auch dem Verderben zu verfallen (vergl.
Offb. Joh. 12, 17).

Ach, daß darum bald die Stunde käme, da Gott wieder
einen Mann erweckte, der unseren Christusglauben als die Weis=
heit, welche das wahrhaftige und das höchste Leben ergründet

hat, in die Herzen hineinzurufen vermöchte, und aus dem
dann, innerlichst die Gewissen mahnend, Christi heilige Gestalt
noch heller und klarer herausleuchtete, als selbst aus den großen
Männern der katholischen Kirche und aus unseren Reformatoren;
einen Mann, der aber auch verwandt, wie Luther, dem ganzen
Geschlecht, unter welchem er aufsteht, fröhlich und reich das
Erdenwissen und die natürlichen Kräfte unserer Zeit zu seiner
Gottesarbeit verwebte; einen Mann, dessen Stimme alsdann wie
ein Posaunenruf in das Lager der ganzen Christenheit hinein
erschallte, und der nun das Sehnen und Seufzen der Vielen,
die nach der rechten Freiheit und nach dem bleibenden Leben
ausschauen, zu der gemeinsamen That, welche das Leben an sich
reißt, verbände.

XX.

Die Hauptvölker der nächsten Geschichte und die Juden.

Für die nächste Folgezeit werden die Juden als Mahnungs=
zeichen und Wecker für die Schlafenden oder für die Augenblicks=
menschen und für die Idealisten an unserem Wege stehn bleiben.
Und wie es mit unserer Lebenskraft, wie es mit unserer Zukunft
bestellt ist, dafür wird unsere Stellung zu ihnen der beste Grad=
messer sein.

Es ist nun aber eine auffallende Erscheinung, daß die be=
deutendsten Bruchstücke des jüdischen Stammes, nämlich fast
zwei Drittel desselben, die Volks= oder doch die Herrschafts=
gebiete der Deutschen und Slaven bewohnen; die türkischen Länder
mit ihrer zahlreichen jüdischen Bevölkerung gehören ja bereits
gegenwärtig oder in der späteren Folgezeit zum slavischen Macht=
und Geschichtsgebiet. Offenbar aber gehört den Slaven und
Deutschen die geschichtliche Zukunft. Die Romanen verlieren
diesen beiden gegenüber in neuerer Zeit an Macht und ent=
scheidendem Einfluß; ihre führende und maßgebende Stelle im
Völkerleben müssen sie fortan abtreten. Die inneren Gründe
hierfür sollen dargelegt werden; es erklärt sich dann auch ganz
leicht, daß sich das Verhältniß der Juden innerhalb derselben

gerade so gestaltet hat, wie es nun vorliegt, und zugleich treten Gesichtspunkte hervor, welche die Bedeutung der Juden für die übrigen Völker um so deutlicher an den Tag legen.

Das Volksleben der Romanen ist ja unbestreitbar bereits einer stärkeren Zersetzung anheimgefallen. Denn die unerläß= lichen sittlichen Bedingungen und Voraussetzungen für Bestand und Gedeihen von Nationen, nämlich die Treue und Pietät für die bestehenden Verhältnisse und Grundlagen des Lebens, oder die Achtung der Herzen und die Scheu des Gewissens vor den höheren Ordnungen, welche in dem Familien=, dem Ge= sellschafts=, dem Volks= und Staatsleben ihr das Innerste des Menschen verpflichtendes Walten haben, schwinden unter ihnen in erschreckendem Maße. Vielmehr zeigen sich unter ihnen be= denkliche Symptome des Verfalles oder des Todes; denn es bilden sich in ihrer Mitte zwei Extreme aus, welche beide ein Entweichen des Geistes oder der Lebensmacht bekunden. Das eine dieser Extreme ist ein blinder Autoritätsgehorsam, das andere der völlige Radikalismus, d. h. der innere Quell und die tragende, erhaltende Kraft des Lebens sind so schwach, daß die Stützen von Außen zur Hauptsache werden, und wo die= selben nicht zureichen, ein unaufhaltsames Zerreißen und Zer= brechen an die Stelle tritt.

Jener Autoritätsgehorsam, erschrocken über das fortwährende Zusammenbrechen rings umher, frägt nicht vor Allem nach der inneren Ursache, untersucht nicht zuerst, aus welcher Wurzel die Frucht erwächst, sondern erspart sich diese sittliche Haupt= frage durchaus; er ist von vorn herein völlig von dem untadeligen Wohlsein des eigenen Inneren überzeugt und stürzt sich daher vielmehr bedingungslos in die Arme einer Macht, welche in ihrer äußeren Erscheinung genug Imposantes zeigt, um diese Furcht beruhigen zu können. Der Romane sieht, gerade ent= gegengesetzt dem Deutschen, die Dinge zuerst nach ihrer Außen= seite an; seine Natur ist für die Erscheinung und Auffassung des Großen und Bedeutenden und Gewaltigen ganz besonders empfänglich. Die Gabe ist an sich eine gute Gabe; es ist etwas Richtiges, wenn der Romane gern nach den Früchten frägt, und den Baum nach denselben beurtheilt; es ist aber schlimm, sobald er entweder über dem schönen oder lockenden Aussehn der Frucht sich die Prüfung des Inneren so sehr erspart, daß er sie auch dann noch genießt, wenn sie giftig ist, oder sobald er wegen des äußeren täuschenden Augenscheines das Gift ab=leugnet.

Die Gefahr hat auch für den autoritätsbedürftigen Romanen je und je bestanden, daß, wenn ihm eine sichtbare Macht auf politischem oder socialem oder kirchlichem Gebiet entgegen=trat, er ihr mit rücksichtslosem Gehorsam folgte, und daß er um so mehr sein Wohlgefallen an ihr fand, je majestätischer oder infallibler sie sich geberdete.

Es erscheinen aber allerdings solche Autoritäten vor den Romanen, welche die rechten Mittel aufzubieten wissen, um dieselben ihren Geboten zu unterwerfen. Die zeigen ihrem Geiste genug Großartigkeit, genug Erhabenheit in ihrem Auftreten und genug meßbare Leistungen, um die Befriedigung derselben zu erwecken. Der Verstand wird durch logische Systeme ge=wonnen, welche einen Hauptsatz unerbittlich und bis in die ent=ferntesten Folgerungen durchführen; die Augen werden durch allerlei Schönes, besonders durch Theatralisches und Effektvolles gefesselt; die Ohren von mannigfaltigem Wohllaut entzückt; das sinnliche Empfinden sogar wohl auch durch Glanz und Licht und Halbdunkel und träumerische Stille und geheimnißvolles Handeln und Duft und Weihrauch dahin genommen, so daß besonders ästhetische und weibliche und romantische Naturen sich wie hingerissen fühlen; Schmuck und Pomp und Pracht und Ehre und der Rausch des Ruhmes müssen das Leben erregen, daß es auf den bezeichneten Bahnen vorwärts stürmt; und zuletzt weiß die menschliche Autorität selbst durch ihren Spruch den Himmel zu erschließen, oder die Hölle zu bannen, Zeit und Ewigkeit mit ihrem Machtwort zu regieren; hat ja doch gerade durch ihr dogmatisches Drängen der König Himmels und der Erde einen Statthalter erhalten, der Christi Macht, die sichtbare und die unsichtbare, verwaltet.

Das sind die Stützen dieser Autorität, und auf dieselben

pochend, fordert sie Gehorsam. Sie findet unter den Romanen sehr viele Unterthanen, und dieselben halten dann Alles für gethan, wenn dem politischen, dem gesellschaftlichen, dem religiösen Satze äußerlich die allgemeine Herrschaft anerkannt wird. Sie hängen sich also an die greifbare und sichtbare Form oder Uniform und glauben das rechte Heil gefunden zu haben, wenn sie eben gewaltige und glänzende Repräsentanten der Macht oder der Einheit des Gedankens unter den Menschen mit Fingern aufzeigen können. Wenn aber dennoch das Wahrheits= bewußtsein des Herzens, das Gewissen, welches dem Menschen es nicht gestattet, seine tiefsten Fragen sich äußerlich und nicht vor Allem im Innersten erledigen zu lassen, in einen schneidenden Zwiespalt und in die unsäglichste Unruhe hin und her wogender Bedenken geräth, dann lassen sich viele der noch autoritäts= bedürftigen Romanen dieselben allzuschnell durch stolze oder pathe= tische oder rhetorische oder dialektische oder drohende Machtsprüche beschwichtigen. Die Autoritäten der Romanen versuchen es zu= letzt immer nur mit äußeren Mitteln die Herzens= und Gewissens= nöthe ihrer Kinder zu stillen; nur „den löblichen Gehorsam", welcher das Dursten der Seele nach dem eigensten Besitz und Ergreifen der Wahrheit betäubt, und das Herz in den Schlaf der Selbstvergessenheit bannt, empfehlen oder gebieten sie den Ihrigen, wenn dieselben zu ihnen aus tiefer Noth um Hilfe schreien; mit tausend Künsten oder mit Gewalt reißen sie das Auge und Ohr des Geistes hinweg, wenn dieselben den ganzen inneren Schaden verspürt haben und bei ihren Meistern keinen Rath finden konnten; das Herz, welches, wie Augustinus sagt, unruhig ist, bis es in Gott Ruhe findet, soll hier am Ende allein in den Armen sündlicher Autoritäten ruhn.

Und so nennen die Gehorsamen in der That auf das bloße Gebot hin die im eigenen Herzen anders erfahrene Wahrheit fortan Lüge; eine ernste innere Lösung läßt sich nicht finden. Damit aber raubt dieser Autoritätsgehorsam dem Menschen auch allmählig das sittliche Unterscheidungsvermögen; er über= liefert ihn widerstandslos der Macht, welche ihn ergriffen hat; er macht die Wahrheit zu einem Außenwerk, welches sich der

Menſch gefallen laſſen muß, wenn auch Alles in ihm dawider
ſchreit; die innere Verbindung beider wird zerriſſen; es iſt, als
ob der Menſch nicht für ſie geſchaffen wäre, weil ihm bei ſeinem
ſchmerzlichſten Verlangen, ihr ganz anzugehören, zuletzt nur eine
Parole gegeben wird, bei welcher er mit dem Gebote verbleiben
ſoll, den inneren Widerſpruch einfach todtzuſchlagen.

So wird die Autorität das Generalgewiſſen Aller, und
das Gewiſſen des Einzelnen wird von dieſem regiert; ſobald
das einzelne Gewiſſen das Wagniß unternimmt, ſich unmittelbar
von einer anderen als menſchlichen Stimme berühren zu laſſen,
hat es ein Verbrechen gethan; die ſittliche Perſönlichkeit iſt unter=
gegangen, eine Maſchine an die Stelle derſelben getreten; die
Autorität denkt und will, und wie im elektriſchen Strom theilt
ſich Beides von ihr aus den Anderen mit; kurz, der Menſch
und die Perſon ſind preisgegeben. Gott ſelbſt und Jeſus
Chriſtus berufen ſich auf das innerſte Zeugniß, das ihnen der
heilige Geiſt in unſeren Herzen gibt; die Autoritäten der Ro=
manen rufen dem Menſchen nur zu: unterwirf dich oder
anathema.

Da ſteht nun der Menſch vor Autoritäten, die theilweiſe
ſittliche Ungeheuer waren, oder eine Blutſchuld an ihren Händen
kleben haben, die durch Jahrhunderte hin ſie vor dem Richter=
ſtuhl Gottes verklagt. Aber das macht für dieſe Autoritäten
keinen Unterſchied; ſie laſſen nicht das Geringſte von ihrer
Forderung ab, daß Jedermann noch ferner gerade dieſen Händen
ſich anvertrauen müſſe. Und die Wahrheit geht deßhalb ihren
eigenen, anderen Weg. Die Wahrheit ſuchte das Heil der
Menſchen, und ſchon in den Tagen des Alten Teſtamentes
erhob ſie, wenn die Autoritäten, wenn Könige und Hoheprieſter
ihr widerſtrebten, durch Propheten ihren Mund. Von dem
Hohenprieſter, der doch von Jehovah ſelbſt dazu eingeſetzt war,
bei ſchwierigen Fragen im Namen Jehovah's die Entſcheidung
zu geben, und ſo die Autorität zu üben, iſt Jeſus Chriſtus
als Gottesläſterer verurtheilt worden; und dieſer Hoheprieſter
hat genug Nachfolger unter den Autoritäten gefunden. Es
ſiegten ſeine Nachfolger oft in gleicher Weiſe, aber die Wahr=

heit war nicht selten bei denen, welche Jene Gotteslästerer
nannten; ihre Macht brach darüber zuletzt in Stücke, und die
Wahrheit nahm ihren Siegesgang durch die Welt.

Denn alle Eindrücke, welche den ewigen Grund im Menschen
nicht treffen, erschöpfen sich; mit ihrem Eigenen vermögen die
Autoritäten nun doch nicht auf die Dauer die Herzen zu fesseln;
Himmel und Hölle sogar, mit denen sie lockten und schreckten,
erweisen sich in ihren Händen endlich als stumpfe Waffen, denn
beide sind nicht der Himmel und die Hölle des heiligen Gottes.
Was sie aber Neues aufbieten, imponirt nicht mehr, der Schimmer
ist dahin; soll etwas Heilsames entstehn, dann müssen sie zurück=
treten; sonst reißt der Schade nur weiter. Es kommt ja darauf
an, daß den Herzen die Kraft zum Gehorchen geschaffen und
daß in den tiefsten Tiefen derselben die Fäden wieder angeknüpft
werden, welche haltbare, feste Bande hin und her zwischen Gott
und dem Menschen binden; das Gesetz „Du sollst" muß sich
in das Evangelium „Du kannst" verwandeln; der Wahr=
heitssinn muß so gewaltig ergriffen werden, daß alles todte
Ja, Ja zu einem unüberwindlichen Bekenntniß innerster Herzens=
gewißheit wird. Das bieten die Autoritäten der Romanen
denselben nicht an, sondern sie selbst wollen ihnen das Letzte
bleiben, zu dem Jene sich gerufen und gewiesen sehn sollen.
Darin liegt ihre furchtbare Sünde. Und wollen sie sich nun
das nicht eingestehn, sondern versuchen sie es mit um so stärkeren
Trumpfen und mit noch gewaltigerem Trotz, so fordern sie nur
zum Kampfe mit allen Waffen heraus. Gerade das sehn wir
auch ganz augenfällig unter den Romanen geschehn. Denn es
ist ihre Eigenthümlichkeit, dann, wenn die Autorität sie nicht
mehr sittlich zu verpflichten vermag, alsbald auch zu dem an=
deren Extrem, zu dem Radikalismus, überzugehn.

Der romanische Radikalismus ist zuerst mit vielem Rechte
an seinen politischen und religiösen und kirchlichen Autoritäten
irre geworden. Nun hat er aber stets gehört, daß die sicht=
bare, menschliche Autorität, welche er kannte, und die göttliche
sich mit einander deckten; er hat selbst in den Zeiten, als er
noch schlummerte, und deßhalb die Autorität ertrug, unter ihrer

Leitung es verlernt, nach dem tieferen und bleibenden Grunde der Wahrheit zu fragen. Er trägt aber freilich auch die Schuld, daß er den Wahrheitssinn in sich selber allmählig erstickt hat; es war ihm bequemer und angenehmer, das Leben so zu behalten, wie es sich ihm draußen glänzend und verlockend genug gestaltete. Bald wurden ihm die Drohungen seiner Autoritäten zum Anlaß, die innere Welt unerforscht zu lassen und die Stimme des aufgewachten Gewissens wieder zum Schweigen zu bringen; bald fanden die Reizungen, welche das äußere Leben groß oder schön erhalten zu wollen erklärten, ein bereites Gehör. Nun fühlt aber ein großer Theil der Romanen in sich selbst genug eigene Kraft und Majestät, und meint beides nicht erst in seinen Autoritäten suchen zu müssen. Alsbald ist er entschlossen, die ihm bisher versagte Stelle als sein Recht mit aller Energie in Anspruch zu nehmen. Die äußere Autorität, welche ihn ja innerlich zu binden außer Stande ist, schüttelt er als Absolutismus, als selbstsüchtige Tyrannei ab, der Widerstand aber reizt ihn zu wilder Wuth, und das „Rein ab", sollte es selbst mit dem Fallbeil sein, wird seine Losung. Das ist der Fluch jeder Autorität sündlicher Menschen, die sich zuletzt nur auf das Zeugniß berufen kann, das sie sich selbst gibt, und nicht auf das Zeugniß, welches für sie in dem innersten Wahrheitsbewußtsein des Herzens, auch wenn dasselbe zu widerstreben versucht, von einer höheren Macht abgelegt wird.

So nehmen aber beide, sowohl die Autorität als der Radikalismus, unter den Romanen immer deutlicher den allerschlimmsten revolutionären Charakter an. Denn beide verlegen immer offenbarer die höchste Instanz auf Erden in den sündlichen Menschen selbst, er heiße nun republikanisches Individuum oder Cäsar oder Papst.

Ein Jeder unter ihnen hat darum nach eigener Ueberzeugung unfehlbar Recht; die Schuld kann allein auf der Seite des Anderen liegen; Keiner weicht dem Andern darin auch nur um ein Haar breit; Jeder ist großartig in dem Fehlen aller Buße, und Jeder ruft dem Anderen eben deßhalb auch ganz vergeblich Umkehr zu. Für Alle ist das Heilige unauflöslich mit ihnen selbst verbunden; sie selbst eben sind der Ausdruck, die Form, die Gestalt, die Erscheinung oder Offenbarung des Wahren, und der Wahrheitssinn kämpft fast seinen Todeskampf. Haben daher doch auch beispielsweise viele französische Blätter den deutschen Krieg „im Namen des Gewissens" gefordert; denn die französischen Gewissen sind zumeist so verwirrt, daß in den= selben die Größe Frankreichs und Frankreich selbst überhaupt die Stimme Gottes einnehmen. Als „Gewissensverrath" er= klärten sie den Widerspruch der Zehn in der entscheidenden Kammersitzung vor Ausbruch des Krieges; ebenso wie die Päpst= lichen den Gegnern der Unfehlbarkeit „Gewissensverrath" vor= werfen.

Eben deßhalb erscheinen der Radikalismus und die Autorität unter den Romanen je mehr und mehr nur als zwei feindselige Mächte, die allein noch auf den stärkeren Arm pochen können, und die es in der That lediglich auf den gegenseitigen Sturz abgesehn haben. Auf das eigene Herrschen kommt ihnen Alles an und nicht auf einen Sieg des ewigen Lebens, auch wenn derselbe ohne sie geschehn sollte; denn die eigene Person und die Sache sind ihnen ja gleichbedeutend. Siegen und Unter= liegen wechseln darum in raschester Folge und in erschreckender Plötzlichkeit. Beweise einer lebendigen Kraft lassen sie nicht zurück; der Weg der Gewalt oder der List, der Intrigue und des aufgestachelten Eigennutzes ist der Weg, welcher sie zur Herrschaft führt. Die große Menge ist dabei dumpf und willenlos, sie läßt sich von Jedem hinschleppen, sie hat keinen eigenen höheren Willen, sondern verlangt allein den Genuß des Draußen und daß man sie in ihren persönlichen Verhältnissen oder in ihren örtlichen Liebhabereien nicht störe; sie ist, wenn ihr nur dies gestattet wird, ganz nach Belieben und Gebot heute repu= blikanisch, morgen kaiserlich oder königlich, heute atheistisch und morgen ultramontan. Die Macht entscheidet über das Recht des Kommenden, des Gehenden; das Herz und Gewissen fragen die Wechselnden nicht nach ihrem inwendigen Gehalt, und sie schweigen fast völlig über das schreiende Schwinden aller Treue.

So tragen aber die Romanen in sich selbst genug Elemente, welche zu einer völligen Zersetzung aller ihrer Lebenskräfte drängen — und, eigenthümlich, sie zählen auch unter sich nur eine geringe jüdische Bevölkerung. In Spanien gibt es nur vereinzelte Juden; bis zur Revolution war ihnen der Aufent=halt oder wenigstens die Ausübung ihres Cultus im Lande völlig verboten; in Italien ist erst der vierhundertundzwölfte Mensch ein Jude; in Frankreich war es bisher der vierhundert=undsechsundzwanzigste; mit Elsaß und Lothringen geht jedoch über die Hälfte aller französischen Juden zu Deutschland über, und fortan kommt in Frankreich erst auf neunhundert Be=wohner ein Jude. Eine größere Zahl von Juden hätte eben für die Romanen keine so hohe geschichtliche Bedeutung; Jene fänden für die ihnen einmal von Gott gestellte Aufgabe unter diesen Nationen nicht einen so weiten Raum.

Das wichtigste romanische Volk, das französische, ist in vielen Stücken dem jüdischen äußerst ähnlich. Beider Natur=anlage drängt zu einem Wirken nach Außen; nur daß die Juden in ihrem Wirken die Unermüdlichkeit der Choleriker, die Fran=zosen dagegen die Unstätigkeit und Veränderungssucht der San=guiniker zeigen. Beide fangen ferner mit sich selber an und hören mit sich selber auf; wobei dann freilich der sanguinische Franzose sich selbst in stets neuen Gestalten und Moden sehn will. Weil aber der Franzose sich selbst das Ein und Alles zu sein gedenkt, läßt er auch den Juden nur insoweit gelten, als derselbe eben auch Franzose wird. Thut der Jude das, dann mag er Minister und sonst Alles werden; man gestattet es ihm gern, denn er hat sich selbst der französischen Herrlichkeit. zum Tribut dargebracht; aber er muß sich eben in die fran=zösische Art einfügen und einleben, um der französischen Glorie zu dienen.

Je weiteren Boden nun die Juden unter den Franzosen, dem romanischen Stamme, der einzig noch eine gewisse Kraft zu einem selbstständigen Wirken in der allgemeineren Geschichte besitzt, finden, desto bemerkenswerther ist die geschichtliche Fügung, daß trotzdem die Zahl der Juden in Frankreich eine so geringe ift. Es sind, wie gesagt, alle Schranken für sie dort gefallen, und zwar gerade dort ist es zuerst geschehn. Aber während z. B. Amerika von großen Schaaren derselben aufgesucht wird, wendet sich ihr unruhiger Wanderungstrieb nur in geringem Maße nach dem eigentlich romanischen Frankreich.

Wie seltsam ist die Erscheinung, daß Frankreich unter den Juden eben so viel Lob erntet, als die Anderen leicht Tadel erfahren, und daß dennoch dieses Paradies eine so geringe Zahl derselben aufweist! Man höre nur einmal, um dies recht zu würdigen, zwei bekannte Stimmen aus dem jüdischen Lager.

Der deutsch = jüdische Professor Graetz, fast der bedeutendste und von den Seinen hochgefeierte Historiker des Judenthums, sagt von den Franzosen in seinem letzten, 1870 erschienenen Bande der Geschichte des Judenthums: daß sie unbezwinglich, daß Helden in erstaunlicher Anzahl aus ihrem Volksthum hervor= gegangen seien, und Napoleon I. nennt er, obwohl er ihn auch zu tadeln weiß, dennoch einen Helden und Riesen im Vergleich zu den nergelnden deutschen Zwerggestalten, die wir also bisher nur fälschlich zu den größten Gestalten aller Geschichte zählen dürfen zu können glaubten. Unseren Stumpfsinn — so werden wir belehrt — hätten wir erst seit der Julirevolution einigermaßen abgelegt; und wenn wir auch manches Löbliche besaßen, so hätten uns doch erst die Juden Heine und Börne Geist und Witz gebracht; ganz ins Besondere hätten die Deutschen es Börne zu danken, daß derselbe sie von ihrem gemeinen Knechtssinne, der ihr eigenthümliches Erzeugniß sei, zu heilen begonnen habe! Am höchsten ragen ferner in der Geschichte der Völker, nach der Meinung von Graetz, die Franzosen Montesquieu und Mirabeau hervor, und ein Luther, Friedrich der Große, Fichte, Stein und Schleiermacher treten hinter diesen jedesfalls zurück. Anerkennung für unsere deutsche Ge= schichte kann Graetz nur von der Zeit an haben, wo sie der französischen Parole zu folgen und die französischen Ideale auch in das Leben unseres Volkes einzuführen angefangen hat. Das Jahr 1848 bildet für ihn diese scharfe Scheidegrenze: Herrschaft der Finsterniß in dem Jahrtausend unseres Volkes vorher, und nur vereinzelte Lichtstrahlen während dieser Zeit; Herrschaft des Lichtes dagegen seit der Annahme des französischen Vorbildes. Und diese letztere Auffassung theilt man fast überall im ganzen deutsch = jüdischen Lager. Denn nicht für Graetz allein, sondern für das gesammte jüdische Urtheil entscheidet überall der Maßstab, wie weit hat man den Ansprüchen der Juden Genüge gethan? Gerade so viel pflegen für beide ein Mann oder ein Volk zu gelten, als sie die Juden befriedigten. Eben deßhalb sieht auch der Historiker Graetz unsern Lessing als den größten Deutschen an, er hat ja Nathan den Weisen geschrieben; doch hält es Grätz für einen argen Fehler Lessing's, daß derselbe das reine Christenthum für Humanität erklärte, da er es auf diese Weise mit dem Judenthum verwechselt habe. Aber auch Lessing steht für ihn hinter dem Juden Börne zurück; dieser erst habe ja auch den Franzosen Hochachtung vor der Kernhaftigkeit des deutschen Geistes beigebracht und dem ewigen Spott ein Ende gemacht. So dekretirt wenigstens Graetz. Haben wir Deutschen demnach Börne so viel zu danken, so ist dieser trotzdem, weil er „gechristelt hat" (Christ geworden ist), ein schlechter Philosoph und Geschichtskenner, der in die Tiefe der Dinge nicht eindringen konnte. Während Börne daher, und Heine mit ihm, nach dem jüdischen Maße gemessen, noch sehr viel zu wünschen übrig lassen, sind sie für uns Deutsche im Grunde das non plus ultra; ganz besonders sollen wir lebhaftes und rücksichtsloses Wahrheitsgefühl erst diesen beiden Juden zu verdanken haben. Da ist es denn kein Wunder, daß uns Mendelssohn als „die fleischgewordene Weisheit" empfohlen wird, als „der Träger der Zukunft", und ihm also Prädikate gegeben werden, welche wir sonst nur für Jesum Christum anwenden. Mendelssohn hat uns stets als ein edel denkender Mensch gegolten, dessen Bedeutung wir aber mehr in seiner Wichtigkeit für die Juden erkannten, da er sonst doch eben nur unter die Geister zweiten Ranges in der Reihe unserer Schriftsteller zählt; aber allerdings, das jüdische Urtheil nennt ihn gewöhnlich mit Moses und Maimonides das Dreiblatt der größten Männer der Weltgeschichte.

Ein fernerer Beitrag aber für die Erhebung des Franzö=
sischen auf Kosten des Deutschen sind die Aussprüche des Heine,
den wir mit Börne vereint gleichsam als die Angelpunkte der
neueren deutschen Litteratur betrachten müßten, wenn die
jüdische Meinung über beide Männer die richtige wäre. Heine
sagt: „Paris ist die Hauptstadt der ganzen civilisirten Welt.
Das Volk hier ist groß und fühlt seine schauerlich = erhabene
Bestimmung. Sollte sich das Entsetzliche begeben, und Frank=
reich, das Mutterland der Civilisation und der Freiheit, ginge
verloren durch Leichtsinn und Verrath, und die potsdämische
Junkersprache schnarrte wieder durch die Straßen von Paris,
und schmutzige Teutonenstiefel befleckten wieder den heiligen
Boden der Boulevards, dann gäbe es einen Mann (Heine),
der elender wäre, als jemals ein Mensch gewesen." Ferner
nennt er die Franzosen „das auserwählte Volk der neuen
Religion", und thut noch den Ausspruch: „Paris ist das neue
Jerusalem".

So urtheilen und denken, wohl gemerkt, deutsche Juden.
Um so mehr werden wir daraus das Resultat entnehmen können,
daß Juden und Franzosen sich gegenseitig wenig zur Selbst=
erkenntniß verhelfen würden. Für die Franzosen können die
Juden nicht mehr zu einer Frage ihres Gottes werden; an
Anderen zu lernen ist zu wenig ihre Art. Nein, für die
Franzosen und für die Romanen überhaupt scheint nur dann
eine Hilfe möglich zu sein, wenn sie durch furchtbare Katastrophen
überführt werden, daß sie sich durch ihre eigenen Ideale, durch
die Ideale ihrer Autorität und ihres Radikalismus selbst zu
Grunde richten.

Es ist also auf der einen Seite immerhin ein Werk der
Gnade, wenn ihnen zuerst die Verwirklichung ihrer Ideale auf
politischem, socialem und kirchlichem Gebiet gestattet, alsdann
aber von Seiten Gottes damit geantwortet worden ist, daß
er ihnen zeigte, wie leicht und wie schnell ihre stolzesten Bauten
zu zertrümmern sind. Durch den jähen Sturz ihrer Idole
mußte es ihnen vor die Augen geführt werden, daß sie erst
die Anfangsgründe aller Wahrheit wieder zu lernen hätten, und

jetzt nirgends die politische oder gesellschaftliche oder kirchliche Führung beanspruchen dürften.

Ob sie die Gnade Gottes verstehn, ob ihre Kaiser oder Republiken oder Päpste das Mene=Mene=Tekel der schreibenden Hand Gottes in ihrem Leben lesen werden, darüber werden wohl die nächsten Jahrzehnte entscheiden; würden sie dem Gnaden= willen Gottes widerstreben, dann würde die Geschichte sie vielleicht nur zu dem Zwecke mitentscheidend wieder einführen sehn, um an ihrem Theile die Gerichtsgedanken Gottes ausführen zu helfen. Und fast sieht es so aus, als ob der große Menschheitsleib an seinen äußeren Gliedern (den westlichen Romanen) absterben wolle; als ob diese Glieder, die Organe des Wirkens und Han= delns nach Außen, ihre Kraft verlören. Darüber hernach noch ein kurzes Wort.

Dies die Gedanken, welche sich an das Verhältniß von Romanen und Juden anknüpfen. Und dasselbe bestätigt es in der That an seinem Theile, daß die Juden während der Zeit ihrer Zerstreuung nicht nach Zuneigung oder Abneigung hier oder da wohnen sollen, sondern daß sie unter einem höheren Willen stehn. Sie würden unter den Romanen zu sehr ihre Eigenart verlieren, und damit dem ihnen allerdings für die Gegenwart und Zukunft gebliebenen Berufe entfremdet werden. Die Romanen bereiten den Juden selbst die Gefahr, ihrer Eigenthümlichkeit und Besonderheit ver= lustig zu gehn, und das soll eben mit dem jüdischen Volke nicht geschehen. Deßhalb finden wir die Juden in größerer Zahl vielmehr theils in uncultivirten (muhamedanischen) Ländern, welche ihnen als Aufbewahrungsort für die Zukunft dienen und sie doch wieder auch nahe genug dem Schauplatz der geschicht= lichen Entscheidungen halten; theils bemerken wir sie als ein wichtiges Element unter den großen Geschichtsvölkern, an welche sie noch eine Frage im Namen des Gottes der Offenbarung zu richten haben. Denn von wesentlicher Bedeutung sind sie allerdings in der nächsten Folgezeit für Slaven und Deutsche. Diesen beiden gehört aber auch die demnächste Geschichte. Diese sind gleichsam die inneren Organe (auch geographisch) an dem Völkerleibe; ihre Eigenthümlichkeit das Innenleben (Phlegmatiker

und Melancholiker). Sollen die äußeren Organe eine neue
Kräftigung erfahren, so kann es nur von den inneren her geschehn;
auf die Gesundheit derselben kommt es daher an. Die Geschichte
hat ja bisher auch diesen Gang in der Völkerwelt genommen.

Wir sehn hier nun von den Engländern ab. Denn die
Aufgabe derselben scheint mehr darin zu beruhn, die dem all=
gemeineren Menschheitsleben bisher noch ferne gebliebenen Völker
in dasselbe hineinzuziehn; ihre andere Aufgabe dagegen, mit
der rechten, d. h. nicht selbstsüchtigen Unparteilichkeit unter die
übrigen Völker zum Guten und Gerechten helfend miteinzutreten
und gerade hierfür ihr Gewicht in die Wagschale zu legen, ver=
gessen sie leider über dem, was ihnen selbst als augenblicklicher
Vortheil erscheint, in stets zunehmendem Maße, und verlieren
deßhalb auch je mehr und mehr das sittliche Vertrauen aller
Anderen. Die Zahl der Juden unter ihnen aber ist nur eine
geringe, etwa fünfzigtausend. Ganz erklärlich; man hat die
Engländer so oft die Juden unter den christlichen Völkern ge=
nannt. In Charakterenergie, in unermüdlicher Thätigkeit und
nationalem Stolz sind die Engländer den Juden wenigstens
gleich; und eben deßhalb können die Letzteren unter jenen Willens=
naturen sich nicht eine besondere Bedeutung erwerben, nehmen
selbst vielmehr zu schnell den englischen Typus an.

Wir sehn auch von den Amerikanern ab, obgleich gerade
diese wohl die beiden oben genannten Aufgaben der Engländer
allmählig überkommen werden und dadurch eine große Wichtig=
keit für die weltgeschichtlichen Völker gewinnen. Die Zahl der
Juden unter ihnen ist ziemlich bedeutend, dreimalhunderttausend.
Und in der bunten amerikanischen Völkermischung sind sie aller=
dings ein wichtiges Element, das dort durch seine Naturanlage
zu reichen Resultaten kommt, das die innere Entwickelung des
Landes stark mitbestimmt, und deßhalb wohl, ebenso wie der
Einfluß der römischen Kirche, für die Bedeutung Amerikas in
der allgemeinen Geschichte in die Wagschale fällt. Aber die
eigentliche Ausführung der weltgeschichtlichen Bewegungen ist
doch nicht in die amerikanischen Hände gelegt, sondern sie so=
wohl als die Engländer haben mehr zur Seite der führenden

und tragenden Völker ihre Stelle, wie sie ja auch erst abge=
leitete, erst Tochter=Völker sind und ihre Wohnsitze an abge=
sonderter Stelle empfangen haben; sie haben eben nicht selbst=
ständige Gedanken zu vertreten, sondern die Hauptvölker in
der Erfüllung ihrer Aufgaben zu unterstützen.

Werden also nur diese Hauptvölker selbst ins Auge gefaßt,
dann wird die Behauptung wohl nicht bestritten werden dürfen,
daß sich in dem Volksleben der Deutschen noch die verhältniß=
mäßig reichsten sittlichen Mächte finden. Unter dem führenden
slavischen Stamme aber, dem russischen, dem es immer besser
gelingt, seine Nebenstämme und selbst die ihm ursprünglich feind=
lichen mit sich zu verbinden, tritt neben einer stark nihilistischen
und wahrhaft dämonischen Anlage, doch in dem breiten Unterbau
des eigentlichen Volkes gegenwärtig noch eine starke Herzens=
pietät vor den herrschenden Mächten seines Gemeinschafts=
lebens an den Tag. Eben darum haben auch beide, Deutsche
und Slaven, die genügende Kraft für eine geschichtliche Zu=
kunft.

Was nun die Slaven betrifft, so ist es ihnen bei ihrer
phlegmatischen Naturanlage eigenthümlich, daß sie, in noch hö=
herem Grade als die Romanen, eine starke Autorität bedürfen,
die ihre Kräfte zu verwerthen weiß. Die Polen haben gerade
darum den Russen weichen müssen, weil Jene die ihnen hoch=
nöthige Autorität nicht duldeten, Letztere dagegen sie mit dank=
barer Freude begrüßten. Der Romane ist mehr eine Willens=
natur, der Slave mehr eine leidende; der Romane fühlt in sich
einen Zug zum Idealen und eine große Kraft, für deren ent=
sprechende Verwendung er einen Helden oder Machthaber fordert;
der Slave fühlt sich zu passiver, oft träger Ruhe geneigt, darum
will er aufgerüttelt sein, und wer ihn aufrüttelt, dem folgt
er. Es ist deßhalb aber in der That ein schöner Zug, daß
die russische Nation ihren Kaisern mit solcher Hingebung ent=
gegenkommt. Dieselben haben es verstanden, die schlummernden
Kräfte in ihrem Volke zu wecken; sie sind in der That
die eigentlich bildende Macht desselben; mit erzieherischer Weis=
heit führen sie es stufenweise und nirgends überstürzend vor=

wärts. Der fremde Liberalismus hat die von ihnen im Volke geschaffenen Ordnungen als Barbarei verschrieen; sein Dogma, das nur die 1789er Grundsätze gelten läßt, nöthigt ihn dazu; in der That aber sind jene Ordnungen vielfach die durchaus richtigen Mittel, um eine naturgemäße Entwickelung dieses Volkes anzubahnen. Die Schablone verurtheile das Alles immerhin; es bleibt dennoch dabei, daß jedes Volk nach seiner Naturanlage und Geschichte verfaßt sein muß, wenn es seine Gaben und Kräfte zur Anwendung bringen und seine Aufgabe damit erfüllen soll. Eine starke, das ganze Leben leitende monarchische Obrigkeit ist für die Slaven unumgänglich noth= wendig; aber freilich kann dieselbe das Volk eben so wohl zum Guten als zum Bösen führen; sie hat es für Beides vollständig in ihrer Gewalt.

Aus der Eigenthümlichkeit der Slaven folgt auch die Be= deutung der Juden für dieselben. Gerade die Slaven weisen unter allen Völkern den weitaus bedeutendsten Procentsatz von Juden auf, mehrere Millionen. In Oesterreich ist der dreiund= dreißigste, in Polen schon der siebente, im übrigen Rußland der zweiundvierzigste, in der Türkei der dreiundfünfzigste Mensch ein Jude. Zwischen den Slaven und den Juden aber besteht wohl fast der größte natürliche Gegensatz; die ganze Natur= anlage beider ist diametral verschieden, denn sie vertreten zwei Extreme: hier die äußerste und erregteste Thätigkeit nach Außen, dort die stärkste Neigung zur Ruhe.

Darum gibt es Niemand, der in so hohem Grade befähigt wäre, die Slaven aus ihrer Anlage, in einen Traumzustand zu versinken, herauszureißen als gerade die Juden. Die Gnade Gottes hat Letztere eben deßhalb wohl in so bedeutender Zahl unter die Slaven zerstreut und hat das ganze sociale Leben dieser Stämme in einem solchen Umfange, wie es allerdings auch nur in einem phlegmatisch angelegten Volke möglich war, von ihnen abhängig gemacht. Der raschen und energischen Art der Juden hat es gelingen müssen, an tausend Stellen in das sociale Leben jener Stämme einzudringen und an vielen Stellen fast die ganze wirthschaftliche Bewegung desselben an sich zu

ketten, oder sich wenigstens als das verbindende Mittelglied inner=
halb derselben nothwendig zu machen.

Diese sociale Abhängigkeit der Slaven von den Juden wird
sich aber auf immer weitere Gebiete übertragen. Eine russische
Stimme läßt sich über diese Sache so vernehmen: „Auch die
russischen Juden werden bereits größtentheils von dem modernen
Zeitgeist beeinflußt, so daß sie im socialen Leben den Christen
nicht mehr nachstehn, sondern ihnen womöglich voraneilen
möchten. Wie lange ist es her, daß die russischen Juden die=
jenigen unter ihnen, die ihre Kinder christliche Schulen besuchen
ließen, als Ketzer ansahen, jeden Verkehr mit ihnen mieden
und sie in den Bann thaten — und jetzt sind ja fast alle
Gymnasien und Universitäten bei uns zu Lande von Juden
voll, die durch ihre außerordentlichen Gaben, ihren Fleiß und
ihre Ausdauer ihre christlichen Mitschüler in der Regel weit
überflügeln."

Hier tritt uns in der That auch ein Moment entgegen,
welches seine Bedeutung für die slavischen Völker immer stärker
an den Tag legen wird. Die Juden werden unter denselben
in dem Maße, als die bedenklich wachsenden nationalen Leiden=
schaften die Deutschen von der bisher innegehaltenen Stellung
ausschließen, ein überaus wichtiges Element der Bildung und
Cultur werden. Den Slaven selbst fehlt es auf diesem Gebiete
nicht bloß an schöpferischer Kraft, sondern eben so sehr an weit
ausschauendem Unternehmungsgeist.

Allerdings sind nun auch die Juden nirgends eigentlich ori=
ginell in der Culturarbeit, wie dies mit anderen Nationen wohl
der Fall ist. Eingeständnisse dieser Art fehlen selbst unter ihnen
nicht ganz. In der israelitischen Religionslehre des unter den
Juden weit bekannten und vielfach anerkannten Philippson
heißt es: „Die Aufgabe der israelitischen Nation ist die Reli=
gion gewesen; sie war vorzugsweise das Religionsvolk. Die
Religion füllte ihr ganzes Leben aus. Mögen auch zu ver=
schiedenen Zeiten einzelne und selbst zahlreiche Glieder dieses
Stammes auf anderen Gebieten nicht geringe Auszeichnung und
Verdienste erworben haben, so gingen sie hierin doch immer

nur in den Bestrebungen anderer Völker auf." Und in der
That, weder während der Jahrhunderte ihrer politischen Selbst=
ständigkeit, noch in der hernach folgenden Zeit, und trotz ihrer
Verbindung mit allen Nationen und so vielen Culturperioden
derselben, d. h. also in einer mehrere Jahrtausende umspan=
nenden Geschichte werden sie in dem Gebiete der Cultur als
bahnbrechend, als neue Perioden einführend genannt. Auch die
bedeutendsten jüdischen Namen, welche die Culturgeschichte nennt,
sind Namen von Männern, die auf den Schultern von Mit=
gliedern eines anderen Volkes stehn; auf diesem Felde sind sie
nun einmal nicht eigentlich selbstständig oder neu= und selbst=
schöpferisch, sondern zählen mit ihren tüchtigsten Leistungen doch
nur zu den bemerkenswerthen Talenten. Der einzige Spinoza
kann aus einer so langen Reihe von Jahrhunderten als epoche=
machend bezeichnet werden. Seine Philosophie hat der Philo=
sophie überhaupt neue Bahnen gewiesen; aber er hat derselben
freilich auch eine Richtung gegeben, welche die Religion aus
ihrer Selbstständigkeit zu verdrängen suchte. Seine Philosophie
charakterisirt der Rückfall in den früheren heidnischen Pan=
theismus, und ist am Allerwenigsten aus dem eigenthümlich
jüdischen Boden erwachsen. Spinoza's Philosophie wollte die
Religion ersetzen und hat die falsche Verwechselung der beiden
veranlaßt; die Wiederbelebung des altheidnischen Irrthums ist
mithin ein sehr zweifelhaftes Verdienst.

So wenig nun die Juden die eigentliche Freude am Schaffen
und Entdecken und Erfinden auf dem Gebiete der natürlichen
Gaben und Kräfte kennen, so sehr verstehen sie die praktische
Verwerthung dessen, was Andere zuerst aufgezeigt haben;
und in dieser Beziehung überflügeln sie leicht sogar die eigentlichen
Meister in der Culturarbeit. Nicht zum Wenigsten erklärt
sich auch hieraus die vielfache Antipathie, welche z. B. zwischen
Juden und Deutschen besteht.

Indem nun aber die slavischen Juden mit großem Talent
die neueren Culturergebnisse sich aneignen, beginnen sie gerade
hierdurch sich eine neue und besondere Geltung unter jenen
Völkern zu verschaffen. Mit ihrem wohlüberlegten Erfassen

dessen, was allen Völkern in der Neuzeit immer unentbehrlicher wird, und mit ihrer Anlage zu angestrengtester Thätigkeit werden sie darum auch dort, wohl oder übel, eine Position nach der anderen erobern, und je unentbehrlicher sie sich erweisen, desto höher den Preis für ihre Arbeit stellen. Dazu kommt, daß die größere Freiheit, welche ihnen allmählig selbst an jener Stelle in der wirthschaftlichen Bewegung eingeräumt wird, eine sehr bedeutende Capitalsmacht in ihren Händen sammelt. Der russische Staat aber wird zur Benutzung derselben um so lieber greifen, als er sie ja im Inlande findet und sich auf diese Weise von der Beschränkung durch das Ausland in seinen Plänen endlich erlöst sieht. Aus diesen beiden Gründen haben wir es zu erwarten, daß die Augen der slavischen Machthaber sich in steigendem Maße auf die Juden in ihrem Lande richten werden. Die Juden selbst hingegen haben stets unter allen Völkern fast instinktiv diejenigen Wege eingeschlagen, welche ihnen dort den meisten Einfluß sicherten. Wie ihr Paulus Allen Alles ward, um Alle für Christum zu gewinnen, so vermögen sie ohne Christum dasselbe zu dem entgegengesetzten Zweck, um von Allen Alles zu erlangen. Deßhalb müssen wir darauf rechnen, daß sie mit den herrschenden Gewalten unter den slavischen Völkern einen Bund schließen und als ein ganz ausnehmend wichtiges Werkzeug in der Hand derselben sich beweisen werden. Ihr Einfluß aber wird so lange ein guter sein, als sie jene Stämme wirklich zur Thätigkeit anregen; er kann dagegen auch höchst verderblich wirken; und das wird dann geschehn, wenn sie entweder die Lebenselemente des Volkes selbst beschädigen, oder wenn sie durch ihre Bildungs- und Capitalsmacht die falsche Richtung des Volkslebens befördern helfen.

Allerdings aber ist es eine That der Weisheit Gottes, daß er das sociale Leben der Slaven in eine so große Abhängigkeit von den Juden gestellt hat. Das sociale Leben macht sich ja selbst dem noch empfindlich, der das politische auf sich nicht wirken läßt. Indem sich aber die Slaven von den Juden so tief ins Fleisch geschnitten sehen, daß fast ein jedes Jahr von blutigen Verfolgungen derselben unter ihnen zu sagen weiß, will

Gott jenen Stämmen wohl nahe kommen, damit sie es bei Zeiten erkennen und verstehn lernen, wie nicht ein jeder Einfluß, der auf sie geübt wird, und nicht eine jede Macht, die unter ihnen ihre Kräfte entfaltet, nun auch heilsamer Art sein müssen. Die Slaven sollen durch diese eine Erfahrung mit den Juden aufmerksam gemacht werden, um zwischen Einfluß und Einfluß unterscheiden zu können; ihr Bewußtsein und ihr Fragen sollen erweckt werden, damit sie nicht von vorn herein jeder stärkeren Kraft und jedem ausgebreiteten Wissen und jeder fortgeschritteneren Bildung sich bedingungslos oder in böser Ver= trauensseligkeit ergeben, sondern prüfen und verstehn mögen, was heilsam, was schädlich ist. So arbeitet die Gnade Gottes an den Slaven, damit sie nicht durch den passiven Gehorsam, der nur um die süße Fleischesruhe besorgt ist, unheimlichen Gewalten verfallen, welche sie zu einem Heere des Verderbens machen würden.

Werden aber die Slaven diesen Willen Gottes nicht ver= stehn, dann wehe der Welt, wenn Jene nun doch durch den Rath desselben zum Handeln in die Völker eingeführt werden. Denn schon jetzt sehn wir, wie dieselben so oft, wenn sie auf= gerüttelt werden, fast widerwillig gleichsam aus dem Schlafe erwachen, und eben darum die Art Solcher an sich tragen, die in einer unnatürlichen, wilden Erregung ihres Wesens heraus= treten. Daher das Unheimliche, das ihre Erscheinung auf dem Boden der Geschichte in manchen Momenten gezeigt hat; denn sie glichen zuweilen einem ausgetretenen Strome, der nach Durchbrechung der früheren und fest einschließenden Ufer nicht Maß und Ziel kennt, sondern sich nur überfluthend weiter wälzt und überall Verderben bereitet.

An der Spitze der Slaven steht dazu ein Czar, der in seiner Person die höchste weltliche und die höchste geistliche Macht, eine der päpstlichen ähnliche, vereinigt. Was derselbe von seinem Volke fordert, das wird dasselbe gewöhnt, nicht bloß als politisch, sondern auch als göttlich recht anzusehn; selbst seine Kriege heißen heilige Kriege. Das Sektenwesen der griechischen Kirche hat ja gerade das als Hauptsatz aufgestellt, daß es den Czaren nicht als das Haupt der Kirche anerkennen dürfe. Sonst aber gehorcht demselben die Herzenspietät, welche er in seinem Volke noch reichlich vorfindet, unbedingt; er ist ja zugleich das Ge= wissen desselben. Da liegt eben die furchtbare Gefahr. Denn es könnte statt eines wohlwollend und gerecht denkenden Mannes, wie es der gegenwärtige Kaiser ist, auch einmal ein Anderer an die Spitze seines Volkes treten, der den Versuchungen und Gefahren, die seine Stellung in sich birgt, wirklich unterläge. Es könnte ein Czar erscheinen, der sich auf der einen Seite aus dem Arsenale, welches ihm besonders die Millionen seiner Juden darbieten würden, mit blendenden Waffen des Geistes und mit überwältigenden äußeren Mitteln auszurüsten vermöchte; der auf der anderen Seite aber nur eines Winkes nöthig hätte, um seine zahllosen Schaaren zur Arbeit des Verderbens über die Welt zu rufen. Es könnte ein Czar auftreten, der Weltenkaiser und infallibeler Papst in einer Person zugleich wäre, das Zerrbild Christi oder, wie die Schrift ihn nennt, der Widerchrist.

Den Juden freilich würde daraus kein Gewinn erwachsen, daß sie demselben die Wege zu bereiten geholfen hätten. Das deutsche Volk läßt sich wohl auflösen, und ein Jeder zieht dann elegisch seine Straße; das slavische läßt sich zwar durch über= legene Klugheit um Habe und Gut bringen, aber alsdann er= wacht in ihm eine grenzenlose, bestialische Wuth; es bedarf dort dort nur der Hand, welche den Haufen zusammenballt, und derselbe gehört ihr ganz. Einen Cäsar verlangt das slavische Volk für die Befriedigung seiner in ihm gährenden Leidenschaften, und dieser Cäsar wird sich niemals seine Macht rauben lassen; er gebietet schnell über den Ingrimm seines Volkes, das er nur von der Kette loszumachen braucht. Gewiß würde, nachdem die Juden allein um ihres Vortheils willen einen solchen Ge= waltigen unter den Slaven unterstützt haben, schließlich nun doch der Kampf zwischen beiden entbrennen, wer fortan die eigentliche Macht in dem Volke und Reiche besitzen soll. Ein Herrscher jener Art kann und will sich niemals mit etwas Halbem begnügen; und die Macht der Juden würde er, sobald er die=

selbe nach Außen hin gebraucht hätte, auch um seines eigenen
Volkes willen, das sie nach der Ueberwindung jedes äußeren
Widerstandes nicht ferner dulden würde, nicht ungebrochen
lassen dürfen. Möglich wenigstens, daß gerade auf diese
Weise sich die Krisis für die Juden anbahnt, von welcher die
heilige Schrift redet; möglich, daß dies die geschichtliche Lösung
der Andeutungen ist, welche uns darüber gegeben werden, daß
der letzte Weltmonarch nach Bezwingung aller Völker und Länder
sich gegen die Juden und Jerusalem wenden wird. Vergleiche
Sacharjah 14; Offenb. Joh. Cap. 11, 8. 13 und Cap. 12,
13—16.

Es mag immerhin sein, daß die Slaven erst als die letzte
Macht in die gegenwärtige Geschichte eingeführt werden, um
dieselbe zum Abschluß des Gerichtes zu bringen. Jetzt aber
arbeitet an ihnen noch die Gnade Gottes, und gerade die Juden
gebraucht er, um durch dieselben diese Stämme zur lebendigeren
und heilsamen That zu treiben und alsdann ihre Kräfte in einem
friedlichen, stillen Lebensstrom dahinzuleiten.

In der Gegenwart sind die Juden aber für kein Volk wich=
tiger als für die Deutschen, unter denen sie nach den Slaven
in der größten Zahl vertreten sind; man rechnet in dem ganzen
deutschen Reiche mit Einschluß von Elsaß und Lothringen etwa
fünfmalhundertzehntausend Juden, d. h. je einen Juden auf
achtzig Einwohner.

Gottes Gnade hat jetzt die deutschen Staaten und Länder
wieder zu einem Reiche, ihre Stämme wieder zu einem Volke
zusammengeschlossen. Zuvor haben dieselben alle ihre Eigenthümlich=
keiten und Gaben ausbilden müssen. Die deutschen Stämme
haben vollkommen Zeit und Raum empfangen, ihre staatlichen
und kirchlichen und gesellschaftlichen Verhältnisse nach den man=
nigfaltigsten Richtungen hin auszugestalten, und die Fülle ihrer
Individualitäten, die allerdings kein anderes Volk in gleich
hohem Maße besitzt, zu entwickeln, ohne durch eine Alles cen=
tralisirende Einheit daran gehindert zu werden. Denn für die Fran=
zosen war eine solche zwar nothwendig geworden, damit sie ihrem
Revolutionsprocesse nicht ganz verfielen, unter den Deutschen hätte

dieselbe dagegen nur tausend Lebenskeime erstickt. Nun, genug befestigt in ihren verschiedenen Eigenarten und nach einer langen Reihe geschichtlicher Erfahrungen im Guten wie im Bösen, ist den Deutschen für ihr politisches Leben bereits der Mann geschenkt worden, der die Getrennten zusammengeschlossen hat. Diese Geeinten sind selbst erstaunt über ein solches Ergebniß ihrer geschichtlichen Führung, da alle ihre eigenen idealen Einheits= bestrebungen vorher die Zerklüftung eher gesteigert als ge= mindert hatten. Um so mehr macht sich bei vielen einsichtigen Männern in den verschiedensten Lagern die Ueberzeugung geltend, daß die alten politischen Parteien bei allem Gutmeinen doch zu viele Einseitigkeiten in sich getragen haben müssen, da keine sich ehrlicher Weise diesen Erfolg zurechnen kann. Denn aus dem partikularistisch=conservativen Lager ist der Held ge= kommen, und die Ganzdeutschlands=Bekenner haben ihm am Längsten und Erbittertsten die Wege verbaut. Es ist in der That so, wider den Willen und wider das Verstehn beider ist das geschehn, was nun am Tage liegt. Darüber aber be= kennen es sich Viele, daß auf dem neuen Boden neue Schritte gethan werden müssen; daß die neuen Aufgaben neue Kräfte und neue Bildungen erfordern; daß vor Allem die thatsächlich, d. h. also in mannigfacher Verschiedenheit vorhandene Individualität und nicht minder die Gemeinschaft zu dem ihnen gebührenden Lebens= rechte kommen müssen; daß es ganz ernstlich darauf ankomme, dem Leben seine geschichtlich=nationale Art ja nicht rauben zu lassen, sondern im Gegentheil gerade diese Art und Anlage vor aller Entstellung und Verkehrung und Verderbung zu bewahren, aber sie alsdann auch aus sich selbst heraus fortdauernd, freudig, kraft= voll und mit Abwehrung aller fremden Einflüsse zu entfalten.

Deutschland ist uns politisch gegeben, ja wohl gegeben. Denn es ist eine besondere, heilverheißende Thatsache, daß es nicht auf dem Wege entstanden ist, wie gewöhnlich Reiche zu entstehn pflegen, d. h. nicht durch allerlei Ungerechtigkeiten und Gewaltthätigkeiten. Nein, nicht in Folge einer Revolution oder eines Eroberungskrieges ist es entstanden, sondern in Folge eines Vertheidigungskrieges, der lediglich durch geschichtliche

Fügung Gottes verhängt war; und die Vereinigung seiner Obrigkeiten und Stämme ist in nicht geringem Maße der fröhliche Dank derselben für den ihnen von Gott verliehenen Sieg.

Wie aber Deutschlands höchste, Jahrhunderte bestimmende Bedeutung unter den Völkern sowohl im Anfange als in der Mitte seiner Geschichte mit der Frage des Christenthums, mit Bonifacius und Luther, zusammenhing, so scheint sich wieder ein Aehnliches anzubahnen. Denn daran erinnern uns die großen Bewegungen auf dem kirchlichen Gebiete, auf dem der römischen und auf dem der protestantischen Kirche, die gleich einem Feuer in dem Inneren der Beiden arbeiten, das ein Funke zum Ausbruch bringen kann.

Die Gnade Gottes hat das bloß römische und das bloß protestantische Wesen gerade jetzt so deutlich hervortreten lassen, daß beide die in ihnen schlummernden Gefahren ganz an den Tag gelegt haben, und dieselben uns in ihrer wahren Gestalt darstellen müssen. Darum merken es auch nicht Wenige, daß statt jener Verbildungen uns wahrhaft evangelisches Leben und wahre Katholicität noth thue. Viele begreifen es, daß wir die Religion weder dazu herabsinken lassen dürfen, einen sündlichen Menschen auf den Stuhl der Unfehlbarkeit zu erheben, damit in ihn unser Leben einmünde; noch dazu, daß ein Zeitgeschrei der großen Haufen die Stelle der ewigen Wahrheit einnehme.

Innerhalb des deutschen Katholicismus und innerhalb der deutsch = evangelischen Kirche sehn wir in der That, wie so oft in der Geschichte, das Wahrheitsbewußtsein am Ehesten sich regen. Denn wir hören, wenngleich gegenwärtig nur erst hier und da, die Stimme Derer, welche immerhin den Muth haben, das Gotteszeugniß in dem Grunde ihres Herzens eine richterliche Macht üben zu lassen. Hier finden wir auch unter den Katholiken am Frühesten solche, die wenigstens den Trost gewähren, daß sie dem Geiste der Wahrheit, und wäre es bisher auch nur für ihre wissenschaftliche Arbeit, die höchste Stelle einräumen, so daß sie mit dem Bekenntniß heraustreten: wir können nicht

Und solche Bekenntnisse liegen eben vielen deutschen Christen aller Confessionen gegenwärtig auf dem Herzen. Wie sollten wir denn auch der Wahrheit widerstreiten. Mögen Andere für die Ideale kämpfen, welche sie selbst uns darzustellen vermeinen; wir, die man Orthodoxe nennt, sehn ein Ideal vor unseren Augen stehn, das uns mit tiefer Scham über uns selbst erfüllen muß und das uns doch mit unsagbarer Gewalt zu sich zieht; es ist Jesus Christus. Deßhalb aber bleibt auch für uns die Pflicht, den Anderen, welche uns vielfach mit Recht mißtraut haben, es zu bekennen, daß wir dieses Bild selbst viel besser an uns tragen müssen. Wir dürfen es nicht scheuen, ihnen das offen auszusprechen, daß wir selbst an dem gegenwärtigen Drängen und Treiben, welches unser Volksleben von Christo lösen will, eine große Schuld mittragen; denn ihr Vertrauen muß eben damit erworben werden, daß wir es ihnen beweisen, wie uns die Wahrheit etwas viel Reineres und Heiligeres ist, als wir selbst sind. So haben wir uns darum zu mühen, daß sie es uns abfühlen möchten, wie uns allerdings der Sinn der Gerechtigkeit erfüllt, und wie es uns nicht daran liegt, sie zu unserem Parteiwesen zu be= kehren, sondern sie vielmehr zu dem Einen zu rufen, der an uns Allen dieselbe Arbeit thun will, uns in seine heilige Schöne umzuwandeln.

Das wird uns auch eine bessere Kraft in dem Kampfe geben, der uns freilich nicht erspart bleibt; und nur so kann es geschehen, daß derselbe nicht von vorn herein ein hoffnungsloser wird. In der deutsch = evangelischen Kirche begehren ja gerade diejenigen, welche das Evangelium der Schrift durch die mo= derne Bildung ersetzen oder es nach Anleitung derselben mit Auswahl gebrauchen wollen, die an sich dringend nothwendige Gestaltung der Kirche in die Hand zu nehmen. Die eigentliche Kraft der evangelischen Kirche ist aber der wahrhaftige Glaube des Einzelnen, d. h. der Glaube, welcher in dem innersten Zu= sammenschluß des ganzen Lebens eines Menschen mit Jesu Christo besteht. Der moderne Protestantismus läßt dagegen an die Stelle dieses Glaubens die Bildung treten, welche sich völlig an die Erde hängt, und welche aus Priestern Jesu Christi ein Geschlecht von lauter Erdenjüngern und Erdenaposteln machen will. Die Baumeister sind geschäftig, den Culturtempel zu erbauen und aus dem alten Fundament ein Stück nach dem andern zu brechen, bis das Haus fundamentlos dasteht und alsdann nur noch von der Gnade der Winde lebt.

Ebenso aber treten, sobald nun die Wahrheitsbekenntnisse aus dem katholischen Lager laut werden, die Glaubenslosen an diese Bekenner heran; sie haben aus ihrem Zeugnisse nichts Weiteres als den Widerspruch gegen den Papst und gegen das Papstthum herausgelesen und hoffen darum auf eine neue Verstärkung ihrer Reihen. So werden Jene nun mit besonderen Ehren und Freundschaftserweisungen begrüßt; und die Gefahr besteht immerhin, daß sie ihre eigene, schon an sich nicht eben starke Position gänzlich verlieren, wenn sich ihnen nicht die rechten Hände zum Bunde entgegenstrecken. Geschieht das nicht, so wird wohl die Bewegung gegen das Papstthum innerhalb der deutsch-katholischen Kirche in falsche Bahnen gerathen, und die Folge eben deßhalb auch nur eine Stärkung des Ersteren sein.

Noch darf die Hoffnung die Bewegungen innerhalb der deutsch-evangelischen und der deutsch-katholischen Kirche als verheißungsvolle betrachten; denn es zieht allerdings durch dieselben nicht bloß ein Hauch dieser Welt, sondern ebenso auch ein Hauch aus Gott. An keinem Stücke können wir dies so deutlich erkennen, als daran, daß mächtiger und offenbarer denn je das Hindurchschreiten Christi durch unser Volk zu verspüren ist. Niemand bezeugt dies so gewiß, als die Widersacher und ihr Zorn.

Von denen, die uns gegenwärtig zu unseren Siegen geführt haben, wollen die Gefeiertsten vor Allem Streiter Christi heißen; und was unter den sterbenden deutschen Kriegern unseren Feinden am Mahnendsten auffiel, was allein ein stilles Demuthszeugniß der Edelsten in ihrer Mitte erweckt hat, waren Bekenntnisse zu dem gekreuzigten und auferstandenen Christus auf den Lippen so mancher unserer Verscheidenden. Der Tod ist doch nun einmal der aufrichtigste und gewaltigste Zeuge. Und die so stritten und die so starben, hatten es aus der Heimath mitgebracht, daß sie beides konnten. Denn noch ist freilich das Leben unseres Volkes auf den Thronen, unter den Staatsmännern, in allen Berufs = und Gesellschafts= kreisen von den Kräften des Christenthums getragen; und gerade, daß dies der Fall ist, erweckt gegenwärtig den Dank so großer Schaaren, wie man es noch vor wenigen Jahrzehnten nicht für möglich gehalten hätte. Das Christenthum dem Volke als die eigentliche Lebensmacht zu erhalten, ist nicht bloß mehr ein Wunsch, der einige Fromme im stillen verborgenen Kämmerlein oder im engen Conventikel beschäftigt, sondern es ist der Gegen= stand und Inhalt weit umfassender und in alle Verhältnisse eindringender Bestrebungen und Thätigkeiten geworden; es gibt keine Stelle unseres Lebens mehr, wo wir demselben nicht sofort auf den ersten Blick begegnen. Wohl hat das Mittel= alter und die frühere Zeit der evangelischen Periode dem Christen= thume in unserem deutschen Volksleben ganz von selbst und wie natürlich den weitesten Raum gewährt; es stand demselben mit der kindlichen Pietät gegenüber, welche es herzlich dankbar in seiner Mitte walten ließ; aber der Zwiespalt ist eingetreten, und durch denselben hindurch sind nun nicht Wenige zu einer männ= lichen Gewißheit gelangt. Ja, daß eben nur das Christenthum helfen und wahrhaft lebendig machen könne, ist heutiges Tages in weiteren Kreisen als selbst damals auch in das klare Be= wußtsein getreten. Man erkennt unter ihnen die Nothwendig= keit, alle Kräfte für Jesum Christum erwecken zu müssen, viel tiefer; man versteht viel besser den Reichthum, der in Christo dargeboten wird; man hat die Gefahren und Versuchungen auch viel ernster ergründet; man hat vor Allem die innere Siegesmacht des Christenthums gegen alle Widersacher viel stärker erprobt; man weiß dort nun, daß es durch nichts in der Welt zu ersetzen ist, daß es an seinem Theile dagegen alles Ersehnte darzubieten vermag. Und so wird denn auch von den Vorkämpfern der christlichen Sache schon mannigfach dem ein lauter und an die Herzen dringender Ausdruck ge= geben, daß die große Menge nicht länger in einem träumerischen Dahinleben erhalten werden dürfe, daß es nicht weiter angehe, einige Wenige für die Anderen denken, wollen und wirken zu lassen, daß vielmehr die theilnahmlose Ruhe so Vieler zu einem selbstthätigen Zusammenwirken mit den Anderen, das bloß passive Sichgefallenlassen zu einem bewußten Lebenszeugniß derselben hinausgeführt werden müsse. Das Rufen, das Laden, das Warnen, das Bekennen geschieht in vielen einzelnen Stimmen von allen Seiten her; sollte uns also Gott nicht auch die Hand noch schenken, welche alle diese Klänge zum vollen reichen Accord vereint?

Da stehen wir vor einer Frage, und eben da wird uns Deutschen auch die Judenfrage recht fühlbar gemacht; noch mehr, sie soll für uns bleiben und soll uns noch ferner auf unserem Lebensgange begleiten. Je nach der Antwort aber, welche wir auf die Führungen Gottes geben, werden wir in ihr die Rückantwort desselben erfahren müssen.

Wir Deutsche sind nicht Willens=, sondern Gemüths= und Geistesmenschen. Man hat uns mit Recht neben den san= guinischen Franzosen und neben den phlegmatischen Slaven die Melancholiker unter den Völkern genannt. Denn allerdings hat das im guten wie im bösen Sinne seine Richtigkeit. Der Deutsche wendet ja Alles am Liebsten zuerst in seine innere Geistes= und Gemüthswelt hinein; und nur so, wie es aus der= selben alsdann heraustritt, nur so, wie es ihm zuvor sein inneres Eigenthum geworden ist, wird es ihm auch recht werth. Zuerst treibt es ihn, die Dinge selbst nach ihrem inneren Wesen zu betrachten und in ihren letzten Grund hineinzudringen; bald im philosophischen Grübeln, bald im wissenschaftlichen Er= forschen, bald im dichterischen Ahnen, bald im religiösen Geistes= und Herzensumfangen der verborgensten Geheimnisse. Er ruht nicht eher, als bis er jedes Ding ein ihm erschlossenes Haus nennen kann, und, was ihm die äußere Autorität sagt, gestattet ihm noch nicht die Ruhe, welche ihn des eigenen Fragens und des eigenen Gewißwerdens über ihr inneres Recht entbände. Daher ist das deutsche Volk das Volk der Dichter und Denker; das Volk der Wissenschaften und zwar aller Wissenschaften ohne Ausnahme; das Volk der gewaltigsten Erfindungen und großer

Entdeckungen, die es aber zumeist nicht damit gewonnen hat, daß es neuem Nutzen und praktischem Gewinne nachstrebte, sondern die es gewöhnlich unter seinem rastlosen Geistesforschen und Geistesgraben machte. Daher ist es vor Allem auch das Volk der gewaltigsten religiösen Bewegungen, die seine Grenzen weit überflutheten und die ganze Welt erfüllten; obwohl es doch in ihrem Beginn gerade daran am Allerwenigsten gedacht hatte, sondern vielmehr nur die selbsterfahrene Wahrheit wie aus innerem Zwange zu bekennen sich genöthigt sah.

In die tiefsten Tiefen, in die verborgensten Anfänge und Bewegungen und Kräfte des Lebens, es heiße Menschen- oder Schöpfungs- oder Gottesleben, blickt am Liebsten der deutsche Geist. Die Außenerscheinung befriedigt ihn nicht, er muß ihr geheimes Warum erfragen, und sollte er es zuletzt nur in „einer Idee" erreichen; und hat er sich in die Tiefen hinabgesenkt, oder sich zu dem Himmelsäther erhoben, dann badet er sich voll Lust in demselben, entweder im ewigen Quell des Gottes= lebens oder in dem Wolkenmeer des Gedankens.

Dieser idealistische Zug des Volkes ist seine Gabe, er ist aber auch seine Gefahr, wenn der Wille des Herzens verkehrte Bahnen einschlägt. Unzählig oft sind gerade deßhalb die Ideen mit der Wirklichkeit verwechselt worden, und der gröbste Selbst= betrug war die Folge; oder die verkehrtesten Einfälle wurden als Evangelium angesehn, und die tiefste Verwirrung ergriff alsdann weite Kreise. Denn seine innere Ideenwelt will der Deutsche freilich Gestalt gewinnen sehn, rings um ihn soll sich Alles nach derselben ausprägen, und so, wie es ihm dann als seines Geistes Werk erscheint, fesselt es auch sein Wohlgefallen. Deßhalb kommt Alles darauf an, welcher Art die Gedanken und Ideen sind, die ihn bewegen; denn dieselben regieren und erfüllen ihn gerade um ihres geistigen Charakters willen so sehr, daß sie sein ganzes Leben nun auch beanspruchen. Darum zeigte auf der einen Seite das staatliche, gesellschaftliche und kirchliche Leben in der deutschen Geschichte den höchsten Reich= thum, die anziehendste Mannigfaltigkeit, das Streben nach Ge= rechtigkeit und Wahrheit und unaussprechliche Tiefen des Geistes und des Gemüthes, wie dieselben nie irgend ein anderes Volk in gleichem Maße aufzuweisen gehabt hat. Auf der anderen Seite aber begegnet uns ein wirres und fast unauflösbares Durcheinander. Wir verirrten uns in den elendesten Partikularismus; wir glichen einer zerstreuten Heerde ohne Hirten; wir waren so in unsere Geistes = und Ideenwelt versunken, daß wir Jedem, der uns zu unserem Heile an die nahende Gefahr erinnern wollte, entrüstet zuriefen: „Störe meine Zirkel nicht"; wir hatten über unserem Ideenspinnen und Geistesklügeln gar keine Zeit, die Stürme und Wetter, welche näher und näher rückten, zu bemerken; das Unheil war da mit zermalmender Gewalt, während wir noch höchst eifrig um unsere Theorieen stritten und uns in allen möglichen fremden Welten bewegten; und Blut, viel Blut, Jahrhunderte der Schmach und der Noth kostete es, bis wir uns willig finden ließen, die Hand anzunehmen, welche allein unseren Schaden heilen konnte.

Gottes Gnade aber hat uns so reich begabt, damit wir für Viele auf Erden fruchtbar würden; und eben dazu unseren Lebensgang so geordnet, daß, wenn wir gehorchen wollen, kein Volk so großen Segen in der Menschheit stiften wird. Aber damit das nun auch geschehe, sind rings um uns und ebenso in unsere eigenen Wohnungen hinein die Treiber gestellt, welche uns, wenn es nicht anders geht, peitschen müssen, damit wir an das uns aufgetragene Werk denken.

Rings um uns sind die Romanen und Slaven gestellt, die jeden Tag an der weiten Grenze einen gewiß nicht allzuschweren Eingang finden können, damit wir es ganz ernstlich lernen mögen, eine Kraft zu suchen, welche auch die sonst erdrückende Mehrzahl Jener nicht zu fürchten braucht. Als eine solche Kraft hat sich aber keine wechselnde Erdenbildung bewiesen, sondern ganz allein der Christus, welcher es ja bewiesen hat, daß Er, der Einzelne, eine ganze Welt zu überwinden vermag.

Damit die äußeren Widersacher jedoch uns nicht überfallen, wenn es schon zu spät ist, sind uns in der eigenen Mitte, außer den vaterlandslosen Römlingen, besonders die Juden dazu gesetzt, daß sie uns die Sporen einsetzen, indem sie es uns zeigen müssen, wie ihre kleine Zahl und das eigene Haus inwendig umwandeln und die Macht in demselben aus den Händen winden wird, wenn wir uns nicht zu einer erneuten Selbstprüfung verstehn und nach derselben zu einem Aufbau unseres Lebens durch die ewige Kraft Christi verbinden wollen. Das Amt, welches bisher den Franzosen für das Leben der Deutschen gegeben war, empfangen jetzt die Juden. Jene waren von Gott zum Wecker und zur Zuchtruthe gebraucht worden; jetzt aber wollte der Stecken sich Selbstständigkeit ertrotzen, er wollte schlagen, um nur seine Kraft zu beweisen; und außerdem wollten Jene uns sich selbst zum Meister setzen; darum hat der göttliche Meister sie zur Seite gethan. So treten nun die Juden an der leer gewordenen Stelle ein. Das Werk, welches vorher die Franzosen für unser inneres Leben aufgenommen hatten, nämlich unsere Entchristlichung und unsere Entdeutschung herbeizuführen, werden die Juden mit unendlich größerer Energie neu aufnehmen. Der kleinere, äußere Feind hat seine Kraft erschöpft, der innere und größere löst ihn ab. Was uns Deutschen, die wir so gern den Ideengötzendienst treiben, die Vergötterung der französischen Ideen seit dem dreißigjährigen Kriege eingetragen hat, das ist in unsere Geschichte mit Blut eingeschrieben; wir sollten es auf diese Weise erfahren lernen, ob uns Ideen den lebendigen heiligen Christengott ersetzen können, und ob es wirklich so ungefährlich ist, sich ihrem Klange zu überlassen. Die praktische Verwerthung derselben, die wir als heilige Gestalten voll göttlicher Schöne mit unserer idealen und prüfungslosen Begeisterung begrüßt hatten, sollte eben erst geschehn, damit dieselben ihr wirkliches Innere uns erschließen müßten.

Die Gefahren unseres Spielens mit Ideen sollen uns nun dadurch recht offenbar werden, daß die Leute in unserer eigenen Mitte aufstehn müssen, welche dieselben, ohne jede Rücksicht, auf Schritt und Tritt ins Leben übersetzen. Die Juden, als die allen Anderen Voranstürmenden, sollen uns die Erkenntniß aufnöthigen, daß uns wahre Kraft nur dann bleiben wird, wenn wir nicht Allerweltsleute, nicht Verfassungsparagraphen= Geschöpfe, nicht künstliche Figuren, die lediglich den Zweck haben,

Muster für politische Dogmen abzugeben, nicht Schemata für die Worte „Freiheit und Recht" werden; da dieselben doch bei einem Jeden nach seiner Selbstsucht ihre Auslegung finden. Sie sollen uns beweisen müssen, daß wir nur dann zu einem heilsamen Ergebniß unseres Lebens gelangen können, wenn wir die uns von Gott verliehene Art mit aller Treue zur Ehre seines Namens und zum Heile der Menschheit pflegen und verwerthen.

Eben darin wird sich die Bedeutung der Juden für unsere Folgezeit erweisen.

Mit ihrer nach Außen hin stets festgeschlossenen Einheit, mit ihrer Energie, die zu jedem Werke alle ihre Kräfte auf= bietet, mit ihrer unaufhörlichen Kampfbereitschaft gegen jedes Bündniß, das ihnen gefährlich werden könnte, mit ihrer außer= ordentlichen Fähigkeit, jeden Gedanken und Entschluß alsbald an der augenblicklich gerade vorliegenden Stelle zur That um= zusetzen, werden sie uns in dem neu entstandenen deutschen Reiche die Frage so ernst erwecken, ob wir dasselbe für ein deutsches Volk, oder ob wir es für sie errichtet haben, daß wir uns darüber fast zur Verzweiflung werden gebracht sehn. Und dann gebe es uns Gott, daß wir nicht bloß wieder in die Welt der Philosophie oder der Dichtkunst oder der Wissenschaft fliehen, wie es schon einmal in ähnlicher Zeit nicht wenige unserer bedeutendsten Männer gethan haben, sondern daß wir die Hilfe des Christus suchen, der es gezeigt hat, daß er selbst die Verwesung zum fruchtbringenden Leben hinauszuführen im Stande ist, und dessen Geist auch in unserem Volke noch stets die heiligste Gluth angefacht hat.

Unsere Segensaufgabe zu erfüllen, dazu sollen uns die Juden, die kraftvollsten, geübtesten und ältesten Widersacher des Reiches Christi an ihrem Theile anhalten. Würde unser Volk aber die Gnade Gottes mißachten, dann würde die Aufgabe der Juden in unserer Mitte jene andere werden, von welcher die Propheten des Alten Testamentes sprechen.

Die Propheten und mit ihnen das Neue Testament reden überall von einer letzten Segensaufgabe Israels für die Menschheit; aber dieselbe soll erst dann eintreten, wenn Israel wieder in seinem eigenen Lande Canaan wohnt und sich dort von Herzen zu Gott und zu seinem Könige, dem Davidssohne, belehrt.

Dagegen verkündigen sie von dem unter die Nationen zerstreuten Juden: „Sie sollen zum Fluche werden an allen Orten, dahin ich sie verstoßen werde." Vgl. z. B. Jer. 24, 9; 29, 18. Sach. 8, 7; 8, 13.

Wird also unser Volksleben aufhören wollen, ein gemeinsamer Dienst an dem Reiche des lebendigen, heiligen Gottes und seines Sohnes zu bleiben, dann wird den Juden in unserer Mitte eine Macht des Verderbens gegeben werden.

Sie werden uns, je langsamer und unwilliger wir aus einem zerfahrenen Einzel- oder Innenleben herausgehn, ein Stück des Heilsamen, das wir allmählig erworben haben, nach dem Anderen unter den Händen hinwegziehn; sie werden uns in ihrer raschen Vielgeschäftigkeit zu tausend Dingen hinreißen, ehe wir zur ernstlichen Prüfung Zeit gefunden hatten; sie werden uns von Satz zu Satz, von Zeitstichwort zu Zeitstichwort, von Verfassungsänderung zu Verfassungsänderung, von gesellschaftlichem Umsturz zu gesellschaftlichem Umsturz, von einer Lösung der Bande, welche das Volk in Schule und Kirche und Gesetzgebung mit Christo verbinden, zur anderen hetzen. Die Geister haben wir selbst gerufen, aber die Jene gerufen haben, können sie nun nicht mehr bannen.

Und so wird unser Volksleben seine sittliche Kraft, seinen inneren Frieden, seine fröhliche Ruhe, seinen heiligen Lebensgehalt verlieren. Unter dem treibenden Einflusse der Juden wird sich die Gefahr der Deutschen, in lauter einzelne Individuen zu verfallen, ganz herausbilden; wir werden aufhören eine innerlich zusammengehaltene Nation zu sein; unter dem Firniß der Cultur und Bildung wird der Geist, welcher die Gemeinschaft zu tragen vermochte, entschwunden sein; das Volk wird wie ein Mensch am Wege liegen, dem eine seiner Adern nach der anderen aufgeschnitten wurde; es bedarf nur noch eines letzten Herzstoßes und sein Leben entflieht.

Zu diesem letzten Herzstoß aber werden sich die äußeren

Feinde verbinden. Denn täuschen wir uns nicht, sondern achten wir nur auf die Lehren der Vergangenheit.

Wir haben unter der Feindschaft der Romanen und ihres Papstes Jahrhunderte lang gelitten; dasselbe aber scheint uns wieder bevorzustehn. Und dazu beginnt die neue Macht des Slaventhums drohend genug sich zu erheben.

Deutschlands Stellung in dem Leben der Nationen hat ihm den unauslöschlichen Haß der Franzosen eingetragen. Und diese Gefahr wird sich noch steigern. Die einzige Macht, welche bei dem Zerfall aller anderen Bande und bei dem unaufhörlichen Revolutionsfieber unter den Romanen Beständigkeit bewahrt und dort daher noch eine geschichtliche Aussicht hat, ist der Papst. Auf dem deutschen Boden dagegen scheint gerade wieder wie ehemals der Kampf gegen seine Herrschaft neu zu ent=brennen; denn wir bemerken die Anfänge einer Krisis, welche in der katholischen Kirche Deutschlands zwischen katholisch und römisch unterscheiden will. Da ist es wohl möglich, daß der nationale romanische Haß, dem, auch wenn seine Religion der Atheismus und sein politisches Dogma die Republik ist, selbst ein Napoleon und ein Papst als Mittel zum Zwecke recht sind, sich wild begeistern ließe, wenn er merkte, daß der Ruf des Papstes seine Schaaren gegen uns zu vereinigen im Stande wäre. Die Ansätze zu solchen Bewegungen zeigt ja bereits die gegenwärtige Politik Frankreichs (vgl. den Voltairianer Thiers). Daß dem Papste selbst aber ein solcher Ruf nicht schwer fallen würde, das wissen wir Deutsche und wissen auch andere Völker nur gar zu gut. Hat doch die Bulle Unam sanctam dem Papste die Macht über das geistliche und weltliche Schwert gegeben, und hat doch auch der Syllabus Nr. 24 noch in jüngster Zeit festgesetzt, daß diejenigen das Anathema treffen solle, welche behaupten, gegen Ketzer dürfe keine Gewalt in Glaubenssachen angewandt werden.

Auf der anderen Seite aber könnten wir von dem Slaven=thum her leicht den Cäsar erwarten, welcher dem Deutschenhaß einmal den ausführenden Arm leihen dürfte. Der Zusammen=stoß zwischen der slavischen Macht und Deutschland, wer ver=

birgt sich das wohl, ist ja nur eine Frage der Zeit; wir kennen z. B. die tiesfeindselige Gesinnung des russischen Thronfolgers. Und hätten wir alsdann es auch in der nächsten Folgezeit wohl noch zu erhoffen, daß sich dem Slaventhum die Macht des deutschen Schwertes fühlbar machen würde, so bliebe das End= ergebniß nur um so mehr, daß Todfeinde rings um uns auf unser Verderben sinnen würden.

Auf diese Weise aber könnte dann auch gar leicht eine An= näherung zwischen den Romanen und Slaven zu Stande kommen. Einzeln zu schwach, das möchten sie gerade dann am Ehesten sich sagen, würde doch ihre vereinte Macht wohl den Sieg davontragen. Und weiß uns die Geschichte davon zu erzählen, daß man auf dem päpstlichen Stuhle selbst vor einem Bündniß mit dem türkischen Sultan nicht zurückschrickt, so würde dem= selben ein Bund mit Denen, welche ja bloß Schismatiker, gegen die, welche für beide Theile Ketzer sind, vielleicht sogar als ein recht heiliges Werk erscheinen. Der griechische Cäsar hätte dem römischen Papst nur die geforderten Concessionen einzuräumen, und die Stimme des Letzteren würde gewiß unschwer seine romgnischen Schaaren in das Lager des Anderen einführen.

Das Neue Testament spricht von einem letzten Bündniß, das der Alles zertretende Weltherrscher und die höchste Geistes= macht der Lüge und der Verführung mit einander schließen werden. Prüfen wir, was es uns sagt, und prüfen wir es mit den Augen, welche die ringenden Kräfte der geschichtlichen Gegenwart nach ihrem Ziele fragen (Offb. Joh., Cap. 13).

Träte dieser Zeitpunkt ein, dann würden wir es mit Schrecken erfahren, daß wir selbstmörderisch gehandelt hatten, als wir die Warnungen in unserem Leben nichts achteten, sondern durch unseren Gehorsam gegen die christlichen und jüdischen Widersacher des Reiches Christi dasselbe in unserer Mitte zerstört und damit die Macht, welche die Welt zu überwinden vermag, uns selbst geraubt hatten.

Ein absolutes Recht der Ewigkeit hat ja kein Volk; es ist von der Zeit und ist für die Zeit. Ob es mitten auf dem

Wege der Weltentwickelung zerstört wird, oder ob es mit seinen Schaaren in das bleibende Vaterland einzieht, darüber entscheidet seine Treue gegen die ihm vertraute besondere Aufgabe. Daß aber gerade unserer Zeit die Judenfrage sich so ernst aufdrängt, und daß sie für uns Deutsche speciell die gezeichnete Gestalt annimmt, muß uns eine Mahnung sein, darauf zu achten, wie wir allerdings vor diejenige Entscheidung gestellt werden, welche die letzte für unser Volksleben ist.

Juden waren es einst, welche der Welt ihren Glauben an Jesum Christum, mit demselben aber auch eine neue bessere Gestalt des ganzen Lebens gebracht haben; Juden waren es, welche nach dem Worte des Neuen Testamentes die Zeiten des Völkerthums, die Zeiten, in welchen die bis dahin heidnischen Nationen dem Gottesreiche unter sich die Stätte bieten, die Zeiten des Segens für eben diese Völker herbeiführen durften.

Andere Juden sind es, welche diese Zeit mit besonderer Hast zum Ende bringen helfen; Juden wiederum, welche den Völkern ihren eigenen, in dem Kampfe wider Christi Herrschaft geübten Geist darbieten; Juden sind es, welche Allen voran an dem Hause niederreißen, welches viel schneller am Boden liegen wird, als es aufgebaut war. Die Völker haben es jedoch selbst verschuldet, wenn es wirklich geschieht; an ihnen vollzieht sich auf diese Weise nur ein durchaus verdientes Gericht.

Die neuen Kräfte wirken, heute ist es noch unsere Sache, ob das Leben oder den Tod; die Krisis kann beides herbeiführen; Gott will unser Leben —

aber unser ist die Wahl.

XXI.
In Christo die Versöhnung.

~~~

Ein Beispiel der rechten Arbeit nach der Aufgabe seiner Zeit sollte, das war der Wunsch dieses Büchleins, das Lebensbild eines Stephan Schultz werden.

Denn wir erkennen in ihm einen Menschen, der seine Kräfte so weit wecken läßt, als dieselben geweckt werden können; dies jedoch nicht thut, um sich selber zu dienen, sondern um möglichst vielen Anderen zu leben. Es ist aber auch ein Mann, der gerade da am Muthigsten und Ausharrendsten zugreift, wo ein tiefer Schade am Längsten gefressen hatte. Es ist ein Mann, den nicht bloß vorübergehende Gefühlserregungen zum Handeln treiben, sondern der vielmehr fast alle die Jahre seiner Kraft hindurch unter Proben, Hindernissen und Gefahren, wie nur Wenige sie in gleichem Maße erfahren haben, auf dem schwierigsten Arbeitsfelde arbeitet. Es ist ein Mann, der sich an scheinbar Fremden müht, ohne dafür doch die Gewißheit gegenwärtigen oder sichtbaren Lohnes zu haben, der vielmehr sein Werk unter der Geringschätzung oder wohl gar der Verachtung von vielen Seiten her treibt. Es ist ein Mann, der eben so wenig an den Ruhm der Nachwelt denkt, und der selbst für den hoffährtigen Trost, in Gottes Augen sich ein

Verdienst zu erwerben, keinen Raum in seinem Herzen läßt. Aber um deß Allen willen ist er gerade ein Zeuge von der Einzigartigkeit des Christenthums und seiner wahrhaft reinen Liebe.

Denn gerade so stellt sich das Christenthum auch den Feindseligsten mit der Macht dar, das Leben in einen fröhlichen Dienst zum Heile Anderer zu verwandeln; so in dem heiligen und barmherzigen Muth, auch den Gefahren, die aller anderen Bemühungen spotten, entgegenzugehn; so zeigt es sich bereit, mit starkem und stillem Geist, einen langen und leidensvollen Kampf zu übernehmen, um, wenn es sein muß, durch Sterben und Bluten jede Gewalt zu überwinden, welche den Menschen ihr höchstes Gut, ein Leben nach der reinen und seligen Art des Lebens Jesu Christi, rauben will.

Auf diesen Beweis seiner die ganze Menschheit umspannenden Macht und Liebe will auch das Christenthum nicht verzichten; es erkennt ihn vielmehr als den einzigen, der ihm das Recht gibt, Anspruch auf alle Menschenherzen zu machen.

Ein Bild aus der Liebesarbeit des Christenthums sollte in diesem Stephan Schultz den Augen vorgeführt werden. Großartig in der äußeren Erscheinung und in meßbaren Leistungen ist ja sein Leben nicht. Der Vorwurf der fehlenden Großartigkeit in dem, was die Sinne an unmittelbarem Erfolge wahrnehmen, ist überhaupt für das Christenthum kein neuer. Der Zimmermannssohn, welcher es in seinem Erdenleben nicht weiter als bis zu einer Jüngerschaft von wenigen unbedeutenden und zuerst selbst nicht einmal charakterfesten Galiläern gebracht hat, und diese Fischer oder Weber, welche darnach als Apostel Christ. unter die Leute traten, haben jenen Vorwurf aus jüdisc :: und heidnischem Munde, in alter und neuer Zeit, in der Sprache der Rohheit oder des Spottes und in der Sprache der Bildung und des guten Geschmackes genugsam ertragen müssen — mit vollem Recht, sobald man sie eben nur nach einem Maßstabe des menschlich Bedeutenden oder zeitlich Herrlichen maß. Sie haben auch nicht einmal, um, was doch ihr Begehren war, die Welt zu gewinnen, diesen Mangel nach der geforderten Weise ersetzen wollen. Denn wiewohl sie den verkehrten, engherzigen Eiferern, Formen= oder Parteimenschen ihr „Alles ist Euer" entgegenhielten, kannten sie diesem „Alles ist Euer" gegenüber doch. nur „Eins, was noth ist", und mehr als die ganze Welt mit ihrem reichen Inhalt galt ihnen eine einzige Menschenseele, weil eben die Seele für sie den Werth der Ewigkeit besitzt.

Allerdings hört man da, wo die Vielfältigkeit menschlicher Leistungen, Errungenschaften, Kenntnisse und Güter aufgewiesen wird, die Namen Christi und seiner Apostel nicht unter den mitschaffenden Helden; aber das will uns fast zum Räthsel werden. Denn Jene haben nicht bloß für sich die Freiheit in Anspruch genommen, Alles zu gebrauchen, sondern gerade sie sind auch die Ideale für die Gestaltungen der Kunst in Farbe und Stein, in Ton und Lied, in Rede und Dichtung geworden. Und Christus zumal hat unzählige Herzen bis heute so tief ergriffen, daß sie nicht Ruhe fanden, als bis alle ihre Gaben und Kräfte zu seinem Dienste erweckt waren; ja fast die größte Zahl unter den eigentlichen Meistern menschlichen Wissens, menschlicher Kraft, menschlicher Erfindungen, menschlicher Schön=heitswerke und gewaltiger Schöpfungen auf dem Gebiete des Völkerlebens haben Christo als ihrem Könige die Früchte ihrer Arbeit huldigend zu Füßen gelegt. Das Räthsel löst sich, wenn man dieselben bezeugen hört, daß Christus Kräfte der Ewigkeit in sie ergossen habe, und daß diese Kräfte nun darnach rängen, das durch den Glauben im Herzen getragene Bild der letzten Vollendung schon unter der Unvollkommenheit aller Tage der gegenwärtigen Erde zur Erscheinung zu bringen. Diese Kräfte der Ewigkeit haben in der That auch Allem auf Erden ihr Gepräge einzudrücken begonnen; was ihnen aber wider=stand, brach stets nach aller Siegesgewißheit im Anfange ohn=mächtig zusammen; es verschwand aus dem Leben oder ließ Ruinen zurück, die als Warnungszeichen an dem Wege der Menschheit stehen bleiben sollten. Das ist geschehn mit Jeru=salem und Israel, mit Rom und seinen Kaisern, mit Griechen=land und seinen Weisen und Künstlern — nicht sie haben die Welt aus der Verwesung errettet und ihr ein neues Leben eingehaucht, sondern der, gegen den sie alle in einem Bunde aufgestanden waren, der Nazarener.

Auf das wahrhaftige, ganze, volle Leben hat es das Chri= stenthum abgesehen, auf eine Welt voll lauterer Gerechtigkeit, voll unverwelklicher Schönheit, voll bleibenden Friedens und innerster Harmonie, auf eine neue Welt, die nichts mehr von der Herrschaft der Selbstsucht und des Todes kennt. Das ist also der gewaltigste Fortschritt, der je erdacht wurde; nicht ein zielloser Fortschritt, sondern ein zielgewisser; nicht ein im bloßen Streben, das doch niemals aus dem Irren und Verwesen heraus kommt, zurückgehaltener, sondern ein solcher, der das höchste Maß, welches Menschenherzen und Menschensinne und Menschengeist fassen können, erreichen will.

Das Christenthum aber verträgt es wohl, wenn Andere an seine Stelle treten und diese gegenwärtige Erde mit ihrer Unruhe und mit dem Grabe ihrer Verwesung den Menschenge= schlechtern als Paradies darbieten. Es läßt sie ruhig vor und neben sich in der begehrten Selbstständigkeit arbeiten: die Cultur sowohl als die Barbarei, das jüdische Gesetz sowohl als das Heidenthum, die politischen und die socialen Ordnungen der verschiedensten Art. Das Christenthum mit seinen höheren Zielen bittet durch den Mund des Evangeliums diese Alle in seinen Dienst zu treten; aber es wendet sich hierbei auch nur an ihr Wahrheitsbewußtsein, und weist keine der natürlichen Kräfte, die durchaus ein selbstständiges Schalten und Walten begehren, von vorn herein mit Gewalt zurück. Nein, nicht eine derselben soll auch nur mit einem Scheine des Rechtes am letzten Ende be= haupten dürfen, daß sie sich wohl zum Werke erboten habe, daß ihr aber der Raum für ein Wirken nach ihrem Wohlge= fallen versagt worden sei. Im Gegentheil, alle Kräfte, welche den Menschen als Gut und Eigenthum verliehen worden sind, sollen sich völlig ausarbeiten dürfen; sie sollen völlige Zeit finden, ihr ganzes Vermögen aufzubieten; sie sollen aber gerade dadurch genöthigt werden, den Menschen es selbst vor die Augen zu stellen, welch ein Unterschied zwischen ihren ruhmredigen Ansprüchen und zwischen ihren Leistungen ist; sie sollen ge=

nöthigt werden, all das Ihrige an den Tag treten zu lassen, bis sie bekennen müssen, daß sie ihr ganzes Vermögen er= schöpft hätten; und so nun sollen sie es Allen zeigen, daß, wer gemeint hat, in ihnen den Quell des Lebens zu finden, nach löchrichten Brunnen gegraben hat. Daher sollen sie sich ihr Gericht selbst verdienen, die Gerechtigkeit des Gottes, der sie abruft, trotz ihres Widerstrebens verkündigen müssen und mit derselben zugleich seine Gnade, daß er ihnen nun doch nicht das bleibende Regiment gegeben hat.

Dann aber wird geschehen, was Gottes gnädiger Rath ge= wesen, daß, nachdem ihre Zeit erfüllt ist, die Herzen ängstlich, inbrünstig, demüthig und reuevoll nach der Hilfe des Helfers Jesus schreien.

Dann wird Christus auch dem Saulus=Israel auf seinen Wegen, die es hin= und hergeht in die Länder und Völker (Apg. 8, 1; 9, 2) und bis in das Innere der Häuser hinein (Apg. 8, 3), um das Reich Christi zu zerstören, in seinem himmlischen Glanz erscheinen (Apg. 9, 3). Wenn die Wetter und Blitze dessen, der zum Gerichte wiederkommt, die ganze Erde durchzucken, dann wird dasselbe Licht mit seinen höchsten Schrecken in die Augen des Saulus=Israel fallen (Apg. 9, 3. Matth. 24, 27), und die Stimme von ehemals wird ihm wieder den Grund dieses Gerichtes zurufen: Saul, Saul, was verfolgst du mich? (Apg. 9, 4); es wird dir schwer werden, wider den Stachel zu löcken (Apg. 9, 5). Und mit Zittern und mit Zagen in höchster Noth darniederliegend (Apg. 9, 6) wird Saulus=Israel fragen, was es thun soll? und wird in der Stadt und in der Wohnung der Jünger Jesu einkehren (Apg. 9, 11), damit es hernach als Christi eigenen Befehl das Wort höre: „Gehe hin, du bist mein aus= erwähltes Rüstzeug, daß du meinen Namen tragest vor die Völker und vor die Könige (Apg. 9, 15).

Und Saulus=Israel wird Paulus=Israel werden; denn Gott hat sein Volk nicht verstoßen, und seine Gaben und seine Berufung mögen ihn nicht gereuen (Röm. 11). Aber es wird darum auch vor allen Anderen bekennen: Ich bin der Geringste, darum daß ich

die Gemeinde Gottes verfolgt habe (1 Cor. 15, 9 und
1 Tim. 1, 15. 16). Das ist seine Buße, eine Buße, die es
vor dem Angesicht der ganzen Welt thun wird.

Die Demuth und Geduld des Christenthums, welche es alle
Verfolgungen Israels hat ertragen lassen, wird Jenem nun doch
zuletzt die heilige Majestät desselben offenbaren; und der Feind
wird sein Zeuge werden. So wird Saulus=Israel vor Alle
mit dem Beweise hintreten, daß auch sein Herz trotz aller
Jahrhunderte des Widerstrebens der Gnade Gottes in Christo
nicht bis ans Ende zu widerstehn vermocht hat; und wenn
Saulus=Israel Jesum predigt, wer soll dann noch das Ja
und das Amen verweigern?

Nein, ist dieses Herz überwunden, dann wird es auch den
anderen Herzen offenbar werden, daß sie unter dem heißen
Sehnen nach Leben und nach seiner Fülle den Täuschungen ge=
folgt sind, welche ihnen gerathen haben, dasselbe bei den ab=
geleiteten Bächen zu suchen; es wird ihnen offenbar werden,
daß die Tropfen des genossenen Lebens nun aber auch den
Durst bis zum Verzehren gesteigert hatten; es wird ihnen end=
lich offenbar werden, daß ein Menschenherz allein dann zur
Ruhe kommt, wenn es aus einem ewig fließenden Strome
schöpfen darf.

Und eben dann tritt das Christenthum mit der Macht, die
es fort und fort unter allem Wechsel der Zeiten an so vielen
Einzelnen bewiesen hat, noch einmal für Alle hervor. Es hat
Demuth und Geduld genug gehabt, der Menschheit, nachdem
dieselbe lange auf seine Stimme geachtet hat, es doch wieder
zu gestatten, auch ohne seine Kraft es zu versuchen; es hat
Demuth und Geduld genug, von Neuem zu erscheinen, wenn
ihm erst an letzter Stelle wieder der Zutritt gestattet wird.
Aber es wirbt dann freilich um die Welt auch auf eine neue
Weise; denn es sendet ihr seinen hartnäckigsten Widersacher,
damit derselbe bezeuge: Jesus ist der Christ, der Inhalt und
die Erfüllung aller Zusagen Gottes (Apg. 9, 22).

So predigt einst das Christenthum der Welt seine letzte
und höchste Predigt, und für dieselbe rüstet es sich auch in

unſeren Tagen. Sein Beruf kann ihm ja niemals fehlen; denn die Menſchen bleiben Menſchen, und nicht bloß einer Volks= oder Kirchenſchöpfung, ſondern den Menſchen ſelbſt gilt ſeine Arbeit.

Das Chriſtenthum hat das Verlangen, es hat in ſeinem lebendigen und vom Tode auferſtandenen Jeſus Chriſtus, dem Gottmenſchen, aber auch die Kraft:

die Befriedigung aller Geſchlechter, der aus dem Erden= leben abgerufenen nicht weniger als der auf Erden lebenden, dauernd, d. h. ewig zu umfaſſen.

Denn ſein Ziel iſt ja ein neuer Himmel und eine neue Erde, in denen durch den vollendeten Chriſtus alle Ideale heilige Wirklichkeit werden. Dieſem Ziele eilt es durch allen Wechſel der Zeiten entgegen; auf daſſelbe blickt es mit allem Arbeiten, Leiden, Sehnen und Siegen hin; ihm wird geſchehn, wie es geglaubet hat; es ſoll erfahren, was der Lebenswahlſpruch von Stephan Schultz geweſen iſt:

„daß ſchließlich Sanftmuth ſieget“.

Dieſe Sanftmuth wird das Erdreich beſitzen.

⚬

Perthes' Buchdruckerei in Gotha.